L'EAU QUI DORT

DE LA MÊME AUTEURE

La Veuve, Fleuve Éditions, 2017 ; Pocket, 2018
La Coupure, Fleuve Éditions, 2018 ; Pocket, 2019
Le Suspect, Fleuve Éditions, 2020 ; Pocket, 2021

FIONA BARTON

L'EAU QUI DORT

Traduit de l'anglais
par Séverine Quelet

fleuvenoir

Titre original :
Local Gone Missing

ISBN : 978-2-265-15580-0

Dépôt légal : juin 2023

David Thurlow

19.02.1932 – 12.01.2021

« Aussi longtemps que tu vis, il y a toujours quelque chose qui te guette, et même si c'est mauvais, et si tu sais que ça l'est, qu'est-ce que tu peux faire ? Tu peux pas t'arrêter de vivre. »

De sang-froid, Truman Capote
(Traduction Raymond Girard)

PROLOGUE

Il y avait un bourdonnement. Une mouche.

Incapable de bouger, il devait se contenter d'écouter sa plainte sourde et continue pour tenter de suivre sans les voir ses errances dans la pièce. Où était-elle ? Près de l'évier, peut-être ? Au-dessus de la grille d'évacuation ?

Un silence, puis elle vint voleter au coin de son œil. Il secoua la tête pour la chasser mais, après quelques instants, l'importune se posa sur sa joue maculée de sueur. Elle s'envola lorsqu'il tressaillit, revint aussitôt. Il était à sa merci. Et elle semblait le savoir : elle rôdait, pareille aux adolescents renfrognés qui traînaient aux abords de la grand-rue.

La mouche dansa au-dessus du torchon humide qui obstruait sa bouche, s'approcha de ses narines, hésita et finit par se poser : le subtil frôlement de ses ailes et de ses pattes était une torture. Lorsqu'elle repartit enfin, elle fila droit vers la lucarne, unique source de lumière. D'un geste lent, il tendit le cou pour la regarder buter avec frénésie contre la vitre. Elle tomba sur le rebord.

Elle était prisonnière, comme lui.

Il ferma les yeux, se concentra pour réfléchir à la façon de sortir d'ici. Depuis combien de temps se trouvait-il là ? Il l'ignorait. Quand allaient-ils revenir ? Il faisait de plus en plus sombre dans la pièce. Le jour se couchait sur cette soirée d'été. Une nouvelle fois il se débattit pour se libérer, s'échina jusqu'à ce que ses muscles l'implorent d'arrêter. C'était peine perdue. Et s'il tentait plutôt de se débarrasser de son bâillon pour appeler à l'aide ? Il ouvrit la bouche aussi grand qu'il le put, sentit craquer le cartilage de sa mâchoire, puis il repoussa de la langue le tissu mouillé tout en se balançant sur sa chaise. La manœuvre semblait payer mais l'effort fit battre le sang à ses oreilles : il commença à s'étouffer. Il s'arrêta, s'efforça de maîtriser sa respiration, ne réussit qu'à émettre un sifflement aigu. Puis il recommença à gigoter jusqu'à faire basculer son siège qui se renversa. Il s'écrasa contre le sol.

Étendu par terre, il prit soudain conscience du silence qui l'entourait. Il tendit l'oreille en quête du bourdonnement de la mouche et du bruit de ses tentatives pathétiques pour briser le carreau. Rien.

S'était-elle échappée ? Comment ?

La terreur s'insinua en lui et son cœur tambourina dans sa poitrine.

On avait dû la laisser sortir. Pendant qu'il luttait pour se libérer. On avait dû ouvrir la porte derrière lui.

Il essaya de tourner la tête pour voir qui venait d'entrer.

1

Samedi 24 août 2019
Dee

Plus tard, Pauline racontera qu'elle n'avait même pas remarqué la disparition de Charlie avant que je ne la réveille.

Sa voiture était garée dans l'allée mais je ne l'ai vu nulle part quand je suis entrée pour faire le ménage. Je possède ma propre clé et souvent à mon arrivée, les Perry ne sont pas encore levés. Tant mieux d'ailleurs, en toute franchise. Comme ça, je peux me mettre au travail tout de suite, et j'ai presque terminé quand ils se rendent enfin compte de ma présence. La « femme invisible », m'appelle mon mari pour plaisanter.

Il a raison. Je suis capable de disparaître totalement une fois entrée dans la maison d'un client. Bien sûr, ils m'entendent passer l'aspirateur et déplacer les meubles, mais la plupart agissent comme si je n'étais pas là. Un peu à la manière de *Downtown Abbey*, quand les domestiques surgissent par une porte dérobée et époussettent les chandeliers pendant que la famille discute du dernier scandale en date de Lady Mary. Sauf qu'il n'y a ni passage secret ni étage inférieur dans les maisons dont je m'occupe. Je suis encore plus bas sur l'échelle. Après tout, les Perry vivent dans une caravane.

« Un bungalow de luxe, m'avait corrigée Pauline avec hargne la première fois où j'ai employé ce mot. Ce sont les gitans qui vivent dans des caravanes, Dee. Et notre situation est temporaire, c'est seulement le temps de finir les travaux de la grande maison. »

La grande maison. Vu de loin, l'ancien hôtel des Grands Chênes paraît spectaculaire. De près, c'est une ruine : les murs s'effondrent brique par brique, la toiture est percée et les plafonds s'affaissent d'étage en étage. D'après mon mari, elle devrait être condamnée, et malgré tout Pauline persiste à me faire lustrer le heurtoir en laiton de la porte principale et la boîte aux lettres. Je suppose que cela l'aide à se persuader qu'elle y habitera bientôt. On peut adopter des comportements étonnants pour rendre sa vie supportable.

Chacun essaie de sauver les apparences, d'exhiber un extérieur reluisant qui dissimule en réalité un intérieur crasseux. Ah ! J'en vois des choses ! La couche de graisse sur les parois des fours, les traces d'excréments dans les toilettes, les taches suspectes sur les matelas… Et j'en entends ! Qui a des problèmes d'argent et qui souffre de mycoses. Mais personne n'en sait rien. Ne rien dire fait partie de mon travail.

Depuis la chambre, Pauline appelle :

— Charlie !

Je passe la tête par la porte pour lui répondre.

— Je ne l'ai pas vu !

— Eh bien, il n'est pas là non plus, annonce-t-elle en désignant le pyjama plié de son mari sous son oreiller.

— Ah.

— J'ai pris un somnifère hier, précise-t-elle pour se justifier. Je devais dormir quand il est rentré, et quand il s'est levé.

Pourtant, je ne perçois pas les habituels relents âcres de l'haleine de Charlie, conséquence des verres qu'il boit en cachette avant de se coucher. Quand je suis là, j'ouvre la fenêtre de leur petite chambre dès que possible et je l'aide aussi à dissimuler les cadavres à Sa Majesté. Non, ce matin, il flotte dans la pièce une odeur salée de transpiration et de sexe. Sauf que le couple n'a plus de relations intimes. Charlie n'y arrive pas, d'après Pauline. Apparemment, quelqu'un d'autre oui. Une rumeur court en ville au sujet du jardinier, Bram, qui vient très souvent mais jardine peu.

— On est censés aller à Brighton aujourd'hui, Charlie doit m'acheter une nouvelle robe. Il me l'a promis, geint Pauline. Je suis coincée dans cette fichue caravane depuis des jours.

Elle a employé le mot tabou. Elle est vraiment furieuse.

Je me contente d'annoncer :

— Je vais nettoyer la cuisine.

Mes paroles lui arrachent une grimace. Elle hoche la tête en silence.

Je devrais dire quelque chose. Raconter que j'ai vu Charlie hier soir. Mais cette information soulèverait des questions.

Ne t'en mêle pas. Ça ne te regarde pas. Tu as suffisamment de soucis comme ça.

Je remplis un seau au robinet tout en m'efforçant de ne pas penser à mes propres problèmes justement : le loyer dû la semaine prochaine, le chômage de Liam. Ma famille qui resurgit dans ma vie après des années d'absence, ravivant mes souvenirs.

L'eau chaude déborde du seau et éclabousse mes pieds.

Du calme, Dee, ça va aller.

Charlie va bientôt réapparaître. Non ?

AVANT

2

Mercredi 7 août 2019
Dix-sept jours plus tôt
Charlie

Il aperçut sa fille à l'intérieur de la bâtisse, près d'une fenêtre. Tête baissée, le visage dissimulé derrière le rideau de ses cheveux, l'oreille tendue vers le bip de verrouillage de la voiture. Elle savait qu'il était là, elle avait dû l'entendre se garer. Pour autant, il ne se précipita pas. Il l'observa qui se déplaçait vers la porte de son appartement avec des mouvements lents, en appui sur les meubles, pour l'accueillir. Charlie Perry s'extirpa de sa voiture et pressa la clé. Sa fille esquissa un sourire, leva la main. Il voulut la saluer – un réflexe, même après toutes ces années – puis laissa retomber son bras. Il préféra confirmer sa présence en tapant deux petits coups sur la vitre.

— Bonjour, monsieur Perry, lança d'une voix chantante la nouvelle réceptionniste.

Les premiers temps, il avait demandé au personnel de l'appeler Charlie, mais il n'avait reçu en réponse qu'un sourire poli. Pas de familiarités dans ce genre d'établissement. À Wadham Manor, on ne portait pas d'affreuses blouses en polyester beige rosé. Ici, le pantalon élégant et la chemise amidonnée étaient de rigueur. Et les tabliers jetables n'étaient enfilés que lorsque c'était nécessaire.

Un bouquet de roses jaunes remplaçait les pivoines de la semaine précédente au centre du bureau de l'accueil. Charlie inspira l'air épuré où perçait l'odeur de la cire d'abeille et s'autorisa une moue de satisfaction. Ce n'était qu'une façade, il le savait. Wadham Manor restait un centre de soins spécialisés, pourtant il se laissait volontiers berner par les fleurs fraîches et les avis élogieux qu'on pouvait lire dans la brochure de l'établissement, présenté comme un hôtel-spa de luxe. Sa fille ne méritait pas moins. Il le lui devait.

D'un ton enjoué, Charlie rendit son salut à la femme devant lui. Impossible de se rappeler son prénom ; il lui faudrait se renseigner auprès de quelqu'un. Avoir le bon prénom était primordial.

— Comment allez-vous ? Et comment va Birdie aujourd'hui ?

— Bien. Elle s'en est brillamment sortie avec le nouveau kiné hier. Elle va être ravie de vous voir.

Sauf qu'elle ne me verra pas, voulut répliquer Charlie. Birdie ne le voyait plus depuis presque vingt ans.

— Dans ce cas, j'y vais, annonça-t-il à la place.

— Bien sûr. Je préviens Mme Lyons de votre présence. Je crois savoir qu'elle aimerait discuter avec vous d'une facture.

Birdie le serra fort dans ses bras après lui avoir ouvert la porte de son appartement.

— Eh bien, papa, tu as renversé un flacon d'après-rasage sur toi ? s'esclaffa-t-elle en se pinçant le nez.

— Quoi ? Tu n'aimes pas ? Il m'a coûté une petite fortune.

— Je m'en doute. C'est Pauline qui l'a choisi ?

— Elle ne supportait plus mon ancien parfum. Elle voulait que je me renouvelle.

— Je l'aimais bien, ton ancien parfum. Tu sens comme dans une boutique d'aéroport, maintenant.

— Ha ! ha ! Tais-toi et prépare-moi un café, tu veux ?

Il l'observa pendant qu'elle sortait les tasses et le lait dans la kitchenette, discutait avec lui tout en ramenant une mèche de sa magnifique chevelure de jais derrière son oreille. *Personne ne devinerait qu'elle est aveugle*, songea-t-il. Mais lui, il le savait.

J'ai de la chance de l'avoir toujours auprès de moi. Voilà ce qu'il ne cessait de se répéter. Un mantra pour relativiser.

— Alors, comment ça s'est passé avec le nouveau kiné, hier ?

Le sourire lumineux de sa fille se ternit un peu.

— Le kiné ? marmonna-t-elle.

— Tu as eu une séance dans la matinée.

Doucement, laisse-la réfléchir toute seule.

— Ah oui. Bien, je crois.

Tous deux avaient conscience que son cerveau défaillant avait laissé cette information s'envoler.

Charlie attrapa le dossier qui contenait tout ce que la mémoire de sa fille ne retenait pas.

— Il est noté que tu as travaillé l'équilibre et le renfort musculaire. Et aussi qu'il t'a grondée car tu disais des gros mots.

— Papa ! Il n'y a pas écrit ça ! gloussa-t-elle.

— Je t'assure, la taquina-t-il – il aimait tant la voir rire. Il y a toute une liste des jurons que tu as prononcés. Je n'ai pas entendu certains d'entre eux depuis que j'ai quitté l'East End.

— Arrête ! Tiens, voilà ton café. Comment s'appelle le kiné ? Son nom m'échappe…

Charlie consulta la fin du rapport.

— C'est… Stu.

Ses doigts relâchèrent malgré lui leur prise sur l'anse et des gouttes de café éclaboussèrent la feuille, dissimulant le nom sous une tache.

— Oui, Stu, c'est ça, approuva-t-elle.

Charlie retint son souffle et attendit de voir l'étincelle du souvenir modifier ses traits. Rien. Le nom ne lui évoquait rien. Il avait été effacé, comme le moindre détail de cette nuit tragique. Son esprit vif et aiguisé, qui lui avait valu d'être admise dans la prestigieuse université d'Oxford pour étudier le droit, avait été irrémédiablement endommagé en quelques minutes. Quinze, avaient calculé les ambulanciers. Elle avait cessé de respirer le temps qu'il lui fallait pour siffler un gin-tonic, et toute sa vie en avait été bouleversée. À son réveil, des jours plus tard, elle avait oublié.

Elle avait de la chance. Charlie, lui, se souvenait de tout.

Lorsqu'il quitta l'appartement de Birdie, Mme Lyons rôdait à proximité, feignant de réorganiser, avec une certaine brutalité, les tiges des fleurs dans le vase.

— Ah, vous voilà ! pépia-t-elle comme s'il était son visiteur préféré – ce qu'il n'était pas. Nous devons vraiment régler cette histoire de facture...

— Je vous transfère l'argent demain, madame Lyons, assura Charlie alors qu'ils s'installaient sur le canapé du salon privé de son interlocutrice. Je vous suis très reconnaissant de votre patience.

— Voilà une excellente nouvelle... Toutefois, je crains que ce ne soit déjà ce que vous nous aviez promis la dernière fois. Et celles qui ont précédé.

— Comme je vous l'ai expliqué, j'ai rencontré un léger problème de liquidités. Je vous épargne les détails. Mais l'argent sera versé.

Il sentit la sueur perler à son front et ajouta :

— Vous avez ma parole.

Mme Lyons pinça les lèvres et se leva, lissant sa robe sur ses hanches proéminentes.

— Bien. Néanmoins, je me dois d'insister et de vous prévenir que nous ne reviendrons pas sur le sujet. Vous cumulez désormais six mois d'arriérés de paiement et j'ai peur de ne pouvoir prolonger davantage notre générosité à votre égard. J'ai l'impression que vous en profitez, monsieur Perry.

— Appelez-moi Charlie, je vous en prie.

— Peut-être devriez-vous envisager une solution d'hébergement alternative pour Birdie, monsieur Perry.

Charlie arracha un mouchoir de la boîte en fausse dorure posée sur le bureau de Mme Lyons, il s'essuya le visage tandis qu'il gagnait la porte principale sans un mot.

— Tout va bien ? s'enquit la réceptionniste à son passage.

— Formidable, merci. Le rhume des foins, c'est tout.

— Birdie est une jeune fille adorable.

Une jeune fille. Il voulut rappeler qu'elle était une femme. Qu'elle aurait trente-huit ans dans une semaine. Et ajouter qu'elle aurait dû être une grande avocate. Malheureusement, ses blessures l'avaient figée dans le temps. Sa vulnérabilité faisait d'elle une petite fille aux yeux de tous.

— Oui, elle l'est.

— Elle est d'ailleurs très demandée, aujourd'hui. Vous n'êtes pas son premier visiteur.

— Ah bon ? Elle ne m'en a pas parlé et je n'ai rien vu dans le dossier.

Charlie se creusa les méninges en quête d'une explication.

Le registre hebdomadaire des visiteurs ne contenait pratiquement que son nom et celui de la mère de Birdie. Ils ne venaient pas le même jour, afin d'éviter tout malaise. Une de ses anciennes professeures lui rendait aussi visite deux fois par an, mais elle prévenait toujours, pour que Charlie puisse avertir et préparer Birdie. Une camarade de lycée, sinon ? Elles s'étaient perdues de vue après leur départ à l'université, mais Birdie en suivait quelques-unes sur les réseaux sociaux.

— Non, en effet. Il est reparti sans la voir quand je lui ai appris qu'elle était en soins.

La femme se pencha en avant, avec un air conspirateur.

— Il a ajouté qu'il reviendrait dans le courant de la semaine prochaine, en début d'après-midi.

Il. Un frisson traversa Charlie. Il se racla la gorge.

— A-t-il laissé son nom ou un numéro ? Je pourrais le joindre pour organiser sa venue.

— Non. Il n'a pas souhaité qu'on la prévienne. Il voulait lui faire la surprise.

— D'accord… Je vous prie de me téléphoner s'il revient. Je n'aime pas trop qu'on importune ma fille.

Arrivé à sa voiture, Charlie dénicha dans la boîte à gants son paquet de cigarettes de secours, il en alluma une d'une main tremblante et tira dessus les yeux fermés.

3

Samedi 10 août 2019
Quatorze jours plus tôt
Dee

— Où est mon thé, bon sang ? s'écrie Pauline lorsque j'ouvre la porte de la caravane.

Elle semble s'adresser à moi. *Je ne suis pourtant pas sa domestique !* Puis je me rends compte que si.

— Bonjour, Pauline. C'est moi. Charlie vient de partir, je l'ai croisé dans l'allée.

— Il n'est jamais là quand j'ai besoin de lui, se lamente Pauline, furieuse. Il est toujours par monts et par vaux à accomplir ses bonnes actions, à discuter avec les vieilles dames ou à s'éclipser pour retrouver sa Birdie.

Birdie n'est pas la fille de Pauline, mais « le fruit d'une relation désastreuse », comme elle aime à le raconter en précisant qu'elle-même n'a jamais voulu d'enfant.

Tout le monde s'accorde à dire que Charlie est un saint : il supporte Pauline au quotidien et ne compte pas ses allers-retours pour rendre visite à sa fille handicapée. Pauvre petite. Il ne parle pas d'elle devant moi. Pauline l'interrompt de toute façon s'il la mentionne et il n'y a aucune photo d'elle dans la caravane. Les seules exposées sont celles de Pauline prenant la pose devant l'objectif, et elles datent de Mathusalem.

Au début, elle s'arrangeait pour sortir lorsque je venais travailler. Il n'y a pas assez de place pour nous deux là-dedans et elle déteste se le voir rappeler. Agressive avec ce bon vieux Charlie, elle le forçait à l'emmener faire les boutiques dans le grand centre commercial de Southfold pour y acheter son pain de campagne et ce vin qu'elle adore et ne trouve nulle part ailleurs. Pour le reste en revanche, ce n'est pas là-bas qu'elle s'approvisionne. Elle a beau exhiber des sacs de grands magasins, elle fait ses courses dans les mêmes supermarchés discount que nous. Ce que je ne répète à personne.

Les mamans que je croise à la sortie de l'école adoreraient la critiquer, mais jamais je ne dévoile quoi que ce soit à propos de mes clients. Je n'évoque pas l'état du frigo de Pauline, par exemple. Quelle honte, franchement. Il empeste comme si quelque chose était mort à l'intérieur. L'autre jour, quand je lui ai annoncé que j'allais le récurer de fond en comble, elle a feint ne pas avoir remarqué l'odeur nauséabonde. Puis elle a prétendu que c'était à cause d'un steak qu'elle avait acheté pour Charlie et qu'elle n'avait pas eu le temps de préparer. J'ignore comment j'ai réussi à ne pas éclater de rire. Pauline sait à peine faire cuire un œuf, alors cuisiner de la viande… Pourtant, nul ne brise ses illusions sur la fée du logis qu'elle s'imagine être. Devant elle, en tout cas.

Je ne suis pas la seule femme de ménage à Ebbing, mais je crois qu'on m'emploie parce que je ne cancane pas. Pour moi, les ragots sont à double tranchant. Quand on critique les autres il faut être disposé à ce qu'eux aussi parlent dans notre dos. Or, je préfère garder mes affaires privées. On sait seulement de moi que mon mari est plombier et que nous avons un fils de sept ans. Et que je ne suis pas d'ici.

Un élément d'importance. Dans une grande ville, les gens vont et viennent, mais ici, ils y vivent depuis des générations. Et à Ebbing, les habitants de pure souche – les « consanguins » comme les appelle Liam – dirigent tout. Ils édictent les règles tacites qui définissent quelqu'un comme un nouveau venu. Ils décident qui peut tenir un stand de gâteaux au marché de Noël et quel enfant peut participer à la parade du printemps. Nous autres sommes autorisés à acheter et à observer. Par chance, nous avons un ennemi commun sur lequel nous pouvons nous entendre : les citadins. Ces propriétaires de résidences secondaires qui ne viennent que pour le week-end.

Les locaux les détestent car ils envahissent leur ville et s'octroient les plus belles maisons pour n'y passer que quelques jours par an. Les nouveaux venus les détestent pour copier les locaux et partager un sujet de discussion avec eux. En toute franchise, les citadins sont mes clients préférés, mais je ne m'en vante pas. Je perdrais des contrats si ça se savait.

La ville a tellement changé depuis que j'y ai vécu enfant, au milieu des années 1990. Personne n'y possédait de maison de vacances à l'époque. Ceux qui avaient les moyens de s'en offrir une achetaient près de la côte, le long des plages de sable et loin des logements sociaux ou des zones industrielles. Sauf que le prix de l'immobilier s'y est envolé et les acheteurs se sont rabattus sur les bonnes affaires d'ici. Il semblerait qu'Ebbing soit en pleine expansion. Une bonne nouvelle pour moi.

Les citadins sont en général repartis quand j'insère le double qu'ils m'ont confié dans leur serrure et ils appliquent le tarif londonien. Si je passe une mauvaise journée, je peux me distraire en repositionnant les objets décoratifs typiques ou le diffuseur de parfum fraîcheur marine avant de m'attaquer à la crasse dans la douche. Je pourrais essayer les vêtements, mais je m'abstiens – sauf pour les chaussures, bien sûr. Tout le monde le fait, non ? Et une robe de temps en temps – toujours par-dessus mes propres habits. Ils ne le soupçonnent pas du tout. Ils n'ont sans doute même aucune idée de ce qui se trouve dans leur penderie.

Liam n'aime pas que je travaille pour eux. D'après lui, ce ne sont que de grosses sangsues qui aspirent tout le sang de la ville. Je lui réponds de garder ses commentaires pour ses copains au Neptune. J'en ai marre de ses « Rejoins la révolution, camarade » et autres bêtises.

En revanche, je n'ai pas encore déterminé de quelle manière on change de statut. J'entends par là le temps nécessaire pour devenir un « vrai » local. Existe-t-il une liste d'attente secrète ? Faut-il espérer la mort d'un habitant pour qu'une place se libère ? Voilà cinq ans que j'habite à Ebbing, et je suis encore sur le banc des remplaçants. Peu m'importe en réalité, je ne recherche pas à attirer l'attention sur moi, mais il y en a d'autres que cela dérange.

Je suis en train de nettoyer l'évier quand Charlie arrive à la hâte.

— Le petit déjeuner est servi, mon amour ! crie-t-il à Pauline en me décochant un clin d'œil.

— Où étais-tu passé ? lui demande-t-elle depuis son lit.

— J'ai été retenu par Dave Harman. Il râle encore à propos du festival de musique prévu dans deux semaines. Je lui ai répondu que, pour un samedi matin, il était encore un peu tôt pour discuter de cela. Il a continué et accusé les citadins de nuire à la ville, avant de prédire la fin du monde à Ebbing pour le pont du mois d'août. Sa bande et lui tiennent ce discours haineux depuis des semaines. Il va finir par avoir un ulcère.

— Oui, eh bien il a raison, réplique Pauline. Nous ne voulons pas que notre ville soit envahie par la populace. Il va y avoir de la drogue, des anarchistes et des voleurs. Et il sera impossible de se garer dans le centre.

— Tout à fait. Quoi qu'il en soit, je t'ai acheté de délicieux croissants. Je les réchauffe et te les apporte sur un plateau.

— Qu'est-ce que tu manigances ?

— Rien, chérie. Je n'ai pas le droit de te gâter un peu ?

— C'est cela. Tu oublies que je te connais, Charlie.

Finalement, la dispute éclate dans la chambre au moment où je lave les carreaux.

— Vingt mille ? Tu plaisantes ! hurle Pauline. Cet argent est pour ma piscine, pas pour un centre de soins. Je n'ai pas signé pour ça quand je t'ai épousé.

— Chérie, tu es injuste, tente Charlie comme s'il s'adressait à une enfant – ce qui ne va pas plaire à Pauline. Tu savais dès le début que Birdie avait besoin qu'on s'occupe d'elle.

— Mais pas qu'elle nous saignerait à blanc ! Combien as-tu déjà dépensé ? Oh non, ne me le dis pas. Je ne le supporterai pas. En tout cas, ça s'arrête maintenant. Tu m'entends ? Maintenant.

Elle doit se douter que je peux les entendre mais elle s'en fiche. J'astique la vitre un peu plus fort et je m'efforce de ne pas croiser le regard de Charlie quand il revient dans le salon-cuisine. Il a une mine affreuse. J'ignore comment il tient le coup.

4

Samedi 10 août 2019
Quatorze jours plus tôt
Elise

L'inspecteur principal Elise King se préparait une tisane aux vertus apaisantes, à en croire l'emballage. Un « thé de brindilles », comme disait Ronnie, sa voisine. Elise se demanda combien de temps les effets mettraient à se faire ressentir.

Elle n'avait dormi que quatre heures et ses yeux la piquaient. Les propriétaires de la maison de vacances d'à côté étaient arrivés tard, bien après minuit. Et avec eux, un concert de portières qui claquent, de jurons au sujet de la circulation pour sortir de Londres, de cris à l'encontre de leurs jumeaux adolescents – un garçon et une fille – et de leur labrador incontinent. C'était fréquent. Ebbing doublait de volume tous les samedis matin et Elise avait appris très vite qu'il fallait se rendre à la boulangerie à l'aube si elle voulait du pain au levain.

Allongée dans son lit, elle avait écouté le grand déchargement. « Pourquoi as-tu apporté un mixeur ? » « Range-moi ces planches de paddle avant que je ne me reprenne les pieds dedans ! » Les poings et les dents serrées, elle avait imaginé des représailles adéquates. Aspirer le mur mitoyen avant le lever du jour, peut-être ? Allumer un barbecue avec du bois humide ? Elle n'en avait pas l'énergie.

En plus, avec leurs manières détachées, nonchalantes, ils se montraient toujours charmants quand elle les croisait sur le trottoir. « Bien le bonjour ! Belle journée ! » s'exclamaient-ils en la voyant, sans jamais l'appeler par son nom. Peut-être l'ignoraient-ils… En tout cas, Elise, elle, connaissait les leurs. Kevin et Janine Scott-Pennington. Elle avait fait quelques recherches sur Internet, par réflexe.

A priori, leur seul point commun était la femme de ménage. « Les S-P sont de bons clients, lui avait affirmé Dee lorsque Elise s'était plainte de leurs arrivées nocturnes du vendredi. Ils paient toujours en temps et en heure. Ne le répétez pas, mais la présence des citadins ne me dérange pas. »

L'espace d'une seconde, Elise s'était demandé si Dee parlait d'elle avec eux. Cette éventualité lui avait donné envie de cacher ses affaires. Sa mère s'était gentiment moquée quand Elise le lui avait raconté. En vérité, cette dernière n'était pas habituée à avoir quelqu'un chez elle. Jamais auparavant elle n'avait eu recours aux services d'une employée de maison. Elle n'en voulait pas. Elle n'avait aucune envie qu'une inconnue fouille dans son tiroir à sous-vêtements ou examine ses relevés de compte bancaire. Sauf que le cancer avait impacté plusieurs pans de sa vie, et son opération exigeait une convalescence sans effort physique.

Retourner travailler, voilà ce dont elle avait besoin. Diriger une enquête criminelle, se doper à l'adrénaline et au café froid. Pas à la tisane de mémère. Pourtant, ses velléités s'éteignaient lorsqu'elle croisait son reflet dans le miroir : yeux caves et touffes de cheveux hérissés sur le crâne. Elle peinait à se reconnaître.

— Comment vais-je redevenir moi-même ? demandait-elle à la femme qui lui faisait face.

— Oh, la ferme, Elise ! s'admonestait-elle. Accroche-toi, c'est tout.

Elle s'y efforçait. Avec l'aide de Dee.

Quoi qu'il en soit, sa femme de ménage appartenait à une minorité quant à son opinion sur les résidents secondaires. Dave Harman, le propriétaire du pub situé de l'autre côté de la rue, racontait à qui voulait l'entendre que ceux-ci étaient en train de chasser les locaux en dehors de la ville la remodelant en station balnéaire chic : « Kensington-sur-Mer[1] », prononcé « Murr ».

Elise savait qu'Ebbing n'était pas comme les communes de bord de mer voisines, Bosham ou West Wittering. Elle n'était pas représentée sur les tapisseries de Bayeux et n'attirait pas non plus des milliers de visiteurs inopinés par une journée de grand soleil. Une ancienne usine de transformation de poissons recouverte de tôle ondulée s'élevait à l'entrée du bras de la digue, protégeant le port, et les dix mille habitants vivaient principalement dans des maisons préfabriquées, des lotissements et des pavillons à la peinture rongée par le sel plutôt que dans de mignons petits cottages au toit de chaume. Elise s'en fichait. Au moins, la ville paraissait plus réelle. Et c'était tout ce que l'inspecteur pouvait s'offrir pour vivre près de l'eau. Citadine jusqu'au bout des ongles, elle ne nourrissait pas cette envie depuis longtemps, s'étant imaginé que la mer lui tiendrait compagnie.

En attendant que la magie de sa tisane opère, Elise s'assit à la fenêtre qui donnait sur la grand-rue, tel un œil omniscient. Elle y avait accroché des voilages sitôt après avoir emménagé. Les précédents propriétaires n'avaient pas pris cette peine, mais elle ne souhaitait pas être exposée au regard

1. En français dans le texte original *(toutes les notes sont de l'éditeur)*.

d'inconnus. Désormais, elle pouvait s'installer devant sans être vue, à moins de faire un mouvement brusque ou qu'un curieux ne colle son nez à la vitre.

À sa sortie de l'hôpital, en mai, Elise avait pris place près de l'autre fenêtre, celle qui surplombait la mer. Pour suivre le rythme des marées. Lorsqu'elle avait acheté la maison, un an plus tôt, elle avait visualisé cette scène avec bonheur. Sauf qu'elle n'avait jamais pris le temps d'en profiter, entre le travail et… Bon, c'était surtout à cause du travail.

Maintenant, elle disposait de tout le temps qu'elle voulait. Pourtant, son premier lundi d'oisiveté l'avait assommée comme un coup de massue et accablée de chagrin. Elle n'avait presque pas quitté son lit de la journée. La vérité, c'était que toute sa vie tournait autour de son boulot. Si on le lui retirait, que lui restait-il ? Sans compter que physiquement, elle avait aussi été très éprouvée par sa mastectomie : elle pouvait à peine bouger.

Malgré cela, elle avait arrangé les coussins, d'un pas chancelant, disposée à se laisser bercer par le bruit apaisant des vagues. Elle n'avait pas tenu vingt minutes. La mer était censée la calmer mais le mouvement continu, le flux et le reflux incessant lui avaient mis les nerfs à vif. Cela lui faisait le même effet que le free jazz qu'affectionnait Hugh, son ex. Un tourbillonnement sans but perceptible – un peu comme lui, en fait… Elise, elle, aimait que son objectif soit net et précis, possible à atteindre. Et elle aimait aussi Alanis Morissette.

Fréquenter Hugh avait été une erreur, elle le savait désormais. Il était sa première et unique relation de bureau. Lorsqu'elle avait intégré la police du Sussex, elle avait pris le temps de s'établir et de s'imposer, et avait refusé de jouer les machistes autoritaires en descendant des pintes de bière et en racontant des blagues salaces comme certaines de ses consœurs. Elle se montrait sociable mais ne fréquentait pas les autres policiers en dehors du travail, c'était sa règle numéro un. « Ne permettre à personne de parler de ses seins au bureau. »

Sans être une nonne, elle se montrait prudente. Elle sortait avec des amis d'amis ou avait des aventures pendant les vacances. Jusqu'à sa rencontre avec Hugh. Elle avait trente-trois ans et participait à une opération conjointe avec son service. Il avait deux ans de plus qu'elle et une réputation de charmeur au QG de la police du Surrey, mais elle avait apprécié qu'il ne cherche pas à la séduire. Surtout, il était aussi passionné qu'elle.

Ils y étaient allés en douceur. Ils avaient d'abord échangé des e-mails et des textos pendant des semaines, un flirt si subtil qu'il était à peine décelable. Puis il avait proposé un rendez-vous.

À bord du train pour Woking, Elise, en proie à la panique, s'était enfermée dans les toilettes crasseuses pour téléphoner à Caro.

« Je ne suis pas sûre d'avoir pris la bonne décision.

— Arrête. On dirait que tu pars sous couverture dans un squat de crack. Il ne s'agit que de manger un morceau dans un pub avec un type qui te plaît. »

Elle le revoyait sur le quai, qui l'attendait. Qui la cherchait des yeux. Mais tout cela appartenait au passé, à l'ère pre-Ebbing.

Elle avait donc déplacé son poste de convalescence à l'avant de la maison, tirant son fauteuil avec précaution pour ne pas faire sauter ses points. Elle avait conscience que ça n'avait rien de sain, de rester assise à observer, mais elle ne pouvait pas quitter la rue des yeux. Elle avait le sentiment d'être de retour en planque. Toutes ces heures, confinée dans une voiture, à écouter ses coéquipiers lui raconter leur vie et leurs histoires de cœur pendant qu'ils surveillaient leur suspect, notaient le moindre détail, prêts à agir… Elle adorait ça.

Sa promotion avait signé la fin de ce contact au plus près du crime. Elle avait ensuite dû s'occuper de stratégies et de visions d'ensemble, d'objectifs à atteindre, de budgets à préparer. Elle avait cru que ces nouvelles tâches lui plaisaient. En tout cas, elle était douée. Mais, assise à sa fenêtre, elle avait l'impression de se retrouver. L'œil sur la rue.

Et les choses à voir ne manquaient pas. Le drame local au sujet du premier festival de musique d'Ebbing entamait sa deuxième phase. Il faut dire qu'on avait établi des plans d'action dès que les affiches avaient été placardées en juillet. Impossible de les rater : les couleurs fluo éclipsaient les tons pastel habituels des pancartes et égayaient la morosité de la rue principale où les magasins ouvraient et mettaient la clé sous la porte avant qu'elle ait pu y faire un tour.

Oubliez Glastonbury, venez à Ebbing ! clamaient les affiches. *Festival de musique ouvert à tous !*

— Ça pourrait être chouette pour les enfants, avait-elle déclaré au vendeur de journaux.

Elle avait oublié son nom dès qu'elle avait commencé à parler – ce qui lui arrivait de plus en plus souvent depuis le début de la chimio – et elle s'était mise à bégayer avant de se rabattre sur un « monsieur ». Elle l'avait ajouté à sa liste des choses à demander à Ronnie.

En attendant, « monsieur » avait pris un air renfrogné et montré les dents, révélant une prothèse en or.

— Si vous le dites, mademoiselle. À mon avis, c'est un scandale qu'on autorise ce festival. L'année dernière, on nous a refusé une fête de la bière pour raisons sanitaires, mais Pete Diamond débarque en ville et, cinq minutes plus tard, il obtient la permission de transformer son jardin en scène de rock pendant deux soirs. Y a un truc pas clair, voilà ce que tout le monde pense.

En effet. Et les accusations avaient enflé quand la pétition demandant l'annulation du festival était restée lettre morte auprès des autorités.

— Il monte cet événement dans le seul but de blanchir de l'argent, avait décrété une jeune maman qui tenait un enfant sur chaque hanche au supermarché. Tout le monde sait qu'il se sert d'Ebbing pour dissimuler ses activités douteuses.

Elise avait considéré les autres clients dans la file d'attente : ils hochaient la tête d'un air lugubre comme s'ils avaient tous un pied dans le crime organisé. Elle s'était alors sentie un peu nauséeuse. Les gens pestaient au quotidien à propos des clôtures mitoyennes, des troubles de voisinage, des stationnements gênants. Des affiches de festival. Ils pouvaient y accorder tout leur temps libre jusqu'à ce que ça vire à la vendetta. Un jour, elle avait ainsi arrêté un ancien maire qui avait poignardé son voisin octogénaire à cause d'une lame de bois non peinte sur sa barrière.

Elle aurait pu leur répondre qu'elle avait vérifié les antécédents de leur ennemi juré – elle n'avait rien d'autre à faire ! – et que M. Diamond était blanc comme neige. Mais aucun n'avait envie de l'entendre. *J'espère que la situation ne dérapera pas*, avait-elle songé.

Elise avalait les dernières gouttes de sa tisane quand Charlie Perry entra dans son champ de vision : il saluait les passants de la tête. Il était ce que sa grand-mère aurait appelé un « petit dandy », avec sa chemise rose à rayures, ses cheveux argentés peignés en arrière et sa raie au milieu. La première fois qu'Elise l'avait croisé, elle avait cru reconnaître l'odeur piquante du vieil après-rasage dont s'aspergeait son grand-père le dimanche.

Il échangeait quelques mots avec tous ceux qu'il rencontrait dans la rue, leur arrachait un rire ou un sourire chaleureux. Elise avait brièvement discuté avec lui à la poste, une fois, et l'homme était d'une autodérision charmante. Elle n'en avait pas pour autant rejoint son fan-club. Ce numéro de jovialité exacerbée ne lui avait jamais plu. Personne n'était comme ça. Il cachait forcément une part d'ombre ; une carte d'adhésion à une organisation d'extrême-droite, par exemple, ou un penchant pour le SM. Elle s'amusait de temps en temps à explorer les différentes possibilités. Pas tout haut, cependant. Elle avait vite compris qu'il était vu comme un saint par la communauté bien-pensante d'Ebbing.

Soudain, Charlie bifurqua et traversa la rue pour venir vers elle.

Merde. Je ne suis même pas habillée.

Le coup frappé à sa porte fut délicat mais insistant.

— Bonjour ! lança Charlie dès qu'elle entrouvrit. Oh, pardon, je vous dérange en plein petit déjeuner. Je vous prie de m'excuser.

— Il n'y a pas de mal. Que puis-je pour vous, monsieur Perry ?

— Appelez-moi Charlie. J'ai téléphoné l'autre jour, mais vous étiez absente. Je fais ma tournée annuelle afin de collecter des prix pour une tombola au profit d'une œuvre de charité dont je m'occupe. Peut-être souhaiteriez-vous faire une donation ?

— Heu... Je ne suis pas sûre d'avoir quelque chose de convenable à offrir.

— Oh, nul besoin que ce soit exceptionnel. Une bouteille de vin, ce serait parfait !

— Très bien, je vais regarder ça.

— C'est très aimable de votre part.

Il fit tinter le contenu de son sac en le posant par terre.

— Ce que c'est lourd ! Je suis gâté, aujourd'hui.

— De quelle œuvre de bienfaisance s'agit-il ? s'enquit Elise, se retenant de justesse de lui demander ses papiers d'identité.

— Une association locale. Nous apportons notre aide aux jeunes souffrant de lésions cérébrales. Un domaine qui me tient à cœur, voyez-vous, car ma fille…

Sa voix se brisa et il s'essuya le visage avec un mouchoir.

— Pardon, reprit-il. J'en suis encore bouleversé… Même après toutes ces années.

Sans qu'elle l'ait vu venir, Elise aussi se retrouva sous le coup de l'émotion. Elle se ressaisit et serra la mâchoire par réflexe pour stopper ses tremblements. Elle pleurait bien trop souvent ces derniers temps. L'infirmière Macmillan avait assuré que c'était bénéfique d'extérioriser mais chaque sanglot semblait l'affaiblir davantage, lui ôter une autre couche de protection.

« On ne peut pas se permettre d'être trop sensible dans ce métier », lui avait-on affirmé quand elle était encore une bleue. Depuis, elle avait travaillé très dur pour ne ressentir que ce qu'elle était capable de supporter. Et maintenant, elle ressentait tout.

— Je vous en prie, entrez vous asseoir une minute, proposa Elise.

Elle s'en voulait de s'être montrée froide. Pauvre monsieur. Il fallait qu'elle arrête de se méfier instinctivement de tout le monde.

— Ça va mieux ?

— Beaucoup. Merci, répondit-il en s'installant dans un fauteuil. Je ne veux pas vous importuner, vous savez.

— Ne vous inquiétez pas. Restez là, je vais aller chercher de quoi apporter ma contribution à votre tombola.

Elle se rendit dans la cuisine et fouilla ses placards en quête d'une bouteille encore scellée, tomba sur un litre de vodka dans un carton décoré, entre autres, de flocons de neige. Un cadeau offert par un collègue qui ignorait qu'elle ne buvait pas d'alcool et qu'elle détestait Noël.

— Cela vous conviendrait-il ? demanda-t-elle en tenant la boîte devant elle. C'est un peu ringard, mais il suffirait d'ôter cet emballage brillant.

— Oh, un peu de paillettes fera vendre plus de tickets ! C'est parfait. Alors, comment vous adaptez-vous, ici ? Vous avez aménagé la maison avec goût, en tout cas. Ebbing est une ville formidable, n'est-ce pas ? Des gens merveilleux, le sel de la terre… ou de la mer, je suppose !

— Tout à fait. Et cette vue ! ajouta Elise. J'ai hâte de pouvoir courir le long de la côte quand j'irai mieux.

— Ah oui, j'ai cru comprendre que vous étiez souffrante ?

Elise se crispa. Elle se doutait pourtant que la ville parlait d'elle. Les rumeurs étaient une monnaie d'échange dans les petites communautés. Son cancer du sein était certainement évoqué aux portes des écoles ou autour d'un café au comptoir.

— Je vais bien, merci. Je reprends le travail le mois prochain.

— Pour rendre nos rues plus sûres, n'est-ce pas ? Excellent. Bien, je vais vous laisser. Merci encore de votre gentillesse. J'espère que nous nous recroiserons bientôt.

5

Lundi 12 août 2019
Douze jours plus tôt
Charlie

Charlie n'avait pas dormi. Il était resté allongé dans l'obscurité à côté de Pauline, figé comme une statue, oscillant entre l'angoisse et la raison. Il avait tenu ainsi jusqu'à l'aube, quand les mouettes avaient commencé à faire des claquettes sur le toit.

Il s'extirpa du lit, ôta son pyjama et le replia avec soin avant d'aller se doucher, sa routine matinale. Il avait été contraint de l'accomplir jusqu'à ses seize ans, âge auquel il avait enfin pu choisir à quel moment se laver. Mais l'habitude était ancrée en lui profondément. Sa situation, en revanche, s'était améliorée depuis les sanitaires collectifs piqués de moisissure du foyer d'accueil. Il y avait d'abord eu la cabine individuelle, puis, lorsque l'argent s'était mis à affluer, la douche high-tech, dans la maison à Hampstead Heath, qui proposait seize options et un fantastique effet cascade. Aujourd'hui, il faisait sa toilette sous un filet d'eau tiède. Le moment n'en restait pas moins celui où il organisait sa journée. Seul. Pendant que Pauline ronflait doucement.

Les rayons du soleil chauffaient déjà la caravane, cognant sur le métal trente centimètres au-dessus de sa tête. Il perdit l'équilibre lorsqu'il se baissa pour se savonner les orteils et s'affala contre la paroi. La cabine en plastique émit un craquement inquiétant. Comme sa vie.

Au cours de leurs dix années de mariage, pas une fois il n'avait discuté finances avec Pauline. Il était convenu que c'était le domaine de Charlie et que, tant que ce dernier dépensait sans compter pour son bien-être à elle, elle ne posait pas de questions.

Charlie s'était occupé de tout avec brio : il avait réglé les factures pour Birdie en toute discrétion puis investi une somme rondelette issue de la vente de la maison d'Hampstead dans leur emménagement à Ebbing. Il s'offrait ainsi la certitude d'avoir les fonds nécessaires pour garder sa fille dans son cocon cinq étoiles jusqu'à sa mort. Après quoi, son assurance-vie couvrirait les frais. Celle-ci s'élevait à sept cent cinquante mille livres. Il ne l'avait pas dit à Pauline, mais il laissait tout à Birdie.

Il avait cru pouvoir se détendre, profiter du repos du guerrier bien mérité. Un loft en bord de mer, une croisière annuelle dans les Caraïbes et de longs déjeuners arrosés. Pauline avait eu d'autres projets.

« Un appartement ? Ne sois pas grotesque ! Il est hors de question que je revois à la baisse mon statut résidentiel », avait-elle décrété.

Alors qu'elle feuilletait le supplément du dimanche, elle était tombée sur une photo des Grands Chênes : un ancien hôtel de luxe situé sur la côte Sud. Elle l'avait aussitôt entraîné sous les draps, et le tour était joué. Pourquoi était-il aussi faible ?

Comme il fallait s'y attendre, l'achat s'était révélé être un gouffre financier. Il l'avait su à l'instant où il avait posé les yeux sur la demeure. Avec le taux d'intérêt de son investissement qui explosait, les dettes avaient commencé à s'accumuler. Il avait alors dû renoncer à sa retraite et chercher de nouvelles opportunités commerciales. Le tout en gardant Pauline à distance. Mais maintenant, elle le harcelait matin, midi, et soir, Birdie dans sa ligne de mire.

— Tu dois lui trouver un établissement moins cher, avait-elle déclaré la veille en se démaquillant. Elle n'a même pas encore quarante ans, nous allons devoir payer ces frais astronomiques pendant des décennies. L'installer dans une suite au Ritz nous reviendrait moins cher. Je comprends pourquoi tu ne m'en as jamais parlé. La réalité, Charlie, c'est que nous ne pouvons plus assumer ces coûts. Il doit bien exister un centre de soins social qu'elle pourrait intégrer, non ?

Il refusait d'imaginer la réaction de Birdie s'il lui apprenait qu'elle devait quitter Wadham Manor. C'était son monde. Tout ce qu'elle connaissait et maîtrisait. Il aurait la sensation de la laisser de nouveau tomber. Il sentit les larmes lui piquer les yeux et mit la tête sous le jet d'eau. Puis il s'efforça de se concentrer sur ce qu'il pouvait encore contrôler. Sa première tâche de la journée consistait à conduire les sœurs Howell au grand supermarché pour leurs courses hebdomadaires. Il pourrait en profiter pour déposer les prix de la tombola qu'il avait récoltés auprès de ses voisins grâce à ses discours charmeurs pendant qu'elles flâneraient dans les allées à la recherche de biscuits et de sels de bain Epsom. Ensuite… Eh bien, ensuite il retournerait à Wadham Manor.

Sur le chemin du retour la semaine précédente, il s'était répété que le visiteur inconnu était forcément un ancien camarade de lycée de Birdie, venu aux nouvelles. Qu'il s'inquiétait pour rien. Pourtant, son instinct – sur lequel il avait pu compter au fil des ans – lui soufflait le contraire.

Il avait donc décidé d'effectuer le trajet de quatre-vingt-dix minutes tous les jours cette semaine. Il raconterait à Pauline qu'il s'occupait de son œuvre de bienfaisance.

Juste pour vérifier. Pour sa tranquillité d'esprit.

Il se gara loin de son emplacement habituel, dissimula sa voiture derrière une camionnette de livraison, et attendit.

Charlie baissa les vitres, attrapa la dernière de ses cigarettes de secours et inspira une longue bouffée pour s'emplir les poumons. Il fumait deux paquets par jour à l'époque de sa rencontre avec Pauline, ce qui ne semblait pas la déranger. En revanche, dès qu'elle avait emménagé chez lui, elle avait décrété que son corps était un temple qui devait rester pur. Elle lui avait acheté des patchs et des chewing-gums à la nicotine et il avait presque arrêté. Presque. Il lui faudrait acheter un nouveau diffuseur de parfum pour sa voiture avant de rentrer.

Une demi-heure s'écoula. Il but une gorgée d'eau à présent tiède. Il allait patienter quelques minutes de plus, puis il ferait une visite surprise à Birdie. En attendant, il réfléchit à la manière de trouver l'argent pour subvenir à ses soins. Il devait simplement continuer encore un peu à faire tourner les assiettes chinoises.

Cette pensée le ramena aussitôt auprès de Mlle Hargreaves, sa maîtresse de primaire. À l'odeur de son visage poudré et à la puanteur des animaux en cage. La municipalité avait offert aux enfants les plus défavorisés une sortie au cirque et, assis sur un banc en bois dur, il avait contemplé bouche bée la magie s'opérer. Il avait vu un lion, des clowns effrayants et des acrobates volants. Mais ce qui l'avait marqué, c'était l'homme en costume à paillettes qui se mouvait autour de la piste en faisant tournoyer tout un service sur des bâtons au rythme de l'orchestre.

À dix ans, Charlie était un enfant renfermé et discret, qui veillait à ne jamais exprimer d'enthousiasme pour quoi que ce soit. Aimer quelque chose entraînait la déception et le chagrin, avait-il appris. Il avait remarqué les coutures effilochées du costume scintillant et les yeux éteints au-dessus du sourire maquillé et malgré cela, il avait été transporté. Il n'avait su que bien plus tard mettre un nom sur ce qui lui avait plu : l'art de flirter avec les limites du possible, l'imminence du désastre éventuel quand un bol ralentissait dans son mouvement et que le public retenait son souffle, ses oscillations apparemment invisibles pour l'artiste jusqu'au tout dernier moment. Puis le triomphe quand il le rattrapait d'un geste du poignet. Le héros du jour.

Charlie avait trouvé un bâton ainsi qu'une soucoupe ébréchée au foyer d'accueil et il s'était entraîné des heures durant dans le jardin. Jeune adulte, il en avait fait son métier, foulant un autre genre de piste. Il n'avait en tout cas jamais cessé d'être habité par cette sensation exaltante qu'il avait ressentie en faisant virevolter la première assiette. Jusqu'à maintenant, du moins.

Il tenta de retrouver un peu de courage. « Si le plan ne fonctionne pas, change de plan, pas d'objectif », se rappela-t-il. Le mantra était tiré d'une affiche accrochée dans le bureau d'un de ses anciens patrons. D'ordinaire, il se contentait d'un : « Tiens bon et encaisse. » Pas aujourd'hui.

Le crissement des pneus d'un taxi sur le gravier le ramena dans le présent. Charlie se redressa sur son siège. Il vit le passager descendre du véhicule et se planter, dos à lui, devant la porte d'entrée.

Charlie attendit que le taxi reparte et ouvrit sa portière. À ce bruit, le visiteur tourna la tête.

— Merde ! jura-t-il.

— J'allais le dire, répliqua Charlie.

MAINTENANT

6

Samedi 24 août 2019
Dee

Je suis en train d'enlever des cheveux de la bonde de douche, lorsque j'entends Val la factrice appeler depuis l'entrée.

— Bonjour ! Y a quelqu'un ?

— J'arrive ! répond Pauline.

— J'ai une autre lettre recommandée pour Charlie. J'ai besoin de sa signature.

— Il est sorti, grogne-t-elle. Je la lui donnerai à son retour.

Pendant que Pauline essaie de signer avec son index sur l'écran tactile, Val jacasse comme à son habitude, en quête de potins – peine perdue. Je l'observe par la fenêtre regagner son véhicule tandis que je passe l'aspirateur. Pauline se laisse tomber sur le canapé, l'enveloppe kraft sur les genoux. Un recommandé n'est jamais bon signe.

Le ménage terminé, je vais pour sortir la poubelle mais le sac, plein à ras bord, se déchire quand je le soulève. Une bouteille s'en échappe alors et tombe en tintant sur le sol. Je retiens mon souffle de peur qu'elle ne se brise. Heureusement, elle se contente de rouler. Ce doit être Charlie qui l'y a mise – Pauline jette ses cadavres de prosecco dans le bac de recyclage. Il siffle son brandy en cachette depuis qu'elle lui a reproché que sa consommation d'alcool affectait ses performances au lit. Pauvre Charlie. Elle doit pourtant bien se douter qu'il n'a pas arrêté de boire.

Je dissimule la bouteille et m'apprête à partir quand Pauline s'approche de moi. Elle est au téléphone.

— Mon mari est-il venu hier soir ? demande-t-elle à son interlocuteur. Je n'ai pas eu de nouvelles de lui de la journée.

Elle écoute la réponse en silence, avant de raccrocher et de s'exclamer :

— Dee, il s'est passé une chose affreuse !

Je déglutis avec difficulté.

— Quoi ? Qu'est-il arrivé à Charlie ?

— Non, il ne s'agit pas de lui. Deux adolescents ont fait une overdose lors du festival, hier soir.

— Oui, je sais, lui dis-je en ouvrant ma portière de voiture.

Les drogués n'ont que ce qu'ils méritent. Personne ne les oblige à se doper.

À cet instant, Pauline se cache le visage dans les mains.

— Personne ne l'a vu, poursuit-elle.

Ses épaules se mettent à trembler. Pourtant, lorsqu'elle relève la tête, ses yeux sont secs.

— Je veux que vous me conduisiez en ville, m'ordonne-t-elle. Il a dû dormir chez quelqu'un.

Sans plus d'explication, elle rentre s'habiller.

Des agents se trouvent près des grilles de l'ancien presbytère. Un ruban jaune et noir bat au vent plus haut dans l'allée. Pauline me demande de m'arrêter et sort de voiture pour rejoindre les policiers, sourire aux lèvres et épaules en arrière.

— Je suis à la recherche de mon mari, Charlie, annonce-t-elle de but en blanc, de sa voix d'actrice un peu rauque. Il n'est pas rentré à la maison et nous avons un rendez-vous important. Quelqu'un l'a peut-être vu hier soir ?

— Madame, il y avait près de huit cents personnes au festival, répond sèchement une policière. Et nous sommes un peu occupés par un incident, pour le moment.

Elle porte une barrette ornée de petits cœurs dans les cheveux. *Elle doit avoir des enfants.*

— Je croyais pourtant que c'était votre travail de rechercher les personnes disparues, rétorque Pauline.

— En effet… Pardon, reprenons depuis le début. Je suis l'inspecteur Brennan. Expliquez-moi vos inquiétudes concernant votre mari. Quel âge a-t-il ? Est-il de santé fragile ?

— Il a soixante-treize ans, quelques années de plus que moi, répond Pauline en minaudant, sans succès. Il est en bonne santé.

Je voudrais intervenir et déclarer qu'il prend des cachets pour la tension – la plaquette est posée sur l'étagère de la salle de bains à côté d'une boîte de Viagra recouverte de poussière –, mais je ne veux pas m'impliquer dans cette histoire. Je me tais.

— Je vois. S'est-il déjà absenté sans vous prévenir ?

— Ça lui arrive de temps en temps, s'il est en ville et qu'il croise de vieux copains.

— D'accord. Et ce rendez-vous, est-il d'ordre médical ?

— Non, il est censé m'emmener faire les boutiques à Brighton aujourd'hui.

L'agent interrompt sa prise de notes et pousse un soupir.

— Très bien. À votre place, j'essaierais de contacter ses amis. De notre côté, nous allons ouvrir l'œil. Tenez-nous informés quand vous aurez de ses nouvelles.

Sur ce, elle se détourne de Pauline. Un petit groupe de personnes marche à vive allure vers nous. Au centre se trouve un homme au visage décharné qui a l'air de ne pas avoir dormi depuis des jours.

— Où est-il ? Où est cet enfoiré ? hurle-t-il en me bousculant au passage.

L'inspecteur Brennan s'approche et l'attrape par le bras pour l'éloigner de nous.

— Lâchez-moi ! Ma fille, Tracy, est à l'hôpital, inconsciente… Les médecins disent qu'elle pourrait ne jamais se réveiller !

Sa voix se brise. Il déglutit avant de reprendre avec peine :

— Elle n'a que dix-huit ans. Quelqu'un est responsable. Quelqu'un lui a donné cette cochonnerie.

— Oui, renchérit un autre. Et nous savions que ça arriverait, pas vrai ? Personne ne voulait de ce fichu festival à Ebbing. Sauf Pete Diamond, bien sûr. Il se fait du pognon sur les corps de nos enfants.

— Allons, allons, tente de temporiser l'inspecteur Brennan en s'adressant au père. Je comprends votre angoisse mais vous laisser aveugler par la colère n'aidera pas. Trouvons un endroit où discuter au calme.

Le visage de l'homme se liquéfie. La policière s'apprête à le conduire à l'écart quand Pete Diamond apparaît au portail, vêtu d'un T-shirt sur lequel est écrit « Ibiza » en gros.

— Que se passe-t-il ? demande-t-il. Vous devez partir. Je dois sortir.

Soudain, le père se libère de l'emprise de la policière.

— Ma fille est en train de mourir, lui crache-t-il au visage. Vous avez son sang sur les mains !

— Foutaises ! réplique Pete. Votre fille a pris des cachets, ce n'est pas ma faute si…

Le père de Tracy l'empoigne, lui cogne la tête contre la grille en l'insultant. Je me rends compte que, machinalement, j'ai dissimulé mon visage derrière mes mains. Comme quand j'étais petite et qu'il se passait quelque chose d'effrayant.

Je sens encore l'odeur âpre de mes mains sales tandis que je m'accroupis pour me cacher. Regarder sans regarder. En espérant ne pas voir.

Pauline, elle, leur crie d'arrêter et l'inspecteur Brennan se fraie un chemin jusqu'à eux. Sa tête est projetée en arrière dans la bousculade et la petite barrette s'envole. Je la ramasse pour elle mais elle est occupée à pousser Pete à l'intérieur de la propriété et à réconforter le père. Celui-ci sanglote, tombe à genoux sur le trottoir. Ses amis se pressent autour de lui, animés par des vagues de colère.

— Nous n'avons pas dit notre dernier mot, marmonne l'un d'eux lorsqu'ils partent enfin.

7

Samedi 24 août 2019
Elise

L'inspecteur Caro Brennan toqua à la fenêtre d'Elise au moment où celle-ci essayait de se soulager du poids de son sac à dos sans solliciter les muscles de son buste. Le bruit la fit sursauter et elle poussa un gémissement.

Ronnie se leva pour l'aider. Elise était à peine revenue de sa balade sur la plage que sa voisine s'était présentée sur le seuil de sa porte en annonçant qu'elle faisait sa tournée de visites à domicile. Elle s'était invitée pour le café.

— Donne-moi ça, lança Ronnie. Quelle idée ! Aller se promener après ce qu'il s'est passé hier soir…

— Je vais bien. Entre, Caro ! Tu reviens du site du festival ?

— Oui, je donne un coup de main. Alors, il paraît que tu étais la première sur les lieux auprès des victimes ?

Ronnie se mit à fredonner *Holding Out for a Hero*[1].

— Merci pour cette intervention, Ronnie. Oui, ils étaient tous les deux inconscients quand je les ai trouvés.

1. Titre que l'on peut traduire par : « Dans l'attente d'un héros ». Chanson interprétée par Bonnie Tyler (1984).

— J'ai déjà lu le rapport des ambulanciers, merci, mais ce n'est pas ce qui m'intéresse. Qu'est-ce que tu fichais à un festival de musique ? questionna l'inspecteur Brennan.

— C'est à elle qu'il faut poser la question ! Caro, je te présente Ronnie, qui habite la maison d'à côté. C'était son idée. Moi, j'aurais préféré marcher pieds nus sur un lit de braises.

— Tu dis ça maintenant... Rappelle-moi, qu'est-ce que tu portais ?

— Oh, la ferme !

— Ronnie, comment était-elle habillée ?

— Body à motif léopard, comme nous tous...

Elise poussa un soupir et les laissa se moquer d'elle.

Jamais elle n'aurait dû aller à ce fichu festival, c'était évident. Mais, malgré elle, Elise y avait consenti. Ronnie avait beau avoir cinquante ans de trop pour se dandiner au rythme des lasers, elle avait lourdement insisté.

« Il faut que tu sortes, Elise, lui avait-elle asséné. Quel âge as-tu ?

— ... Quarante-trois ans. Quel rapport ?

— Plus tu resteras enfermée, plus ce sera difficile de sociabiliser ensuite. Écoute, on sera dans le parc de l'ancien presbytère d'Ebbing, pas dans un champ perdu en bord d'autoroute. Et il y aura même des sanitaires ! Aller, ce sera marrant. Je suis mariée à un homme qui décline, laisse-moi m'amuser un peu... »

Et sans qu'elle sache trop comment, Elise s'était retrouvée dans la queue de l'entrée du festival, à attendre que son sac soit fouillé par un adolescent blasé. Il avait confisqué une bouteille d'alcool au jeune couple devant elle et n'avait pas pris la peine de regarder ni dans son sac ni dans celui de Ronnie.

« Merci, mesdames, avait-il marmonné en les invitant à avancer.

— Ce n'est pas parce qu'on est plus vieilles que les autres qu'on n'essaie pas de faire entrer en douce de l'héroïne ou un couteau », lui avait lancé Elise avec hargne.

Le gamin avait écarquillé les yeux de surprise.

« Euh..., vous en avez ?

— À ton avis ? était intervenue Ronnie. Elle plaisante...

— Le service de sécurité est minable, avait grommelé Elise. La drogue va circuler à flots.

— Chut, inspecteur principal King, lui avait soufflé Ronnie. Vous n'avez pas encore repris du service. »

Elise avait inspiré un grand coup et Ronnie avait sorti le bon pour une boisson achetée à l'entrée.

« Je vais prendre un Cheeky Vimto, avait-elle commandé au barman tandis qu'Elise la fixait d'un regard interrogateur.

— On ne fait pas de cocktails », avait rétorqué, narquois, le jeune derrière le bar.

Il ressemblait à l'un de ces ados qui faisaient des dérapages à vélo sur le front de mer pour impressionner les filles, tout en s'insultant et en ricanant, pour masquer leurs complexes. Elise ignorait son nom, mais elle doutait qu'il soit en âge de servir de l'alcool.

« Deux cidres, alors », s'était résignée Ronnie.

L'ado avait fait déborder le premier verre et le liquide s'était répandu sur le comptoir avant de goutter sur les sandales d'Elise, collant sur ses orteils.

« J'aurais dû mettre des bottes en caoutchouc », avait-elle crié dans l'oreille de Ronnie.

Celle-ci avait acquiescé même si elle n'avait rien compris. Il était impossible d'entendre quoi que ce soit : la sono s'était mise à brailler plus fort qu'une horde de chats sauvages, puis quelqu'un avait enfin eu la présence d'esprit d'actionner un bouton et la musique s'était élevée, surpuissante. Les basses résonnaient dans la cage thoracique d'Elise et elle avait posé une main protectrice sur la cicatrice noueuse qui courait sous son T-shirt.

Soudain, les stroboscopes avaient illuminé la foule qui semblait danser au ralenti. Les festivaliers trop vieux pour lever les mains en l'air avec insouciance s'étaient déhanchés, leurs pas de danse timides camouflés par les lumières vacillantes. Par réflexe, Elise avait examiné les visages autour d'elle : un tic professionnel aussi naturel que de respirer.

« Va danser », avait-elle hurlé à Ronnie. Je surveille ton sac et ton verre.

Ronnie l'avait remerciée d'un sourire et s'était enfoncée dans la foule.

Sur l'estrade, Pete Diamond – l'homme qui avait triomphé des locaux récalcitrants à la tenue de son festival –, dirigeait les opérations. Son T-shirt remontait au-dessus de son nombril poilu qui se perdait dans une bouée de chair. Pour la première fois depuis longtemps, Elise explosa de rire. *Ronnie a raison, il faut que je sorte davantage.* Après une grande lampée de cidre tiède, elle avait contemplé le spectacle surréaliste d'un cadre supérieur rondelet qui vivait son fantasme de DJ, s'imaginant être le digne successeur de Fatboy Slim et appartenir au triumvirat des dieux de la techno.

Sur le devant de la piste, Ronnie sautillait comme un personnage de dessin animé. Elle semblait danser avec un homme coiffé d'une casquette de base-ball qui trébuchait sur ses voisins, pareil à une bille de flipper.

Il avait fallu que l'homme-rebondissant ôte sa casquette afin de s'essuyer le visage pour qu'Elise reconnaisse ce bon vieux Charlie Perry. Qu'est-ce qu'il fichait ici ?

Charlie avait les traits déformés, un air macabre sous les projecteurs verts qui balayaient le public, les yeux exorbités et la bouche grande ouverte. D'où connaissait-il les paroles de *Praise You*[1] ? Lorsque le spot revint sur lui, Elise comprit qu'il ne chantait pas. Il criait. De colère ? De peur ? Puis elle l'avait perdu de vue.

Elle avait sondé la foule du regard, tenté de donner un sens à cette étrange scène, mais tout paraissait normal. De loin, en tout cas. Parce qu'en observant plus attentivement, Elise se rendit compte qu'un gouffre s'était créé au milieu de la foule. Les gens s'éparpillaient, affolés, leurs hurlements muets couverts par le mur de son. Il se passait quelque chose de grave.

Elise s'était précipitée, jouant des coudes à contre-courant pour avancer. Le faisceau lumineux continuait ses allées et venues, figeait les danseurs par intermittence. Soudain, le silence avait fait bourdonner ses oreilles. La musique s'était arrêtée. Et elle était parvenue au centre du creux humain. Deux corps à terre. Elise avait sorti son téléphone pour prévenir les secours, ordonné aux curieux de reculer pour laisser de l'air aux victimes.

C'étaient des jeunes, même pas vingt ans, un garçon et une fille, en train de convulser sur l'herbe humide. Elle les avait mis tant bien que mal en position latérale de sécurité, puis avait cherché leurs pouls, rapides. Leurs membres tressautaient au diapason avec les lumières des stroboscopes.

La foule s'était écartée mais restait à proximité pour observer les gamins dont le maquillage avait coulé, des baguettes luminescentes entre leurs doigts mous. Puis Pete Diamond avait jailli de l'attroupement pour la rejoindre.

« Oh, mon Dieu ! avait-il murmuré, avant de se tourner vers le public. Pas de panique, tout va bien. Ils ont sans doute bu un coup de trop. Accordez-nous une minute pour régler ce problème. Vous trouverez des hot-dogs et des burgers à l'entrée.

---

1. Musique interprétée par Fatboy Slim (1999).

— Ce n'est pas à cause de l'alcool, avait sifflé Elise entre ses dents tandis que les badauds commençaient à s'éloigner en riant de soulagement. Ils ont pris quelque chose. Qu'est-ce qui tourne ici ? Vos agents de sécurité doivent bien avoir récupéré des trucs à l'accueil, ou entendu quelque chose ?

— Quoi ? Non ! Oh, mon Dieu, ils vont me crucifier si c'est à cause de ça, pas vrai ? Le festival va être annulé, et je vais devoir rembourser les gens.

— Inquiétons-nous d'abord pour ces deux-là, OK ? »

Elise vérifiait s'ils respiraient toujours. Pete Diamond l'avait regardée pour la première fois.

« Pardon, mais qui êtes-vous ?

— Inspecteur principal Elise King. »

Les traits de l'homme s'étaient affaissés.

« Écoutez, je ne suis pas en service. Il faut découvrir de toute urgence ce qu'ils ont pris. »

Une adolescente en short moulant avait surgi de nulle part, passant devant Elise pour se réfugier dans les bras de Pete.

« Papa ! Est-ce qu'ils vont s'en sortir ?

— Bien sûr, chérie. Les secours arrivent. »

La sirène d'une ambulance avait à cet instant percé le silence, d'abord faible puis de plus en plus forte. Comme si on avait remis la musique.

Tandis qu'Elise s'écartait pour laisser travailler les urgentistes, elle avait senti quelque chose de moelleux sous la semelle de sa sandale. C'était un portefeuille en cuir noir aplati par des centaines de pieds qui avaient dansé dessus. En l'ouvrant, elle y avait trouvé deux tickets de caisse, la photo pliée en deux d'une jeune fille, ainsi qu'une carte de fidélité de la cave à vin d'Ebbing. Celle d'un certain C. Perry. Et pas d'argent.

Charlie, il semblerait que vous ayez passé une très mauvaise soirée, avait-elle songé.

8

Samedi 24 août 2019
Elise

Caro ne cessa de plaisanter sur la tenue de festival d'Elise, jusqu'à ce que Ronnie se rende compte qu'elle était en retard à son cours d'essai de taekwondo. Elle se sauva sans tarder.

— Je ferais bien d'y aller aussi, déclara Caro. C'est une sacrée rigolote, dis donc !

— N'est-ce pas ? soupira Elise. Tu veux bien m'attendre une minute, que je change de T-shirt ? Je pourrais t'accompagner.

— D'accord… répondit Caro, non sans hésitation. Mais cette histoire sent mauvais : le père d'une des victimes a essayé de frapper l'organisateur. Alors tu te contentes d'observer.

— Entendu, sergent, rétorqua sèchement Elise avant d'ajouter d'un ton plus doux devant l'expression surprise de Caro : Pardon. Je suis un peu sur les nerfs ce matin…

Si Caro était vexée, Elise savait qu'elle ne lui en voudrait pas longtemps, elle connaissait son adjointe.

Les deux femmes étaient le jour et la nuit : Caro avait un esprit aiguisé et réfléchissait vite mais ignorait le concept de ponctualité, tandis que chez Elise, c'était presque un trouble obsessionnel compulsif. Dans un autre contexte, jamais elles n'auraient été amies. En fait, elles avaient sympathisé après un épisode de solidarité féminine. Elise avait aidé Caro aux prises avec deux vieux flics qui essayaient de marquer ses fesses au tampon dateur. C'était considéré comme un rite de passage obligatoire pour les nouvelles recrues dans certains commissariats : sorte d'enclave préhistorique où les femmes agents de police étaient soit des lesbiennes, soit des marie-couche-toi-là, selon leurs homologues masculins. Elise était intervenue au moment où ils essayaient de déboutonner le pantalon de Caro. Elle s'était jetée sur le dos du plus grand et avait passé son bras autour de son cou, tandis qu'il lui hurlait de le lâcher. Caro avait donné un coup de genou dans les parties intimes de l'autre, avant de lui tamponner la date sur le visage. Les deux hommes avaient déguerpi en trébuchant. Après ça, les jeunes femmes, en sueur et sous le choc, étaient restées un moment sans bouger. Elles s'étaient accordées pour taire cette mésaventure. Aujourd'hui, elles parleraient : il s'agissait d'une agression pure et dure. Mais à l'époque, presque vingt ans auparavant, le sujet était tabou.

Quoi qu'il en soit, ainsi que Caro aimait à le répéter, l'incident avait signé le début d'une belle et grande amitié. Et aucun autre collègue ne leur avait plus cherché de noises. Pendant un temps, à la brigade, on les avait surnommées King et Kong. Caro avait refusé d'y prêter attention. « J'ai des cuisses énormes et les cheveux en bataille ; ça pourrait être pire. Il faut choisir ses combats. »

— Comment vont les victimes ? s'enquit Elise lorsqu'elles arrivèrent sur les lieux.

Elle salua le petit groupe de visages familiers qui se tenait devant le supermarché et les observait. L'une des femmes siffla entre ses dents :

— Pete Diamond doit être arrêté.

Caro leva les yeux au ciel avant de répondre à Elise.

— Toujours inconscientes. L'ecstasy était surdosée et Tracy Cook a été plongée dans un coma artificiel en attendant qu'ils parviennent à maîtriser ses crises. Sa famille est en attente de nouvelles.

— Je me demande si c'était la première fois qu'elle en prenait.

— D'après le père, oui. Mais aucun parent ne veut croire que son enfant se drogue, alors… C'est lui qui s'en est pris à Pete Diamond.

— Et le garçon ?

— D'après les médecins, il va s'en sortir.

— On sait comment ils se sont procuré les cachets ?

— On est en contact avec la brigade de Southfold pour un topo sur les dealers en activité dans la région, mais on n'a rien trouvé sur place. S'il y avait eu un vrai service de sécurité, on aurait pu nous fournir des informations mais il n'y avait que des vigiles amateurs.

— Je sais, c'étaient des lycéens qui fouillaient les sacs à l'entrée, et leur seule préoccupation était de confisquer l'alcool pour que Pete Diamond puisse écouler ses boissons à prix d'or.

— Ça aussi, ça a dû rendre furieux le père du garçon qui est à l'hôpital : c'est le patron du pub de ton quartier, le Neptune.

— C'est le fils de Dave Harman ? s'exclama Elise. Mince, je ne l'ai même pas reconnu. Voilà qui ne va pas arranger la situation… Dave s'était donné pour mission de faire annuler ce festival. Il prétendait que ça engendrerait la circulation de stupéfiants dans la ville.

— Il s'avère qu'il avait raison. Je dois l'interroger tout à l'heure, ajouta Caro en sortant son calepin pour prendre des notes. Ah, j'oubliais presque, il faut aussi que j'appelle l'hôpital pour vérifier si Charlie Perry y a été admis.

Un frisson remonta la nuque d'Elise.

— Charlie ? Pourquoi ?

— Il aurait disparu, selon son épouse. Mais ce ne serait pas la première fois, et en toute franchise, je crois qu'elle s'inquiète surtout pour sa séance de shopping. Elle en a fait tout un foin, ce matin. La journée est chargée...

— Pauvre Charlie...

— Tu le connais ?

— Un peu. Il est venu chez moi la semaine dernière, il récoltait des lots de tombola pour une œuvre de bienfaisance et nous avons discuté de sa fille handicapée. Il était très ému. C'est un vieux monsieur adorable.

— Est-ce que tu l'as vu hier soir ?

— Oui...

Elise hésita. Devait-elle rapporter à son sergent ses impressions sur Charlie ? Son air effrayé ? En était-elle sûre ? Elle n'avait vu son visage qu'une seconde, après tout. *Tiens-t'en aux faits, Elise. Caro a bien assez à s'occuper entre le trafic de drogues et les lyncheurs locaux.*

— Je l'ai brièvement aperçu au milieu de la foule. D'après l'un des types du bar, il avait beaucoup bu. J'ai aussi trouvé son portefeuille près de la scène, sans argent dedans, quand ils ont commencé à évacuer. Je voulais le déposer chez lui ce matin. Écoute, il doit probablement être en train de cuver son vin quelque part. Il connaît tout le monde à Ebbing. Il va réapparaître et se fera passer un savon par sa femme. Je n'aimerais pas être à sa place quand ça arrivera.

Caro s'esclaffa. Elles poursuivirent leur chemin et Elise chassa de son esprit l'image de Charlie bouche ouverte en train de hurler dans la foule.

Finalement, elle ne resta que quelques minutes sur les lieux, observer son équipe en plein travail était pénible. Elle se sentait de trop. Elle savait qu'elle les gênait, qu'elle donnait à son sergent l'impression de remettre en cause toutes ses décisions. Or, c'était elle-même qu'elle remettait en question.

Son esprit aurait dû se focaliser sur l'enquête, mais depuis son traitement, elle se laissait facilement distraire. On appelait ça le « cerveau chimio », ou le « brouillard cérébral », sur les forums de soutien. La capacité d'Elise à retenir en une seule lecture les détails d'un rapport avait toujours fait sa fierté. Désormais, elle avait le sentiment de tâtonner dans le noir. Elle oubliait des mots, perdait le fil de ses pensées, ne retenait pas ce qu'on venait tout juste de lui dire, ni quel jour on était. C'était la plus cruelle des tortures pour une personne de sa trempe. Elle devait maintenant établir des listes. Des tas de listes.

Redeviendrais-je un jour moi-même ? Le boulot lui manquait affreusement, même les tâches ingrates, la paperasse, les tire-au-flanc, les interminables problèmes personnels de ses collègues. Pourtant, lorsqu'elle envisageait sa reprise, Elise ressentait une angoisse sourde, pareille à celle éprouvée dans un rêve qu'elle avait fait récemment : elle passait un examen et, en retournant le sujet, elle ne comprenait aucune des questions posées. Elle se tourmentait à la perspective de se retrouver devant le tableau blanc, face à son équipe qui savait qu'elle n'était plus taillée pour ça.

Aujourd'hui, cette échéance fondait sur elle à toute vitesse. Elle avait rendez-vous avec son oncologue quatre jours plus tard. En prévision, elle avait déjà été faire des prises de sang et des radios. Même si elle aurait plutôt dû s'inquiéter des résultats, c'était en réalité l'idée que le médecin la déclare apte à reprendre le travail qui lui nouait l'estomac. La date de son retour en poste avait déjà été notifiée par les ressources humaines. Le 18 septembre. Trois semaines plus tard.

9

Samedi 24 août 2019
Elise

Le temps qu'elle rentre chez elle, le soleil brûlait l'asphalte. Elle resta cinq longues minutes sous la douche, laissant le jet d'eau froide chasser de son corps la chaleur et la frustration. Ensuite, elle remit son pyjama pour faire ses exercices. Elle commença par lever et baisser les bras, imitant ce qu'elle voyait sur une vidéo YouTube. Ce mouvement lui donnait l'impression d'appeler à l'aide, comme si elle était en train de se noyer.

Caro et les autres devaient être en train de passer au crible les dépositions des témoins et les centaines de photos et de vidéos prises par les spectateurs lors de la soirée, recherchant les preuves d'une transaction de stupéfiants. Elle, de son côté, devait s'imaginer presser une orange entre ses omoplates. Elle surprit son reflet dans le miroir, y vit son visage terne et creux. Son air absent l'effraya.

En quête d'apaisement, elle contempla la mer à travers la fenêtre. Mais avec la marée montante, les vagues s'écrasaient sur la plage de galets comme un poing géant qui frapperait à sa porte.

Elise se remémora la grimace de Caro quand elle lui avait annoncé qu'elle s'installait à Ebbing.

« Le bord de mer ? Avec les mouettes et les baraques à frites ? Sans parler de la circulation… C'est à une heure de route du poste et l'été, tu ne pourras pas échapper aux embouteillages.

— Je ne suis pas tout le temps au bureau de toute façon. L'avantage de la brigade criminelle, c'est que je peux être appelée sur une affaire n'importe où dans le Sussex. Et Ebbing est plutôt central. »

Sourde aux mises en garde de son sergent et à son pessimisme, elle avait acheté le petit cottage en juin 2018. L'agent immobilier avait mis l'accent sur le panorama époustouflant et passé sous silence qu'il s'agissait en réalité d'une maison biscornue d'un étage, composée de deux chambres et d'une petite extension en guise de cuisine, avec un jardinet face à la mer et une porte d'entrée donnant sur le trottoir.

« C'est sympa, avait lâché Caro lors de sa première visite. Si on aime ce genre de cadre. Promets-moi de ne pas accrocher d'ancres ni de photos de phares partout. Par contre, il n'y a pas de placards ? Où vas-tu ranger tes décorations de Noël ?

— Tout doux, Brennan. Je ne fête pas Noël, tu le sais très bien. »

Hugh et elle préféraient partir au soleil en séjour tout compris. Enfin, ça, c'était avant…

Depuis qu'Elise était en arrêt maladie, Caro lui avait rendu visite quelques fois. Mais elle lui avait demandé de ne plus venir.

« Tu as un enfant. Tu ne peux pas passer tous tes jours de repos avec moi. Je t'appellerai. Et je serai de retour au boulot plus vite que tu ne le crois. »

En outre, elle avait déjà de la compagnie. Un peu trop, pour être honnête, avec Ronnie qui débarquait chez elle sans arrêt.

Sa voisine s'était présentée à sa porte le jour même de son emménagement. Elise était plongée jusqu'au cou dans les cartons et les souvenirs douloureux, mais Ronnie Durrant ne s'était pas démontée pour autant. La soixantaine passée, c'était une petite bonne femme au nez aquilin et aux cils recouverts d'une épaisse couche de mascara. Ce jour-là, elle portait un T-shirt au slogan revendicateur : « La vieillesse, c'est pour les mauviettes. » Elle lui avait apporté un gâteau pour lui souhaiter la bienvenue – acheté, car elle ne cuisinait pas, selon ses propres explications. Puis elle était restée une bonne heure et l'avait soumise à un véritable interrogatoire. Elise avait réussi à n'évoquer que brièvement Hugh, qui ne méritait pas qu'elle s'attarde davantage sur son cas.

Esquivant au mieux les questions de sa voisine lors de cette première visite, elle avait fini par inverser les rôles. Ainsi, elle avait appris que Ronnie avait une fille, Meggie, qui vivait en Australie et qui ne lui téléphonait pas assez souvent à son goût, et qu'elle avait travaillé à mi-temps à l'accueil de la bibliothèque municipale, où elle se tenait au courant des affaires personnelles des habitants de la ville.

« À la bibliothèque, les gens ont le temps de bavarder, lui avait expliqué Ronnie tout en furetant sans gêne parmi les livres d'Elise. On commence par un "Vous avez le dernier Lee Child ?", et on termine avec des confessions sur ses fibromes. J'ai tout entendu là-bas… J'adore connaître la vie des autres, pas vous ? »

Elise avait acquiescé. Oui, elle aimait ça aussi, d'une certaine manière.

Ronnie avait été ravie d'apprendre qu'Elise faisait partie de la brigade criminelle.

« Vous enquêtez sur des meurtres, c'est ça ? Je dévore tous les romans policiers que je trouve, avait-elle précisé, comme si ce détail faisait d'elles des sœurs d'armes. C'est fascinant, non ? Tuer quelqu'un… »

Il y avait eu un silence, puis Ronnie avait ajouté :

« Je pourrais bien m'y résoudre. »

Elle était sur le point d'assassiner son mari, Ted, fraîchement retraité.

« C'est devenu un vieux bonhomme… avait pesté Ronnie. Il construit une maquette de train, bon sang ! Et maintenant, il veut rejoindre un club de jeu de boules. Il s'est aussi acheté un chapeau en feutre blanc. Je lui ai rappelé qu'il avait soixante-cinq ans, pas quatre-vingt-cinq ! Je crois que je vais mettre du désherbant dans son porridge, s'il continue. Mais je ne devrais sans doute pas raconter ça à un inspecteur de police… Oh, je suis tellement contente que vous ayez emménagé ici. Je peux revenir demain ? Je vous aiderai à ranger.

— C'est très aimable à vous, Ronnie, mais c'est inutile, je vais m'en sortir. »

Elle n'avait aucune envie de devenir le cas social de qui que ce soit. Il allait falloir qu'elle accroche un panneau à sa porte d'entrée : *Elise s'en sort très bien toute seule*.

« Bon, vous savez où me trouver. Vous n'avez qu'à crier si besoin. Le mur mitoyen n'a qu'une épaisseur de briques, je peux vous entendre au travers. »

Avant son opération, Elise avait discuté quelques fois avec Ronnie, notamment quand elles sortaient les poubelles au même moment. Mais à cette époque, elles étaient de simples voisines, pas des amies. Ça avait changé en février, après le diagnostic de son cancer. D'une certaine manière, Ronnie faisait partie intégrante de sa convalescence.

« Je m'occupe du moral », avait-elle décrété.

Elise, qui avait laissé son esprit vagabonder – inévitablement –, repensait à la soirée de la veille. Sauf qu'elle ne revoyait pas les pauvres adolescents vers qui elle s'était précipitée, mais Charlie Perry. Son visage livide et en sueur. Elle avait croisé des centaines d'ivrognes en panique sans qu'ils la marquent, pourquoi n'arrivait-elle pas à oublier Charlie ? Était-ce parce qu'il l'avait émue l'autre jour, chez elle ? Parce qu'ils avaient partagé un moment particulier ?

Soudain, elle se demanda s'il avait parlé à Ronnie, pendant qu'ils s'agitaient sur la piste de danse. Elise donna trois coups sur le fameux mur mitoyen, dans la cuisine, et Ronnie répondit aussitôt. Ce signal était une idée de son amie, il lui rappelait une chanson de sa jeunesse.

Cinq minutes plus tard, Ronnie était installée en face d'elle, autour de la table à manger.

— Joli pyjama, commenta-t-elle. Mais tu étais habillée la dernière fois que je t'ai vue...

— J'ai fait mes étirements. Écoute, Charlie Perry...

— A disparu. Je sais.

Elise dissimula au mieux sa déception. Elle avait espéré lui apprendre la nouvelle mais bien sûr, Ronnie était déjà au courant. Elle échangeait sans cesse des informations avec tout le monde, et ce dès le saut du lit.

— Il m'a paru bouleversé hier soir, poursuivit Elise. Et en partant, j'ai ramassé son portefeuille par terre. On le lui avait peut-être volé. Tu l'as trouvé comment, toi ? Il t'a dit quelque chose ?

— Non ! Pauvre Charlie. Il avait une mine affreuse, c'est sûr. Il ressemblait à un mort-vivant. C'est pareil pour tout le monde sous ces lumières. Je sais par contre qu'il a des problèmes d'argent. Selon Val, la factrice, ils ont reçu plusieurs courriers d'une agence de recouvrement et de la banque. En tout cas, j'ai entendu dire que Pauline avait fait une scène en ville, ce matin. Je ne devrais pas parler d'elle comme cela, mais il faut reconnaître qu'elle aime attirer l'attention. Elle raconte à qui veut l'entendre que la police ne prend pas la disparition de Charlie au sérieux.

Et Pauline avait sans doute raison. Caro s'était montrée plutôt dédaigneuse quand elle lui en avait parlé. Malgré tout, Elise se sentit sur la défensive. C'était sa tribu qu'on calomniait.

— Il n'a disparu que depuis cette nuit. Et la police est occupée à découvrir qui a donné de l'ecstasy à Tracy Cook et au fils de Dave Harman, tout en empêchant les locaux d'envahir l'ancien presbytère avec des fourches.

Elles gardèrent le silence un moment.

— Et si nous allions discuter avec Pauline ? proposa Ronnie en se redressant d'un coup. Nous pourrions peut-être l'aider à le retrouver ?

— Je suis en arrêt maladie…

— Et alors ? Nous ne sommes que deux voisines inquiètes.

Elise roula des yeux. Visiblement, Ronnie n'en était pas à son coup d'essai dans ce rôle. N'empêche qu'un petit frisson d'excitation la traversa.

— Allez, la pressa Ronnie. Qu'est-ce que tu comptais faire d'autre aujourd'hui, de toute façon ?

10

Samedi 24 août 2019
Elise

Elles montèrent jusqu'à la résidence des Perry dans la vieille Mini de Ronnie. Elise avait délaissé son cabriolet Mazda, un cadeau qu'elle s'était offert après sa rupture avec Hugh, sur le parking du poste de police. Après son opération, elle n'avait plus été en capacité de conduire et il n'aurait pas été prudent de le laisser dans sa rue. Elle n'avait pas encore trouvé la force d'aller le récupérer. D'autant que Caro lui avait envoyé des photos sur lesquelles elle avait découvert sa voiture recouverte de sable et constellée de fientes de pigeons.

Tu auras la cervelle dans le même état si tu ne reviens pas vite travailler, avait-elle écrit en légende.

Ronnie parla pendant tout le trajet.

— Pauline était mannequin avant, mais elle te le racontera. Elle s'en vante auprès de tout le monde. Elle est la seconde épouse de Charlie et elle a été mariée deux fois avant lui. J'ignore pourquoi je n'en suis qu'à mon premier.

Avant de partir, elle avait préparé à Ted un sandwich au fromage et aux cornichons, et avait caché la télécommande.

— Comme ça, il ne regardera pas le télé-achat. La dernière fois, il a commandé un kit d'entretien de barbe ! Lorsque je lui ai fait remarquer qu'il n'en portait pas, il m'a répondu qu'il allait la laisser pousser. Juste pour m'embêter… En tout cas, ça va me faire du bien, deux heures loin de lui et de sa maquette, poursuivit-elle tandis qu'Elise priait en silence pour qu'elles arrivent bientôt.

La porte de la caravane s'ouvrit au moment où elles se garaient. La haute silhouette d'Elise n'était pas faite pour se glisser dans une Mini. Elle fit pourtant de son mieux pour ne pas montrer sa culotte quand elle s'extirpa du siège passager.

— Bonjour, Pauline ! s'écria Ronnie avec un geste de la main.

Elise l'imita.

— Ronnie ! Entre ! J'ai une allure affreuse, mais il faudra t'en contenter. Qui êtes-vous ? demanda Pauline lorsqu'elle nota la présence d'Elise. Désolée, d'habitude je soigne davantage mon apparence. J'ai été mannequin, vous savez.

Elise ignora le regard espiègle de sa voisine.

— Elise habite à côté de chez moi, expliqua Ronnie. Elle a acheté sa maison l'année dernière au couple snobinard qui avait le dalmatien. Nous voulions savoir si tu avais des nouvelles de Charlie ?

— Aucune, répondit Pauline d'un ton sec en s'affalant sur une chaise.

— Quand vous êtes-vous rendu compte de sa disparition ? s'enquit Elise avec douceur.

Pauline haussa les épaules.

— Quand il n'est pas revenu.

— Avez-vous contacté ses amis ?

— C'est ce que m'a demandé l'officier de police, marmonna Pauline.

— Elise aussi est de la police, intervint Ronnie. Elle est inspecteur à la criminelle.

— Vraiment ?

Pauline considéra Elise avec attention pour la première fois, et celle-ci se demanda si elle avait pensé à peigner les touffes de cheveux indisciplinées qui repoussaient depuis la fin de sa chimio. Elle manquait encore de pratique.

— Eh bien, oui. En réalité, je ne suis pas en service en ce moment. Mais je souhaite vous aider si je le peux, madame Perry.

— Oh, appelez-moi Pauline, comme tout le monde. Mais pourquoi m'aideriez-vous ?

— Je me suis inquiétée pour Charlie quand je l'ai vu hier soir. Et je suis tombée sur son portefeuille, dit-elle en sortant la pochette en cuir marron de sa poche.

— Comme c'est gentil à vous de le rapporter ! s'exclama Pauline en tendant la main pour le prendre.

Elise nota qu'elle ne semblait pas s'intéresser à la raison de son inquiétude.

— Où Charlie l'a-t-il perdu ?

— Je l'ai retrouvé par terre.

— Dans la grand-rue ?

Pauline ouvrit le portefeuille, en quête d'argent.

— Non. À l'ancien presbytère. Sur les lieux du festival de musique, précisa Elise. Bref, je crains qu'il n'y ait plus de liquide dedans, ni de cartes de crédit. Je pense qu'on a dû les lui voler.

— Un de ces vauriens de festivaliers, rétorqua Pauline avant de jeter l'objet sur le plan de travail. J'avais prévenu que la ville en serait envahie.

— Il y avait beaucoup de monde. C'est idéal pour les pickpockets.

— Et Charlie serait allé là-bas, à cet horrible événement ? Qu'est-ce qu'il y fichait ?

— Je crois qu'il dansait, avança Elise.

— Charlie, danser ? Il ne danse pas ! Il déteste ça. Et il hait la musique trop forte.

Sur la table de la cuisine traînaient un bol avec un reste de soupe et deux tasses sales. Ronnie les ramassa et les posa dans l'évier avant d'ouvrir le robinet.

— Où est le produit vaisselle ? Ah, le voilà ! Assieds-toi, Elise, tu prends toute la place.

— Et donc, vous avez contacté ses amis ? Sa famille ? réitéra Elise. Je crois savoir que Charlie a une fille.

— Inutile de lui demander quoi que ce soit, rétorqua Pauline. Quant aux autres, personne ne l'a vu.

— D'accord. Ce qu'il y a, c'est que Charlie n'avait pas l'air dans son état normal, hier soir, reprit Elise pour les remettre sur la voie. Et qu'il avait bu.

— Oui, il apprécie prendre un verre de temps en temps, pour sociabiliser.

Ronnie et Elise échangèrent un regard. Pauline devait avoir répété ce mensonge des centaines de fois, surtout à elle-même.

Elise acquiesça sans commenter, et enchaîna :

— Était-il contrarié par quelque chose ?

Pauline fit une moue dédaigneuse et se leva pour brancher la bouilloire. Elise percevait la tension dans ses épaules crispées.

— Quoi qu'il en soit, la police va contacter les hôpitaux, à moins que vous ne l'ayez déjà fait ? demanda-t-elle.

C'était le minimum, à son sens.

— Non, grommela Pauline en se mordillant un ongle. Est-ce qu'ils me tiendront au courant ?

— Bien sûr.

Pauline resta immobile devant le plan de travail pendant que l'eau chauffait. Dans le silence qui s'installa, Elise laissa un œil glisser sur une lettre qui sortait à moitié de son enveloppe sur la table. Elle ne discernait que le premier paragraphe mais il ne lui en fallait pas plus.

Pauline pivota et la surprit.

— J'espère que vous ne lisez pas mon courrier personnel ! s'exclama-t-elle d'un ton cassant.

Elise s'excusa tout en soutenant le regard de Pauline qui, gênée, se détourna.

— Je ne sais pas trop de quoi il s'agit, marmonna finalement cette dernière. C'est arrivé ce matin. L'argent, c'est le domaine de Charlie, pas le mien. Je suis un peu naïve en ce qui concerne les finances.

— Cela provient d'une agence de recouvrement. Ils stipulent qu'ils vont engager des actions légales pour saisir vos biens, expliqua Elise en ramassant la lettre. La maison, je suppose.

— Je n'avais pas idée que la situation était aussi catastrophique.

Pauline observa Elise par en dessous mais sa comédie de petite fille perdue était sans effet sur elle. Elise avait croisé nombre de petites filles réellement perdues et Pauline n'en était clairement pas une. Elle voulut rétorquer que la factrice et l'ensemble des habitants d'Ebbing connaissaient la gravité de leur situation mais l'objection ne lui parut pas pertinente.

— Charlie et vous en avez discuté ?

— Non. Comme je l'ai dit, c'est lui qui s'occupe des finances. Mon Dieu, que vais-je devenir ?

Elle attrapa alors une lime et entreprit de réparer les dégâts qu'elle venait de causer en se rongeant un ongle. Une fine poudre blanche tomba sur la table.

— Je pense que vous devriez consulter un avocat… Puis-je vous demander si Charlie suit un traitement ?

— Il prend parfois des cachets pour la tension.

— Vous pourriez vérifier s'il les a emportés avec lui ?

Elise cherchait à savoir si sa disparition était planifiée. Elle soupçonnait ses dettes d'en être la raison. Pauline ne bougea pas. En tant que « voisine inquiète », Elise sentit qu'elle ne devait pas insister.

— Vous regarderez plus tard, sinon.

Ronnie rejoignit alors la conversation en s'essuyant les mains. Elle alla droit au but.

— À ton avis, Pauline, pourquoi est-il parti ? À cause des problèmes d'argent ? Vous vous êtes disputés ? Est-ce que tu as d'autres soucis ?

Elle n'était peut-être pas bien grande, mais elle savait s'imposer. D'un regard appuyé, Elise tenta de la mettre en garde contre son approche un peu trop frontale, mais Pauline laissa échapper un gros rire et balaya la pièce d'un geste de la main.

— Tu veux dire, à part le fait que je vive ici ? Il m'avait promis que nous emménagerions dans la grande maison l'année dernière, or les travaux ont cessé depuis des mois. Il a dépensé l'argent de mon abri de piscine. Foutu Charlie ! Désolée… Le mariage n'est pas une partie de plaisir, n'est-ce pas ?

— Ne m'en parle pas, approuva Ronnie avec un sourire. Qu'est-ce qu'il leur arrive, à nos hommes ? Le mien commence à sentir l'urine.

— C'est la prostate, ma chère. Charlie a le même problème. Ça signe la fin des rapports intimes.

— Ce qui ne serait pas plus mal.

— Pas dans mon cas. Je suis une femme qui a des besoins.

— Vous êtes-vous disputés à ce sujet ? intervint Elise.

Pauline détourna les yeux.

— Mes besoins ou la maison ?

— Les deux…

— Non, répliqua Pauline en se levant.

Rideau. Fin du spectacle.

— Quand avez-vous acheté cette propriété ? insista Elise en s'approchant de la fenêtre pour contempler la demeure.

Elle flairait une histoire intéressante et cette perspective la faisait se sentir plus vivante qu'elle ne l'avait été depuis des semaines. Elle n'était pas du tout disposée à se voir congédiée.

— J'ai entendu dire que c'était un hôtel avant. Impressionnant.

Elle avait déjà vu cette maison, bien sûr, dont le toit s'élevait au-dessus des arbres avec la majesté d'un décor de film d'époque. De près, elle remarquait qu'une partie était condamnée par des barrières et que des plaques de métal obstruaient certaines fenêtres du bas. Les inscriptions sur les nombreuses déclarations de chantier s'effaçaient, pourtant les entreprises locales avaient à priori encore du travail pour plusieurs années.

— Il y a cinq ans.

Pauline vint se poster à côté d'elle. Pour la première fois, elle était animée d'un enthousiasme presque juvénile.

— Non, ça doit faire six. J'ai eu un véritable coup de foudre. Regardez-la !

À présent, Elise n'arrivait plus à faire abstraction du délabrement. La maison donnait l'impression d'abriter un tueur à la hache.

— Souhaitez-vous visiter l'intérieur ? proposa Pauline en attrapant une clé accrochée près de la porte.

Elle semblait déjà avoir oublié son mari disparu.

L'humidité créait comme des ecchymoses sur les murs et lorsque Elise toucha une tache verte, du plâtre tomba au sol.

— Je me rappelle mon émerveillement quand je l'ai vue pour la première fois, raconta Pauline avec entrain. Elle était vide depuis un moment et ne demandait qu'à recevoir un peu d'amour et d'attention.

— Il aurait été plus charitable d'abréger ses souffrances, murmura Ronnie.

Si Pauline l'entendit, elle n'en laissa rien paraître. Vivre dans le déni était sans doute sa seule arme pour supporter la situation, supposa Elise. La réalité était trop accablante. Toute leur fortune avait dû y passer.

— Elle avait besoin de travaux, certes, poursuivit Pauline pour combler le silence qui s'installa. Mais ça se reflétait dans le prix. Et il y a un fantôme qui la hante, vous savez.

Elle ouvrit une double-porte avec le même panache que dans une émission de rénovation. Elise trébucha sur un seau en plastique positionné là pour pallier une fuite dans le plafond.

— La plomberie n'est pas terminée. L'ouvrier nous a laissés tomber, marmonna Pauline en les faisant passer devant trois autres récipients de différentes tailles.

— Ted a de vieux seaux dans sa remise qu'il peut vous prêter, si tu veux, proposa Ronnie.

Pauline était déjà lancée sur un autre sujet.

— Regardez, d'ici on peut voir l'île de Wight. J'adore !

— Charlie partage-t-il votre enthousiasme pour cet endroit ? demanda Elise.

— Oh, lui… Il ne parlait que des trous dans le toit et du fait que la maison était sur le marché depuis longtemps. Il voulait acheter quelque chose de plus petit, mais j'ai eu gain de cause.

Elle se mit à entortiller une mèche de cheveux autour de son index.

— Quel âge a-t-il ?

— Soixante-quatorze ans le mois prochain. Le neuf septembre.

— Que faisait-il avant que vous ne veniez prendre votre retraite ici ?

— Seigneur, je commence à avoir l'impression de subir un interrogatoire ! s'exclama Pauline avec un rire gêné. Il travaillait dans la rénovation immobilière. Dans l'ouest de Londres, je crois. Nous vivions dans une adorable maison. Nous avions plein de projets : nous voulions installer une salle de cinéma et un sauna au sous-sol… Sauf que les voisins s'y sont opposés, et puis il y a eu ces histoires d'argent.

— Quelles histoires ?

— Je pense que cela suffit pour les questions personnelles, non ? rétorqua Pauline. C'est du passé, tout ça. Il ne s'agissait que d'un stupide malentendu qui s'est résolu.

L'instinct policier d'Elise se réveilla aussitôt.

11

Samedi 24 août 2019
Dee

Pendant le déjeuner, Liam ne tient pas en place. Il n'arrête pas d'aller à sa camionnette chercher quelque chose pour en revenir les mains vides. De toute évidence, il s'isole pour consulter son téléphone.

Lorsqu'il se lève une énième fois, je m'écrie :

— Bon sang, stop ! Tu vas me rendre folle. Je croyais que tu avais du travail ?

— On est samedi !

— Certains d'entre nous travaillent encore le samedi. À qui envoies-tu des textos ?

— Comment ça ? À personne.

Il lève les mains pour montrer qu'il n'a pas son portable.

— Chaque fois que tu sors. Qui est-ce ?

— Personne, grogne-t-il avant de se taire.

Il est capable de bouder pendant des jours. J'essaie de changer de sujet.

— Tu es au courant que Charlie Perry a disparu ?

Liam tourne la tête vers la fenêtre.

— Ah bon ? Quand ça ? marmonne-t-il.

— La nuit dernière. Pauline ne l'a pas entendu rentrer.

— Elle n'aurait pas pu le louper, vu dans quel état il était.

— Il avait l'air mal, au festival, pas vrai ?

— Oui. Enfin… Je suppose qu'elle est contente qu'il soit parti. Elle répète tout le temps que c'est un bon à rien.

— C'est vrai. Mais non, elle n'est pas contente. Elle était plutôt furieuse quand j'y suis allée ce matin. C'est elle qui a prévenu la police de sa disparition.

— La police ? s'étonne Liam. C'est un peu exagéré, non ?

— Sans doute. Mais peut-être qu'elle s'inquiète vraiment, après tout ? As-tu parlé à Charlie, hier soir ? L'autre jour, tu m'as dit que tu allais le faire.

— J'ai dit ça, moi ?

Il sait bien que oui. On doit régler le loyer à la fin du mois et comme il a changé son mot de passe sur son compte professionnel, je ne peux plus y accéder.

— Au sujet de cette facture impayée. Cela fait des mois que tu as terminé les travaux, Liam.

Il secoue la tête.

— Il était trop soûl, tu l'as vu toi-même.

— OK. Qu'est-ce qu'on va faire, alors ? On va s'en sortir, tu crois ?

— Quoi ? Bien sûr. J'ai des chantiers en perspective, donc arrête de m'enquiquiner.

— Je posais juste la question.

— Eh bien, évite.

— Chéri, nous devons discuter d'argent. De ce que nous allons faire à long terme, si ton travail ne reprend pas. Ce que je gagne avec mes ménages ne va pas suffire à nous faire vivre tous les trois.

— Laisse tomber, Dee. Je gère. Dave va me confier un gros chantier au pub : il veut installer un bar extérieur et il souhaite refaire toute la plomberie à l'étage. Je vais le voir aujourd'hui.

— Ça risque d'être difficile, il est sûrement à l'hôpital. Il t'a donné des nouvelles d'Ade et de Tracy ?

— Non.

Il continue de fuir mon regard.

— Le père de Tracy et ses amis vont étriper celui qui leur a donné de la drogue, dis-je. Ils ont agressé Pete Diamond sous les yeux des policiers, ce matin.

— Putain ! jure-t-il un peu trop fort. Bon, je vais sortir le chien.

Lorsqu'il claque la porte derrière lui, je suis soulagée. Il ne m'a pas regardée en face une seule fois tout le temps qu'a duré notre conversation. Ça commençait à me rendre nerveuse.

Je l'observe pendant qu'il descend l'allée. Il lâche presque la laisse de Misty en répondant à son portable. Je peux l'entendre d'ici.

— Salut, Dave.

Sur la porte close du Neptune, une pancarte annonce : « Fermé pour cause d'urgence familiale ». Pourtant, les lumières sont allumées à l'intérieur. Je toque, au cas où. Je me persuade que je viens seulement prendre des nouvelles d'Ade.

Dave ouvre et s'écarte pour me laisser entrer. Il se plante ensuite devant moi, les bras ballants.

— Comment va-t-il ?

— Il est encore inconscient, répond-il d'une voix cassée.

— Je ne sais pas comment ces pourritures qui vendent de la drogue peuvent se regarder en face.

Il ne dit rien. Il reste immobile.

— Vous êtes revenu chercher des affaires pour Ade ? je lui demande.

— Non. Je ne supportais plus de le voir inerte, comme ça. Je ne servais à rien, je n'étais bon qu'à taper sur les nerfs de Doll. Alors je suis rentré pour régler quelques trucs ici. Il se pourrait qu'on doive rester plusieurs jours à l'hôpital.

— Avez-vous mangé ? Je peux vous préparer quelque chose, je propose en lui serrant brièvement le bras au moment où je passe près de lui. Il faut garder des forces, Dave.

Dans la cuisine, il m'observe pendant que je coupe du fromage que je dispose ensuite sur du pain. Je suppose qu'il va jeter le sandwich sans y toucher dès que je serai partie.

La sonnerie stridente du téléphone du pub nous fait tous les deux sursauter. Comme Dave ne fait pas mine de bouger, je décroche à sa place.

— Allô ? Oh, bonjour, Doll...

Sa voix monte dans les aigus à mesure qu'elle m'apprend la bonne nouvelle.

— Voulez-vous lui parler ? Non ? D'accord. Retournez auprès d'Ade et je lui transmets le message.

Je raccroche et, même s'il se tient à côté de moi, je crie à Dave :

— Il s'est réveillé !

Le patron du pub fond en larmes et cache ses yeux sous ses mains larges et épaisses.

— Désolé, sanglote-t-il.

— Ne vous en faites pas, je murmure en lui tendant un mouchoir. Il faut que ça sorte. Voulez-vous que Liam ou moi vous emmenions à l'hôpital ?

Dave secoue la tête avec vigueur.

— Non. Je vais bien, merci, je peux conduire. Vous pourrez fermer à clé ?

— Bien sûr. Vous me donnerez des nouvelles de lui, d'accord ?

Une heure plus tard, les mots se bousculent dans sa bouche, à l'autre bout de la ligne.

— Ade est conscient et Tracy commence à émerger du coma, Dieu merci. Il est encore trop tôt pour en être sûr mais les médecins sont confiants : elle ne devrait pas avoir de séquelles.

— Oh, Dave, vous devez être tellement soulagé. Est-ce que Ade a parlé ?

— Parlé de quoi ? répond-il d'un ton cassant.

— Je voulais savoir s'il avait assez de force pour s'exprimer, c'est tout.

— Excusez-moi, Dee. Je suis dans tous mes états. Oui, ses premiers mots ont été : « Pardon, maman. » Doll était en larmes. On nous a demandé de ne pas le fatiguer avec des questions. Dites, je voulais vérifier si tout était en ordre quand vous êtes partie du pub ?

— Oui, rien à signaler. Une policière s'est présentée au moment où je fermais. Elle a dit qu'elle viendrait vous trouver à l'hôpital. Vous l'avez croisée ?

— Non… À quelle heure est-elle passée ? Laissez tomber, ce n'est pas important, je dois retourner auprès de ma famille.

Je n'arrive pas à raccrocher. Je n'arrête pas de penser à Liam. À son regard fuyant.

— Dave… Je peux vous poser une question ? Je sais que vous avez d'autres soucis en tête mais je m'inquiète pour Liam. Il est très stressé ces derniers temps. Est-ce qu'il vous a dit quelque chose ?

— Non, non. Je l'ai à peine vu.

— Ah oui ? Je croyais que vous aviez évoqué des travaux au pub.

— Ah oui, c'est vrai, oui, mais rien n'est fixé. Je dois y aller, Dee.

— Dave, je vous en prie, comment l'avez-vous trouvé aujourd'hui ?

Silence.

— Dave ?

— Aucune idée. Je ne lui ai pas parlé depuis des jours.

12

Samedi 24 août 2019
Elise

— Pauvre Charlie. Pas étonnant qu'il ait mis les voiles, déclara Ronnie quand elles regagnèrent la voiture. Je ferais pareil si, tous les soirs, je devais supporter l'adorable Pauline et ses « besoins ».

— Cette maison coûte une fortune qu'ils ne possèdent visiblement pas, ajouta Elise en bouclant sa ceinture. Il doit près de cent mille livres, à en croire ce courrier. Je me demande où il compte trouver l'argent pour rembourser… À mon avis, Charlie a des tas de raisons de vouloir disparaître.

À ces mots, Ronnie se tourna vers elle, un sourire jusqu'aux oreilles, les doigts agrippés au volant. Elise vit presque une ampoule s'allumer au-dessus de sa tête, comme dans les dessins animés.

— Pauline espère peut-être qu'il est mort ? Elle pourrait toucher l'argent de l'assurance-vie et conserver la maison, de cette manière.

— Ne nous emballons pas ! temporisa Elise. Les yeux sur la route et le pied léger sur l'accélérateur, madame la détective. Laissons de côté les sombres théories. Je vais mener une recherche discrète sur les antécédents de Charlie.

— Entendu, répondit son acolyte d'un ton enjoué.

Mon Dieu, qu'ai-je engendré ?

— Et pour l'instant, gardons pour nous nos agissements, ajouta Elise. C'est d'accord ?

Ronnie trifouilla les boutons de la radio.

— Ronnie… Nous sommes bien d'accord ? Sinon, je serai dans l'obligation de te laisser chez toi.

— Mais c'était mon idée ! Et c'est moi qui conduis !

— Sauf que je suis en arrêt maladie, et que mon chef n'appréciera pas que je fourre mon nez dans cette histoire.

— On n'aura qu'à dire que c'est moi, le cerveau de cette histoire.

De l'index, elle se tapota la pointe du nez.

— C'est ça, répondit Elise en réprimant un sourire. Ou nous pourrions juste agir en toute discrétion. Rentrons, et tu vérifieras si la barbe de Ted a poussé pendant que je consulterai les fichiers de police.

De retour chez elle, Elise alluma un ventilateur électrique près de la table et s'installa devant son ordinateur portable, munie d'un calepin. Elle ressentit le petit frisson qui la saisissait toujours au début d'une nouvelle enquête et croqua dans une pomme avant d'appuyer sur la touche « entrée » du fichier national de la police. Charles Perry, né le 9 septembre 1945, n'était pas connu des autorités. Elle se radossa à sa chaise, ôta un bout de peau de pomme coincé entre ses dents. Elle avait pourtant eu la certitude qu'il existerait des traces de ce « stupide malentendu ».

Elise reprit depuis le début et chercha l'acte de naissance du vieil homme en ligne. Soit ce dernier était le fruit de l'Immaculée Conception, soit les données qu'elle entrait étaient erronées. Charlie Perry n'apparaissait nulle part.

Une alarme se mit à sonner dans le cerveau de l'enquêtrice. Apparemment, M. Perry n'existait pas. Elle recommença, vérifia chaque information plutôt deux fois qu'une. Rien. Qu'en était-il de ses contrats de mariage ? D'après Ronnie, il avait eu deux épouses. Là encore, elle fit chou blanc. À qui donc était mariée Pauline ?

Elise décida de poursuivre ses investigations du côté de celle-ci : elle obtint son identité complète et sa date de naissance grâce à une condamnation pour excès de vitesse. Elle retrouva ensuite son acte de naissance. Elle était née sous le nom de Pauline Mary Blackwell, en 1944. *Elle a donc soixante-quinze ans*, songea Elise avec un sourire. Ce qui faisait de Charlie son cadet, s'il était bien né en 1945.

Pauline Blackwell avait bel et bien été mariée à un Perry, mais il s'agissait de Henry Perry, décédé au bout de trois ans de mariage. Voilà qui devenait de plus en plus étrange. Avait-elle épousé deux hommes nommés Perry ? Des frères ?

Elise joua avec les filtres de recherche et finit par trouver mention du mariage de Pauline avec Charlie. Charles Herbert Williams et elle s'étaient unis en 2009 à Islington. Il avait pris son nom.

Elise attrapa une autre pomme puis se mit de nouveau en quête de l'acte de naissance de Charlie. *Bingo ! Né le 9 septembre 1945, à Watford.* Tout juste une semaine après la fin de la Seconde Guerre mondiale. Aucun nom pour le père, seulement celui de la mère, Maureen. À l'époque, être mère célibataire engendrait l'opprobre. Son amant avait-il été tué en France avant d'avoir eu le temps de l'épouser ? Avait-elle été violée ? Elise fouilla alors dans le passé de Maureen, puis reprit ses esprits avant de s'enliser. *Concentre-toi !* s'admonesta-t-elle.

Elle entra le nom de Williams dans le fichier national d'un geste théâtral. *Ah ah ! Vous pensiez pouvoir m'échapper, Charlie ?* Mais l'ordinateur ne lui fournit aucune réponse.

Elle poussa un grognement et tapa du plat de la main sur la table, manquant renverser son verre d'eau. Retour aux archives administratives.

Charles Williams avait épousé en premières noces une dénommée Lila Nightingale, nom prestigieux s'il en est. Elise se pencha sur cette piste, dressant la liste des sociétés immobilières que Charlie avait montées et des adresses de plus en plus chics qui lui étaient associées sur les registres électoraux de Londres. Jusqu'à l'emménagement du couple dans une rue huppée du quartier de Kensington. *Pompeux.*

C'était là que Charlie et Lila s'étaient séparés. Celle-ci disparaissait des radars dans les années 1980, laissant la maison à son ex-conjoint. En 2000, Charles Williams déménageait dans l'est de la capitale et y restait quelques années avant d'épouser Pauline et de s'installer avec elle à Hampstead.

Elise tapota des doigts sur la table tandis que les pièces du puzzle s'assemblaient. *Quand donc êtes-vous devenu Charles Perry, alors ? Et pourquoi ?* L'enquêtrice avait toujours été fascinée par la facilité avec laquelle certaines personnes pouvaient changer de peau. Elle en avait rencontré quelques-unes au fil des ans. Notamment un laitier qui avait trois femmes – épouses ou amantes. Il tenait chaque jour un carnet de bord selon son identité, tout ça pour pouvoir réclamer trois allocations de logement différentes. « Ça ne valait pas vraiment le coup, en réalité », avait-il déclaré quand sa combine s'était effondrée en beauté sous la pression de trois fêtes d'anniversaires simultanées. Elise le soupçonnait d'avoir surtout vécu ainsi pour le frisson d'être pris la main dans le sac.

Elle imagina Charlie en train de s'entraîner tous les soirs : nom du premier chien, nom de jeune fille de la mère, lieu de naissance, film préféré... *Il doit pourtant y avoir des moments où il redevient lui-même*, songea-t-elle. Lorsqu'il croisait son reflet dans le miroir de façon impromptue. De quoi se faire des nœuds au cerveau.

En tout cas, Elise, elle, s'en faisait. Et elle en salivait aussi à l'avance. Ceux qui endossaient une nouvelle identité voulaient se cacher de quelqu'un ou de quelque chose. *Que fuyiez-vous, Charlie ?*

AVANT

13

Mercredi 14 août 2019
Dix jours plus tôt
Dee

Liam s'emporte de nouveau à cause de mes heures supplémentaires. Après avoir grignoté les miettes de céréales qu'il restait au fond de la boîte pour le petit déjeuner, je suis en train de rassembler mes affaires quand il descend enfin l'escalier.

— Quelle heure est-il ? demande-t-il, en caleçon. Je me ferais bien un sandwich au bacon.

— Il est 8 heures. Et tu sais combien coûte le bacon ? J'ai fait sortir Mitsy, je pars travailler.

Je dépose un baiser sur sa joue et me pique à sa barbe de trois jours.

— Tu n'es jamais à la maison. C'est encore moi qui ai dû préparer à manger à Cal hier soir.

— Pauvre chéri. Et que lui as-tu cuisiné ? De la pizza surgelée, pour changer ? Essaie d'ajouter quelques brocolis la prochaine fois.

Cal fait semblant de vomir et Liam s'affale sur une chaise à côté de lui. Il n'est pas d'humeur à rigoler, ce matin.

Je sais que ce n'est pas sa faute s'il n'y a pas de travail en ce moment. Les promoteurs viennent avec leur propre équipe d'ouvriers. « De la main-d'œuvre bon marché en provenance de Londres, se plaint-il régulièrement. Et je parie qu'il n'y a pas un seul artisan professionnel parmi eux. Comment pourrais-je rivaliser ? »

— Écoute, nous avons besoin d'argent. C'est aussi simple que ça. Ils cherchent une serveuse au Lobster Shack et Toby m'a proposé le poste. Je ne refuse rien tant que la situation ne s'améliore pas de ton côté. Et ça va s'arranger, j'en suis sûre. Au fait, je voulais te dire : Pete Diamond m'a donné des entrées gratuites pour le festival. Jenny a accepté de garder Cal.

Il grommelle et se met à consulter les messages sur son portable.

— Liam…

Cal lève aussitôt les yeux.

— Oui, papa. Pas d'écran à table. C'est la règle.

Liam repose son téléphone d'un coup sec et pique un bout du toast de Cal.

— Qui t'a nommé shérif de cette maison, hein ? réplique-t-il en tirant sur une oreille de Cal. Où est ton insigne ?

— Arrête ! Dis, qu'est-ce qu'on fait aujourd'hui, papa ? Je m'ennuie.

— Tu t'ennuies ? Il n'est que 8 heures ! Va t'habiller. Nous allons à Brighton.

— Youpi ! On pourra aller jouer aux arcades ?

— Non, je ne suis pas Crésus. Je dois voir quelqu'un.

Cal pousse un lourd soupir et met sa tête entre ses bras.

— Qui ça ? je demande en tentant de garder un ton neutre.

— Personne que tu connais. C'est pour rendre service à Dave. Il me paie l'essence.

Je lui décoche un regard méfiant. Il sait que je n'aime pas qu'il aille à Brighton. Qu'il retombe dans ses vieux travers. Mais il fait semblant de ne rien remarquer.

Cal fait l'imbécile, essaie de récupérer sa tartine. Je n'obtiendrai rien de plus de Liam pour le moment. J'exigerai des explications plus tard.

Au Neptune, Dave est bien silencieux, assis sur un tabouret au bar pendant que je passe la serpillère. Je suis sur le point de l'interroger à propos de ce service que Liam doit lui rendre, quand Ade surgit du fond du pub.

— Papa…

— Quoi ?

— Tu pourrais m'emmener à Portsmouth ? Je voudrais aller voir Tracy.

Dave toise son fils d'un air désapprobateur.

— Tu es censé trier les caisses à la cave. Nous étions d'accord : tu le fais et je te paie.

— Ah oui… J'ai oublié.

— Donc, c'est non, réplique Dave avant de se détourner.

— Alors, est-ce que je peux avoir une avance ? Pour payer le bus ?

— Tu te moques de moi ? rugit Dave. Non, bien sûr que non.

— Si c'est ça, je me tire. Je travaille déjà derrière le bar ce soir, je ne suis pas ton esclave.

Je retiens mon souffle dans l'attente de voir Dave s'emporter contre son fils. Ces derniers temps, une dispute éclate entre eux au moins une fois par semaine. Mais quand je renverse du coude le spray de cire, leur rappelant ma présence, Dave attrape Ade par le bras et l'entraîne dehors. *Il a fort à faire avec lui. J'espère que Cal ne deviendra pas comme ça.*

Mon téléphone sonne dans ma poche : je regarde l'écran, mais ne reconnais pas le numéro. Je ne décroche pas. Ces fichus démarcheurs n'arrêtent pas d'appeler. Sauf qu'on me laisse un message. Quand je l'écoute, j'apprends la mauvaise nouvelle de la bouche de Claire, une assistante sociale d'une lointaine époque.

« Dee ? J'ai le regret de t'annoncer que ton frère est décédé. Je sais que vous ne vous parliez plus depuis longtemps mais j'ai pensé que tu voudrais le savoir. »

Je compose aussitôt son numéro.

— Que s'est-il passé ? je demande, de but en blanc.

Question plutôt inutile. Mon grand frère, Phil, était dans un état pitoyable la dernière fois que je l'ai vu. Il y a quatre ans. À l'enterrement de maman.

Pour elle aussi, c'est Claire qui m'avait prévenue. Elle avait mis du temps à me joindre, ayant dû remonter la piste à partir d'adresses à Brecon et Brighton. Le choc avait été violent. Mais seulement parce que je croyais que maman était déjà morte. À ma dernière visite, elle avait une aiguille plantée dans le bras et m'avait à peine reconnue. Elle avait l'air d'avoir cent ans.

C'était une belle femme autrefois. Qui avait besoin qu'on le lui dise. Nous n'arrêtions pas de déménager pour qu'elle puisse être avec son copain du moment – voilà comment nous nous étions retrouvés à Ebbing. Ça a été la plus belle année de ma vie. J'avais cinq ans et Phil treize. L'assistante sociale nous avait installés dans un appartement de vacances avec vue sur la mer. Phil et moi allions nous asseoir sur la plage et nous lancions des frites aux mouettes. Le mec de maman était sympa. En tout cas, il ne frappait pas Phil. J'ignore pourquoi elle l'a quitté mais elle s'est très vite installée avec Jeff, ou Jed, je ne me souviens plus. Il n'est pas resté assez longtemps pour que je retienne son prénom.

Maman insistait pour que nous appelions « papa » chacun de ses nouveaux amants, mais elle a arrêté à partir du papa numéro quatre. Tony. Un homme maigre au physique enfantin, de dix ans son cadet. Il lui achetait de la lingerie sexy et de l'héroïne, et il lui tripotait les seins devant Phil et moi. Il ne voulait pas de nous. Il était trop jeune pour avoir des enfants dans les pattes. Il était plus proche en âge de Phil que de maman.

Phil, parce qu'il était l'aîné, en a beaucoup bavé, mais il ne s'est jamais vengé sur moi. Nous sommes nés de pères différents et devoir surveiller sa petite sœur devait être pénible, pourtant il le faisait sans rechigner. Il rapportait des roulés à la saucisse pour le dîner quand maman oubliait d'acheter à manger et nous nous pelotonnions devant la télé lorsque Tony et elle sortaient. Phil aimait les films violents et les monstres effrayants. En y réfléchissant, c'est assez ironique : nous en avions pourtant notre compte dans la vraie vie.

Au bout d'un moment, la situation est devenue invivable, et Phil est parti en m'emmenant avec lui. Il avait déniché une chambre dans un squat, à trois rues de la maison, et j'ai pu continuer à aller à l'école. Phil imitait la signature de maman sur les autorisations de sorties scolaires et les autres mots, notamment ceux concernant les poux. C'était facile de mentir, de toute façon. Nous avions l'habitude de garder les secrets de maman. Ma maîtresse ignorait que ma mère se droguait ou que mon frère et moi n'avions pas assez à manger. Et personne n'a découvert que nous habitions dans un squat, que nous dormions sur un matelas poussé contre la porte parce qu'il n'y avait pas de verrou. J'ose à peine penser à quel point c'était dangereux. J'avais à peu près l'âge de Cal aujourd'hui. Comment ai-je réussi à survivre ? J'avais Phil, voilà tout.

À cette époque, il avait arrêté le lycée pour travailler comme coursier et collecteur de loyers pour un propriétaire du coin. Il rentrait parfois agacé à la maison, quand il avait passé une mauvaise journée. Il buvait alors un verre pour « se remettre ». C'était mon héros. Il veillait à mon hygiène, à ce que je sois présentable pour l'école ; il me brossait les cheveux et me faisait des nattes. Le jeune de la chambre d'à côté nous laissait chauffer de l'eau sur sa petite gazinière pour nous laver.

Nous nous sommes perdus de vue quand j'ai été placée en foyer. Je n'ai même pas eu le temps de lui dire au revoir. Quelques années plus tard, je l'ai cherché, mais il avait disparu. Au fond d'une bouteille, disait-on. Il s'est écoulé seize ans avant que je ne le revoie, et il était complètement ivre. Je l'attendais devant le crématorium, priant pour qu'il apparaisse. C'était la seule raison pour laquelle j'étais venue, en réalité. J'ai failli le rater lorsqu'il est passé à côté de moi. Il devait retenir son pantalon d'une main pour qu'il ne tombe pas, comme s'il l'avait emprunté à quelqu'un, et il se grattait le visage. Ce visage.

— Bonjour, Phil, l'ai-je salué.

Il a tendu la main pour me caresser les cheveux, comme il le faisait quand je n'arrivais pas à m'endormir, et il a fermé les yeux. J'ai jeté mes bras autour de son cou. Mon grand frère. Je l'aimais tellement. Il m'avait tant manqué. J'ai senti ses côtes tandis que je le serrais contre moi. J'ai essayé de le convaincre de se faire aider. Il m'a répondu qu'il ne valait pas la peine d'être sauvé. Il pleurait, j'ai cru que c'était à cause de maman, jusqu'à ce qu'il commence à m'expliquer qu'il avait commis des choses horribles. Il n'arrêtait pas de répéter qu'il était désolé. Puis la musique du service a démarré.

Tony aussi était là. Tous mes fantômes de nouveau rassemblés. Lui non plus, je ne l'ai pas reconnu tout de suite. Il se tenait courbé et était d'une maigreur extrême. Je n'ai fait le rapprochement que lorsqu'il m'a accostée d'une voix geignarde, au moment où l'enregistrement de *All Things Bright and Beautiful* s'est arrêté et qu'un type en costume noir nous a invités à sortir.

« Viens avec nous, a-t-il dit. Nous allons au pub boire à la santé de ta mère.

— À sa santé ? Tu l'as tuée, sale con », ai-je rétorqué.

Puis je l'ai vu, impuissante, entraîner Phil dans le tripot le plus proche. J'ai pleuré sur tout le chemin du retour, après quoi je me suis efforcée de chasser Phil, maman et cette époque de mon esprit. Je devais penser à Cal. À notre avenir.

Je ne pleure pas quand Claire me raconte l'histoire de mon frère. Apparemment, Phil était en pleine convalescence.

— Il faisait de gros efforts pour reprendre sa vie en main. Il s'en sortait très bien avec le programme des douze étapes. Mais il a rechuté. On l'a retrouvé mort dans un parc, mardi matin. Il va y avoir une enquête et j'ignore combien de temps ça va prendre. Je te tiendrai au courant de la date des funérailles. Je voulais aussi te dire… Phil a laissé quelques affaires dans sa chambre. Je te les enverrai aujourd'hui, si ça te convient.

Je lui donne mon adresse et prétends être bouleversée – c'est ce qu'elle semble attendre de moi.

— Toutes mes condoléances, me dit-elle.

Je ne ressens rien.

14

Vendredi 16 août 2019
Huit jours plus tôt
Elise

Le groupe « Anti-Festival » tenait séance devant le Neptune. Elise avait déjà remarqué que le patron menait la plupart de ses affaires sur le trottoir, lors de ses pauses cigarette. Cigarettes qu'il ne terminait d'ailleurs jamais. Tel un ancien détenu, il en pinçait le bout pour les éteindre et fourrait les mégots dans sa poche. Elise se demanda combien de fois il s'était brûlé.

Dave Harman était un gars massif avec une épouse à son image, qu'Elise n'avait aperçue que quelques fois. « Elle s'appelle Doll, l'avait informée Ronnie. Mais elle n'a rien d'une poupée Barbie. »

Dave possédait le Neptune depuis des années et tous les gens du coin y venaient. C'était un pub typique avec du lambris foncé et des sachets de chips. Pas le genre d'endroit qu'appréciait Elise.

« Le Lobster Shack est plus haut de gamme, si tu préfères, avait ajouté Ronnie. C'est pour ceux qui ont davantage d'argent que de bon sens. »

Elise savait de qui elle parlait. Des citadins qui ne venaient à Ebbing que pour le week-end.

— Monsieur J'en-ai-dans-le-pantalon et son festival débile vont paralyser toute la ville, brailla Dave.

Charlie Perry, qui buvait tranquillement son gin-tonic à l'ombre des jardinières suspendues, tenta d'avancer que l'événement pourrait être bénéfique pour l'économie de la ville.

— Les visiteurs vont dépenser leur argent ici, affirma-t-il en levant son verre pour trinquer à cette idée.

— Vous vivez dans un monde d'illusions, répliqua Dave. La ville est en train de mourir. Nous devons attirer des investisseurs, pas tous les drogués de la côte qui, de toute façon, vont venir avec leurs propres boissons et leur nourriture. Les riches comme Diamond tuent déjà cet endroit à petit feu en achetant les maisons du front de mer pour en faire des résidences secondaires. Nos enfants n'ont nulle part où habiter. Mon fils va rester chez nous toute sa vie.

— Vous avez sans doute raison, reconnut Charlie.

Ce à quoi la bande de Dave acquiesça dans un élan de solidarité un peu niaise. La conversation virait sur la tombola pour l'œuvre de charité de Charlie quand le grand méchant loup apparut, descendant la rue principale d'un pas nonchalant comme si elle lui appartenait : le gros poisson dans la mare d'Ebbing. Elise l'observa, le générique de *Peaky Blinders* en tête.

— Salut ! lançait Pete Diamond aux passants avec un sourire de requin – toutes dents dehors et yeux plissés. Ravi de vous voir. Comment allez-vous ?

Une approche classique pour créer un lien, selon l'ouvrage de sciences du comportement qu'avait lu Elise pour un de ses cours. *Qu'est-ce que j'en sais ? Peut-être se soucie-t-il vraiment d'eux ? En tout cas, ça marche.* Il serrait des mains, les enfants lui tapaient dans la paume et prenaient des liasses de prospectus dans son sac pour les distribuer.

— Bonjour, Dave ! cria Diamond de l'autre côté de la rue. Comment allez-vous ? On pourrait se parler ?

Ce dernier parut confus.

— À quel sujet ?

— Au sujet des buvettes pour le festival. Les spectateurs vont être nombreux et il va y avoir de l'argent à se faire. J'aimerais que tout le monde en profite.

Un silence envahit la rue, pénétra par la fenêtre ouverte d'Elise. Elle se pencha un peu pour mieux entendre, même si c'était inutile.

— Vous pouvez vous mettre vos buvettes où je pense ! gronda Dave avec un regard autour de lui pour vérifier que son public était toujours là. Personne ne veut de ce foutu festival. Quand le comprendrez-vous ?

Diamond ne cilla pas.

— Eh bien, ce n'est pas vrai, mon pote, expliqua-t-il comme s'il s'adressait à un enfant – au point que Dave s'empourpra d'indignation. J'ai vendu deux cents tickets pour le premier jour, alors je crois que certains le veulent, au contraire. Écoutez, je sais que vous n'êtes pas convaincus, mais c'est un événement pour tout le monde : groupes de rock, de grime, même de country. De quoi rassembler la communauté et faire connaître notre ville. Dites-moi avant la fin de la journée si vous changez d'avis. Vous pourriez vous en mettre plein les poches. Mais si ça ne vous tente pas, je m'en occuperai moi-même.

— Ne criez pas victoire tout de suite, mon pote, rétorqua Dave tandis que son ennemi juré retournait à son fan-club. Rien n'est joué…

15

Vendredi 16 août 2019
Huit jours plus tôt
Dee

Liam est parti courir et j'écoute Cal qui révise ses leçons d'orthographe quand Claire me téléphone de nouveau. En reconnaissant son numéro, je me rends compte que je n'ai toujours pas ouvert l'enveloppe matelassée qu'elle m'a envoyée.

« Ça vient de Londres, a commenté Val la factrice en me la tendant ce matin. C'est votre anniversaire ?

— Non, Val. Ce n'est rien d'important. »

Je l'ai enfouie dans mon sac pour m'en occuper plus tard. Finalement, je n'en ai pas eu le courage.

— Je voulais juste t'informer que ses amis ont organisé une veillée au parc hier soir, m'explique Claire.

Je me doute que son appel part d'une bonne intention, mais je n'ai pas besoin de ça en ce moment.

— Tu y es allée ? Il y avait du monde ?

Je ne pose la question que pour dire quelque chose.

— Oui. Deux des résidents du foyer où il logeait sont venus. Son beau-père, Tony. Un vieil ami de l'époque aussi.

Et son parrain aux Alcooliques Anonymes, bien sûr. C'est lui qui a identifié Phil auprès de la police. Il était effondré. Il m'a assuré que Phil s'en sortait très bien. Il était sobre depuis six mois et avait même passé un entretien pour un travail.

— C'était qui, le vieil ami ?

C'est la seule chose qui m'intéresse.

— Heu, je n'ai pas entendu son nom… Il était très discret. Le teint pâle et l'air bouleversé. En tout cas, d'après le parrain de Phil, ton frère avait entamé l'étape neuf.

— C'est quoi, ça ?

Dans ma tête, j'essaie de me remémorer les hommes pâles et discrets de notre enfance.

— Il s'agit de demander pardon aux personnes que l'on a blessées par le passé.

Par qui Phil avait-il commencé ? Par qui commencerais-je, si c'était moi ?

— Ah d'accord… Quelqu'un sait pourquoi Phil s'est remis à boire, alors ?

— Non. Personne n'a la moindre idée de ce qui a provoqué sa rechute. À la réunion des AA, la veille au matin, il était très optimiste. Ce qui est sûr, c'est que son corps était trop fragile pour supporter un excès d'alcool. C'est tragique.

— Oui. Tragique. Merci beaucoup de m'avoir tenue au courant, en tout cas. Je dois te laisser.

J'envoie Cal jouer dans sa chambre et sors l'enveloppe de mon sac. Une montre bon marché en tombe. Je porte le bracelet à mon nez pour essayer d'y retrouver l'odeur de mon frère. Je ne sens rien. Je vide le reste du contenu : des documents officiels pour ses allocations, une lettre manuscrite qui lui est adressée et un carnet sur lequel est marqué *Amis pour la vie*. Je l'ouvre et lis sur la première page « Je suis désolé », de l'écriture enfantine de Phil. Dessous sont listés dix noms. Je repère le mien sur-le-champ. Je suis au milieu et un cœur est dessiné à côté. De quoi Phil voulait-il s'excuser auprès de moi ? Je parcours les autres noms et j'en reconnais deux, dont un qui est rayé d'un trait.

Je suis toujours assise à la table de la cuisine et, dans mon esprit, je me trouve dans une autre maison, quand Liam rentre de son jogging. Le claquement de la porte d'entrée m'arrache un cri de stupeur et mon cœur bat si fort que j'ai un goût métallique dans la bouche. Liam semble ne rien remarquer.

— Je suis en sueur ! déclare-t-il en passant devant moi pour s'élancer dans l'escalier.

Autour de moi, tout est flou. Je suis incapable de parler. Je fourre le carnet dans l'enveloppe et tente de retrouver une respiration normale. Quand il redescend, quelques minutes plus tard, il a l'air de bonne humeur.

— Ce footing m'a vidé la tête, je me sens bien mieux, annonce-t-il. Et toi, ça va ?

Vidé la tête de quoi ? ai-je envie de lui demander. Mais je ne dis rien. *Ne jamais poser de questions dont on ne veut pas connaître la réponse.*

De toute façon, j'ai déjà mon lot de problèmes à résoudre. Après que Cal a convaincu Liam de jouer au foot avec lui dans le jardin, je lis la lettre adressée à Phil. Elle est datée du 11 décembre 2018.

> *Je suis content que tu sois venu me voir le mois dernier. Je suis désolé d'avoir mis si longtemps à écrire, mais j'ai beaucoup réfléchi à ce que tu as dit. Je n'ai pas cessé d'y penser, en fait. Je sais que ça a dû être aussi difficile pour toi que ça l'a été pour moi. Déterrer de tels souvenirs est dur et je crois que nous avons tous les deux découvert des choses douloureuses. Bref, je veux te remercier de m'avoir aidé à comprendre ce qui était arrivé. J'aimerais bien qu'on se revoie un jour, mon pote. Je te paierai une pinte ou, comme je sais que tu as décroché, plutôt un café ? On reste en contact.*

La signature est un gribouillis illisible. Pourtant je devine de qui il s'agit. Maintenant, j'ai envie de savoir ce qu'ils se sont dit, et quels sont ces souvenirs douloureux dont il parle.

Laisse tomber, Dee. C'est de l'histoire ancienne. Phil est mort. Malgré ma petite voix intérieure, je sais que je n'en ferai rien. J'en suis incapable. Ce n'est jamais terminé, n'est-ce pas ? Le passé est toujours là, tressautant dans un coin sombre de ma tête, pareil à l'image d'un vieux poste de télé. La plupart du temps, j'arrive à en faire abstraction, mais des détails – une chanson qui me mettait les larmes aux yeux, ou l'odeur de plats chinois à emporter, notre petit plaisir pour les anniversaires – me le renvoient en pleine face. Mon enfance a été un long cauchemar, en réalité. Là, c'est différent. C'est une affaire en suspens, une bombe à retardement dont le tic-tac discret résonne comme un second cœur dans ma poitrine.

Je rappelle Claire pour obtenir le numéro du parrain de Phil. Puis je me lance.

— Bonjour, je suis la sœur de Phil Golding. Je voulais vous remercier de l'avoir épaulé, ces dernières années.

— Avec plaisir. C'était un homme très gentil. Je sais qu'il prévoyait de vous contacter…

— Merci pour ces paroles, dis-je, même si cette idée manque m'étouffer. Je n'ai pas eu de nouvelles depuis bien longtemps, mais ça compte beaucoup. Je viens d'apprendre, pour la veillée, j'aurais aimé être informée… Il paraît que de vieux amis de Phil étaient présents.

— Un seul, en réalité. Un homme qu'il avait revu récemment. Ils se sont connus adolescents, si j'ai bien compris. À Londres. D'ailleurs, son ami a indiqué qu'il habitait de nouveau dans l'immeuble où ils s'étaient rencontrés.

Moi aussi, je suis de retour dans cet appartement. Recroquevillée sur un vieux matelas. Attendant que mon frère rentre à la maison.

MAINTENANT

16

Dimanche 25 août 2019
Elise

Elise avait instauré un code couleur grâce à des Post-it aux tons criards, les seuls disponibles à la papeterie : rose bonbon pour Charles Williams, jaune citron pour Charlie Perry et vert fluo pour Pauline. Elle commença par les rose. Charlie avait porté le nom de Williams jusqu'à son emménagement à Ebbing, à en croire les registres. Elise pariait sur le « malentendu » londonien pour expliquer cette réincarnation en M. Perry.

Elle était convaincue que ce n'était pas la première fois qu'il connaissait des démêlés avec des créanciers et partait de l'hypothèse que Charlie avait orchestré sa disparition pour échapper aux soucis financiers qui se profilaient. Elle l'imaginait en ce moment même en train de lézarder au soleil sur une plage en Espagne. Quel nom utilisait-il, maintenant ?

Sauf qu'il a une fille handicapée. Elise avait été profondément émue quand il l'avait évoquée l'autre jour. Son attachement était sincère. *Serait-il vraiment capable de l'abandonner ? De la quitter sans un mot ?*

Elle examina ses notes sur les Post-it rose, y trouva le nom de la première épouse. Lila Nightingale. *Joli et inhabituel, comme nom. Plus facile que de devoir retrouver une Linda Smith.* Ses recherches lui fournirent ensuite la date de naissance de Sofia, la fille de Charlie. Celle-ci vivait à présent dans un centre de soins spécialisés à une quarantaine de minutes au nord d'Ebbing. Elise ne pouvait en revanche pas la contacter de but en blanc. Charlie avait mentionné des lésions cérébrales et Pauline avait indiqué qu'il était inutile d'espérer avoir une conversation avec elle.

Restait la mère.

Trois adresses renvoyaient à une Lila Nightingale. Elise les contacta une par une, son script de détective amateur bien au point.

— Bonjour, pardon de vous déranger, j'essaie d'entrer en contact avec des personnes qui connaissaient Charles Williams, un homme qui habitait à Addison Gardens, à Kensington.

Deux d'entre elles n'avaient jamais entendu parler de lui. La troisième, dans le Surrey, garda un silence méfiant quand elle mentionna Charlie.

— Madame Nightingale ? Je crois savoir que vous avez été mariée à M. Williams dans les années 1980. C'est bien cela ?

— Qui est à l'appareil ?

— Je m'appelle Ronnie Durrant, répondit Elise en se pinçant la cuisse pour se punir de son mensonge. Je suis une amie de la seconde femme de Charlie.

— Eh bien, si elle veut le rendre, elle ne s'adresse pas à la bonne personne.

— Non, non. J'appelle parce que nous nous inquiétons pour lui.

— J'ai arrêté de me soucier de Charles il y a bien longtemps. Désolée.

La ligne fut coupée aussitôt. Elise resta un instant sans bouger.

— Eh bien, voilà, commenta-t-elle tout haut.

Pourtant, elle ne pouvait pas en rester là. Les premières questions avaient été posées. Les réponses étaient maintenant nécessaires. Pour Elise, le besoin de savoir était comme une démangeaison impossible à calmer. Elle hésita cependant. L'étape suivante, se rendre chez Lila Nightingale pour l'interroger, était risquée. En vérité, elle ne devrait même rien faire du tout. Ce n'était pas ses affaires.

Je me contente de m'informer pour le compte d'un voisin, se rassura-t-elle. *Si on me demande, je m'intéresse, c'est tout.*

Ronnie oscilla entre plaisir et indignation lorsque Elise lui raconta qu'elle avait usurpé son identité. Finalement, elle préféra s'en réjouir et attrapa ses clés de voiture.

— Donc je serai l'inspecteur principal King, dit-elle en démarrant la Mini. Tu ferais mieux de me faire un topo sur l'enquête.

J'ai libéré un monstre, grogna Elise en son for intérieur.

Quarante-cinq minutes plus tard, les deux complices arrivaient dans une rue bordée de maisons de ville mitoyennes, et se garaient devant celle de Lisa Nightingale, à la porte d'entrée d'un vert anglais brillant. Sur le rebord d'une baie vitrée en saillie, un énorme chat roux se prélassait au soleil.

Lila Nightingale prit son temps pour répondre à leur coup de sonnette. À travers le verre dépoli de la porte, Elise vit une petite silhouette sombre approcher dans un chatoiement. La femme qui leur ouvrit était maquillée à la perfection, son teint d'un rose crémeux uniforme et son eye-liner comme appliqué au laser. Elise se surprit à s'interroger : était-ce en l'honneur d'une personne en particulier ou cette mise en beauté était-elle quotidienne ? *En tout cas, Charlie aime avoir à son bras une belle épouse, c'est certain.*

Un peu gênée, Elise porta la main à son visage et sentit la pointe drue d'un poil traître sur son menton. Si la reine de beauté sur le seuil avait noté le peu de soin que sa visiteuse accordait à sa propre apparence, elle n'en laissa rien paraître.

— Oui ?

— Bonjour, commença Elise, hésitante. J'ai appelé tout à l'heure. Au sujet de Charlie.

— Et je vous ai répondu que ça ne me concernait pas. Que faites-vous ici ?

— Il se trouve qu'il a disparu.

La première épouse de Charlie poussa un soupir, pivota sur ses talons et les conduisit à travers la maison jusqu'à un jardinet. Le gros chat les suivit paresseusement et se coucha à leurs pieds, avant d'entreprendre une toilette minutieuse de son arrière-train. Les trois femmes prétendirent ne rien remarquer.

— Quand a-t-il disparu ? demanda Lila sans détour. Que lui est-il arrivé, selon vous ?

— On n'a plus de nouvelles depuis vendredi soir, où il a été vu à un festival de musique organisé à Ebbing.

— Un festival ? Sérieusement, à son âge ?

Comme elle ne leur proposa pas de thé, Elise comprit que la visite serait brève.

— Ainsi que je vous l'ai indiqué au téléphone, nous nous inquiétons. Il avait l'air bouleversé vendredi, et nous nous demandions s'il vous avait fait part, à vous ou à votre fille, de soucis financiers ?

Lila esquissa un sourire sombre.

— Je suis la dernière personne à qui il se confierait. Nous avons divorcé il y a très longtemps et nous n'échangeons plus que pour discuter de notre fille. Elle est prise en charge dans un centre spécialisé, je ne sais pas si vous étiez au courant. Notre contact le plus récent remonte à quelques semaines. Le centre m'a écrit au sujet d'une facture impayée et je l'ai transmise à Charlie. C'est lui qui s'en occupe. Je n'ai pas eu de nouvelles de lui, ensuite. Mais il a réglé le problème, j'ai vérifié.

— Charlie a-t-il vu Sofia, la semaine dernière ?

Lila tiqua une seconde avant de se ressaisir.

— Pardon, en fait personne n'appelle ma fille comme ça. On la surnomme Birdie depuis sa naissance. Bébé, elle réclamait sa nourriture comme un oisillon. Elle n'est « Sofia » que pour les formulaires officiels. Pour répondre à votre question, j'imagine qu'il y est allé : il rate rarement une visite. Il est dévoué corps et âme à sa fille. Il va la voir tous les mercredis et moi, les samedis. Vous pouvez vérifier auprès du personnel. Le centre note tous les rendez-vous de Birdie dans son journal.

— Entendu. Serait-il possible de s'entretenir avec elle ? Pour savoir si son père l'a contactée depuis mercredi dernier ?

— Vous pouvez toujours essayer, mais en toute franchise, il est peu probable qu'elle puisse vous aider. Birdie a des problèmes de mémoire.

— Charlie m'a un peu parlé d'elle, mais je ne connais pas l'étendue de son handicap. Ni ce qui en est la cause. S'agit-il d'un accident de voiture ?

Lila ferma un instant les paupières.

— Non. Son petit ami et elle ont été victimes d'une violente agression, répondit-elle comme si elle récitait un texte. Au cours d'un cambriolage. Adam a été tué et Birdie a été torturée par un toxicomane. Sans doute dans le but de l'obliger à révéler où se trouvaient les biens de valeur. Un animal, du nom de Stuart Bennett, qui lui a mis un sac plastique sur la tête. Elle a cessé de respirer, et le manque d'oxygène a entraîné des lésions cérébrales. Depuis, Birdie est aveugle et souffre de crises d'épilepsie. Elle est incapable de prendre soin d'elle-même.

Ronnie et Elise échangèrent un regard dans le silence qui suivit.

— Seigneur… Je suis vraiment désolée. Je n'en avais aucune idée, murmura Elise. Quand cela est-il arrivé ?

— En 1999. Elle avait dix-huit ans.

— Vous avez dû être anéantie, compatit Ronnie.

Lila sortit un petit mouchoir blanc coincé dans sa manche et se tamponna les yeux avec, étalant son beau maquillage.

— Pardon. Elle est en vie et je devrais m'en réjouir, mais ma petite fille me manque terriblement.

— C'est normal, la rassura Ronnie en prenant la main de Lila dans la sienne avec un incroyable naturel.

Elise remua sur son siège, mal à l'aise, et fit semblant de s'intéresser au chat. Elle n'avait jamais été douée pour les démonstrations d'émotions. Et quand bien même elle l'aurait été, ce n'était pas indiqué, dans son métier. Jeune recrue, elle avait tout de suite été prévenue qu'une démonstration de sensibilité pouvait la desservir auprès des collègues masculins qui la taxeraient de fleur bleue et lui refileraient toutes les affaires de violences conjugales.

Les deux femmes restèrent ainsi un instant, puis Lila rangea son mouchoir.

— Et si je vous préparais une tasse de thé ? proposa Ronnie en se levant. Dites-moi seulement où est la cuisine.

Dès qu'elle s'éclipsa, Elise en profita pour reprendre son interrogatoire informel :

— Comment vous êtes-vous rencontrés, avec Charlie ?

Sans montrer de réticence, Lila déroula alors le fil de ses souvenirs sous le soleil de l'après-midi.

— Nous nous sommes retrouvés à la même table lors d'un gala. J'avais acheté une nouvelle robe et je m'étais fait coiffer pour l'occasion. L'homme qui m'accompagnait était trop occupé à se soûler avec ses amis pour le remarquer. Charlie, lui, m'a remarquée. Il a dit que lorsqu'il m'avait vue, c'était comme si le halo d'un projecteur avait été braqué sur moi.

— C'était un grand séducteur, à l'époque ?

Lila fronça les sourcils.

— Il pouvait l'être, quand il le voulait. Charlie avait un don pour ça. Il était drôle et généreux. Il m'offrait de jolies choses. En y repensant aujourd'hui, il brûlait en fait l'argent de manière compulsive. Il lui fallait toujours posséder plus. Pour prouver qu'il réussissait, je suppose. Deux ou trois fois, je l'ai surpris à mentir. Des mensonges innocents, certes, mais qui m'ont rendue méfiante. Puis je suis tombée enceinte. Un accident qui a rendu Charlie si heureux que j'ai cru que tout s'arrangerait.

Ronnie revint avec un plateau. Elle avait dégoté un service à thé complet.

— J'espère que ça ne vous dérange pas, j'ai sorti votre belle porcelaine.

— Aucun souci, lui assura Lila avec un sourire chaleureux.

— Donc vous vous êtes mariés, la relança Elise en ajoutant un faux sucre dans sa tasse.

— Oui. Charlie a insisté. Il tenait absolument à ce que son nom soit indiqué sur l'acte de naissance. Ce n'est qu'après que j'ai su pourquoi. Quand j'ai découvert qui il était vraiment.

17

Dimanche 25 août 2019
Elise

Ainsi, Charlie Perry n'en était pas à sa première réincarnation, à en croire Lila. Il avait déjà changé d'identité.

À leur rencontre, il s'était présenté sous le nom de Charles – refusant d'être surnommé Charlie, qu'il trouvait trop commun –, ancien élève d'une école privée, à la diction plus snob que celle de la Reine et aux relations huppées.

— Puis, un jour, sa mère a débarqué, raconta Lila en se servant une deuxième tasse de thé.

— Maureen ? demanda Elise.

— Comment connaissez-vous son prénom ? s'étonna Lila. Impossible que ce soit Charles qui vous l'ait dit. Quand nous avons établi la liste des invités pour notre mariage, il a prétendu qu'elle était morte. D'après lui, sa mère était fille de diplomate, elle avait vécu en Asie du Sud-Est la majeure partie de sa vie avant de s'enfuir avec son père, un artiste. Charles était leur unique enfant, et ils le vénéraient.

— Comme c'est romantique, on se croirait dans un conte ! commenta Ronnie.

— Oui, répliqua Lila avec un sourire amer. Exactement. D'ailleurs, c'en était un. En réalité, Maureen était caissière dans un supermarché de Barnet. Et mère célibataire. Elle avait eu une aventure avec un GI à la fin de la guerre, apparemment, et avait confié son fils illégitime à une maison d'enfants à ses trois ans car elle ne pouvait pas s'en occuper toute seule. Des années plus tard, elle a fini par retrouver sa trace et a toqué à notre porte.

— Comment a-t-il réagi ?

Elise tenta d'imaginer ces atroces retrouvailles.

— Il a affirmé qu'elle délirait et l'a envoyée paître. Maureen est revenue quand il était au travail et elle m'a montré son acte de naissance ainsi que des photos de lui bébé. Elle avait aussi des lettres qu'il lui avait écrites enfant, dans lesquelles il l'implorait de venir le chercher. C'était bien lui. Évidemment, elle courait après son argent.

— Il a avoué qu'elle était bien sa mère, alors ?

— Non, il a continué d'affirmer que c'était un mensonge très élaboré, soupira Lila en reposant sa tasse. Le pire, c'est que j'aurais compris, à l'époque, s'il m'avait dit la vérité. Qu'il avait honte de ses origines. Qu'il redoutait qu'on le méprise à cause de son passé et que c'était pour cela qu'il s'était inventé une nouvelle identité. Ma famille n'avait rien d'extraordinaire, je ne l'aurais pas jugé. Mais Charles avait beaucoup à perdre. Il réussissait dans son domaine, il achetait puis revendait des biens immobiliers. Il gagnait beaucoup d'argent. Il n'allait pas risquer que tout ça s'écroule. Alors il s'est obstiné dans son personnage. Il devait penser que les histoires qu'il avait racontées étaient trop grosses pour être démêlées, l'humiliation, trop cuisante pour être envisagée.

— Qu'avez-vous fait ? s'enquit Ronnie.

— Je suis restée. Nous avions un enfant ensemble et notre fille, elle, n'était pas un mensonge. Il l'adorait. Mais, après un temps, je n'ai plus réussi à faire semblant. Assister à ces dîners et à ces réceptions, l'entendre embobiner les gens, tout cela me donnait l'impression de me tenir au bord du précipice à attendre qu'il tombe. D'autant qu'il savait que j'étais au courant de son imposture. Il a commencé à me détester pour ça.

— Qu'avez-vous dit à Birdie ? demanda Elise.

— Le moins possible. Elle était très jeune quand je l'ai quitté. J'ai expliqué à Charles que je ne mentirais pas à notre fille si elle posait des questions, mais que je ne lui apprendrais rien de moi-même. Birdie était une enfant intelligente et elle a fini par comprendre toute seule, lorsqu'elle a eu treize ans. Elle a cessé de le voir et a pris mon nom, Nightingale. Bien sûr, Charles m'en a voulu, il a rejeté la faute sur moi, mais c'est son mensonge qui a empoisonné leur relation. Nous vivions tranquillement sans lui au moment où c'est arrivé. Birdie avait un avenir si prometteur devant elle...

Lila se leva soudain et se précipita à l'intérieur de la maison. Elle reparut avec un portrait de sa fille serré contre elle. Une photo d'avant, comprit Elise. La même que celle dans le portefeuille de Charlie.

— Elle était si belle. Elle avait été acceptée à Oxford quand ce monstre l'a agressée. Cette photo a été prise deux semaines plus tôt.

Birdie posait, ses boucles d'un noir brillant au-dessus de ses épaules nues, un sourire de star de cinéma aux lèvres, le visage lumineux. L'objectif du professionnel avait capturé tant de bonheur et d'exaltation à cet instant. Les deux soufflés en à peine quelques jours.

« *Carpe diem* », marmonnait la mère d'Elise quand elle lisait d'horribles faits-divers dans le journal. « Profite de chaque jour, ma fille. On ne sait jamais ce qui nous attend au tournant. » Elise chassa cette pensée : ce qui l'attendait au tournant l'avait déjà percutée. Avant, elle croyait qu'elle pouvait pressentir l'arrivée d'une mauvaise nouvelle.

Mais elle n'avait pas vu venir les pires de son existence : Hugh et son cancer du sein.

— Vous n'imaginez pas combien ç'a été horrible… poursuivit Lila tout bas en se ratatinant sur sa chaise. Je me suis noyée dans les antidépresseurs pendant des mois.

— Ça devait être une période très difficile, compatit Ronnie. Comment avez-vous réussi à la maîtriser ?

— Et comment Charlie l'a-t-il surmontée ? ajouta Elise.

— Nous avons tous les deux eu beaucoup de mal à faire face.

Lila se remit à sangloter, puis continua :

— Et je ne vous parle pas de ce qu'a traversé la famille d'Adam.

Elise déconnecta un instant, pendant que Ronnie faisait son tour de magie et tentait de démêler l'écheveau de l'histoire.

— Ils se connaissaient depuis longtemps ?

— Non. Quelques semaines seulement. Je ne l'avais même pas encore rencontré. Le pauvre garçon a été battu à mort avec un tisonnier. D'après la police, Birdie et lui se trouvaient au mauvais endroit, au mauvais moment.

— Comment ça, au mauvais endroit ? Où étaient-ils ?

— Chez Charlie.

Elise sentit les poils de ses bras se hérisser. Elle s'éclaircit la gorge avant de reprendre la parole.

— Chez Charlie ? Pourquoi ? Je croyais que Birdie et son père ne se voyaient plus ?

— Je le pensais aussi.

— Et Charlie ? A-t-il été agressé ?

— Non, il dînait en ville. La police était déjà sur les lieux quand il est rentré, expliqua Lila. En fait, Birdie et Charles se rencontraient dans mon dos. Il était revenu en douce dans sa vie et lui avait donné une clé ainsi que le code de l'alarme de la porte d'entrée. Sans ça, jamais elle ne se serait trouvée là. Nous ignorons d'ailleurs toujours pourquoi elle y est allée ce soir-là. Birdie ne se souvient de rien et son petit ami est mort.

Lila parut se perdre dans ses pensées. Puis elle se leva et se mit à rassembler la vaisselle.

— Enfin, c'était il y a si longtemps… Ce n'est pas bon de ressasser le passé. Je dois me concentrer sur le présent. D'autant que Birdie s'en sort très bien à Wadham Manor. C'est Charles qui a trouvé cet endroit fantastique, la seule chose bien qu'il ait faite. Et il règle tous les frais. Jamais je n'aurais eu les moyens de payer un tel établissement.

Un ange passa.

— Oh, mon Dieu ! gémit-elle. Que va-t-il advenir de notre fille s'il ne revient pas ?

Ronnie garda le silence pendant une bonne partie du trajet de retour. Le récit abominable qu'elles venaient d'entendre pesait lourd dans l'habitacle.

— Comment peut-on mettre un sac plastique sur la tête d'une jeune fille et détruire sa vie ainsi ? Je n'arrive pas à croire qu'on puisse faire quelque chose d'aussi abject.

— Tu serais surprise, répliqua Elise.

En fait, tu n'en reviendrais pas de ce dont les gens sont capables. De leur cruauté. De leur barbarie.

— Il ne faut pas oublier que les monstres n'en ont pas l'apparence, Ronnie. Ils ne se distinguent pas des autres. Si seulement… Non, ils vivent parmi nous, à la vue de tous. Avec leurs petits cardigans et leurs chaussures orthopédiques. Ils ont une carte de bibliothèque, achètent un coquelicot le jour de l'Armistice[1]. Ils sont ce voisin ou cette voisine qui t'apporte une bouteille de lait, prend des nouvelles de tes parents, ou réceptionne tes colis.

1. Au Royaume-Uni, le coquelicot est l'emblème du souvenir de la Première Guerre mondiale.

Et tout cela alors même qu'ils fomentent leur prochain crime.

Les yeux de Ronnie s'arrondirent comme des soucoupes.

— Seigneur...

Elise devina que son amie passait tous ses voisins en revue, à la recherche d'un indice.

— C'est pour cela que je n'arrêterai jamais de les traquer, conclut Elise.

18

Dimanche 25 août 2019
Elise

Grâce à son téléphone, Elise guida Ronnie sur les routes de campagne arborées, jusqu'au panneau annonçant « Wadham Manor ».

— On dirait la demeure d'un châtelain, commenta Ronnie en contemplant la façade les yeux plissés. Charlie doit y laisser une petite fortune.

La réceptionniste, une blonde à la silhouette élancée et à la manucure parfaite, se montra polie mais inflexible.

— La famille a exigé de valider toutes les visites, qui ne se font que sur rendez-vous.

— Bien sûr. Sa mère est au courant, indiqua Elise qui mourait d'envie de brandir sa carte de police pour clore la discussion. Pourriez-vous lui téléphoner ?

— Si vous voulez bien vous asseoir, un instant, s'il vous plaît.

Cinq minutes plus tard, on les autorisait à entrer. Elles attendirent ensuite devant la porte couleur crème de l'appartement de Birdie.

— Bonjour, lança celle-ci en leur ouvrant.

Le lien de parenté était indubitable. La femme avait les cheveux bruns et soyeux de sa mère et la bouche généreuse de son père.

— Maman vient de me prévenir de votre venue. Elle m'a aussi appris que papa avait disparu. J'espère pouvoir vous aider, bien sûr, mais c'est difficile pour moi. J'ai des problèmes de mémoire, vous savez…

— Votre mère nous a expliqué votre situation, la rassura Elise. Nous vous sommes très reconnaissantes d'accepter de nous recevoir.

Toutes trois s'installèrent autour d'une table et Elise lui confia que personne n'avait vu son père depuis le vendredi soir. L'angoisse figea les traits de leur hôte, plus âgée qu'Elise n'aurait cru. Du fait que Lila et Charlie évoquaient leur fille en l'affublant de surnoms enfantins, Elise s'était imaginé une jeune fille de dix-huit ans, comme sur la photo. Sauf que Birdie aurait bientôt quarante ans. Seulement quatre de moins qu'Elise. Tandis qu'elle l'écoutait, celle-ci se demanda combien de temps la disparition de son père resterait imprimée dans son esprit. Devrait-on lui répéter tout cela dans une heure ? Lui faire revivre ce désespoir ?

Birdie attrapa son portable.

— Ce doit être une erreur. Il est peut-être parti pour le week-end en oubliant de me prévenir. Je vais lui téléphoner. Il décroche toujours quand il voit que c'est moi.

Elle composa le numéro.

— Salut, papa. Où es-tu ? Peux-tu me rappeler ? Je m'inquiète de ne pas avoir de nouvelles de toi.

Elle reposa l'appareil sur ses genoux.

— Il va rappeler.

Le téléphone resta silencieux.

— Avez-vous parlé à votre père depuis vendredi soir ? demanda Elise.

Birdie frôla du bout des doigts le dessus de la table pour s'emparer d'un dossier.

— Vous voulez bien regarder ? C'est plus fiable.

Elise lut la liste des événements de la semaine, nota la visite de Lila le samedi et celle de Charlie le mercredi.

— Apparemment, il n'est pas venu la semaine du 12 août. Je croyais qu'il ne ratait jamais une visite ?

Birdie fronça les sourcils.

— En effet. Je pensais qu'il était passé... les notes sont en général correctes. Il a dû m'appeler s'il a eu un empêchement.

Elle écouta alors l'historique de ses appels, jusqu'à entendre : « Appel entrant de Papa. Mercredi 14 août, à 13 h 47. »

— C'est sans doute ça, dit-elle. Et il a sûrement aussi prévenu le personnel pour qu'ils le notent, au cas où j'oublierais.

— Je vérifierai, acquiesça Elise. Vous souvenez-vous de son état d'esprit lors de sa dernière visite ? Semblait-il préoccupé ? Cela pourrait nous aider à comprendre les raisons de sa disparition.

— Il y avait quelque chose, je crois... Il était bouleversé, mais... Je suis vraiment désolée, s'excusa Birdie en baissant la tête.

— Ne vous en faites pas. Vous a-t-il écrit depuis, sinon ? Par e-mail ou SMS ?

Birdie ouvrit son ordinateur portable et elles écoutèrent les messages enregistrés dans sa boîte de réception. Il n'y en avait eu qu'un depuis la dernière visite de Charlie, daté du jeudi 22 août. Une voix automatique déclama :

Bonjour, ma chérie. Pardon de t'avoir fait pleurer hier. Je n'aime pas que tu sois malheureuse. S'il te plaît, Birdie, ne t'inquiète pas. Je te promets que je vais trouver une solution. Tu sais que tu peux compter sur moi. Je dois juste jongler avec plusieurs choses. Je t'aime et on se voit bientôt. Papa.

— Vous souvenez-vous de ce qui vous a fait pleurer ? demanda Elise.

Face à l'air absent de Birdie, l'inspecteur enchaîna rapidement :

— Pas de souci. Ça vous ennuie si on écoute les messages plus anciens ?

Quelques minutes plus tard, elle était remontée au mercredi 14 août, le jour où il n'était pas venu.

Je suis désolé de ne pas avoir été là pour ta promenade aujourd'hui, Birdie, j'ai eu une affaire urgente à régler. Rien qui doive te préoccuper. Et tout est résolu maintenant. Je me rattraperai la prochaine fois. Je t'apporterai un joli cadeau, ma chérie. Je t'aime. Papa.

Quelle affaire avait-il dû régler ?

Il y avait d'autres messages, brefs et attentionnés.

— Papa vérifie souvent que je vais bien. Il se fait du souci pour moi, expliqua Birdie avec un sourire en sélectionnant un e-mail daté du jeudi 8 août, dont l'objet était « Coucou, ma chérie ».

C'était bon de te voir hier. Tu as l'air en forme. Continue les séances de kiné et nous marcherons davantage la prochaine fois. Nous pourrons aller sentir le parfum des magnifiques roses dans le jardin sensoriel. Au fait, j'ai demandé au personnel de veiller à ce que les visiteurs prennent rendez-vous avec moi avant de venir te voir. Il n'y a pas de quoi s'inquiéter, ma chérie, mais je ne veux pas qu'on t'importune. De mon côté, sinon, je suis bien occupé : la tombola est en bonne voie. Je t'appellerai demain et te rendrai visite la semaine prochaine. Au revoir, ma Birdie. Je t'aime. Papa.

Ainsi, les consignes concernant les visiteurs étaient récentes.

— Avez-vous reçu une visite impromptue autour de cette date ? s'enquit Elise en feuilletant les pages du dossier. Il n'y a rien d'indiqué dans le journal.

— Je ne sais pas, mais vous pourriez demander à la réception. Ils sont super serviables.

— Vous avez raison.

Ronnie pourrait en effet tenter de convaincre la gardienne.

— Bien. Je vous laisse mon numéro au cas où vous auriez des nouvelles de votre père, dit Elise en enregistrant ses coordonnées sur le portable de Birdie.

En sortant, Ronnie se rendit directement à l'accueil. Elise resta en retrait tandis que sa voisine usait de tout son charme auprès de la réceptionniste.

— Merci infiniment de nous avoir permis de voir Birdie. Elle a de la chance de vivre dans un lieu aussi magnifique. Auriez-vous une brochure ? J'ai une amie qui pourrait être intéressée.

La jeune femme se pencha sur le comptoir pour détailler les merveilleux atouts de Wadham Manor à une Ronnie qui siffla d'admiration.

— Birdie adore cet endroit en tout cas, affirma-t-elle.

— Oui, elle va beaucoup nous manquer quand elle partira.

— Elle s'en va ? s'étonna Ronnie.

— Eh bien, les tarifs dans notre centre sont onéreux. Tout le monde n'a pas les moyens d'y séjourner à long terme.

— Quel dommage… Le père de Birdie doit être contrarié. Il semble tellement dévoué à sa fille…

— Il l'est. Il est très attentionné avec elle.

— Et protecteur, aussi. Ce qui se comprend, vous ne trouvez pas ?

— Oui. D'ailleurs, il y a deux semaines, il a été fâché d'apprendre qu'un homme avait rendu visite à Birdie à l'improviste. Il a demandé à être prévenu si quelqu'un se présentait.

— Et qui était ce visiteur ?

— Il n'a pas laissé son nom. Mais il n'a pas pu voir Birdie. Elle était en séance de soins. Il a dit qu'il reviendrait la semaine suivante.

— Est-il revenu ?

— Non. Il a dû changer d'avis.

— Bien joué, Ronnie, la félicita Elise quand elles furent dehors. Charlie a sans doute annoncé à Birdie qu'elle devrait bientôt quitter le centre lors de sa dernière visite. Voilà pourquoi elle a pleuré. Mais il n'en a pas parlé à Lila. Elle savait pour le retard de paiement de la facture, pas que Charlie était au pied du mur. La situation était en fait critique.

— En même temps, où trouve-t-on les fonds nécessaires pour payer de tels frais ? demanda Ronnie en refermant la portière avant de rajuster le rétroviseur intérieur. On parle de dizaines de milliers de livres par an, d'après le fascicule.

— Surtout, qui est venu rendre visite à Birdie ? Charlie a eu si peur qu'il a ordonné de nouvelles mesures de sécurité.

— Tu penses qu'il savait qui c'était ? Quelqu'un à qui il devait de l'argent ?

— Mais pour quelle raison viendrait-on s'adresser à Birdie dans son centre de soins ?

— Pour effrayer Charlie.

Elise considéra Ronnie, puis esquissa une grimace.

— L'effrayer ? On est où, là ? Dans un film de mafieux ?

— Tais-toi, rétorqua Ronnie. Et ne fais pas comme si tu ne t'amusais pas autant que moi.

— Ce n'est pas le sujet. Tâchons de rester réalistes, d'accord ? Je ne crois pas que notre homme abandonnerait sa fille sans rien lui dire. Les e-mails qu'il lui envoie sont touchants. Sa disparition a été soudaine, non préméditée… Quelque chose l'a contraint à s'enfuir.

AVANT

19

Samedi 17 août 2019
Sept jours plus tôt
Dee

Le foyer, situé dans l'ouest de Londres, m'évoque une énorme ruche poisseuse : devant l'entrée, les résidents bourdonnent, fument, rient, se taquinent pendant que d'autres sont assis, l'œil éteint, à siroter discrètement une grande canette de bière.

Tous s'immobilisent et me dévisagent quand je joue des coudes pour gagner la porte. Je croyais que j'aurais du mal à trouver le bon endroit. Un endroit où un homme au teint pâle, discret, viendrait séjourner à sa sortie de prison. Mais dès que j'ai émergé de la station de métro, je l'ai repéré au milieu des hôtels bon marché et des immeubles d'habitations.

— Je viens voir Stuart Bennett.

À cause de la moquette bas de gamme des escaliers, je reçois une mini décharge électrique qui me fait sursauter quand je pose la main sur la rampe en métal.

Je frappe à la porte et, lorsque Stuart l'entrebâille, toute mon assurance s'évapore. Nous ne sommes qu'à quelques centimètres l'un de l'autre, pourtant il n'arrive pas à soutenir mon regard et jette des coups d'œil nerveux par-dessus mon épaule.

Il est à l'affût du danger. Voilà les conséquences d'un séjour en prison.

— Bonjour, Stuart, dis-je, la gorge serrée. Je suis la sœur de Phil. Je peux entrer ?

Ses yeux s'écarquillent. Un instant, je redoute qu'il ne claque le battant, mais il me laisse passer. Il a l'air si vieux. Sa peau est terne après des années à l'ombre et la chevelure brune dont je me souvenais a disparu. Il se rase le crâne, maintenant. Le tatouage de serpent, en revanche, est toujours là, à s'enrouler autour de son cou. J'étais fascinée par ce serpent, autrefois.

Je m'assieds sur le tabouret le plus proche de l'entrée tandis qu'il s'installe sur le lit, en tirant la couverture sur ses draps froissés. La pièce est si exiguë que je sens son haleine de café instantané. Il fuit mon regard et je comprends qu'il va me falloir insister pour obtenir quelque chose de lui.

— Comment t'as su où j'étais ? finit-il par lancer.

Je tressaille. Son léger zézaiement me renvoie ailleurs. Dans une autre chambre.

— La veillée.

— Je ne t'y ai pas vue.

— Non. J'ai discuté avec des gens qui y étaient. D'après eux, Phil t'avait contacté.

Stuart m'observe sans rien dire et je me demande ce qu'il voit. Ce dont il se rappelle. S'il me perçoit telle que j'étais alors : une gamine avec des nattes, dans une robe deux fois trop petite pour elle. Je ramène ma frange devant mon visage.

— Ouais, il m'a écrit quand j'étais en prison l'année dernière et il est venu me rendre visite. Je l'ai à peine reconnu, il avait l'air bousillé de l'intérieur.

— Que voulait-il ?

— Me dire qu'il était désolé.

— De quoi ?

À nouveau, il détourne les yeux.

— D'avoir anéanti ma vie. Il a dit que c'était sa faute si j'étais en prison.

— Phil ? Comment pourrait-il en être responsable ? Il n'était même pas là !

Pour la première fois depuis mon arrivée, il plante son regard dans le mien.

— Non. Mais c'est lui qui m'y a envoyé.

— Mon frère ? dis-je d'une voix trop forte qui le fait reculer.

— Il m'a donné l'adresse, m'a assuré qu'il y aurait de la bonne marchandise là-bas. Il savait que le proprio serait sorti. Phil devait vendre les trucs pour moi. Je devais les lui remettre plus tard dans la soirée. Mais ce n'est pas arrivé, au final. Bref, Phil m'a tout expliqué, pourquoi il m'a mis sur ce coup. Ça lui a demandé beaucoup de courage, de venir me l'avouer.

Stuart se tait et agrippe la couette comme pour s'empêcher de vaciller.

— Je lui ai raconté ce qu'il s'était passé. Comment tout était parti en vrille, cette nuit-là, murmure-t-il. Le type et la nana qui n'auraient jamais dû se trouver sur place. Phil ne savait pas. Il me l'a juré. Moi, je lui ai tout déballé. Tout ce qui n'a jamais été révélé au procès. Ça l'a fait chialer.

Figée sur place, je suis incapable de prononcer un mot tandis qu'il continue et m'apprend qu'il a voulu suivre l'exemple de Phil et soulager sa conscience. Moi, je ne pense qu'à mon frère qui a précipité Stuart dans la maison d'Addison Gardens. Il venait d'avoir dix-sept ans mais en paraissait moins. Il travaillait pour un propriétaire dont il collectait les loyers. Il récupérait l'argent de personnes comme lui : des gens trop pauvres pour posséder un compte en banque. Il détestait ce boulot.

C'est à ce moment-là qu'il a commencé à boire. « Pour se donner du courage », prétendait-il. Je n'aimais pas ça. L'alcool le rendait trop bruyant, comme Tony. Avec le recul, je comprends qu'il n'était qu'un gamin effrayé, mais je continue à me demander s'il n'y avait pas une part de lui dont j'ignorais tout. Organisait-il des cambriolages ? Je n'avais que huit ans, comment aurais-je pu le savoir ? Cal va bientôt avoir cet âge, et que sait-il réellement sur mon compte ?

Sauf que Phil se souciait des autres. De moi. Jamais il ne m'aurait abandonnée, livrée à moi-même, pour aller commettre un délit. Il était à la maison avec moi tous les soirs. Enfin, presque.

Mon esprit s'envole plus loin encore. Je sais pourtant que ça ne donnera rien de bon. J'essaie de l'en empêcher, en vain. Alors je ferme les yeux. « Fais-le disparaître », me conseillerait Cal. Tout est tellement plus simple, quand on est enfant.

— Je ne te crois pas, dis-je enfin.

Stuart s'interrompt et se penche vers moi. L'espace d'un instant, je crois qu'il va me prendre la main et je me fige.

— Mon frère n'était pas comme ça, dis-je tout bas, en glissant mes doigts sous mes cuisses.

— Non, il ne l'était pas. D'autres oui.

20

Dimanche 18 août 2019
Six jours plus tôt
Charlie

Charlie travaillait toute la journée pour lever des fonds, renouant avec d'anciennes relations et ranimant de vieux projets. Pourtant, il n'arrivait à rien.

Il observa l'espace exigu qui semblait se refermer sur lui chaque jour un peu plus. Rester cloîtré dans la caravane, les rideaux tirés et le son de la télé coupé, tapait aussi sur les nerfs de Pauline. Mais il n'avait pas le choix.

La dernière fois qu'il avait rencontré de tels problèmes, ils avaient quatre grands salons et une salle de sport à domicile pour la divertir. Aujourd'hui, il n'y avait aucune distraction. Elle s'était fait une manucure et une pédicure, avait arraché les derniers poils de sourcils qui la gênaient et s'était rasé les jambes. Il ne lui restait plus, pour s'occuper, qu'à entretenir le feu nourri de ses lamentations et jérémiades.

Charlie avait envie de hurler. Il se contenta de lui masser les pieds, comme exigé, et fit pénétrer la crème hydratante dans les crevasses de ses talons. Il pensait avoir réussi à l'apaiser, jusqu'à ce qu'elle prenne conscience qu'elle allait rater son rendez-vous chez le coiffeur.

— J'ai besoin d'une mise en plis. Aujourd'hui ! avait crié Pauline tandis qu'il essayait d'éviter ses ongles qui s'agitaient. J'ai l'impression d'être en prison. Je n'aurais jamais dû t'épouser. Tu n'es qu'un raté. Dans tous les domaines.

— Pauline, avait-il tenté. Chérie… Ce n'est que pour quelques jours encore. Ensuite, tu pourras aller au salon autant de fois que tu veux.

— Oh ça, j'irai ! Et ce ne sera pas pour toi… J'ai d'autres amis qui sauront apprécier.

Un goût amer avait envahi sa bouche en pensant aux « amis » de sa femme. Le moment était mal choisi. Il s'en occuperait en temps voulu.

— Bien sûr, ma chérie. Ce qu'il y a, expliqua-t-il comme s'il s'adressait à une enfant, c'est que j'ai des coups de fil à passer. C'est ennuyeux, mais essentiel. Tu le sais.

— Eh bien, tes appels ne semblent pas servir à grand-chose, railla-t-elle. Que se passe-t-il, bon sang ?

— Rien qu'un petit contretemps. Tu as été d'une patience d'ange, et je vais tout arranger. Je devrais peut-être aller travailler dans une des dépendances.

— Fais donc. Je commence à avoir mal à la tête.

— Le problème, c'est qu'il n'y a pas d'électricité…

— Tu reviendras quand il fera nuit pour brancher ton téléphone et ton ordinateur. Va-t'en !

Une vague de fatigue s'abattit sur lui quand il pénétra dans la remise plongée dans l'obscurité. Il appuya son front contre le mur rugueux. Impossible de travailler ici. Mieux valait camper dans la grande maison. Cette fichue maison. Le nœud coulant autour de son cou. En fait, il avait surtout besoin de sortir. Et de boire un verre.

Le pub était un refuge quand les choses tournaient au vinaigre chez lui. L'alcool huilait les rouages, levait les inhibitions et aidait à lancer des conversations avec des inconnus. C'était accepté et même attendu. L'heure du déjeuner était le moment le plus propice car les hommes y étaient plus susceptibles de boire seuls. Sans leur moitié pour les brider ou mettre leur grain de sel.

Il prit une profonde inspiration, soulagé, et poussa la porte du Neptune. Le pub était bondé. Dehors, la chaleur continuait de monter et les corps moites de sueur, assoiffés, s'agglutinaient au bar. La clientèle, plutôt jeune, se composait surtout d'une main-d'œuvre rémunérée à la semaine. Charlie ôta sa vieille cravate de la Harrow School qu'il avait nouée d'une main experte ce matin et la fourra dans sa poche. Il faisait trop chaud pour la porter.

— Salut, mon vieux ! lança-t-il à Dave en agitant son ultime billet de dix au-dessus des têtes. Gin-tonic, s'il te plaît, avec beaucoup de glaçons.

Le patron acquiesça d'un sourire et attrapa un verre tube.

— Comment ça va aujourd'hui, Charlie ? Il fait assez chaud pour vous ?

— On se croirait près de la Méditerranée. C'est bon pour les affaires, en tout cas…

Tout autour de lui, les ouvriers des nouveaux chantiers, en pause, descendaient les pintes de bière comme s'ils buvaient leur dernier verre sur terre. Il avala la moitié du sien.

— Où en est ce festival, alors ? demanda-t-il à Dave. Pete Diamond le finance-t-il lui-même ou a-t-il trouvé des sponsors ?

Le visage de Dave vira au rouge.

— Monsieur J'en-ai-dans-le-pantalon ? cracha-t-il. C'est son affaire rien qu'à lui, apparemment.

— Ça va lui coûter un bras. À tous les coups, il va le déduire de ses impôts.

— C'est illégal, non ? s'enquit Dave en s'approchant avec un air conspirateur. Je pourrais le balancer.

— Il doit avoir un comptable qui a trouvé une faille. Les riches comme lui en ont tous un.

— J'aimerais bien que ce soit mon cas… rétorqua Dave, amer. Un autre ?

— Avec plaisir.

Tandis qu'il regardait le patron mettre la glace dans le verre, il s'interrogea sur sa situation financière. Possédait-il des biens immobiliers ? Des économies ? Une vieille tante célibataire sur le point de casser sa pipe ? Un plan d'épargne-retraite ?

— Vous travaillez beaucoup, reprit Charlie quand le deuxième gin-tonic lui fut servi. Quand pensez-vous prendre votre retraite ?

— Pas tout de suite ! Je ne suis pas si vieux que ça.

— Quel âge avez-vous ? Cinquante ans ?

Dave sourit devant le compliment ridicule.

— Cinquante-sept.

— Ah, l'âge d'or…

— De quoi parlez-vous, Charlie ?

— De finance. Écoutez, David, vous êtes dans une situation idéale. Vous pouvez encaisser l'argent de votre pension et l'investir dans un domaine qui vous rapportera des dividendes intéressants.

— C'est ce que j'ai fait. Je l'ai mis sur un compte épargne pour l'instant.

— Ah oui ? Attention, cependant. Il faut le faire fructifier pour obtenir un bon retour sur investissement.

— C'est vrai, approuva Dave en ignorant le client en face de lui qui lui réclamait une nouvelle pinte. Doll ! Tu peux venir me remplacer ?

Son épouse lui décocha un regard noir avant de servir le client.

— Pardon, Charlie, vous disiez ?

Dave l'invita à le suivre au bout du comptoir, près des toilettes, pour être plus tranquilles.

— Je dis seulement que vous pourriez tout aussi bien garder votre argent sous votre matelas si vous ne l'investissez pas de manière intelligente.

— Et dans quoi avez-vous investi, vous ?

Charlie prit le temps de boire une gorgée de son cocktail.

— Allez, insista Dave avec un sourire encourageant. On est amis, pas vrai ?

Charlie reposa son verre avec soin puis hocha la tête. Il baissa la voix et Dave dut s'approcher pour l'entendre.

— Bon, c'est super confidentiel. Je fais partie d'une petite société d'investissements privés. Je la dirige avec des vieux copains de la City. Nous y plaçons notre argent et nous le prêtons à des entreprises qui ne peuvent pas obtenir de prêts à court terme de la part des banques. À un taux d'intérêt exorbitant. Ça rapporte un max.

Dave écouta avec attention les chiffres et les montants que Charlie débitait pendant que, derrière le bar, Doll se plaignait d'être débordée. Quand, poussé par la culpabilité, Dave retourna enfin l'aider, Charlie termina son verre d'un trait.

— Excusez-moi, lança quelqu'un à côté de lui, interrompant le cours de ses pensées.

— Pardon, vous voulez passer, peut-être ?

Charlie s'écarta pour libérer l'accès au bar.

— Merci. Je vois que nous étions à la même école, lui dit l'inconnu vêtu avec élégance.

Par réflexe, Charlie toucha la pointe de sa cravate qui dépassait de sa poche.

— Ah ! Cette bonne vieille université. À quelle maison apparteniez-vous ?

Deux verres plus tard, Charlie et Kevin Scott-Pennington s'entendaient comme larrons en foire. Charlie raconta qu'il avait travaillé dans le même domaine professionnel que lui.

— La technologie numérique est un monde fascinant. Je n'en suis resté qu'à la surface, bien sûr. Du côté financier, pas du côté des petits génies.

— Le problème, évidemment, c'est l'argent, lui expliqua Kevin. Les investisseurs n'ont aucune patience. Ces choses-là prennent du temps.

— C'est certain, approuva Charlie. La recherche et le développement sont le cœur de n'importe quelle industrie innovante.

— Oui, eh bien la mienne aurait besoin d'un défibrillateur…

Charlie posa une main chaude sur son bras.

— Écoutez, mon vieux, je peux peut-être vous aider.

21

Lundi 19 août 2019
Cinq jours plus tôt
Dee

Cal et son père sont descendus de bonne heure à la plage pour admirer les surfeurs. Cal voulait que je les accompagne, j'ai répondu que je devais partir travailler. Liam s'est assombri. Il boude encore parce que je suis allée à Londres toute seule. Franchement, parfois, j'ai l'impression d'avoir deux enfants.

Il s'est montré d'une grande douceur quand je lui ai annoncé que Phil était mort. Même s'il n'a jamais rencontré mon frère, il m'a serrée dans ses bras en me chuchotant qu'il était désolé. Il a même essayé de me faire parler de Phil en m'interrogeant sur notre jeunesse, mais je n'avais pas la force de plonger dans les souvenirs. Comment m'arrêter une fois que j'aurais commencé ? Ce serait comme tirer sur un fil qui me détricoterait. Alors je l'ai repoussé en lui assurant que je devais gérer cette histoire toute seule.

« Pourquoi me rejettes-tu ? a-t-il demandé. J'ai l'impression que tu me caches des choses.

— Venant de toi, c'est fort de café ».

Finalement, il s'est tu.

Lorsque je pénètre, grâce à ma clé, dans le Lobster Shack, Toby Greene, le propriétaire, se tient pieds nus sur le carrelage froid derrière le bar, l'air perdu. Je crois qu'il n'a même pas remarqué ma présence. Il met des cuillerées de grains de café dans le moulin de la machine. Les tremblements de sa main font tomber les fèves qui jonchent le comptoir comme autant de petits scarabées.

Il ne répond pas à mon salut et sursaute quand j'ouvre le lave-vaisselle.

— Dee ! Je ne vous ai pas entendue arriver. Je préférerais que vous n'entriez pas en douce comme ça, marmonne-t-il entre ses dents tout en s'éloignant.

Je suis en train d'astiquer les éléments en acier inoxydable avec de l'huile pour bébés quand il revient pour prendre l'espresso qu'il a laissé derrière lui. Il s'assied à l'une des tables, la tête entre les mains. Toby avale souvent des cachets homéopathiques contre l'anxiété. Je découvre de nouveaux tubes chaque fois que je nettoie la salle de bains. Ils ne semblent pas avoir beaucoup d'effet cependant. Pas plus que le vin rouge, dont je retrouve des bouteilles vides dans la poubelle.

À l'étage, son mari, Saul, est en train de chanter. Il descend quelques minutes plus tard, et je vois qu'il porte une nouvelle tenue : un pantalon moulant qui épouse les muscles de ses cuisses et une chemise avec des palmiers.

— Qu'en penses-tu ? C'est bien pour les vacances ? demande-t-il à Toby.

Pas de réponse.

— Hé ! Je te parle !

— Magnifique, répond Toby avant de monter au premier d'un pas traînant.

Saul hausse les sourcils à mon intention.

— Il est soupe au lait, aujourd'hui. Qu'en pensez-vous, Dee ?

— Vous êtes très beau. Quand partez-vous ?

— À la fin du mois. J'ai tellement hâte.

Je sais que le voyage de Saul et Toby ne sera pas des vraies vacances, mais je me tais. Ils veulent avoir un bébé et vont chercher une mère porteuse aux États-Unis. J'ai vu les brochures dans le tiroir de la table de nuit de Saul il y a plusieurs mois et maintenant, des grenouillères sont dissimulées derrière les serviettes dans la buanderie. Six, toutes de couleurs et de motifs différents, encore accrochées à leur minuscule cintre rembourré. La semaine dernière, j'ai croisé Saul sur le palier qui s'est dépêché de les ranger, l'air coupable. Il y a aussi un carton contenant un mobile caché sous le lit de la chambre d'amis. Ils ont choisi des nuages.

Cela me fait de la peine que Saul doive garder secrètes ces affaires de bébé, pourtant je ne crois pas que Toby soit prêt à jouer les papas devant les autres. Il s'est montré très cassant l'autre jour pendant que je nettoyais l'évier de la cuisine. Il a surpris Saul en train de consulter les berceaux sur Internet et il s'est énervé.

« Qu'est-ce que tu fais ? On ne va pas l'avoir en une nuit. Ça peut prendre jusqu'à dix-huit mois. C'est l'agence qui l'a dit.

— Ça peut aussi arriver beaucoup plus tôt, a répondu Saul en lui plantant un baiser sur la joue. Allez, monsieur Ronchon. »

En général, cette désinvolture fonctionne sur Toby, il adore Saul. Mais là, il ne lui a pas rendu son baiser.

« Écoute, ils vérifient le taux de fertilité de ces femmes, a plaisanté Saul. Ce n'est pas le loto des ovaires. »

J'entends Saul appeler Toby depuis la réserve du bar.

— Il est sorti ! je lui réponds en criant. Il est redescendu il y a quinze minutes et a pris les clés de la voiture.

— A-t-il précisé où il allait ? Nous devons organiser les tables pour l'anniversaire de ce soir.

— Non. Je vais vous aider. J'ai terminé les sols.

Saul apparaît, le téléphone collé à l'oreille.

— Toby ! Où es-tu ? Rappelle-moi !

Il s'éclipse souvent sans un mot ces derniers temps. Et ils se disputent aussi comme jamais auparavant. Je me demande s'il y a un autre homme mais je ne crois pas que ce soit le genre de Toby. Saul, en revanche, c'est un dragueur invétéré. Sauf que ce n'est pas lui qui s'absente…

Mes hommes sont encore dehors quand je rentre. Je m'installe à la table de la cuisine. J'ai besoin d'un moment pour reprendre mes esprits avant que Liam ne recommence à poser des questions.

La seule chose qu'il me reste de mon frère à présent, c'est son carnet. Je le sors de sa cachette sous l'évier. Je ne l'ai pas montré à Liam. Dès que j'ai vu la liste, j'ai su que je ne voulais pas que quelqu'un d'autre la lise. Pas même lui. Cela ne regarde personne.

Je le feuillette jusqu'à tomber sur les pages que Phil a remplies comme un journal. Les étapes y sont gribouillées : « Six jours !!! Ça fait des années que je ne suis pas resté aussi longtemps sans boire ! » ; « Trente jours depuis mon dernier verre. Je me sens mal. » Ses craintes y apparaissent aussi : « Je n'y arrive pas », a-t-il noté d'une écriture serrée en bas d'une page, comme s'il avait honte de le penser. Je m'autorise à pleurer, j'entends sa voix aussi nettement que s'il avait été avec moi.

Vers la fin, plusieurs numéros de téléphone et adresses e-mail sont inscrits. Je me demande si les coordonnées de l'homme qui a envoyé un gamin accomplir ses basses besognes s'y trouvent. Stuart n'a pas voulu me donner son nom. Il ne voulait pas m'impliquer. Il a affirmé qu'il s'en occuperait, sans préciser ce qu'il entendait par là. Je lui ai demandé de m'appeler s'il changeait d'avis. Depuis, je me torture les méninges pour essayer de me rappeler ce que Phil aurait pu me confier à l'époque au sujet de son patron.

La liste des contacts est réduite, c'en est affligeant. On y retrouve son parrain, Claire et Stuart. Pour le reste, ça ressemble plutôt à des surnoms de voyous : Frimeur, Doc, le gros Georgie. Je n'ai pas l'impression que le patron soit l'un d'eux. Je m'apprête à fermer le carnet quand un bout de papier crasseux tombe par terre : il s'agit d'une vieille quittance de loyer. Je la ramasse. Elle est datée de décembre 1999. Mon cœur s'emballe mais je ne reconnais pas l'adresse. Phil possédait si peu de choses, pourquoi a-t-il conservé ceci ? Soudain, je remarque le nom de la société en petits caractères d'imprimerie tout en bas. Alors, je sais.

22

Mercredi 21 août 2019
Trois jours plus tôt
Charlie

Mme Lyons l'accueillit d'un sourire à son arrivée au centre.

— Ah ! Monsieur Perry. Quelle joie de vous voir. Merci d'avoir réglé votre facture.

Charlie tenta de lui renvoyer son sourire, mais il était trop stressé pour ça.

— Bonjour. Merci à vous de votre patience, répondit-il d'une voix rauque avant de se racler la gorge.

Il se rendit ensuite directement à l'appartement de Birdie, et conduisit sa fille dans le jardin. Il devait agir vite ou il se dégonflerait.

— Ma chérie, commença-t-il en lui prenant la main.

— Qu'y a-t-il, papa ?

— Nous devons parler de l'avenir. Je ne vais pas en rajeunissant et je veux m'assurer que tu es à l'abri.

— Pourquoi ? Que se passe-t-il ? Tu es malade ?

— Non, non. Ce n'est pas ça. C'est juste que… Voilà, c'est un peu difficile financièrement ces temps-ci. Ce qui signifie que tu vas peut-être devoir déménager. Dans un endroit plus proche de moi pour que je puisse venir te voir tous les jours.

Birdie ne réagit pas. Elle resta assise au bord de son siège, immobile. Charlie étudia les traits de son visage pour tenter de deviner ce qu'elle ressentait. Il n'y lut rien.

— Chérie ?

— Je croyais que tu avais beaucoup d'argent pour t'occuper de moi, dit-elle tout bas en se tournant vers lui. C'est ce que tu m'as toujours répété.

— J'en avais, au début. Mais cet endroit coûte mille cinq cents livres par semaine, Birdie.

— C'est chez moi, ici.

Les larmes perlèrent au coin de ses yeux.

— Chérie, ne pleure pas.

— Je vais devoir tout réapprendre ailleurs, et c'est si dur pour moi de garder quoi que ce soit dans ma tête. S'il te plaît, ne m'oblige pas à partir. Je t'en prie.

Il avait le cœur brisé et fut incapable de prononcer le moindre mot pendant une minute. Il regarda les larmes couler sur les joues de sa fille et sut qu'il ne pourrait pas l'obliger à partir. Il devait persévérer et réunir coûte que coûte l'argent nécessaire.

— Ne t'inquiète pas. Je vais trouver une solution, se hâta-t-il de lui promettre avant de changer une nouvelle fois d'avis.

Lorsqu'il rejoignit sa voiture, il sortit son ordinateur portable de la boîte à gants. Il devait passer d'autres coups de fil. Faire tourner une autre assiette. Il avait encore le coup de main, non ?

Lorsque l'écran s'alluma, un vieux compte de messagerie en sommeil indiquait qu'il avait reçu un e-mail. Impossible de se rappeler la dernière fois qu'il l'avait consulté. *Sans doute un spam, une pub pour une croisière autour du monde ou pour un monte-escalier*. Pourtant, son index trembla lorsqu'il cliqua sur la notification.

Il ne s'agissait pas d'une croisière. Addison1999@hotmail.co.uk le contactait. « Bonjour », disait le titre en objet. *Supprime-le*, ordonna-t-il aussitôt à son doigt qui refusa d'obéir. Il ouvrit le message.

> Je sais ce que vous avez fait. Où êtes-vous ? Il est temps de discuter.

Pas de signature.

Il referma d'un geste sec le capot de l'ordinateur comme si addison1999 le fixait de l'autre côté de l'écran. Qui lui envoyait ça ? Ça ne pouvait pas être Phil Golding, il était mort. Qui d'autre savait ? La sueur perla sur la lèvre supérieure de Charlie.

Stuart Bennett. Charlie calcula le nombre d'années écoulées depuis que l'agresseur de sa fille avait été condamné. La bile lui monta à la gorge. Il se pouvait qu'il soit sorti.

Charlie pivota sur son siège, fouilla les alentours du regard au cas où Bennett se serait matérialisé près de lui. Seigneur ! Le traquait-il ? Cet homme était un psychopathe, et il prétendait tout savoir. Que comptait-il faire ? *Du calme*, s'adjura-t-il en agrippant le volant. *Il ne sait pas où tu te trouves. Pas encore.* De toute façon, il avait un problème plus urgent à résoudre : lever des fonds pour que Birdie puisse rester dans son centre.

Soudain, il cligna des paupières, frappé par une idée. Il savait où trouver l'argent. C'était ce monstre de Bennett qui l'avait. Des années auparavant, il avait cambriolé Charlie et dissimulé tous les biens de valeur qu'il avait dérobés. Forcément. Il n'avait pas eu le temps de les vendre avant son arrestation et on ne les avait jamais retrouvés. Un quart de million de livres qui attendait sagement quelque part.

Charlie avait besoin de temps pour réfléchir. Il démarra et sortit en trombe du parking, comme s'il était en train de braquer sa propre voiture.

Assis à son bureau, une heure plus tard, il savait enfin ce qu'il devait faire. Il allait rencontrer Stuart Bennett.

Charlie avait dégoté une vieille photo de sa proie. Bennett se faisait reconduire vers le fourgon de la prison après le procès. Il ressemblait au tueur d'un film policier avec son tatouage de serpent et son regard sombre et fou. Charlie se demanda à quoi il ressemblait aujourd'hui. Sa gorge se serra.

Tu t'es déjà retrouvé dans des situations plus dangereuses que ça, se dit-il. Argument que contra une autre voix : *Tu n'avais pas soixante-quatorze ans à l'époque*. Il décida de l'ignorer.

Il allait l'aborder avec une proposition : partager les gains. Soixante-dix/trente lui paraissait une offre généreuse. Il s'agissait de ses biens, après tout. Ensuite, si Bennett refusait, il faudrait réagir vite. Il le menacerait de le balancer aux autorités. Il prétendrait que Bennett avait pris contact pour lui proposer de lui revendre ses objets volés. De peur de retourner directement en prison, l'ancien taulard conclurait l'affaire.

Charlie rédigea son message : « On peut se rencontrer dimanche. Je vous indiquerai le lieu avant notre rendez-vous. » Voilà qui garderait Bennett sur le qui-vive. Il allait devoir attendre les instructions de Charlie.

Addison1999 mit deux heures à envoyer sa réponse. Qui disait simplement : « OK. »

MAINTENANT

23

Dimanche 25 août 2019
Dee

J'ai dit à Liam que je devais faire un saut au magasin, mais il faut que je passe chez Pauline en chemin. J'y ai oublié ma veste blanche hier, avec le salaire qu'elle m'a donné en liquide. J'en ai besoin pour régler les cotisations de foot de Cal. Nous avons déjà deux semaines de retard sur le paiement et Liam n'avait pas un sou sur lui quand je lui en ai parlé ce matin. Il a vidé ses poches sur la table : rien que des clous, des vis, et des moutons de poussière. J'ai tenté d'aborder avec lui le sujet inquiétant de notre situation financière, mais il n'écoute pas. Il a l'esprit ailleurs. Et moi aussi. Je n'arrête pas de penser à Phil et à sa vie gâchée.

Pauline ne m'a donné aucune nouvelle mais je suppose que Charlie est revenu. Il y a fort à parier qu'il était dans un état lamentable. Quand je l'ai vu vendredi soir, dans la foule du festival, il ne marchait pas droit. Il m'a fait penser à Phil et un nœud désagréable s'est formé dans mon ventre. J'ai détourné le regard. Je ne voulais pas m'en mêler.

J'ai essayé de faire barrage au monde extérieur, de me persuader que j'étais redevenue adolescente, les doigts crispés sur mon ticket d'entrée, un billet de cinq livres coincé dans le soutien-gorge pour m'acheter à boire. Je dansais sur place au rythme de la musique qui s'échappait déjà des baffles.

J'étais censée retrouver Liam près des arbres à côté du parking improvisé pour la soirée. Avec Ade Harman, le fils de Dave, il avait aidé à installer les buvettes contre un peu d'argent.

— Dave est au courant ? Il va piquer une crise, ai-je répliqué quand Liam me l'a appris.

— Ade est un adulte et il a besoin d'argent autant que moi, a répondu Liam avec hargne.

Je le cherchais tout en gardant un œil sur Charlie. C'était plus fort que moi : ces derniers temps, il semblait porter tout le poids du monde sur ses épaules et je me sentais coupable de l'avoir ignoré plus tôt. Il était là, assis sur une souche d'arbre, et il avait la mine défaite. Comme s'il avait pleuré.

— Est-ce que ça va ? ai-je demandé en m'agenouillant devant lui.

J'allais lui proposer un mouchoir quand il s'est soudain jeté sur moi. J'ai poussé un cri de surprise et je suis tombée à la renverse. L'espace d'une seconde, je n'ai eu aucune idée de ce qu'il allait faire. Je me suis redressée pendant qu'il se levait aussi, j'ai tourné les talons et j'ai couru retrouver Liam.

— Ça va être une super soirée ! a lancé ce dernier lorsque je suis arrivée à son niveau.

Il m'a fait virevolter puis m'a complimentée sur ma robe avant de jouer avec mes nattes. J'avais attaché mes cheveux comme à l'époque.

— Tu ressembles à une petite fille avec tes tresses ! s'est-il esclaffé.

Je me suis forcée à rire avec lui.

Sur la piste, j'ai vu Charlie se frayer péniblement un chemin à travers la foule dans notre direction. Liam a posé la main sur son épaule pour lui éviter de perdre l'équilibre. À cet instant, le vieil homme a pivoté et hurlé :

— Qu'est-ce que tu fais là ?

Puis il est reparti en chancelant.

Le voir ainsi m'a contrariée, pourtant Liam n'a pas voulu que je le rattrape. Nous dansions encore quand Ade et Tracy ont perdu connaissance. J'ai demandé à Liam d'aller les aider, mais la police et les ambulanciers sont arrivés très vite, alors nous sommes rentrés chez nous. Nous étions tous les deux secoués : quelle affreuse façon de terminer cette soirée. Nous n'avons pas échangé un mot jusqu'à ce qu'il me dépose à la maison avant d'aller faire le plein.

La voiture n'est pas garée devant la caravane et je jure entre mes dents. Il ne m'est pas venu à l'esprit qu'ils pourraient ne pas être chez eux un dimanche matin. Pauline clame haut et fort que c'est son jour de repos.

Personne ne répond quand je frappe à la porte. Je tente ma chance du côté de la grande maison au cas où Pauline y serait passée pour une raison ou une autre. Là aussi la porte est verrouillée. Sans trop savoir pourquoi, je pousse le battant de la boîte aux lettres pour regarder à l'intérieur et j'entends un léger sifflement. Comme une fenêtre qu'on entrouvre. Ou une respiration. De peur, je laisse le battant se refermer d'un coup sec et dévale l'escalier. Je sais que c'est idiot, mais depuis que quelqu'un a raconté à Pauline que la maison était hantée, j'ai la frousse. Bien sûr, Pauline, elle, adore cette idée. Elle trouve que c'est très « romantique ». Je ne vois pas ce qu'une personne décédée a de romantique.

Après réflexion, je décide d'entrer dans la caravane avec ma clé. Ça ne me prendra qu'une minute et ça ne dérangera pas. C'est drôle quand on y pense, la rapidité avec laquelle les clients me confient leurs clés. Certains le font dès la première semaine pour ne pas avoir à être présents quand je viens travailler. Les citadins, eux, me donnent leur double sans penser à tout ce que je pourrais faire en leur absence. Jamais je ne prendrais ce risque, moi. En tout cas, je me retrouve avec des tas de clés : la plupart dont je n'ai même plus l'utilité – celles de maisons qui ont été vendues –, ou les trousseaux complets de ceux qui veillent à leur sécurité. Les clés des verrous, des serrures à mortaise, des serrures à gorges.

J'étais certaine d'avoir accroché ma veste derrière la porte de la cuisine mais elle n'y est pas. Celle de Charlie non plus. Je regarde partout, et ne vois aucun signe de son retour.

Quelque chose de blanc attire mon regard dans leur lit défait. Lorsque je repousse la couette, je ne découvre qu'un T-shirt d'homme. Pas le genre de vêtement que porterait Charlie. Il ne fait pas dans la tenue décontractée. Pauline se montre de moins en moins prudente avec sa « distraction » et je ne peux m'empêcher de penser qu'elle aura beaucoup de temps à consacrer à Bram si Charlie disparaît pour de bon.

Je retrouve enfin ma veste près de la poubelle de la cuisine. Le billet de dix livres n'y est plus et je pousse un juron. Je parie qu'elle me l'a « emprunté ». Je compose alors son numéro pour savoir quand elle va revenir mais mon portable émet un *bip*. Je n'ai presque plus de batterie. Heureusement, il y a un chargeur derrière le grille-pain. Je tire sur le câble pour m'y brancher, avant de m'apercevoir qu'un téléphone occupe déjà la place. *Elle a oublié son fichu portable.*

En y regardant de plus près, je me rends compte que ce n'est pas celui de Pauline. C'est un vieil appareil bas de gamme sans écran de veille. Il n'était pas là lorsque j'ai fait le ménage hier. Je me demande à qui il appartient.

Pauline ne répond pas quand je l'appelle. Je devrais m'en aller mais j'attends encore cinq minutes au cas où elle rentrerait. On est très serrés financièrement ces temps-ci. Comme on ne l'a pas été depuis longtemps. Au point que je prétends suivre un régime pour faire durer les provisions quelques jours de plus. J'inspecte le frigo en quête d'un truc à grignoter. Il n'y a rien, à part du prosecco.

Je ne peux pas m'attarder davantage, alors je fouille dans les tiroirs à la recherche d'un bout de papier pour lui laisser un mot. Ils auraient besoin d'un bon coup de chiffon. J'inscris mentalement la tâche dans ma liste pour la semaine prochaine quand, dans celui de la table de la cuisine, je remarque un passeport. La tentation est trop grande. Je l'ouvre dans l'idée de découvrir enfin la véritable date de naissance de Pauline : je parie qu'elle approche les quatre-vingts ans. C'est sur la photo de Charlie que je tombe. Et ce n'est pas son nom. Je n'arrive pas à en détacher mon regard. J'essaie de comprendre ce que je vois tout en me répétant de ne pas m'emballer. Le décès de Phil et mes retrouvailles avec Stuart m'ont mis les nerfs en pelote et me rendent paranoïaque. N'empêche, je prends le passeport en photo avec mon téléphone pour pouvoir l'étudier plus tard. Au calme.

Lorsque mon portable se manifeste, je sursaute. C'est Liam qui m'envoie un message pour me dire de me dépêcher. Je range à la hâte le passeport dans le tiroir. Au volant de ma voiture, sur le chemin du retour, je me rends compte que j'ai encore oublié ma veste. Et les dix livres que Pauline me doit. Il faudra que j'y retourne. *J'ai mal au crâne. Il se passe trop de choses. Je m'en occuperai plus tard.*

24

Dimanche 25 août 2019

Dee

— La police m'a appelé pendant le match de Cal, m'annonce Liam tandis que je réchauffe des haricots blancs à la tomate pour le déjeuner. Ils veulent que j'aille au poste cet après-midi.

— Pourquoi ?

Je m'efforce de rester calme mais ma voix a grimpé dans les aigus.

— C'est au sujet d'Ade. Rien d'important, répond-il d'un ton pourtant nerveux, lui aussi. Ils s'entretiennent avec tous ceux qui l'ont vu ce soir-là. Ils essaient de déterminer comment les événements se sont déroulés avant que Tracy et lui ne s'évanouissent.

Je relâche mon souffle un peu trop vite, la tête me tourne.

— Tu l'as vu ?

— Tu sais bien que oui. On a porté des caisses ensemble pour Pete Diamond, tu te rappelles ?

— Ah oui, c'est vrai. J'avais oublié. Bon, donc il n'y a pas de quoi s'inquiéter ?

— Non.

Il marque une hésitation et vient ensuite se poster à côté de moi avec cette expression que je connais bien. Celle qui précède toujours ses confessions.

— Quoi ? Raconte-moi !

— Je vais leur dire que j'ai ramené Charlie chez lui le soir du festival.

Je ferme les paupières.

— Charlie ? De quoi tu parles ?

— Je l'ai vu quand je suis allé à la station, après t'avoir déposée à la maison. Il titubait le long de la route. J'ai juste voulu l'aider.

— Nom de Dieu, Liam, pourquoi tu n'en as pas parlé tout de suite ?

— Parce que c'était sans importance. Je reconduis des gens chez eux tout le temps. Tout le monde fait ça, ici. Ensuite, tu m'as annoncé qu'il avait disparu et que la police enquêtait. Je ne voulais pas être mêlé à cette histoire. Je croyais qu'il réapparaîtrait. Toi aussi, tu le croyais. Mais il n'est pas revenu. Et je n'arrête pas d'y repenser.

— Il s'est passé quelque chose, dans la camionnette ?

— Comme quoi ?

— À toi de me le dire.

Liam secoue la tête.

— Non, Dee. Il ne s'est rien passé, répond-il en baissant le visage, comme s'il s'adressait à la table. Il était vraiment soûl et il racontait n'importe quoi. Il répétait en boucle qu'il avait vu quelqu'un au festival.

— Qui ça ?

— Je ne sais pas. De toute façon, je l'ai aidé à descendre dès qu'on est arrivés chez lui. Je ne voulais pas que Pauline me reproche son état.

— Ben voyons.

— Je dois le dire à la police, non ? Il paraît qu'ils commencent à poser des questions à son sujet. Ça fait deux jours.

Ils vont vite découvrir que Charlie devait de l'argent à plusieurs personnes : aux couvreurs, aux échafaudeurs. À moi.

— Les autres sont de grosses entreprises, leurs factures doivent être énormes. La police ne s'intéressera pas à toi. Tu as dit qu'il ne s'agissait que de quelques centaines de livres.

— C'est un peu plus, en fait.

— Combien ?

— Quelques milliers, marmonne-t-il entre ses dents.

— Combien ? je répète, espérant avoir mal entendu.

— Presque quatre mille livres. Écoute, Dee, ajoute-t-il avant que je n'explose, il a été super malin. J'ai refait toute la plomberie et dès que je lui ai remis la facture, il m'a confié d'autres tâches et le travail continuait de tomber. Il me glissait quelques centaines de livres par-ci par-là en guise d'acompte pour le matériel, mais les frais s'accumulaient et sa facture enflait. C'était du pain bénit, pour moi. Et puis il s'est mis à m'éviter.

— Quatre mille ! Comment a-t-on pu régler le loyer sans cet argent ? Est-ce que tu l'as réglé, au moins ?

Liam ignore ma remarque et poursuit.

— Les flics vont fouiner. Ils découvriront qu'il me devait une grosse somme et qu'il est monté dans ma voiture. Si je ne vais pas les voir de moi-même, ils croiront que je leur cache des choses.

Les pensées se bousculent dans ma tête.

— Comment le découvriraient-ils ? Est-ce que quelqu'un l'a vu avec toi ? Tu en as parlé à quelqu'un ?

— Non. Il n'y avait personne quand je me suis arrêté. C'est pour ça que je l'ai emmené.

Un bruit assourdissant envahit mon esprit. Le bourdonnement frénétique des questions et de l'appréhension. J'essaie de respirer calmement tout en réfléchissant. Il va falloir que je surveille Liam de près pour nous sortir de ce bourbier. Que je surveille tout de près.

— Bon, avouer à la police serait une erreur. Ils en tireraient la mauvaise conclusion et ça se retournerait contre toi. Charlie n'est resté dans la camionnette que cinq minutes et il allait bien quand tu l'as laissé. Alors ça n'a pas d'importance, n'est-ce pas ? Je crois que si on te demande, tu devrais raconter que tu ne l'as pas vu du tout. D'accord ?

Liam déglutit avec difficulté, agité, tandis qu'il assimile mes paroles. Il ressemble à un petit garçon.

— Mais, Dee, c'est lui qui est en tort, pas moi, finit-il par répliquer. C'est lui qui ne paie pas. La police ne peut pas me mettre sa disparition sur le dos sans preuve. Je n'ai rien à cacher.

Tout le monde a quelque chose à cacher.

Je suis en train de chercher l'adresse e-mail de notre propriétaire afin de solliciter un délai pour le loyer quand mon téléphone sonne. C'est Janine Scott-Pennington qui me supplie de la sauver.

— Je sais que vous ne devez venir que demain mais il faut changer les draps des lits, et la cuisine a besoin d'être nettoyée. Nous avons reçu des amis et toute la maison est sens dessus dessous. Je vous paierai le double puisqu'on est dimanche.

Cal est chez son meilleur ami, de toute façon, alors j'accepte et je retrouve Janine sur le trottoir, devant la fenêtre d'Elise. J'essaie de regarder si celle-ci nous observe, cachée par son rideau, tout en écoutant Janine déverser son indignation.

— Nous sommes horrifiés, Dee ! s'écrie-t-elle sitôt qu'elle m'aperçoit. Vous vous rendez compte ? De la drogue ! À Ebbing ! Nous sommes pourtant venus ici pour échapper à tout ça.

J'acquiesce, mais je me demande si elle a jamais été réellement horrifiée. Au point de ne plus pouvoir respirer, ni bouger ni fermer les yeux. Au point de mouiller sa culotte.

Changer les lits ne me prend que dix minutes. Pourtant, avant de redescendre, je traîne, regonfle les oreillers et repositionne les coussins pour mériter mon salaire.

— Bonjour, dis-je tout bas en ouvrant la porte de la cuisine.

Pas de réponse. Kevin, le mari de Janine, est courbé au-dessus de son ordinateur, le regard rivé à l'écran.

— Je vais faire le moins de bruit possible, je chuchote derrière son dos.

S'il m'a entendue, il n'en montre rien. Ce n'est que lorsque je commence à remplir mon seau d'eau qu'il se retourne brusquement.

— Oh, bonjour. Nous ne sommes pas lundi, si ? Désolé, j'ai un truc de boulot à régler.

— Non, j'ai un jour d'avance. Pardon de vous déranger. Janine m'a demandé de nettoyer la pièce.

Il ne m'écoute pas. Il a déjà replongé dans sa transe. Je jette un œil par-dessus son épaule. La page est ouverte sur un e-mail dont l'objet est « Paiement à régler d'urgence ».

Je nettoie tout autour de lui, frotte les traces laissées par les verres de vin et les taches de nourriture séchée tout en lui décochant des regards en coin. À qui peut-il bien devoir de l'argent ? Est-il inquiet ? Comme Charlie ? En fait, je ne crois même pas qu'il lise l'e-mail. Ses yeux sont vitreux. Soudain, il se tourne vers moi et me surprend en train de l'observer.

— Oui ? demande-t-il tandis que je m'empourpre.

— Pardon, rien. Je… je réfléchissais, c'est tout, dis-je en bafouillant. Je pensais à quelqu'un qui a disparu.

C'est sorti tout seul, malgré moi.

— Charlie Perry ? Oui, j'ai appris ça…

Il ferme son ordinateur portable d'un coup sec et m'interroge :

— Où croyez-vous qu'il soit ?

Maintenant que j'ai son attention, je ne sais pas quoi en faire.

— J'ignorais que vous le connaissiez.

— Ebbing est un petit village.

— C'est vrai. En tout cas, j'espère qu'il va revenir.

Je réfléchis à voix haute, sous son regard qui ne me lâche pas.

— Une de mes clientes affirme que ceux qui disparaissent ne vont jamais loin, en général.

Kevin s'esclaffe d'un rire sonore et moqueur.

— Ce sont des potins de comptoir, Dee. Il est sûrement à bord d'un avion pour une destination lointaine.

— J'en doute, je réplique, piquée au vif par son ton sarcastique. J'ai vu son passeport tout à l'heure.

— Ah oui ?

Je ne réponds pas. J'aurais dû me taire. Je me remets à la tâche et secoue les miettes du grille-pain dans l'évier.

Kevin repousse sa chaise et se lève. Le crissement sur le carrelage me donne la chair de poule. Puis il s'en va sans un mot.

25

Dimanche 25 août 2019
Elise

Elise classait ses notes avant d'aller se coucher pour s'assurer de n'avoir rien oublié quand elle entendit les sirènes. Presque aussitôt, Ronnie frappa chez elle.

— Désolée ! s'exclama celle-ci à bout de souffle. Je sais qu'il est tard mais j'ai vu que c'était toujours allumé. Il y a le feu chez Pete Diamond ! Les pompiers viennent d'arriver sur sa propriété.

Elise enfila une veste et emboîta le pas à Ronnie. La nuit était tranquille et l'odeur de fumée ne lui piqua la gorge qu'après qu'elles eurent dépassé l'angle de Beacon Lane, au moment où les lueurs bleues des gyrophares apparurent.

Les Diamond se tenaient près de leur portail. Sous la lumière des projecteurs utilisés pour le festival se devinaient les contours flous du mot « Ordure » peint à la bombe sur la grille derrière eux.

— Qui a fait ça ? demanda Elise à Ronnie.

— Un sympathisant, répondit-elle avant de se frayer un chemin parmi les curieux.

Elise resta en retrait et alla interroger un agent assis dans une voiture de patrouille.

— Que s'est-il passé ?

— On ne sait pas encore. Restez à l'écart le temps que la police fasse son travail, madame.

— C'est moi, la police, répliqua-t-elle en brandissant sa carte.

Les yeux de l'agent s'écarquillèrent de surprise. Elle s'empressa de ranger son badge. L'espace d'un instant, elle avait oublié.

— Je travaille à la criminelle mais je ne suis pas en service, marmonna-t-elle.

— Pardon, inspecteur. C'est une salle de sport installée dans une dépendance qui a pris feu. Il pourrait s'agir d'un acte criminel. On a retrouvé des chiffons et noté une forte odeur de solvants par là-bas. Les rancœurs sont nombreuses au sein de la communauté à cause de ce qu'il s'est passé au festival avant-hier.

— Oui, j'ai vu le tag sur le portail.

— Il y a plus grave. Nous sommes également à la recherche de la fille des propriétaires. Elle semble s'être volatilisée.

— Qui est en charge ici ?

— L'inspecteur Brennan. Elle est sur place. Je la préviens de votre présence.

— Inspecteur King ! cria Pete Diamond à l'autre bout de la foule, la voix rauque. Que se passe-t-il, bon sang ? D'abord, on peint des obscénités sur notre portail, et maintenant ça ?

Sa femme était accrochée à son bras, les yeux brillants de larmes.

— C'est un cauchemar. Celeste ne répond pas à son téléphone.

— Où était-elle, ce soir ? demanda Elise.

— Dans sa chambre. Elle y passe beaucoup de temps. Nous l'avons à peine vue depuis vendredi.

— Quand nous avons découvert que ma salle de fitness était en feu et que nous sommes allés la rejoindre, nous ne l'avons pas trouvée, sanglota Millie Diamond. Nous ignorons où elle est.

Caro Brennan apparut pendant qu'ils discutaient, elle essuyait des traces de suie sur son visage.

— On m'a informée que tu étais ici, murmura-t-elle en prenant Elise à part. Les Diamond disent que leur fille a disparu.

— Est-ce qu'elle aurait pu être dans la salle de sport ?

— On pense que non, mais rien n'est sûr. Le feu a pris bien avant que l'alarme ne se déclenche et tant que l'incendie n'est pas maîtrisé, personne ne peut entrer. Les pompiers ont presque terminé.

— OK. Je te laisse travailler.

Elise n'avait pas le choix : c'était ce qu'il convenait de faire. Ce n'était pas son boulot. Caro acquiesça et conduisit les Diamond vers la maison.

En vingt minutes à peine, presque tout Ebbing s'était rassemblé pour assister au spectacle qui se tenait à l'ancien presbytère. Les rumeurs allaient bon train.

— C'est pour l'assurance, lança quelqu'un dans son dos. Les gens comme lui font ce genre de choses.

— La fille a disparu, déclara un autre. Si ça se trouve, elle était à l'intérieur et elle a été brûlée vive.

Une femme à côté d'Elise se mit à sangloter.

— C'est la faute de ces étrangers, grogna quelqu'un. La police devrait s'intéresser aux ouvriers du chantier. Ils racontent dans les journaux que des criminels violents arrivent chez nous après avoir fui leurs propres pays. Qui sait qui nous accueillons…

Deux véhicules de police s'étaient arrêtés à proximité et des agents en sortaient en enfilant leur veste fluo.

— Je rentre chez moi, annonça Elise à Ronnie. Je ne peux pas rester là sans rien faire.

Sa voisine, elle, s'attarda, les yeux brillants sous les lumières.

Quand Elise descendit au salon le lendemain matin, elle trouva Ronnie, le nez collé à sa vitre, qui essayait de regarder à l'intérieur.

— Tu as passé la nuit ici ? la railla-t-elle en ouvrant la porte.

— Quand même pas ! Je voulais t'informer que la fille Diamond a réapparu. Il paraîtrait qu'elle se planquait dans un des mobil-homes du village ouvrier, ce qui est plutôt embarrassant pour son père puisqu'il milite pour raser le site. Apparemment, il gâche sa vue depuis les chambres à l'arrière de sa maison.

— Entre, entre. Raconte-moi tout ce que tu as entendu et de qui.

— Il n'y a que ça. Et je l'ai appris à l'instant du laveur de vitres, qui l'a lui-même entendu à la laverie automatique.

— Ce sont donc des ouï-dire de troisième main.

— Une information primordiale, tout de même. Et tu peux toujours demander confirmation à ta collègue.

Elise aurait dû réfréner Ronnie et l'envoyer promener, mais son excitation était contagieuse. D'autant qu'elle n'avait rien connu d'excitant depuis trop longtemps.

Caro décrocha aussitôt.

— Je suis un peu occupée pour le moment, siffla-t-elle entre ses dents. Ça peut attendre ?

— Il n'y en aura que pour une minute. Vous avez retrouvé Celeste Diamond ?

— Oui. Elle est rentrée vers 6 heures du matin. Elle n'a pas voulu révéler où elle se trouvait.

— Apparemment, au village ouvrier.

— Ah oui ? Et est-ce que tu sais aussi que nous avons arrêté Ade Harman ?

— Non ! Pour quoi ?

— Attends…

Caro couvrit le combiné de la main et pendant quelques instants Elise n'entendit plus que des paroles étouffées.

— Pour avoir fourni de l'ecstasy au festival. Il a repris connaissance et je l'ai interrogé ce matin. Il était effondré en apprenant la gravité de l'état de Tracy. Il a pleuré et tout avoué pendant que j'étais avec lui et que je lui tenais la main. Il a reconnu lui avoir donné les cachets.

— Ça alors ! Où se les est-il procurés ? Il ne doit pas être le seul à être impliqué, si ?

— Nous l'ignorons toujours. Il refuse de le dire. Tu aurais dû voir la tête de son père quand il est revenu dans la chambre avec les cafés.

— J'imagine. Pauvre Dave Harman. C'est son fils qui a apporté de la drogue à Ebbing, pas les festivaliers.

— Je dois y aller, Elise. Souhaite-moi bonne chance.

Ronnie, penchée en avant sur sa chaise, était suspendue aux lèvres d'Elise pour suivre l'échange dont elle n'entendait qu'une partie. Elle manqua perdre l'équilibre.

— Allez, raconte ! Ne me fais pas languir.

— Tu avais raison, Ronnie. C'était une information primordiale. Mais il n'y a pas que ça.

26

Lundi 26 août 2019
Dee

— Maman ! appelle Cal. Où sont mes sandwiches ? La mère de Mikey m'attend pour nous emmener au centre.

Le couteau est dans ma main. J'ai beurré le pain, mais impossible de me souvenir de ce que je dois mettre ensuite. J'essaie, j'essaie de toutes mes forces de rester concentrée, de préparer le pique-nique de Cal pour le centre de loisirs, de l'amuser en lui racontant une blague. Pourtant, je me rends compte combien ma bonne humeur sonne faux.

— Allez, maman, insiste Cal en me tapotant le dos tandis qu'il sautille sur place. Hé, qu'est-ce que tu t'es fait au visage ?

Je tâte ma joue douloureuse. Une ecchymose est apparue et, sous mes doigts, je sens une petite croûte au milieu. Je n'ai pas envie de penser à ce qu'il s'est passé. J'en suis incapable.

— Ce n'est rien, dis-je en caressant les cheveux de mon fils. Je vais bien.

J'ai trouvé un reste de jambon au fond du frigo et je le fourre entre les tranches de pain après l'avoir coupé en morceaux pour donner l'impression qu'il y en a plus. Puis j'enveloppe tout ça dans du film cellophane.

— Tiens, voilà.

Au moment où il sort, je prends mon fils dans les bras et le serre si fort qu'il se débat.

— Désolée, Liz ! je lance à la maman qui patiente dans la voiture. Je ne sais plus où donner de la tête aujourd'hui. Merci de l'avoir gardé cette nuit. J'espère qu'il a été gentil.

— Il est toujours gentil, me répond-elle. Je lui aurais bien préparé le déjeuner, mais il ne voulait pas de beurre de cacahuètes. En tout cas, il peut dormir à la maison quand il veut.

— Merci. À ce soir, Cal.

Pendant tout ce temps, Liam est resté assis à la table, le regard dans le vide. Dans son monde.

— Tu as fumé ?

En passant à côté de lui, je sens une odeur de cigarette dans ses cheveux.

— Non. Tu sais bien, je suis allé à l'ancien presbytère. L'incendie…

— Ah oui.

Il est de mauvaise humeur parce que je l'ai obligé à dormir dans la chambre d'amis. Il déteste dormir seul.

« Pourquoi ? a-t-il demandé hier soir quand je suis rentrée de ma balade. Je me suis excusé de m'être mis en colère à cause de ton voyage à Londres.

— J'ai très mal à la tête, c'est tout. Je vais te gêner. »

C'était bizarre quand on s'est croisés sur le palier ce matin, comme les clients d'un hôtel. Liam m'a seulement demandé si je n'avais pas été trop dérangée par tout le raffut de la veille.

« Quel raffut ?

— Les camions de pompiers, Dee. L'incendie à l'ancien presbytère.

— De quoi tu parles ?

— La salle de sport que les ouvriers clandestins ont construite a brûlé. Je suis venu te prévenir que j'y allais avant de partir mais tu dormais comme une souche. Je ne suis rentré qu'au petit matin.

— Pauvre Millie. »

J'ai l'impression d'être en pilotage automatique quand j'arrive chez Elise. Elle est assise à sa fenêtre. Comme d'habitude. Je ne comprends pas ce qu'elle observe ainsi toute la journée.

— Bonjour, Dee. Je n'étais pas sûre que vous viendriez travailler un jour férié.

— Je travaille tous les jours.

Ronnie Durrant surgit soudain dans le salon, des tasses à la main. Elle semble tout le temps fourrée ici.

Je commence par laver le sol de la cuisine pour qu'il sèche pendant que je m'occupe du reste de la maison. Les deux femmes s'installent côte à côte dans les fauteuils et discutent. Elise a laissé la radio allumée, alors je n'entends pas très bien ce qu'elles se racontent. Elles parlent de l'incendie, je crois. Puis de Charlie. *Y a-t-il des nouvelles ? Elise fait partie de la police. Qu'a-t-elle appris ?* Je baisse le volume de la musique, juste un peu pour qu'elles ne le remarquent pas, et je continue de passer la serpillère. En réalité, je nettoie toujours la même dalle de carrelage près de la porte.

— Que s'est-il passé selon toi ? demande Ronnie. Si tu menais l'enquête, où chercherais-tu ?

Ils ne l'ont pas retrouvé.

— Sur les lieux du festival, pour commencer. C'est le dernier endroit où on l'a vu. Puis j'élargirais le périmètre, je visionnerais les vidéos des caméras de surveillance installées en ville. Il n'avait pas de voiture, la sienne est toujours garée dans l'allée. Et tu as vérifié auprès des compagnies de taxis, il ne les a pas appelées. Il devait donc être à pied. Quelqu'un l'a forcément vu. Ou même conduit quelque part…

La gorge me démange et je tousse. Elles s'interrompent. Puisque je me suis dévoilée, j'entre dans le salon et commence à épousseter les étagères. Au moins, d'ici, je pourrai entendre correctement.

— Vous faites le ménage chez les Perry, n'est-ce pas, Dee ? m'alpague Ronnie.

— Heu, oui, dis-je sans m'interrompre.

— Que croyez-vous qu'il soit arrivé à Charlie ?

— Aucune idée, je réplique d'un ton sec, avant de remarquer la surprise d'Elise et de me ressaisir. Pardon. Je suis inquiète pour lui. Il avait pas mal de soucis ces derniers temps.

— Lesquels ?

Je prends une profonde inspiration et m'efforce de maîtriser le tremblement de ma voix.

— Eh bien, l'immense maison pour laquelle ils ne peuvent pas payer, par exemple. Pauline n'arrête pas de le harceler au sujet des réparations et de la somme exorbitante que leur coûte le centre de soins pour sa fille. Et puis il y a Bram…

— Le jardinier, intervient Ronnie. Qui enlève son T-shirt à la moindre occasion.

— Je n'aime pas parler de mes clients, tout le monde peut en témoigner. Mais je me fais du souci pour Charlie. Tout ce que je dis, c'est que les bavardages vont bon train sur le fait que Bram vient à la caravane quand Charlie est sorti et que la pelouse n'est jamais tondue.

Elise me décoche un regard perçant.

— Charlie est-il au courant ?

— Je l'ignore. Mais Pauline et lui se disputent beaucoup à propos de leur vie sexuelle. Elle raconte des choses terribles sur lui.

— Devant vous ?

— Les gens oublient souvent ma présence.

— En effet.

Elle plisse les yeux. Je suppose qu'elle se demande ce que je serais en mesure de révéler à son sujet. Qu'elle prend des antidépresseurs. Qu'elle a un vibromasseur dans le tiroir de sa table de nuit.

— Comment se porte Pauline depuis sa disparition ?

— Elle ne me paraît pas si bouleversée que ça. Elle répète sans cesse qu'elle serait mieux sans lui. Pauvre homme. Toute la ville s'accorde à dire qu'il est adorable, sauf sa femme. J'espère juste qu'il va bien.

— C'est ce que nous espérons tous...

Elle continue de me fixer. J'essaie d'empêcher ma main de trembler pendant que j'époussette.

27

Lundi 26 août 2019
Elise

— Eh bien ! s'exclama Ronnie sitôt Dee partie. L'ambiance est drôlement tendue dans cette caravane.

— Oui… Il va falloir faire le tri dans tout ça, répondit Elise qui examinait déjà sous un nouveau jour les réponses données par Pauline la veille, notamment le moment où elle s'était présentée comme une femme avec des besoins. À quoi ressemble ce Bram ? Est-ce que je l'ai déjà vu ?

— Sans doute. Et à défaut, tu l'as sûrement entendu. Il conduit un monstrueux 4 × 4 qui fait trembler les vitres. À ton avis, que sait Pauline du passé de Charlie ?

— Aucune idée. Je crois que je ferais mieux d'en parler à Caro en tout cas.

Elle saisit son portable et composa le numéro. Occupé.

— Je réessaierai plus tard.

— Moi, je vais voir Pauline, annonça Ronnie. Je lui ai promis de lui apporter mes vieux seaux, après tout. Tu veux venir ? On pourrait lui demander qui entretient son gazon.

Elise et Ronnie sursautèrent lorsque la porte de la grande maison s'ouvrit brusquement à leur passage. Pauline, une bassine bleue entre les mains, parut aussi surprise que ses visiteuses. Elle s'empressa de jeter le contenu de la cuvette sur une touffe de mauvaises herbes au pied des marches.

— Je vide seulement l'eau des fuites, expliqua-t-elle en refermant derrière elle.

Une puanteur nauséabonde s'éleva et Elise dut se boucher le nez de la main.

— Pardon, c'est à cause de mon traitement, j'ai l'odorat hyper sensible.

— Cette eau croupit depuis un moment, reconnut Pauline. Pourquoi êtes-vous revenues ?

Son ton n'était plus du tout amical.

— J'apporte les seaux dont j'ai parlés, intervint Ronnie. Ils sont dans la voiture.

— Oh, vous pouvez les laisser sur le perron.

— Des nouvelles de Charlie ? demanda Elise pendant que Ronnie se débattait avec le coffre de la Mini. Cela fait plus de deux jours…

— Je le sais bien. Et il est inutile de vous préoccuper davantage de mes affaires, aboya Pauline. Je lui ai parlé.

Les deux femmes la dévisagèrent.

— Tant mieux. Quand ça ? insista Elise.

— Ce matin. Il va bien.

Pauline fuyait son regard. Elise percevait sa nervosité : sa bouche était agitée par un tic et elle n'arrêtait pas de tirer sur ses vêtements.

— C'est une excellente nouvelle ! s'exclama Ronnie. Tu dois être soulagée.

— Où était-il ?

Pauline serra les lèvres face à la question d'Elise.

— Comme je l'ai dit, inutile de vous en préoccuper.

— Pauline, nous étions très inquiètes, s'agaça Ronnie. Nous l'avons cherché partout.

— Je ne vous ai rien demandé. Écoutez, il m'a téléphoné, marmonna Pauline. Son coup de fil a été rapide, il n'a pas précisé où il se trouvait.

— Avez-vous prévenu la police ? s'enquit Elise. Qu'ils mettent fin à leurs investigations.

— Ils n'ont jamais pris sa disparition au sérieux.

— Ce n'est pas vrai. Ils ont contacté les hôpitaux et... Les avertir serait la moindre des choses. Voulez-vous que je m'en charge ?

— Non, merci. Je suis tout à fait capable de les appeler moi-même. Donc, au revoir.

Sur ces mots, Elise et Ronnie, sidérées, la virent se replier dans la caravane.

— Bon, commenta Elise. Je n'aimerais pas être à la place de Charlie quand il rentrera chez lui. Je pensais que Pauline serait soulagée de son retour. Visiblement, ce n'est pas le cas.

Elle non plus, en réalité, n'éprouvait guère de soulagement. Elle se sentait plutôt déprimée. Avant cet instant, elle n'avait pas eu conscience de sa folle envie de fouiner. Sauf qu'elle n'avait plus de raison de le faire, maintenant.

— Je vais rentrer à pied, annonça-t-elle. J'ai besoin de marcher. La maison n'est qu'à trois kilomètres.

Pour rejoindre le sentier communal, il lui fallait longer l'allée et traverser le petit parking voisin, mais en distinguant les silhouettes de promeneurs derrière les Grands Chênes, elle décida de prendre un raccourci et de se frayer un chemin à travers les buissons. Un choix qu'elle regretta un peu lorsque, alors qu'elle tentait de rabattre les branches, elle comprit qu'il lui aurait fallu s'armer d'une machette pour avancer. Elle se faisait griffer sur tout le corps.

Elle allait admettre sa défaite et opérer un demi-tour quand une appréhension soudaine la saisit, lui donnant la chair de poule. Lentement, elle tourna la tête de gauche à droite, les paupières closes pour se concentrer. Il y avait une odeur. Une odeur qu'elle connaissait, qu'elle avait déjà sentie et jamais oubliée. Elle s'insinuait dans les narines, s'y accrochait, s'infiltrait dans la gorge et s'incrustait dans le cerveau. Putrescente et cadavérique. C'était l'odeur de la mort.

Elise progressa tant bien que mal pour en découvrir la source, les manches tirées sur ses mains pour se protéger au mieux des ronces. Guidée par son odorat, elle faillit tomber tête la première dans une cave dont la trappe était grande ouverte. Elle s'immobilisa à temps et retrouva son équilibre. Elle remonta son T-shirt sur son nez et sa bouche pour pallier l'odeur. Puis elle s'agenouilla et scruta l'obscurité.

Elle voulut se rassurer en imaginant le corps d'un renard ou d'un blaireau. C'était vain. Comme elle s'en doutait, il était là. Allongé sur le flanc, le visage noirci et un nuage de mouches bleues bourdonnant autour de lui.

28

Lundi 26 août 2019
Elise

À l'arrivée des techniciens dépêchés pour collecter les indices, Caro prit Elise à part.

— Qu'est-ce que tu fiches là ?

Elle n'avait pas ajouté « chef ». Ici et maintenant, Elise n'était qu'une civile pour Caro et le reste de la brigade.

— Je t'ai appelée plus tôt pour te parler de l'affaire, mais tu n'as pas répondu. J'étais venue voir si Charlie était rentré, c'est tout. Je m'inquiétais.

— Je m'occupais aussi de ce cas.

— Ne sois pas sur la défensive. Je le sais bien. Mais tu avais déjà fort à faire avec Ebbing, nouvelle capitale du crime. J'ai juste posé quelques questions par-ci par-là parce que je l'ai vu vendredi.

Elise perçut du mouvement dans la caravane. Pauline se tenait derrière la fenêtre. Elle les observait.

— Son épouse était d'une humeur étrange à notre arrivée. Hostile et nerveuse. Elle disait avoir reçu un coup de fil de Charlie ce matin. D'après elle, il allait bien. J'ai trouvé que ça sonnait faux et, à en juger par l'état du corps, c'est même hautement improbable.

— Pourquoi mentirait-elle ? Savait-elle qu'il était mort ?

— Je l'ignore. C'est en tout cas ce que je lui demanderais.

— OK, je m'en charge. Avant que je ne m'entretienne avec elle, as-tu des informations intéressantes à me communiquer ?

Elise prit une profonde inspiration.

— Oui, c'est pour ça que j'ai voulu te joindre. Le nom de naissance de Charlie est Charles Williams, il a pris le patronyme de Pauline quand ils ont emménagé dans le coin. Et leur maison est sur le point d'être saisie.

— D'accord...

— De plus, j'ignore encore si c'est pertinent, mais la fille qu'il a eue en premières noces souffre de terribles séquelles dues à une agression lors d'un cambriolage qui a mal tourné au domicile de Charlie, il y a vingt ans. Une sale affaire.

Elle était en forme, aujourd'hui. Son esprit fonctionnait à plein régime. Caro écrivait tout ce qu'elle lui apprenait, s'efforçant de ne pas paraître trop impressionnée.

— OK, merci. Tu sais comment s'appelle la fille ?

Son prénom s'évanouit dans le brouillard aussitôt la question posée.

— Ça commence par un S, ou un B. Il faudrait que je consulte mes notes. Désolée...

Mince, il était pourtant là, quelque part.

— Envoie-moi un texto quand tu l'auras retrouvé. Je vais d'abord examiner l'état de ses finances. Et sa véritable identité.

— J'ai autre chose pour toi.

C'était un peu gênant à avouer mais Caro devait être au courant de tout.

— J'ai rendu visite à son ex-femme et à sa fille hier. Je te communiquerai leurs coordonnées.

— Tu plaisantes ? Non mais, à quoi tu joues ?

— À rien. Je suis venue voir Pauline car, en bonne voisine, je m'inquiétais, et ensuite ça s'est enchaîné... J'allais te prévenir, je t'assure.

— Vraiment ?

La colère empourprait le visage de Caro.

— Je suis désolée, répéta Elise. Je n'ai fait qu'un peu de travail de terrain. Je t'ai évité cette peine. Et puis, il faut bien que je m'occupe...

— Autre chose ?

— Charlie était nerveux à cause d'un visiteur qui s'est présenté de manière impromptue au centre où vit sa fille il y a deux semaines. L'inconnu a dit qu'il reviendrait mais on ne l'a jamais revu.

Il y a aussi une histoire de T-shirt...

— Ah, et d'après la rumeur, Pauline aurait une liaison avec un homme qui se met sans cesse torse nu.

Caro tenta de se retenir de rire, en vain.

— Ben ça alors ! s'exclama-t-elle. Il s'en passe plus que dans une saison entière d'*Emmerdale*[1]. Pour l'instant, on est sur tous les fronts, on rassemble des indices sur les lieux, mais l'enquêteur principal n'exclut pas une mort accidentelle : le vieil homme pourrait avoir fait une mauvaise chute dans la cave. Toi-même tu as failli y tomber et il devait faire nuit noire à son retour du festival. Le bois de la trappe est complètement pourri, l'entrée aurait dû être barricadée. En plus, il a une blessure à la tête.

— Vraiment ? Et qui est l'enquêteur principal ?

Caro baissa les yeux sur ses pieds, tic révélateur chez elle.

— Qui ?

— Écoute, ne le prends pas mal, mais c'est Hugh. Son détachement à Londres est terminé et il revient à la criminelle. Je croyais que tu étais au courant.

1. *Soap opera* britannique créé par Kevin Laffan et diffusé depuis 1972.

— Non, je ne l'étais pas.

Elise regarda autour d'elle, son cœur battait violemment dans sa poitrine.

— Il est ici ?

— Non. Il est en route. Il arrive du poste.

À ce moment, une voiture s'arrêta dans l'allée et Elise sentit ses jambes se dérober sous elle. Caro la soutint par le coude.

— Ce n'est que le médecin légiste. Aoife Mortimer est en charge, une chance. Bon, il faut que j'aille interroger la veuve Perry. Ça va aller ?

Elise hocha la tête, puis rattrapa son sergent par le bras alors qu'elle partait.

— Il vaudrait sans doute mieux ne pas dire à Hugh que c'est moi qui t'ai donné ces infos. Il n'apprécierait pas.

Caro acquiesça.

— Entendu. Je vais faire en sorte qu'il obtienne tous ces détails pendant l'interrogatoire de Mme Perry. Je t'appelle après.

Caro la congédiait, mais Elise ne se sentait plus en capacité de marcher pour l'instant. Elle avait beau détester dépendre des autres, elle téléphona à Ronnie.

— Tu pourrais venir me chercher ?

— Je t'avais dit que c'était trop loin. Où es-tu ?

— Toujours chez Pauline.

— J'arrive.

Elise s'assit dans l'herbe au bord de l'allée et attendit. Elle réfléchissait à l'hypothèse de l'accident envisagée par Hugh. Comment, dans ce cas, Charlie était-il rentré chez lui ? Plus de trois kilomètres séparaient son domicile du lieu du festival, et il était complètement ivre. Ce trajet paraissait cauchemardesque si on ajoutait l'ébriété à la difficulté du terrain. Elle contempla ses bras, rouges et couverts de griffures causées par les ronces. *Y aurait-il un autre chemin derrière la maison ?*

Lorsque Ronnie s'arrêta devant elle dans un dérapage, Elise ouvrit la portière sans prononcer un mot. Elle se laissa tomber lourdement sur le siège.

— Est-ce que tout va bien ? s'inquiéta Ronnie.

— Pas vraiment. J'ai trouvé Charlie.

À cette nouvelle, Ronnie cala, faisant tressauter sa passagère.

— Tu plaisantes ? Quand ? Après mon départ ? Où ça ?

— Dans la cave de la grande maison. Il est mort.

Silence.

— Ronnie ?

— Pauvre Charlie, murmura-t-elle, la voix étranglée. Qui lui a fait ça ?

— Nous ne savons pas encore si c'est un homicide. Les enquêteurs n'excluent aucune possibilité. Ils pensent que ce pourrait être un accident.

— Mais toi, non.

— Je ne le crois pas, non.

29

Mardi 27 août 2019
Dee

Ils disent que la mort de Charlie est inexpliquée ; la police, en tout cas. C'est ce que répète en boucle la radio locale. Pourtant, en ville, on parle de meurtre. Chacun y va de sa théorie, comme s'il savait quelque chose.

— Il paraît qu'il a eu le crâne fracassé, raconte une cliente au supermarché.

La remarque me stoppe dans mon élan. *Fracassé ? Vraiment ?* Je me penche un peu pour mieux entendre.

— Non ! rebondit une autre femme. On m'a raconté qu'il avait été retrouvé dans l'abri à charbon.

Je la dévisage. *L'abri à charbon ?* J'essaie d'imaginer ce qui a pu lui arriver.

— Je me demande comment va Pauline, reprend la première femme.

— Ce qui est sûr, c'est qu'elle ne restera pas seule longtemps. Elle trouvera des bras pour se consoler. Ceux de Bram, par exemple. Il est plutôt bel homme…

Je tends l'oreille avec une telle concentration que je ne remarque pas Karen, la coiffeuse, qui arrive vers moi. Elle me fait sursauter.

— Dee ! C'est affreux, non ? Qui aurait pu s'en prendre à Charlie ?

— Je n'en ai aucune idée, dis-je en tournant les talons afin de saisir de la cire pour parquet. Désolée, on m'attend au Neptune.

Quelques personnes se sont rassemblées à l'extérieur, certaines que je ne reconnais pas. Sans doute des touristes ou des résidents secondaires. Je parie qu'ils n'ont même jamais rencontré Charlie. Ça ne les empêche pas de faire la queue pour livrer leur opinion d'expert à une journaliste qui les filme avec son téléphone. Elle devait sûrement être aussi à l'ancien presbytère samedi avec le reste de la presse, à interroger les gens sur le concert et la drogue. Là-bas, les Cook ont parlé de leur fille et ont transmis des photos sur lesquelles elle paraît jeune et innocente. Comme pour prouver qu'on l'a forcée à se droguer.

Fidèles à leurs habitudes, les médias sont maintenant passés au drame suivant.

— Charlie était un vieux monsieur adorable, affirme Brian, le propriétaire du kiosque à frites, à la journaliste.

Ses lunettes de soleil remontées sur le haut de son crâne, elle tient son portable tout près du visage de Brian.

— Il était toujours disposé à rendre service. Il avait des histoires formidables à raconter sur sa vie. Il avait des relations, vous savez.

— Vraiment ? Quelqu'un que je pourrais connaître ? demande la journaliste tandis que je m'éloigne.

Quand je pénètre dans le Neptune, Doll se tient derrière le comptoir, dos tourné.

— Bonjour ! L'air est très humide aujourd'hui, on pourrait croire qu'il va pleuvoir, je lance en me dirigeant vers le fond pour me mettre au travail.

Doll ne répond pas. Que tout le monde sache que son fils a failli tuer Tracy Cook doit être horrible pour elle.

Je nettoie les éviers puis lui prépare un café que je pose sur le comptoir. *Rester naturelle.*

— J'ai pensé que ça vous ferait du bien, dis-je tout bas.

Elle se tourne et me dévisage.

— Quel foutoir, hein ?

— Ne vous inquiétez pas. Je m'en occupe dans un instant.

— Non, Dee. Je ne parle pas du bar.

On dirait qu'elle s'est habillée dans le noir ce matin, tant elle a triste allure. Ses cheveux sont tout emmêlés à l'arrière et il lui manque une boucle d'oreille. Je n'arrive pas à détacher mon regard de sa bouche. D'ordinaire, Doll la souligne au crayon puis la colore de rouge à lèvres – rose l'été, prune l'hiver. Aujourd'hui, elle n'a pas pris cette peine. Elle ressemble à quelqu'un d'autre.

— Le foutoir, c'est ce qu'il s'est passé au festival, articulent ses lèvres au naturel. Nous devons régler ça.

— Nous ?

— Vous savez aussi bien que moi que cette histoire de drogues n'est pas une idée d'Ade. Il n'a ni l'intelligence ni les moyens d'acheter des cachets. Il n'a même pas de quoi se payer le bus. C'est forcément quelqu'un d'autre qui les lui a donnés. Qui ferait ça ? Liam pourrait le savoir ?

— Liam ? Je ne comprends pas…

— Il se droguait, non ? Peut-être qu'il se drogue encore, d'ailleurs. Il se vante tout le temps de sa jeunesse dévergondée, raille-t-elle.

Je la fixe sans un mot. Foutu Liam incapable de se taire.

— Il n'a rien à voir là-dedans. Il ne fait que parler. Vous savez comment est Liam. Il se laisse emporter avec ses histoires. De toute façon, Ade a avoué, non ?

— Mon fils ne savait pas ce qu'il racontait. Il était en état de choc et n'aurait jamais dû être interrogé, rétorque-t-elle en durcissant le ton. Il a fait une nouvelle déclaration.

— Qu'a-t-il dit ?

Je serre mes mains l'une contre l'autre pour les empêcher de trembler.

— Qu'il était toujours sous l'effet de l'ecstasy. Et qu'il ne se rappelait pas ce qu'il s'était passé. Maintenant, nous verrons bien à qui s'intéresse la police. N'ayez aucun doute, Dee, la vérité éclatera. En attendant, j'aimerais que vous partiez. Et que vous me rendiez ma clé, s'il vous plaît.

— Mais, Doll...

— Partez ! Et dites à votre mari que je sais qu'il est mouillé jusqu'au cou.

Devant le pub, je reste assise dans la voiture, les yeux posés sur mon téléphone. Je devrais appeler Liam et le prévenir, mais je n'ai aucune envie de lui parler. L'expression sur son visage ce matin quand il écoutait la radio me revient.

« Ils ont trouvé Charlie, a-t-il murmuré.

— Oui, mais tu te rappelles ce qu'on a décidé ? Cela ne nous concerne pas. Continuons simplement de vivre nos vies... »

Je croyais que nous le pourrions. À présent, je crains que Doll ne nous le permette pas.

30

Mardi 27 août 2019
Elise

Caro Brennan assistait à l'autopsie au poste de Southfold et, pour la première fois depuis des jours, Elise ne lui enviait pas sa place. Ni les bottes en caoutchouc blanc qu'elle devait enfiler.

Il y avait peu d'aspects de son métier qu'Elise n'appréciait pas, mais la visite à la morgue était en haut de la liste. Le simple fait d'y penser lui soulevait le cœur. Caro, elle, adorait cela.

— Ça peut être magnifique d'observer le légiste en plein travail, lui avait-elle confié un jour, après quelques verres. Le voir ôter couche après couche afin de découvrir le plus infime des indices. Résoudre le puzzle.

Pour sa part, Elise préférait lire le rapport. Clair, concis, les faits indiqués dans un tableau. Et sans odeur.

Ronnie appela Elise de l'autre côté du muret lorsqu'elle l'entendit sortir la poubelle dans la cour.

— Viens me voir. Ted est parti à une réunion des Chemins de fer. Il a besoin de se retrouver avec ses semblables.

Dans la cuisine de Ronnie, calé au-dessus de sa liste des choses à faire, était accrochée une grande affiche. À la place d'un paysage de sable blanc et de palmiers, elle avait imprimé une carte d'Ebbing qu'elle avait recouverte de petits papiers sur lesquels étaient inscrits les noms des habitants. Des punaises étaient aussi reliées entre elles par des bouts de laine colorée, symbolisant les possibles liens.

— Je vois que tu n'as pas chômé, déclara Elise en suivant les fils du doigt.

— J'ai déniché ces immenses feuilles destinées aux conférences dans un magasin discount, et les chutes de laine dans une friperie, annonça fièrement Ronnie. Ensuite, j'ai utilisé de la patafix, pour que Ted ne râle pas à cause des trous dans le mur. J'ai mis les punaises seulement après son départ pour sa réunion de nullos.

Les notes d'Elise sur cette histoire tenaient sur deux feuilles A4 pliées dans son carnet, mais évidemment, Ronnie n'allait pas passer à côté de l'occasion de créer un véritable tableau d'enquête.

— Bon, que savons-nous ? commença-t-elle tandis qu'Elise se demandait si sa voisine allait aussi sortir une baguette pour pointer sur l'affiche ce dont elle parlait.

— Heu...

— Je pensais mettre en parallèle l'enquête et les pistes. Je suis faite pour ça, je le sens.

— En plus tu as tout le matériel nécessaire, marmonna Elise.

Après tout, c'est inoffensif et ça l'occupera...

— Donc, poursuivit Ronnie en dévoilant un tuteur en bambou avec lequel elle tapota le tableau. Commençons par Charlie, vendredi soir.

Caro appela sur le portable d'Elise sitôt l'autopsie terminée.

— Je suis en route pour Ebbing. Je peux passer ? C'est compliqué.

Après avoir raccroché, Elise annonça à Ronnie qu'elle devait rentrer. Elle ne tenait absolument pas à ce que Caro voie le tableau de Ronnie. Sa voisine la raccompagna chez elle.

— Tu voudras bien lui demander si je peux rester et écouter ? l'implora-t-elle.

Elise n'eut pas l'occasion de poser la question. Dès qu'elle ouvrit la porte à Caro, celle-ci l'informa sans délai du principal.

— On attend le rapport complet d'Aoife, mais ce n'était pas un accident. Il a reçu un coup à la tête qui n'a pas été causé par une chute.

Ce n'est qu'à cet instant qu'elle remarqua la présence de Ronnie. Aussitôt, elle se tut.

— C'est bon, Caro. Ronnie est muette comme une tombe, affirma Elise avec un regard appuyé à son amie.

Celle-ci opina vigoureusement en faisant le geste de fermer sa bouche à clé. Caro parut sceptique. Elise enchaîna :

— Il a donc été assassiné ?

— Nous n'en savons rien. D'après Aoife, la commotion cérébrale l'aurait certainement tué, mais on n'est pas encore sûr qu'il l'ait subie *ante mortem*.

— Vraiment ? Quelle serait la cause du décès alors ?

— Le certificat stipule « arythmie cardiaque, non spécifiée, due à une athérosclérose des artères coronaires ».

— OK… Donc elle pense qu'on l'a frappé à la tête après qu'il a eu une crise cardiaque ?

— Elle envoie le cerveau en neuropathologie pour des examens plus poussés. Ce dont on est certain, en revanche, c'est que le corps a été déplacé. L'hypostase montre qu'il est resté un moment sur le flanc avant d'être retourné sur le dos.

— Une personne est par conséquent nécessairement impliquée.

— Oui. « Mort inexpliquée », voilà ce que le patron va déclarer dans le communiqué de presse. Dans le fond, peu importe les termes employés, une chose horrible s'est déroulée dans cette cave.

— « Il vient par ici quelque chose de maudit », souffla Ronnie.

— Quoi ? s'étonna Caro.

— C'est dans Agatha Christie, *Mon petit doigt m'a dit*. Celui dans la maison de retraite.

— Bref, poursuivit Caro, quand tu auras terminé ta réunion du club de lecture, sache que les vêtements de Charlie sont analysés et qu'on recherche des fibres et des traces d'ADN afin de déterminer qui a été en contact avec lui. Et le patron…

Elle eut la décence de marquer une hésitation embarrassée avant de poursuivre :

— Pardon, Elise, mais je te confirme que c'est Hugh qui a pris les rênes de cette affaire. Il me retrouve à la caravane des Perry dans une demi-heure – non, vingt minutes en fait. Il faut que je m'active !

— Alors bonne chance, répliqua seulement Elise. Pauline est un sacré numéro. Elle passe du charme à l'agressivité en une fraction de seconde.

— Oh, je sais. Hier, elle n'en avait que pour Hugh, évidemment. C'est son allure d'adolescent, sa voix de ténor. Elle n'en pouvait plus de battre de ses faux cils. Tu crois qu'elle dort avec ?

Elise pouvait entendre son timbre résonner à ses oreilles. Sentir l'odeur musquée de sa transpiration lorsque leurs corps s'entremêlaient sous la couette. *Arrête !* hurle-t-elle en son for intérieur. *Ne va pas par là*.

— Elle ne se montrera peut-être pas aussi amicale maintenant, rétorqua-t-elle. Les résultats de l'autopsie risquent en effet de mettre un terme à ses battements de cils. L'as-tu interrogée sur la précédente identité de Charlie ? Et sur l'amant ?

— Mellors, précisa Ronnie.

— Je croyais qu'il s'appelait Bram ? s'étonna Caro.

— C'est le cas. Ronnie fait référence à *L'Amant de Lady Chatterley*. Elle était bibliothécaire, c'est plus fort qu'elle...

— Désolée, marmonna Ronnie. Je me tais.

— Il s'agit donc bien de Bram O'Dowd. Nous lui avons demandé s'il était avec elle vendredi soir et elle a nié. Toutefois, la scientifique est sur le coup et le patron s'est entretenu avec O'Dowd. Oh, et Pauline affirme que Charlie a décidé de prendre son nom à sa retraite, pour recommencer ici sans aucun bagage, apparemment.

— Quels bagages ? souligna Elise. En tout cas, il faut insister sur leur relation.

Elise avait basculé malgré elle en mode enquêteur principal. Elle jeta un coup d'œil à Caro pour voir si elle l'avait remarqué mais celle-ci était occupée à lire un message sur son portable.

Le problème, c'était que dans son cœur, elle y était : elle remontait l'allée jusqu'à la porte, observait la toute première réaction sur le seuil, écoutait les intonations de la voix, repérait les mensonges, la culpabilité. Pourtant, toute cette adrénaline était inutile. Sa place était sur le côté. Elle n'était qu'un spectateur parmi les autres.

— Qu'en est-il du visiteur au centre de soins ? Du nouveau ?

— La réceptionniste nous a fourni une description plutôt légère : assez grand, assez maigre, peut-être les cheveux bruns. En revanche, elle a été catégorique sur le fait qu'il n'était pas revenu.

— Il faudrait consulter les vidéos des caméras de surveillance de l'entrée. Birdie recevait peu de visites, ça ne devrait pas être compliqué de le repérer.

— Oui, oui, on verra ça plus tard. Là, je dois y aller. Au fait, ajouta Caro, je devais aussi t'informer que nous avons besoin de ta déposition à propos de la découverte du corps. J'aurais dû la prendre hier, mais comme tu es du métier, j'ai oublié. Peux-tu venir à Southfold cet après-midi ? Je peux t'envoyer une voiture.

— Je l'emmènerai, intervint aussitôt Ronnie. À quelle heure ?

31

Mardi 27 août 2019
Kevin

Kevin Scott-Pennington chargeait la BMW quand Janine arriva, à bout de souffle.

— Tu ne vas pas croire ce que je viens d'apprendre ! annonça-t-elle. Ils ont trouvé un corps. La police a trouvé un cadavre. À Ebbing ! Ils viennent de le dire à la radio.

Kevin continua de caler leurs tongs recouvertes de vase dans chaque interstice disponible du coffre.

— Kevin ! Tu m'as entendue ? Bon sang, tu crois que c'est en rapport avec la pauvre fille qui a failli mourir au festival ?

— Quoi ?

— Ils n'ont pas précisé de qui il s'agissait. Je vais au supermarché. Là-bas, ils sauront.

— Janine !

— Quoi ? Je m'intéresse, c'est tout. Et je veux acheter de quoi grignoter pendant le trajet, de toute façon. Tu as bientôt terminé ?

— Presque. Nous n'avons pas besoin de nourriture. Nous devons y aller.

Elle partit malgré tout, s'éloignant d'une marche rapide, les bras en balancier et les poings serrés, vibrants d'excitation. Il s'assit sur le trottoir et posa la tête contre le métal brûlant de la voiture noire.

— Tout va bien ?

La voix le fit sursauter.

— Heu, oui. Je croyais avoir vu une éraflure.

Il plissa les yeux sous le soleil.

— Ah.

Saul n'avait pas grand-chose d'autre à répondre. Kevin Scott-Pennington n'examinait de toute évidence aucune éraflure sur sa carrosserie, le visage collé à la portière passager.

— Comment allez-vous ? demanda Kevin, d'un ton las.

— Bien… Merci. Toby est un peu stressé. Il ne dort pas bien, il a fait tellement chaud, aussi. Et il y a un monde de folie au restaurant. Vous avez apprécié votre repas l'autre soir ?

— Oui, c'était excellent, merci. Les affaires semblent bien tourner.

— C'est ce que je n'arrête pas de répéter à Toby mais… Enfin, peu importe. Vous êtes au courant, pour le cadavre ?

Kevin leva la main pour se protéger des rayons du soleil.

— Oui, Janine vient de me l'apprendre. Elle s'est précipitée au magasin pour découvrir de qui il s'agit. C'est affreux ce qu'il se passe.

— Mais tout le monde sait qui c'est ! répliqua Saul, le visage illuminé par la joie d'avoir la primeur de l'information. C'est Charlie Perry. Il avait disparu depuis vendredi soir. Vous le connaissiez ? Un vieux monsieur sympathique, marié avec une femme horrible, et qui habitait près de l'immense maison des Grands Chênes.

— Je ne suis pas sûr… Peut-être bien. Nous ne fréquentons pas beaucoup les gens d'ici. Nous ne restons que le week-end en général et nous recevons souvent des invités.

— Il venait pas mal au bar du restaurant à une époque. Je ne l'y avais pas vu depuis un moment.

— Ah.

— Bref… Quand partez-vous ?

— Dès que possible, répondit Kevin en se levant pour refermer le coffre. Nous aurions dû être rentrés à Londres hier mais j'avais des choses à régler.

— Ce Kevin Scott-Pennington est bizarre, déclara Saul tandis qu'il déballait ses commissions. Je crois qu'il était en train d'embrasser sa voiture. On appelle ça de la mécanophilie. J'ai regardé sur Internet en rentrant. Qu'est-ce que tu fais ?

Toby posa brusquement son portable sur la table.

— Rien. Je lisais juste un e-mail du boucher.

— Pourquoi ? Il y a un problème ?

— Non. Tout va parfaitement bien. Arrête de te faire du souci.

Sauf qu'à l'évidence, tout n'allait pas bien. Le visage de Toby était cireux et son œil droit injecté de sang.

— Tu n'as pas réussi à dormir ? demanda Saul. Je t'ai encore entendu déambuler au rez-de-chaussée au petit matin. Tu as une mine affreuse.

— Merci. Ça me remonte le moral. Je suis juste un peu fatigué, il y a beaucoup à faire.

— Écoute, tout est sous contrôle. J'ai déjà préparé ma valise. Je t'ai aussi acheté un nouveau T-shirt. Tu l'as vu ? Et Barry a le stock nécessaire pour tenir le restaurant pendant notre absence. Il arrive vendredi. Il a hâte de passer quinze jours au bord de la mer. Quant à moi, je suis surexcité. Oh, j'ai oublié de parler à Kevin de notre voyage à L.A. ! Je lui ai appris pour Charlie Perry, par contre.

Toby fit volte-face et manqua tomber de son siège.

— Quoi ? Qu'est-ce que tu lui as appris ?

— Fais attention, soupira Saul en immobilisant le dossier de la chaise. Je l'ai informé que c'était le cadavre de Charlie qu'on avait retrouvé.

Le visage de Toby devint blême.

— Ah oui. C'est affreux ce qu'il se passe.

— C'est exactement ce que Kevin a dit.

32

Mardi 27 août 2019
Elise

Elise répétait ce qu'elle devait évoquer dans sa déposition concernant la découverte du corps de Charlie lorsque l'arrivée d'un texto lui rappela son rendez-vous du lendemain avec l'oncologue. Elle repoussa l'assiette de son déjeuner et regarda fixement la table, sans bouger.

Un instant plus tard, un coup de sonnette la fit sursauter. Ronnie était en avance. Elle se réjouissait de la distraction cependant.

— Tu t'es enfin réconciliée avec la sonnette ? lança-t-elle avec un sourire en ouvrant la porte.

Une femme qu'elle ne connaissait pas, des lunettes de soleil remontées sur le haut du crâne, se tenait sur son seuil.

— Bonjour, la salua Elise. Je peux vous aider ?

— Je l'espère bien, répondit la femme avec chaleur. Je n'ai pas eu beaucoup de chance jusque-là.

— Oui… ?

— Je suis Kiki Nunn. Je travaille pour le site Internet du *Sussex Today*.

— Ah… Je ne vois pas bien en quoi je peux être utile à une journaliste.

— Mademoiselle King…

Elise nota qu'elle n'avait pas utilisé son grade. Sa visiteuse savait-elle qu'elle était inspecteur de police ?

— Je crois savoir que vous connaissiez M. Perry. Et que vous travaillez dans les forces de l'ordre…

Oui, elle savait.

— En effet. Mais je suis en congé maladie.

— J'ai appris ça. Je suis désolée. Je vous promets de ne pas vous retenir plus de cinq minutes. Les plus folles rumeurs circulent, toutes sortes de spéculations, et je souhaite seulement raconter les faits à nos lecteurs.

— Quel genre de spéculations ?

— Que M. Perry aurait été battu à mort. Que les « immigrants », ajouta-t-elle en mimant des guillemets, sont responsables. Des choses horribles.

— Pourquoi les gens racontent-ils cela ? Ont-ils des preuves ?

— Bien sûr que non. C'est la nature humaine, c'est tout. Ces âneries comblent un vide informatif. Regardez les réseaux sociaux : beaucoup de personnes, notamment les gens malintentionnés ou les adeptes de la théorie du complot, martèlent leurs idées jusqu'à ce que celles-ci deviennent la vérité dans l'esprit du plus grand nombre. Voilà pourquoi je m'efforce de démentir certaines de ces rumeurs. J'aimerais proposer de vraies informations sur notre site Internet.

Son discours était sensé. Pourtant, Elise hésitait.

— Je ne connais pas le *Sussex Today*, rétorqua-t-elle en attrapant son portable pour regarder.

Lorsque la page s'ouvrit, Ebbing envahit son écran. Il y avait une photo de Tracy Cook et une autre de sa mère en larmes sous le titre : « Une adolescente sort du coma après une overdose à l'ecstasy dans un festival de musique ».

Un petit cliché des camions de pompiers à l'ancien presbytère et un énorme portrait un peu flou de Charlie Perry. « Un retraité découvert mort dans une cave », disait la légende. Aucune photo de célébrités honteuses, cependant.

— Eh bien, vous n'avez pas chômé ! Le site est en activité depuis longtemps ?

— Pas vraiment. Mais moi, oui, soupira Kiki. Je suis journaliste depuis des années, et c'est la première fois que je travaille pour un journal en ligne. C'est incroyablement stressant. Mon éditeur a douze ans et il veut que je télécharge du contenu. Du contenu ! C'est comme ça qu'ils appellent les informations aujourd'hui. Pardon de me plaindre ainsi.

Elle s'esclaffa. Elise la laissa entrer.

Pour beaucoup de flics, les journalistes étaient un mal nécessaire. Elise n'avait jamais partagé ce point de vue. Selon elle, la police et la presse pouvaient s'aider mutuellement, et elle ne refusait jamais un peu d'aide. La plupart des journalistes étaient d'ailleurs corrects, surtout ceux spécialisés en affaires criminelles qu'elle croisait régulièrement. Il s'agissait souvent d'hommes : des jeunes qui, un peu comme Tigrou, sautaient sur une histoire sordide, ou des vétérans du genre Bourriquet qui avaient tout vu et tout fait. En revanche, elle mettait un point d'honneur à toujours garder ses distances : elle ne prenait pas de verres avec eux comme certains de ses collègues ni n'allait aux barbecues qu'ils organisaient le dimanche. C'était des relations professionnelles.

— Je suppose que vous avez contacté le service de presse de la police. C'est la source officielle.

— Oui, mais ils répètent la même chose depuis la découverte du corps. Ce n'est pas bon pour les infos en continu, ni pour apaiser les rumeurs. Et je n'arrive pas à approcher l'inspecteur principal Ward.

— Il va tenir une conférence de presse très bientôt, j'en suis sûre.

C'était ce qu'Elise ferait à sa place. Aurait déjà fait, d'ailleurs. Pour délier les langues, veiller à ce que les témoins se rappellent où ils avaient croisé Charlie pour la dernière fois. Ce qu'ils avaient vu. Au lieu de quoi, on laissait les discours haineux et les inepties s'installer dans l'esprit du public. Si elle-même ne parlait pas, Kiki Nunn irait sans doute frapper à la porte à côté et rencontrerait Ronnie…

— Très bien, dites-moi ce que vous savez et j'essaierai de vous guider dans la bonne direction, annonça-t-elle en lui indiquant une chaise.

Kiki lui sourit et s'assit.

— Merci.

— De rien. En revanche, il y a une condition : tout cet entretien est officieux. Vous ne pouvez pas me citer.

— Entendu.

— Vous pouvez donc éteindre l'enregistreur de votre téléphone.

Elise observa Kiki pendant qu'elle coupait son portable puis la laissa lui raconter l'histoire qu'elle écrivait. Elle l'interrompit de temps à autre pour rectifier quelques menus détails, mais il semblait que la journaliste connaissait le principal.

— Donc, Charlie Perry aurait été vu vendredi soir au festival, puis près des préfabriqués dans lesquels vivent les ouvriers, résuma Kiki.

— Vraiment ? D'après qui ?

— Un type au Neptune, répondit la journaliste en consultant ses notes. Il n'a pas voulu donner son nom.

— C'est la première fois que j'entends ça, fit remarquer Elise. Ce n'est qu'une observation, mais le village de mobil-homes se situe sur Brighton Road et le corps de Charlie a été retrouvé chez lui, à l'opposé.

— OK, je vérifierai. Est-ce que vous confirmez que c'est un chien qui a conduit la police au corps ?

Elise s'esclaffa.

— C'était moi, en fait. Je marchais près du sentier à l'arrière de la propriété et…

— Et ?

— J'ai senti une odeur.

— Quelle horreur !

— J'ai l'habitude de côtoyer la mort, vous savez.

— Bien sûr. Désolée. J'imagine ce que j'aurais ressenti à votre place. Découvrir le cadavre d'un proche.

— Je ne connaissais pas Charlie depuis longtemps, déclara Elise. Je suis certaine que d'autres le connaissaient bien mieux. Je l'ai rencontré deux ou trois fois et j'ai discuté un peu avec lui. C'était un homme agréable.

— C'est ce que tout le monde affirme. Personne ne dit du mal de lui. On m'a parlé de son travail pour une œuvre caritative et des grandes histoires qu'il racontait.

Elise se demanda combien de temps la presse mettrait à déterrer le véritable passé de Charlie.

— Ebbing est un drôle d'endroit, non ? commenta Kiki en reposant son carnet. De prime abord, ça ressemble à une petite ville tranquille, un peu miteuse, même. Il s'en passe de belles, en fait. Drogue, incendie criminel, et maintenant mort inexpliquée. On se croirait dans l'*Inspecteur Barnaby*…

Elise téléphona à Caro sitôt Kiki partie.

— Je sais qu'on se voit dans une heure mais j'ai eu la visite de la presse.

— Ma pauvre. J'espère que tu as claqué la porte au nez de ce journaliste.

Caro appartenait à l'autre école pour ce qui concernait les médias.

— C'était une femme, Kiki Nunn. Tu la connais ? Quoi qu'il en soit, je l'ai reçue car j'ai pensé que ça pourrait être utile de savoir ce que les gens du coin racontent sur Charlie.

— D'accord. Je t'écoute.

— Il aurait été tué par des ouvriers d'Europe de l'Est, apparemment…

— Ben ça alors ! J'en prends note, mais je suis désolée, Elise, je vais devoir te laisser… Nous sommes toujours en train de visionner les vidéos prises au festival par les téléphones portables pour essayer de repérer Charlie et quiconque lui aurait parlé. Il y a des heures et des heures d'enregistrement. En général, on ne voit que des gens bourrés qui se rentrent dedans.

— D'après la journaliste, Charlie aurait été vu plus tard, vendredi soir, près des préfabriqués où logent les ouvriers. Sur Brighton Road.

— Vraiment ? Pourquoi tu ne l'as pas dit tout de suite ! C'est un nouvel indice sur ses allées et venues. Qui lui a raconté ça ?

— Un type au Neptune qui a refusé de laisser son nom. Dave Harman pourrait peut-être te renseigner.

— J'en doute. L'affaire des stupéfiants est mal barrée. Son fils a retiré sa déposition. Il a un nouvel avocat qui prétend qu'il n'était pas en état d'être interrogé.

— C'est pas vrai…

— Il est coupable à cent pour cent mais nous devons repartir de zéro pour monter notre dossier. Comme le gamin a aidé à installer les buvettes ce soir-là, nous convoquons tous ceux qui ont travaillé avec lui. L'un d'eux a un profil intéressant, d'ailleurs. Liam Eastwood. Tu le connais ?

— Eastwood ? Je crois que c'est le mari de ma femme de ménage. Il est plombier ?

— Oui, c'est lui.

— Merde ! Je vais devoir chercher une nouvelle employée, c'est ça ? Alors que je commençais tout juste à m'habituer à Dee. J'y pense, Liam Eastwood a été employé par les Perry. J'ai vu un de ses panneaux de chantier sur la scène de crime.

— Oui, je l'ai repéré aussi, merci. Mais c'est pour approvisionnement de MDMA qu'il nous intéresse.

— Raconte.

— Il apparaît dans les fichiers des flics de Brighton. C'était un toxicomane et il traînait avec des dealers. Nous l'avons fait venir au poste pour interrogatoire le premier jour de l'enquête. Il a prétendu ne plus avoir de contact avec ses potes de Brighton depuis des années, depuis qu'il a quitté la ville. D'après lui, c'était une erreur de jeunesse, il voulait juste faire des expériences. Sauf que certaines personnes à Ebbing nous ont raconté autre chose. Il se serait vanté récemment au pub d'avoir pris de la drogue. Nous étudions ça de plus près. Bref, je vais transmettre au patron l'info comme quoi Charlie aurait été aperçu plus tard dans la soirée. Je dois y aller. On se voit tout à l'heure.

— D'accord. Mais la conférence de presse est prévue pour quand ? Ça fait vingt-quatre heures que le corps a été retrouvé et les rumeurs enflent tant que nous ne faisons rien.

— Nous ? Ne t'inquiète pas, le patron en tient une dans la demi-heure qui vient. Ça fera les infos locales.

— Je regarderai.

33

Mardi 27 août 2019
Elise

La lumière se réfléchit sur le tableau blanc telle une aura derrière Hugh lorsqu'il s'installa à son bureau.

La salle bourdonnait d'activité à son entrée pour la conférence de presse, et les flashs se mirent à crépiter. Une frénésie qui faisait toujours sourire Elise lorsque c'était elle qui se trouvait sur l'estrade. Pourquoi se donnaient-ils cette peine ? Une centaine de clichés montrant des policiers en train de s'asseoir. Était-ce destiné à leurs patrons qui suivaient l'événement depuis la salle de rédaction ? Pour leur prouver qu'ils ne flemmardaient pas ?

Comme les badauds qui posent des questions stupides aux politiciens quand ils passent devant eux, songea-t-elle. *« Allez-vous démissionner, monsieur le Premier ministre ? »*, *« Avez-vous menti à la commission d'enquête parlementaire ? » Ce n'est que du vent.*

Hugh s'éclaircit la voix, comme chaque fois qu'il était nerveux. Il regarda les caméras et soudain, Elise se retrouva les yeux plongés dans les siens. Un frisson de gêne la traversa.

Tout se déroula dans les règles de l'art. Hugh lança un appel à témoins pour établir les dernières allées et venues de Charlie Perry.

— Quand et comment M. Perry est-il rentré chez lui ? Quelqu'un l'a-t-il reconduit le soir du festival ? Ou à un autre moment au cours du week-end ? L'a-t-on vu se déplacer à pied ?

Kiki Nunn était assise au deuxième rang. Elle tournait le dos aux caméras mais Elise la reconnut grâce à ses lunettes remontées sur la tête et qui lui faisaient des oreilles de chat. Elle attendit que les chaînes de télé et les journaux locaux aient posé leurs questions pour intervenir.

— Bonjour, je travaille pour *Sussex Today*. Inspecteur principal Ward, savez-vous comment est décédé Charlie Perry ? A-t-il été assassiné ?

Raclement de gorge.

— Pour l'instant, nous examinons toujours les circonstances exactes de cette mort inexpliquée.

— D'accord. En connaissez-vous l'heure ?

Hugh afficha une expression paniquée.

Que t'arrive-t-il ? se demanda Elise. *D'ordinaire, tu tranches dans le vif.*

— Non, pas précisément, bafouilla-t-il. Il a été vu pour la dernière fois aux environs de 21 h 30 vendredi, au festival. Mais sa veuve affirme avoir reçu un bref appel téléphonique d'un homme qu'elle croyait être son mari tôt lundi matin.

Hugh avait retrouvé son rythme habituel.

— L'homme avec lequel elle a échangé a assuré qu'il allait bien, sans donner de détails sur sa localisation.

— Quelques heures à peine avant la découverte de son corps, donc ?

Kiki était pire qu'un chien avec un os. Pourtant, Elise savait qu'elle posait les bonnes questions.

— Comme je l'ai dit, reprit Hugh pour essayer de lui arracher l'os de la gueule, le médecin légiste poursuit ses examens pour déterminer l'heure de la mort, mais c'est un travail complexe en raison des températures que nous avons subies dernièrement. En effet, il a fait plus de trente degrés samedi et dimanche, et il faut également prendre en compte l'environnement dans lequel on a découvert le défunt.

— Oui, j'imagine qu'il devait faire plus frais dans la cave. Par conséquent, M. Perry aurait pu trouver la mort n'importe quand entre le vendredi soir et le lundi matin, c'est bien ça ?

— C'est la raison pour laquelle nous lançons un appel à témoins. Nous espérons que quelqu'un l'aura aperçu après son départ du festival, dans le parc de l'ancien presbytère.

— Qu'en est-il du témoin qui affirme avoir croisé M. Perry près du village ouvrier plus tard dans la nuit du vendredi au samedi ?

Toutes les têtes se tournèrent vers elle. Son éditeur de douze ans devait être en train de brandir un poing victorieux dans les airs.

— Nous sommes en train de vérifier la validité de cette information, répondit Hugh tandis que certains journalistes quittaient déjà leur siège.

La chasse était lancée. Tous ces pauvres travailleurs allaient être assaillis par les médias avant même que les collègues d'Elise aient sorti leurs clés de voiture. Ils étaient si rapides, et leurs actions potentiellement préjudiciables. Pareils à une pluie de sauterelles, plaisantait Caro. N'empêche, les gens parlaient plus volontiers à la presse qu'à la police. Parfois, ils avaient tout simplement trop à perdre.

Je parie que certains de ces ouvriers n'ont pas de papiers. Ils préféreront discuter anonymement avec Kiki. Attendons de voir ce que la meute et elle peuvent obtenir.

Elise éteignit le poste de télévision et s'assit un instant, réfléchissant à la dernière image qu'elle avait de Charlie. Son visage noirci. Les mouches bleues. Elle ouvrit son ordinateur portable pour vérifier le cycle de vie de ces insectes en fonction des saisons et des variations de température. Tout était disponible en ligne pour l'entomologiste amateur. Les mouches pondaient leurs œufs sur un corps, notamment sur les blessures ou autour des orifices comme les yeux, les oreilles, le nez, quelques minutes à peine après la mort. Puis les vers apparaissaient dans un délai de vingt-quatre à quarante-huit heures, et commençaient à se nourrir.

Il y avait une plage de soixante heures après la dernière fois où Charlie avait été vu vivant. Le calcul était donc simple : s'il était mort le vendredi soir, le légiste devrait trouver des vers d'environ un centimètre de longueur. S'il était mort au cours des vingt-quatre heures précédant la découverte de son cadavre, il n'y aurait pas de vers, seulement des œufs.

34

Mardi 27 août 2019
Elise

À 14 h 30, Elise se tenait devant l'entrée du commissariat de Southfold, sous la garde rapprochée de Ronnie.

— Tu es sûre de vouloir rester ? Tu vas devoir attendre dans la salle des visiteurs. Je pourrais me faire reconduire.

— Non, je suis ravie de me mêler aux criminels.

Caro vint chercher Elise et la guida le long du couloir carrelé jusqu'à la salle d'interrogatoire. Elise inspira profondément. L'odeur aigre du désinfectant, les relents de viande bouillie à la cantine… C'était comme ouvrir une tombe égyptienne et humer l'air confiné depuis un millénaire. Une autre vie.

— Tu es venue avec ta nouvelle coéquipière, à ce que je vois, plaisanta Caro avec un sourire. Ça devient sérieux, hein ? Qu'en pense le mari ? Est-ce que ça vire au ménage à trois ?

— La ferme, rétorqua Elise en lui donnant une tape sur le bras. C'est une bonne amie.

— C'est ça, répondit Caro d'un ton cinglant qui signifiait clairement « contrairement à moi ». Au fait, l'inspecteur principal Ward souhaite assister à notre entretien, l'informa-t-elle alors qu'elles prenaient place.

Elise n'eut pas le temps de protester, ni de s'armer de courage. Il entra juste derrière elles.

— Bonjour, Elise, dit Hugh d'une voix qui éveilla malgré elle son corps brisé. Comment vas-tu ?

— Bien, merci.

Elle dut s'éclaircir la gorge. Il paraissait imperturbable – un peu absent, même – et elle s'en voulait d'être nerveuse et pas lui. Elle rêvait depuis si longtemps de ce qu'elle lui dirait la première fois qu'ils se reverraient au travail. Elle voulait se montrer nonchalante et distante, et voilà qu'elle tremblait et rougissait comme une petite délinquante de quatorze ans prise en flagrant délit de chapardage.

Elle l'observa pendant qu'il triait ses notes, songeuse : l'avait-elle jamais vraiment connu ? Elle l'avait cru, à une époque, elle pensait qu'ils étaient d'une honnêteté totale l'un envers l'autre. Elise lui avait confié assez tôt dans la relation qu'elle ne voulait pas d'enfant. Qu'elle préférait se concentrer sur sa carrière. Et Hugh l'avait accepté. Lui aussi aimait son travail. « Nous avons des neveux et des nièces pour faire des sorties au zoo », avait-il ajouté.

Puis ils avaient emménagé ensemble sans prendre la peine de se marier. D'après Hugh, c'était gaspiller l'argent. « Je ne vois pas l'intérêt. On est heureux comme ça. » Et elle l'avait accepté. *Nous sommes heureux, n'est-ce pas ?*

Ils profitaient de leur « liberté » en s'offrant de bonnes bouteilles de vin et des vacances luxueuses. Leurs jours de repos, ils allaient à la salle de sport, regardaient des drames sur DVD ou suivaient les matchs du club de foot Crystal Palace. Un couple soudé, qui n'avait besoin de personne pour goûter au bonheur. Pendant neuf ans, Elise avait ainsi eu tout ce qu'elle désirait. Jusqu'à ce que ça s'arrête.

Il l'avait invitée dans leur restaurant préféré, celui où les serveurs les connaissaient. Pour Elise, ce n'était qu'une sortie en semaine pour se détendre, mais elle avait compris après coup qu'il avait choisi un lieu public pour ne pas risquer le scandale. Depuis quelques semaines, il était renfermé, invoquait son travail pour expliquer son humeur maussade. Alors, Elise avait voulu se faire belle pour lui : elle avait attaché ses cheveux, enfilé une petite robe noire et mit du rouge à lèvres. Elle se revoyait encore, à se trouver sexy devant le miroir.

Assis en face d'elle, Hugh avait posé sa serviette sur ses genoux et avait levé les yeux sur elle.

« Elise », avait-il commencé avant de s'arrêter.

Il paraissait si nerveux qu'elle avait cru qu'il allait la demander en mariage. Elle avait rougi d'un plaisir inattendu. Elle s'était répété si souvent qu'elle s'en fichait, chaque fois qu'un proche lui posait la question. Mais à l'évidence, elle en avait secrètement envie. Elle s'était penchée vers lui, les yeux luisants de bonheur.

« Oui. La réponse est oui », avait-elle murmuré en tendant la main vers lui.

La stupeur qu'elle avait lue sur le visage de Hugh l'avait arrêtée dans son mouvement.

« Non, attends », avait-il répliqué d'une voix trop forte.

L'homme à la table voisine s'était tourné vers eux.

« Écoute, je dois te parler de quelque chose. C'est arrivé sans prévenir.

— Quoi ? Au boulot ?

— Non, non. C'est que… »

Hugh n'avait jamais été sujet à l'indécision et son comportement hésitant l'avait inquiétée.

« Raconte ! Mes calamars vont refroidir. »

Elle avait cru transformer le malaise en plaisanterie. Mais il n'avait pas relevé.

« Elise. J'ai rencontré quelqu'un. »

Elle s'était figée, le dos raide et douloureux de tension tandis qu'il crachait le morceau. Ses excuses, son sentiment de culpabilité, son combat pour agir comme il convenait.

« Qui est-ce ? avait demandé Elise quand ses paroles s'étaient taries.

— Tu ne la connais pas. Je l'ai rencontrée en courant au parc. Pendant mes pauses déjeuner. »

Elle aurait voulu se lever et hurler. Ses jambes avaient refusé de bouger.

« Pourquoi ?

— Je ne sais pas. Je croyais que j'étais heureux. Que nous étions heureux ensemble. Mais tout tourne autour du travail. J'avais sans doute besoin d'autre chose. »

C'était donc sa faute à elle. Elle l'avait déçu. Plus tard, elle avait été incapable de se rappeler le retour à la maison. Ils avaient dû prendre un taxi. Elle se souvenait seulement d'eux sur le seuil de leur immeuble d'appartements luxueux et de Hugh qui lui disait au revoir.

« Je crois qu'il vaut mieux que je parte maintenant, avait-il annoncé tel le héros d'un drame romantique en noir et blanc.

— Inutile de jouer les hommes d'honneur, Hugh, avait-elle répliqué. Tu me fous en l'air et tu fous en l'air notre vie, voilà ce que tu fais. »

Il avait reculé et trébuché sur la marche.

« Ne sois pas si dure, Elise. On peut régler ça en adultes, non ?

— Va te faire foutre ! avait-elle hurlé avant de claquer la porte derrière elle. »

Une fois dans l'appartement, elle avait tiré la chaîne de sécurité pour être tranquille puis elle s'était dirigée vers la cuisine, avait cassé sa tasse préférée – celle du Chrystal Palace qu'il avait depuis tout petit –, et avait laissé les tessons dans l'évier.

« J'aurais découpé l'entrejambe de tous ses pantalons », avait déclaré Caro quand Elise lui avait enfin raconté.

Elle avait attendu un mois, le temps de voir si Hugh changeait d'avis. Mais non. Il était revenu prendre ses affaires, choisissant sans un mot des livres sur l'étagère et enveloppant des photos dans du papier journal. Elise rôdait, déterminée à ne lui laisser aucun répit. À s'assurer qu'il ne s'en tirerait pas impunément.

« Et ma tasse ? avait-il demandé.

— Brisée. Comme notre relation », avait-elle répondu avec un regard noir.

Ce fut le seul moment où il parut un tant soit peu contrarié.

Elle, de son côté, avait gardé son chagrin pour elle, l'enfouissant plus profondément dès qu'il menaçait de jaillir. Bien sûr, elle redoutait de tomber sur lui, mais elle l'évitait au mieux et ils travaillaient sur des affaires différentes. Puis il avait été détaché dans un autre service pour un projet particulier. Et elle n'avait plus eu besoin de marcher sur des œufs. Elle avait même cru avoir tourné la page.

Pourtant, six mois plus tard, en apprenant ses fiançailles, elle avait pris une semaine de congé pour pleurer et dormir. Dans la foulée, elle s'était mise en quête d'une maison à acheter en bord de mer.

— Donc, commença Caro en lui adressant un regard chargé d'excuses tandis qu'elle allumait le magnétophone et sortait le script officiel. Inspecteur principal King, pouvez-vous nous dire comment vous connaissiez la victime, Charlie Perry ?

C'était tellement bizarre d'être de ce côté-ci de la table. Dans la tête d'Elise, les questions qu'elle poserait tournaient en boucle et elle dut se retenir de les souffler à Caro. Elle employa leur jargon spécialisé pour son récit, dans l'espoir de donner l'impression que, si elle se souciait de son voisin, c'était par pure déformation professionnelle. Elle savait néanmoins que ses déclarations la faisaient passer pour une femme malade qui espionnait les bonnes gens d'Ebbing.

— Quand avez-vous vu M. Perry pour la dernière fois ? interrogea Hugh tout bas en prenant un ton officiel.

Enfin, leurs yeux se croisèrent. Il se détourna le premier et Elise eut le sentiment de récupérer une portion infime de contrôle.

— Vivant ? Au festival, vendredi.

Elle relut les quelques mots qu'elle avait notés sur un bout de papier, au cas où son cerveau s'embrumerait.

— Dans la fosse, à l'arrière de l'ancien presbytère. J'y suis arrivée vers 21 heures, juste avant que Pete Diamond ne lance sa série de titres d'acid-house. J'ai vu Charlie Perry au milieu de la foule, près de la scène.

— Vous êtes sûre que c'était lui ? insista Hugh, le nez dans son calepin.

— Oui. Je lui avais déjà parlé quelques fois en ville et il était passé chez moi deux semaines auparavant. Il avait l'air d'avoir beaucoup bu, ce soir-là : il s'agitait dans tous les sens sur la piste. Il m'a également paru bouleversé, mais difficile d'en être sûre à cause de la lumière des stroboscopes. J'ai eu l'impression qu'il criait. Puis il a disparu de mon champ de vision. Je ne l'ai pas revu avant hier matin, quand j'ai découvert son corps.

— Très bien. Racontez-nous comment cela s'est passé, pour l'enregistrement, intervint Caro.

Hugh posa encore quelques questions, mais rien qu'Elise aurait pris la peine de demander.

— Qu'avez-vous tiré de Mme Perry ? s'enquit-elle enfin, incapable de se retenir davantage.

Hugh esquissa un demi-sourire qui lui transperça le cœur. Elle adorait ce sourire discret, tout comme la plaisanterie ou la pensée commune qui le déclenchait en général.

— C'est une femme intéressante, dit-il. Croyez-vous qu'elle ait menti au sujet de l'appel téléphonique ?

— Il serait facile de le vérifier, non ? Avec l'historique de son portable.

— En effet, mais elle semble l'avoir égaré.

— Comme c'est pratique. Vous pouvez toujours réclamer le relevé de ses communications auprès de l'opérateur.

Le sourire s'évanouit.

— Oui, c'est ce que nous avons fait.

— Avez-vous retrouvé le téléphone de Charlie Perry ? Y avait-il des traces d'ADN sur son corps ?

— On s'en occupe.

Hugh se leva et s'approcha pour lui serrer la main. Un automatisme dû aux centaines d'interrogatoires de témoins auxquels il avait procédé. Son bras se figea à mi-chemin et il le laissa retomber lourdement contre lui.

— Merci, Elise, dit-il en feignant de ranger ses papiers. Ton témoignage nous est d'une grande aide. C'est une vraie chance d'avoir un enquêteur expérimenté sur place. Tu as besoin qu'on te reconduise chez toi ?

Un instant, elle se demanda s'il lui proposait de la ramener. *Bien sûr que non*, se sermonna-t-elle. *Il dirige une enquête criminelle, il ne court pas après son ex.*

— Non, c'est bon, je suis venue accompagnée. Merci.

Au moment de partir, il se tourna comme s'il avait oublié quelque chose.

— Ravi de t'avoir revue, déclara-t-il en cillant sous l'effort.

— Moi aussi, Hugh.

C'était la première fois qu'elle prononçait son prénom depuis qu'elle était entrée dans cette pièce : il lui écorcha la gorge.

— J'espère te retrouver au travail bientôt.

Sur ces paroles, il franchit la porte d'un pas hâtif.

— Je suis désolée, Elise, assura Caro. Il a insisté.

— Ah bon ?

Et tandis qu'elle s'éloignait, elle se surprit à sourire.

— Tu es bien enjouée ! lança Ronnie en la rejoignant. Qu'est-ce qui t'arrive ?

— Rien, répondit Elise avec une petite grimace. Je peux te demander un énorme service ? Ça t'embêterait de me conduire au QG pour que je récupère ma voiture ? Pas de problème si tu as autre chose à faire, je comprendrais.

— Comme quoi ? Je m'amuse comme une folle. J'ai discuté avec une femme qui a été cambriolée pour la troisième fois : ils ont vidé son congélateur ce coup-ci.

— OK. On y va ? Je n'aurais pas dû la laisser là-bas si longtemps.

— Tu es sûre que tu es prête ?

— Oui, merci. J'ai besoin de reprendre le volant.

35

Mercredi 28 août 2019
Dee

Ça sent encore la fumée dans le jardin de Millie Diamond, comme après une centaine de feux de joie. Et l'atmosphère est presque aussi toxique à l'intérieur de la maison. Apparemment, Celeste, sa belle-fille, ne sort de sa chambre que pour prendre de quoi manger.

— Au moins, elle n'est pas aux préfabriqués, à se taper les ouvriers. Pete ne peut même plus la regarder dans les yeux. Vous êtes au courant que c'est le père de la fille qui a fait une overdose qui a incendié ma salle de gym ? Ils l'ont arrêté hier soir. Il prétend qu'il ne voulait pas la réduire en cendres mais seulement nous effrayer. Seigneur, je déteste cet endroit… Vivre avec toutes ces crapules…

J'imagine qu'elle doit se douter que les crapules en question les haïssent encore plus, elle et son mari.

— Nous envisageons sérieusement de vendre la maison et de rentrer à Londres, continue Millie.

Je ne réagis pas à cette nouvelle. Je dois faire abstraction de ses paroles et me concentrer sur mes affaires. Sur la suite. Pour éviter les ennuis, il faut faire profil bas. Et le ménage au plus vite. C'est ce sur quoi je me focalise. En plus d'empêcher Liam de parler de Charlie. Et de tenter de lancer la police sur la piste de Pauline et Bram.

Sauf que Liam n'arrête pas de me mettre des bâtons dans les roues en créant de nouveaux problèmes que je dois régler. Il nous expose chaque fois que je nous crois à l'abri.

On s'est encore disputé ce matin, à cause de Doll et de mon licenciement.

— Quelle garce ! s'est-il écrié. J'en toucherai deux mots à Dave. Je vais lui demander de recadrer sa femme.

— Super idée, Liam ! Mais tout ça, c'est de ta faute. À t'entendre radoter sur ton passé de drogué, elle pense que tu es impliqué. Où avais-tu la tête ? Fiche-leur la paix, sinon tu vas empirer la situation.

Agenouillée telle une pénitente, je suis en train de cirer le parquet à l'entrée de l'ancien presbytère quand mon portable vibre. Il est en mode silencieux car Millie considère que ce n'est pas professionnel de prendre des appels au travail. Lorsqu'il vibre pour la énième fois, impossible de l'ignorer. Je m'assieds sur les talons et le sors de ma poche.

— Madame Eastwood ? Je suis avec votre mari au poste de police. Je suis avocate et j'ai été désignée d'office pour le représenter. Je cherche à vous joindre depuis plus d'une heure pour vous informer qu'il a été arrêté.

Mes lèvres sont sèches, je peine à parler.

— Mais il ne l'a pas vu…

— Pardon ? M. Eastwood a déjà reconnu avoir vu Adrian Harman au festival, ce n'est pas vraiment le sujet. Il est interrogé dans le cadre d'une enquête pour approvisionnement de substances contrôlées.

Doll a dû dénoncer Liam.

— C'était Ade, il a avoué, dis-je. Liam n'a pas touché à la drogue depuis des années. Depuis la naissance de Cal.

Malgré moi, je croise les doigts. L'avocate ne m'écoute pas.

— J'essaie d'obtenir une libération sous caution mais sachez que la police attend un mandat pour perquisitionner votre domicile à la recherche de preuves.

Je m'assieds lourdement sur le sol.

— Des preuves ?

— De possession de MDMA, madame Eastwood. Comme je viens de vous l'expliquer.

— Oui, pardon.

Mon esprit s'emballe, il s'efforce de suivre. Je m'attendais à une autre affaire. Celle de Charlie. Je savais ce que j'allais répondre, je m'étais préparée. Malheureusement, j'avais répété le mauvais texte.

— Je comprends que ce soit un choc pour vous. Votre mari vous appellera dès qu'il le pourra. Je dois y retourner.

Je me retrouve de nouveau seule dans le vestibule de Millie. *Qu'est-ce que Liam a laissé à la maison ? Il est assez bête pour y avoir caché quelque chose.* Soudain, j'attrape mon sac à main et me précipite vers la porte.

— Vous avez déjà terminé ? me crie Millie depuis la cuisine.

— Je suis désolée, j'ai une urgence. Je rattraperai mes heures la prochaine fois.

Je roule comme une folle, traverse la ville à toute vitesse, les méninges tournant à plein régime. Je m'arrête dans un crissement de pneus devant la maison. Une voiture de police est déjà garée et les voisins sont à leurs fenêtres. Je remonte l'allée en courant pour entrer la première mais les officiers me suivent de près.

— Bonjour, madame Eastwood, m'interpelle l'un d'eux. Veuillez nous laisser passer. Nous avons un mandat.

Plus tard, assise sur les marches du perron, je sursaute au son des sirènes qui hululent à proximité avant de me rappeler que la police est déjà là, chez moi, à fouiller dans la collection de *Minecraft* de Cal. Le hurlement s'éloigne. Quelqu'un d'autre a des problèmes. Les agents sont dans la chambre au-dessus de moi, je les entends.

Je voudrais installer Cal dans la voiture et partir. Dans ma tête, je le fais. Mais je ne peux pas. On nous remarquerait. On poserait des questions. Je ne peux pas me le permettre.

« Reste et affronte la situation », répétait mon assistante sociale chaque fois qu'on me ramenait à ma famille d'accueil au pays de Galles. « Fuguer ne fait qu'empirer les choses. »

Alors je reste. Je regarde le linge qui bat au vent jusqu'à ce que les policiers me bousculent au moment de quitter la maison.

— Nous en avons terminé ici, lance l'un d'entre eux pardessus son épaule.

Ils n'ont rien dû trouver.

Je me lève et, dès qu'ils partent, rentre à mon tour. Je peux suivre leur piste. Ils ont bien essayé de remettre les choses à leur place, mais je sais qu'ils sont passés partout. Je referme les portes des placards et réajuste les chaises. Je monte d'un pas lent à l'étage et m'arrête devant notre chambre. Les draps ont été retirés : je refais le lit, replie la couette pour aérer le drap-housse et regonfle les oreillers comme si tout était normal.

Tout à coup, je me sens si fatiguée que je m'assieds à même la moquette et j'essaie de donner un sens aux événements des dernières semaines. Mon monde s'est écroulé depuis le décès de mon frère. J'ai réussi à tenir le passé à distance pendant longtemps mais voilà qu'il me rattrape, saisissant mes chevilles, m'arrachant la peau, m'exposant au monde, vulnérable.

Enfant, j'ai appris à raconter des mensonges – il le fallait, pour survivre –, mais je suis trop vieille pour ça aujourd'hui. Ils m'étouffent. Et si j'ai affirmé à Doll qu'il était impossible que Liam soit impliqué, en réalité je le soupçonne de l'être. Il se droguait quand il était jeune. Pas mal, d'ailleurs. En revanche, il n'a jamais touché aux drogues dures. Je l'aurais su. J'avais de la pratique, avec maman.

Je vivais à Brighton quand on s'est rencontrés. Je suis restée en familles d'accueil au pays de Galles jusqu'à mes dix-sept ans, puis j'en suis partie avec hâte et sans regret. Je ne voulais pas retourner à Londres, j'ai toujours rêvé de revenir à Ebbing. C'était un endroit tellement beau. Là-bas, nous passions notre vie dehors. Loin de maman.

À Londres aussi, nous étions souvent dehors, sauf que le danger guettait à chaque coin de rue. Les enfants laissés à l'abandon ne sont pas faciles. Ils cherchent toujours à obtenir quelque chose, à forcer les autres à faire quelque chose. J'étais trop jeune pour qu'ils s'intéressent à moi, mais Phil était plus âgé. On le remarquait davantage.

Ebbing étant une petite ville, j'ai eu peur que quelqu'un se souvienne de maman. Qu'on croie que j'étais comme elle. « Les chiens ne font pas des chats », répétait sans cesse ma mère d'accueil. J'ai donc choisi Brighton, où je pouvais devenir quelqu'un d'autre et quand même nourrir les mouettes. Liam me prend pour une folle : il déteste les mouettes. D'après lui, ce sont des criminels avec des ailes.

Un jour, il s'est assis à côté de moi dans le bus et m'a souri en s'excusant de la poussière de plâtre qu'il laissait derrière lui. Il a réussi à me faire parler et à me faire rire. Il a découvert dans quel pub je travaillais et m'a amadouée pour que je lui donne mon numéro.

Au début, j'ai essayé de l'ignorer, mais il a persévéré. Puis un soir, en me raccompagnant à mon petit studio, il m'a dit qu'il m'aimait. J'ai pleuré. J'ai versé de grosses larmes comme je ne l'avais pas fait depuis des années. J'ignorais jusque-là à quel point j'avais besoin qu'on me le dise. J'avais dix-neuf ans et j'étais si seule. J'avais oublié ce qu'on ressentait quand on était désirée. Liam voulait devenir ma famille, j'étais tentée d'accepter. Avant, je lui ai fait promettre de ne plus se droguer avec ses amis. Je lui ai fait confiance.

J'adorais m'occuper de lui dans notre petit appartement près du front de mer. Cuisiner des légumes dans la seule casserole que je possédais pour accompagner les tourtes achetées au supermarché. Laver ses T-shirts dans l'évier, comme une bonne petite épouse. Je savais qu'il avait du mal à tourner la page de sa vie d'avant, mais Cal a tout bouleversé. J'ai encore en mémoire l'expression de Liam quand je lui ai annoncé que j'étais enceinte, et aussi quand il a tenu son fils pour la première fois dans ses bras. Je ne l'oublierai jamais. Le changement en lui a été instantané.

Mais rien ne dure jamais, n'est-ce pas ?

« Ce n'est qu'un peu d'herbe, Dee », affirmait-il quand j'en devinais l'odeur sur ses vêtements. « J'avais juste besoin de me détendre, avec le bébé qui pleure toutes les cinq minutes. »

Je le laissais dormir dans le salon pour qu'il puisse se reposer la nuit et je reniflais l'air autour de lui comme un chien policier chaque soir, à son retour. Tous ces efforts pour le garder dans le droit chemin m'épuisaient. J'ai décidé de le laisser vivre.

Jusqu'au jour où il s'est endormi sur le canapé avec le bébé et que Cal est tombé par terre. J'ai aussitôt pris notre fils dans mes bras et j'ai senti l'odeur du dernier joint de Liam dans ses cheveux. Pour moi, c'en était terminé.

« Je ne recommencerai plus, Dee ! a gémi Liam tandis que je pliais bagage. Je t'en prie, ne me quitte pas.

— Ne rejette pas la faute sur moi. C'est toi qui mets en danger la vie de notre enfant. »

Il est tombé à genoux et m'a suppliée. Cette image m'a rappelé un de nos « papas » qui avait imploré ma mère de la même façon. Elle était quand même partie. Elle partait toujours, nous emmenant avec elle. Je me suis assise et j'ai pleuré. Je ne voulais pas être comme elle. Je ne voulais pas que Cal soit comme moi.

« Je ne te décevrai plus, Dee », a murmuré Liam.

J'ai accepté de rester à condition qu'on déménage. Alors nous avons trouvé une maison à louer à Ebbing. Ma destination depuis le début, je suppose, comme un pigeon voyageur qui revient au nid, là où il se sent en sécurité, heureux même.

Je redescends dans la cuisine et je commence à fourrer le linge dans la machine. Un de mes soutiens-gorges s'est emmêlé autour du short de Liam. Lorsque je parviens à les séparer, une boule de papier tombe de sa poche. *Il a encore oublié d'enlever ses mouchoirs.* Je m'aperçois qu'il s'agit en fait d'une serviette de McDonald's. *Quand y est-il allé ?* Il y a quelque chose d'écrit dessus. Un numéro qui a bavé sur le papier fin. Et un nom.

36

Mercredi 28 août 2019
Dee

Liz, la mère de Mikey, ramène Cal à la maison une heure après le départ de la police. Elle fuit mon regard. Est-elle au courant que Liam a été arrêté ? Elle n'y fait pas allusion, en tout cas.

— Le voilà ! s'exclame-t-elle. Un vrai petit ange. Nous sommes toujours ravis de le recevoir. Il peut revenir quand il veut, Dee.

Je sers un verre de jus de fruits à Cal quand nous nous installons dans la cuisine.

— Eh bien, tu es tout en sueur ! dis-je en l'attirant contre moi. Qu'est-ce que tu as fait ?

— On a joué au foot. C'était génial, maman. Mikey a des cages dans son jardin.

— Super ! Va donc te débarbouiller pendant que je prépare le déjeuner.

Il disparaît à l'étage et s'écrie :

— Maman ! Pourquoi toutes mes affaires sont par terre ?

J'ai oublié sa chambre. Je me précipite en haut.

— Désolée, mon cœur. J'ai perdu quelque chose et j'ai dû fouiller partout pour le retrouver. Je voulais ranger avant que tu rentres.

Je l'aide à trier ses jouets, assise par terre avec lui.

— Où est papa ? demande-t-il d'une voix étouffée, le visage collé à ses genoux.

Liz lui a-t-elle dit quelque chose ?

— Au travail, chéri. Il va bientôt arriver. Peut-être qu'il ira frapper quelques ballons avec toi au parc. Tu t'es bien amusé l'autre jour, quand vous êtes allés à Brighton ?

— Mouais. Je me suis un peu ennuyé. Mais on a mangé au McDo.

Il me décoche un regard en coin. Il sait ce que je pense des fast-foods.

— De temps en temps, ce n'est pas grave, je le rassure en caressant ses cheveux. Tu as vu des gens que tu connaissais ?

— Un ami de papa, c'est tout. Il a pris un café avec nous.

— Je vois… dis-je tout bas en montant une tour de Lego. Tu veux bien me passer des briques jaunes ? Il s'appelait comment, cet ami ?

— Spike. Il était gentil. Il avait les cheveux verts et des tatouages, maman. Il avait même un dragon sur le bras.

Spike. Je serre les poings de colère pour ne pas hurler.

— Waouh ! Et qu'est-ce que Spike a raconté ?

— Des trucs d'argent et…

Soudain, mon fils de sept ans se liquéfie.

— Quoi ?

— C'était un secret. Papa voulait te faire la surprise. Il va être fâché ?

— Mais non, mon cœur. Tu sais que je n'aime pas les surprises de toute façon.

Liam a la mine défaite quand il rentre enfin du commissariat et s'assied à table.

— Ils me laissent en liberté provisoire le temps de poursuivre leur enquête, déclare-t-il. Est-ce qu'ils ont mis un gros bazar ?

— À ton avis ?

— Je suis vraiment désolé, Dee.

— Ne t'inquiète pas. Ils reviendront.

— Je n'ai rien fait.

— Oh, la ferme. Je ne veux plus entendre tes mensonges.

Il baisse la tête.

— Ce n'est pas ma faute, marmonne-t-il. Quelqu'un voulait donner une leçon à Pete J'en-ai-dans-le-pantalon et a décidé de planquer de la drogue sur lui pour qu'il soit arrêté et que le festival soit annulé.

— Tu plaisantes ? Tu as raconté ça à la police ?

— Bien sûr que non. Je ne suis pas stupide.

— Non, c'est sûr. Tu es très malin. Te retrouver impliqué dans une affaire criminelle qui pourrait t'envoyer derrière les barreaux, c'est une super idée.

— Ce n'était pas la mienne.

« C'est les grands qui m'ont obligé. » Voilà la phrase ridicule qui résonne dans ma tête à cet instant.

— Mais tu as accepté d'y participer.

— À peine. J'ai juste donné le contact de quelqu'un qui pouvait aider. C'est tout. Je te jure. Ils voulaient acheter une centaine de pilules d'ecstasy et les cacher dans la veste de Diamond ou un truc dans le genre. Ça a dérapé.

— Sans blague. Une adolescente est restée dans le coma pendant quarante-huit heures, bon sang !

— Cet imbécile d'Ade a dû se servir et les lui donner pour frimer. Personne n'était censé en prendre. La police devait trouver la drogue et fermer le festival.

— Tu sembles en savoir beaucoup pour quelqu'un qui n'est pas vraiment dans la combine.

Liam se lève et sort un paquet de gâteaux du placard.

— Liam !

— Je meurs de faim. Écoute, je les ai seulement entendus en discuter au pub. Quand ce n'était qu'un projet.

— Pourquoi ne les en as-tu pas dissuadés ?

— J'ai essayé… affirme-t-il avant de fourrer une gaufrette rose dans sa bouche. Ne m'en veux pas. Tout ça, c'est la faute d'Ade.

— Est-ce qu'ils peuvent remonter la piste de la drogue jusqu'à toi ? je demande en baissant la voix.

— Moi ? Non. Je te l'ai dit, je n'ai fait que fournir un nom.

— Celui de Spike. Tu es allé le voir, pas vrai ? Et tu as emmené notre fils avec toi.

De colère, j'ai oublié de chuchoter et mes paroles résonnent dans la pièce. Cal passe la tête par l'embrasure de la porte.

— Pardon, papa. J'ai oublié que c'était un secret.

— Ne t'en fais pas, bonhomme. Retourne à ton jeu. On arrive dans une minute.

J'observe Liam en silence. *Réfléchis, réfléchis. La police ne nous lâchera plus, maintenant. Ils vont fouiner jusqu'à dénicher quelque chose.*

— Tu m'avais juré de garder tes distances avec lui, Liam.

Je m'oblige à conserver mon calme pour que Cal n'entende pas notre conversation, mais l'effort m'irrite la gorge.

— Il est toxique, bon sang !

— J'essayais seulement d'aider Dave, répète-t-il encore plus bas que moi, si bien que je dois me pencher vers lui pour l'entendre.

Là, il lève les yeux sur moi et capitule.

— D'accord, je reconnais que c'était stupide de ma part, mais j'étais aux abois, Dee. Je n'ai pas eu de boulot correct depuis des semaines et Dave a promis de m'en donner. Je voulais le mettre dans ma poche.

— Aux abois ? On y est tous les deux, maintenant ! Les gens vont découvrir que tu as été arrêté, c'est une petite ville, et ils se ficheront d'attendre que ton nom soit blanchi. Qui va t'embaucher, dorénavant ? Ou moi ?

Liam s'approche et pose son bras autour de mes épaules.

— Ça va aller. Tu verras.

— Bien sûr que non.

Je le repousse. Mon geste est plus violent que prévu, et il se cogne contre l'encadrement de la porte.

— J'ai déjà perdu un emploi, tu te rappelles ? dis-je les dents serrées tandis qu'il se frotte l'épaule. Doll m'a virée hier, et elle t'a dénoncé à la police. Alors tu peux oublier ton travail au pub. Nous allons devoir déménager.

— Chérie, je sais que tu es en colère mais ça va s'arranger. Dave a une dette envers moi, désormais. Et je revois mon avocate demain matin. Tout va rentrer dans l'ordre.

Je me dirige vers le frigo et en sors une bière fraîche qui traîne.

— Je peux en avoir une ? demande-t-il.

Je pars dans le salon sans un mot. Je ne supporte plus sa présence.

37

Mercredi 28 août 2019
Elise

L'angoisse lui rongeait le cerveau et la conduite de Ronnie n'était pas pour l'apaiser.

— Le feu va passer au rouge ! s'écria Elise tandis que sa conductrice accélérait à l'orange bien mûr.

— Bon sang, tu es pire que Ted, s'esclaffa Ronnie. Ne t'inquiète pas, on arrive dans un instant.

En un seul morceau ? Sans amende ? La prochaine fois, elle prendrait elle-même le volant, se promit-elle.

Assise à côté d'elle dans la salle d'attente où des couples se serraient et chuchotaient, têtes penchées l'une vers l'autre, leurs peurs résonnant contre les murs, Ronnie, n'arrêtait désormais pas de gigoter.

— Au fait, Karen propose la coupe et les mèches à moitié prix en ce moment, s'exclama Ronnie d'un ton faussement joyeux.

Elise passa la main sur son crâne, toujours pas habituée à cette sensation sous ses doigts. Elle était allée au salon de Karen en mai, après sa chimio, pour raser les touffes éparses. La coiffeuse avait évoqué les perruques et lui avait présenté un catalogue aux bords écornés de différents modèles synthétiques. Elise préférait s'en passer.

« Je n'ai pas envie de ressembler à ma mère, avait-elle répondu d'un ton qu'elle avait tenté de garder léger. Je vais m'en tenir aux foulards et aux chapeaux en attendant que ça repousse. »

À l'évidence, Karen avait partagé leur conversation avec ses nombreuses clientes, en y ajoutant très certainement une touche de mélo, à en juger les sourires compatissants qu'on lui décochait dans la grand-rue quelques jours plus tard. Elise n'y était pas retournée depuis.

— Je n'ai pas besoin d'une coupe de cheveux ! tenta de plaisanter Elise. Regarde-moi ça !

— Ils poussent, acquiesça Ronnie.

En effet, mais ils repoussaient d'une couleur différente. Son dégradé de blonds lui paraissait bien loin. À présent, ses cheveux étaient gris, raides et épais. Elise essayait de s'en moquer, pourtant il arrivait parfois qu'elle fixe son reflet dans la glace, à la recherche de celle qu'elle était avant. Il n'en sortait jamais rien de bon. L'inconnue qui lui renvoyait son regard avait des cernes sombres, les yeux caves, un nez et une bouche trop grands pour son visage. Elle ressemblait à M. Patate.

— De toute façon, la coupe courte te va bien, ajouta Ronnie. Ça fait ressortir tes yeux : tu es magnifique.

— Arrête ! répliqua Elise, une boule dans la gorge. Je m'en fiche, de toute façon.

— Tu as l'air déprimé, aujourd'hui.

— Je ferai un peu de yoga tout à l'heure, ça me détendra.

— Si tu le dis, mais je doute que la posture du chien tête en bas puisse réconforter qui que ce soit.

Ronnie fouilla dans son sac à la recherche d'un mouchoir, proposa d'aller chercher des cafés, le journal, un sandwich, un muffin. Au final, après une grande inspiration, Elise capitula.

— D'accord pour une tasse de thé, s'il te plaît.

Elle n'en voulait pas. Tout ce qu'elle désirait, c'était cinq minutes de tranquillité pour rassembler ses idées.

— Ça marche. Je reviens tout de suite.

Elise ferma les paupières et respira profondément jusqu'à ce qu'elle entende les pas de sa voisine s'éloigner. *Ça va aller*, se répétait-elle dans la tête. Sauf qu'elle n'en savait rien.

Elle avait découvert la grosseur au début de l'année, après avoir remarqué dans le miroir le froncement de peau près de son téton gauche. Elle l'avait fixé quelques secondes, croyant à un effet de lumière, puis elle l'avait touché. Sous ses doigts, elle avait senti la chair épaisse.

Son médecin lui avait aussitôt prescrit une mammographie à la clinique. Elle s'était assise, frigorifiée et engourdie, derrière le mince rideau d'un box avant de laisser sa pauvre poitrine malade être pressée entre deux plaques de verre jusqu'à ressentir une douleur qui lui avait arraché un cri.

Il lui avait alors fallu créer un nouveau dossier mental.

1. Mammographie.
2. Biopsie.
3. Scanner.
4. Thérapie hormonale ?
5. Médicaments ?
6. Chimio ?
7. Opération ?

Elle avait attendu pour prévenir son entourage, au cas où on lui ferait une mauvaise blague. Un kyste au sens de l'humour douteux. Mais au bout du compte, elle avait dû informer sa famille. Elle était rentrée à Norwich en train, sous la pluie mêlée de neige de février, et l'avait annoncé à ses parents. Son père, le temps de préparer du thé, avait laissé la mère et la fille pleurer ensemble. À cet instant, Elise avait éprouvé une affreuse culpabilité à l'idée de leur imposer ce fardeau. Sa mère avait déjà tant de soucis à gérer : le divorce difficile du frère d'Elise et les problèmes de garde des enfants, son lave-linge qui tournait sans discontinuer à cause des « petits accidents » du grand-père.

« Ça va aller, maman, avait-elle affirmé quand celle-ci avait proposé de venir à Ebbing pour l'épauler durant le traitement. On a besoin de toi ici. On se parlera au téléphone. »

Au travail, Elise avait opté pour l'humour noir – le meilleur ami d'un policier – et tenté d'ignorer la pitié dans le regard de ses collègues qui riaient avec elle. C'était peine perdue. *Ils croient que je vais mourir*, ne cessait-elle de se répéter.

« Ce n'est pas métastasé, avait-elle expliqué à son patron, épaté par ce nouveau vocabulaire qu'elle maîtrisait. Il ne s'est pas propagé, je veux dire. C'est soignable, mais je vais avoir besoin de chimiothérapie et d'une opération. »

L'inspecteur divisionnaire McBride avait fait de son mieux pour ne pas baisser les yeux sur ses seins, mais son attention avait glissé malgré lui vers les deux fautifs.

« Prenez autant de temps que nécessaire, Elise, avait-il assuré, un bras passé autour d'elle tandis qu'il la raccompagnait à la porte de son bureau. Et ne faites pas semblant d'être malade, hein… »

Tous deux s'étaient esclaffés un peu trop fort et ils avaient dû se soutenir l'un l'autre. Soudain, elle avait eu envie de lui dire de ne pas l'enterrer tout de suite. Même si c'était reconnaître que ça puisse arriver, elle avait eu besoin de se l'entendre dire à voix haute.

« Je reviendrai vite, Graham, ne vous inquiétez pas, avait-elle lancé sur le seuil de la pièce. Ne m'enterrez pas tout de suite.

— Aucun risque, avait-il répondu avec un sourire. Appelez-moi quand vous serez prête. »

Elle n'avait toujours pas téléphoné. Le lendemain, peut-être.

L'adjoint de l'oncologue lui parlait, appuyé contre son bureau, comme s'ils étaient en train de discuter dans un bar.

Elise aurait préféré un praticien plus âgé, avec des lunettes et une blouse blanche. Mais le spécialiste était requis ailleurs, peut-être à annoncer de mauvaises nouvelles à quelqu'un d'autre. Les résultats d'analyses d'Elise étaient bons, par conséquent elle avait droit à un médecin au teint hâlé par des vacances au soleil et qui portait un bracelet brésilien au poignet. Malgré ses efforts pour se concentrer sur ce qu'il racontait, son esprit ne cessait de divaguer. *J'aurais dû demander à Ronnie de m'accompagner*, songea-t-elle. *Elle aurait pu me faire un résumé des points importants.*

— Avez-vous des questions, mademoiselle King ?

Elle hésita. Elle aurait aimé connaître le risque d'une récidive et savoir si elle pouvait toujours en mourir, mais elle avait refoulé ces mots en elle si profondément qu'elle ne les retrouvait plus.

— Bien. Nous allons poursuivre la thérapie hormonale et vous donner une prescription pour votre prochaine prise de sang. Vous êtes apte à reprendre le travail.

Quelques minutes plus tard, elle était de retour dans la salle d'attente.

— Comment ça s'est passé ? s'enquit Ronnie.

— Je ne sais pas. Je n'ai rien retenu de ce qu'il m'a dit. *À part que je peux reprendre le travail.*

— Les nouvelles sont mauvaises, alors ?

Ronnie se rapprocha d'elle au point que leurs bras se touchèrent. Elise tressaillit.

— Non. Ça m'aurait sans doute marqué si ça avait été le cas. Mais c'était comme une musique d'ambiance. Du genre jusqu'ici tout va bien. On reste calme et on continue.

— Tu es prête à rentrer ?

— En fait, il y a quelqu'un que j'aimerais voir tant qu'on est là.

— Dans ce service ?

— À la morgue.

38

Mercredi 28 août 2019
Elise

— Bonjour, Aoife. Comment ça va ?

— Elise King ! Qu'est-ce que tu fiches ici ? s'exclama la légiste en soulevant son masque. Toi qui ne viens jamais à moins d'y être obligée.

Puisque les tables d'autopsie étaient désinfectées et vacantes, Elise se glissa par la porte et s'assit sur un tabouret, se tenant aussi loin que possible de l'espace de travail. D'ordinaire, elle restait derrière la vitre, dans la galerie d'observation, pour suivre à bonne distance les gestes et commentaires du docteur Aoife Mortimer. Aujourd'hui, elle avait besoin d'un contact rapproché et personnel.

— J'étais au-dessus, en oncologie, et j'ai pensé venir te saluer.

— Alors ? s'enquit Aoife en s'installant sur un autre tabouret. Comment ça s'est passé ?

— Plutôt bien, merci. Je dois continuer à prendre les cachets, mais d'après le médecin je suis de nouveau apte à travailler.

— C'est formidable.

— Oui, répondit-elle malgré la boule de panique qui enflait dans sa gorge.

Son entretien avec les ressources humaines pour valider son retour était prévu vendredi et ce rendez-vous l'angoissait.

— J'ai hâte, ajouta-t-elle pourtant.

Elise s'était entraînée à prononcer ces mots pour répondre à ceux qui lui poseraient la question. Personne n'avait besoin de savoir ce qu'elle ressentait réellement. Que la joie de reprendre le contrôle de sa vie était éclipsée par la terreur de se retrouver devant son équipe sans y être préparée. La peur de se planter.

Son médecin avait appelé ça « un état brumeux » quand elle lui en avait parlé. Il lui avait recommandé de pratiquer la pleine conscience.

« C'est tout à fait normal de s'inquiéter, mais vous ne travaillerez que huit heures par semaine au début, pour y aller en douceur », lui avait-il rappelé.

Il s'attendait sans doute à de la reconnaissance de sa part mais elle se demandait comment accomplir quoi que ce soit en si peu de temps. *À quoi servirait-elle ? Comment redeviendrait-elle l'inspecteur principal King ?*

— D'ailleurs, j'ai cru que tu avais déjà repris en apprenant que c'était toi qui avais découvert le corps à Ebbing lundi.

— Eh bien non. En fait, je me promenais quand j'ai reconnu l'odeur.

— Ma pauvre. Vu l'état du corps, ça ne devait pas être agréable à sentir.

— Non, c'est sûr...

— Bon, ménage-toi les premiers temps en tout cas, enchaîna Aoife comme si elle lisait dans ses pensées. Ça va être difficile et tu dois te préserver.

— Je sais, rétorqua Elise d'un ton cinglant avant de se ressaisir. Pardon... Je ne me sens pas en forme aujourd'hui. Le traitement m'assomme.

— C'est normal. Mais tu vas très vite récupérer tes forces. Est-ce que tu fais bien les exercices ?

— Oui, docteur.

— C'est très important sur le long terme.

Elise hocha la tête.

— Je suis pressée que tout redevienne comme avant.

— Bien sûr, nous aussi. Tu manques beaucoup à Caro. Tu nous manques à tous.

Elise sentit ses yeux la piquer et elle serra les poings contre ses cuisses.

— Merci, réussit-elle à chuchoter. Bon, à propos de l'affaire Charlie Perry.

— Ce n'est donc pas qu'une visite de courtoisie, nota Aoife avec un petit rire.

— J'ai besoin de stimulation pour ne pas penser au cancer à longueur de journée.

— D'accord, je t'écoute. J'ai cinq minutes devant moi. À quoi as-tu réfléchi ?

— Je me demandais si tu avais retrouvé des vers ou des œufs sur le corps.

La légiste haussa si haut les sourcils qu'ils disparurent sous sa calotte.

— Je vois.

— J'envisage juste quelques pistes. Et je m'interroge sur le moment de sa mort. As-tu identifié l'arme avec laquelle il a été frappé, d'ailleurs ?

Aoife croisa les jambes et se mit à son aise avant de répondre.

— Eh bien, l'aspect de la blessure indique qu'elle a été causée par un objet lourd. L'équipe le recherche encore. Ensuite, nous entrons dans les détails…

— Désolée. C'est juste un exercice intellectuel que je pratique quand je tourne en rond chez moi. Je voudrais aiguiser mon esprit avant de revenir au bureau. Alors, des œufs ou des vers ?

Aoife se fendit d'un sourire.

— OK. Je te dirai seulement que les examens préliminaires montrent la présence d'œufs. Elise, tu sais à quel point il est complexe d'établir l'heure du décès. Nous avons connu des cas similaires. Rien n'est tout noir ou tout blanc. Il a fait extrêmement chaud le week-end dernier – plus de trente degrés –, et la température était bien plus fraîche sur le sol en terre de la cave, par conséquent la décomposition a pu être accélérée comme ralentie, selon l'endroit où il est mort et le moment où le corps a été déplacé. Tu es au courant qu'il n'est pas mort *in situ* et qu'on a bougé son cadavre, j'imagine ? Bref, on n'en est qu'au début des analyses, nous devons attendre les résultats du labo. Caro aussi me met la pression. Vous allez tous devoir être patients.

— Bien sûr. Y a-t-il des éléments permettant d'identifier la personne qui a déplacé le corps ? A-t-on retrouvé des empreintes ou de l'ADN ?

— Les échantillons prélevés sur la scène de crime sont également en cours d'analyse. Et je ferais d'ailleurs mieux de m'y remettre. Fais gaffe, Elise, tes collègues ne vont peut-être pas apprécier que tu mènes une enquête parallèle.

— Ce n'est pas ce que je fais. Ne t'inquiète pas.

Pour ne pas risquer d'oublier, Elise nota ce qu'elle venait d'apprendre pendant que Ronnie approchait la voiture de l'entrée de l'hôpital. Mais elle perdit le fil de ses pensées et, lorsqu'elle consulta son carnet, elle se rendit compte qu'elle avait gribouillé des asticots dans la marge. Ils étaient plutôt mignons en dessin. Dans la réalité, c'était dégoûtant. Leur absence pouvait indiquer que Charlie n'était pas mort avant le dimanche. Où se trouvait-il, tout ce temps ?

— Salut ! Alors, tout va bien ? demanda Caro lorsqu'elle décrocha à la première sonnerie.

— Pas de vers.

— Quoi ? De quoi tu parles ?

— Sur le corps de Charlie Perry. Il n'y avait pas de vers, seulement des œufs. Il n'est donc pas mort vendredi soir.

— Enfin, Elise ! Ce n'est pas ton enquête ! Avec qui as-tu discuté ? Ah, je sais !

— Je ne balancerai personne. Et c'est quand même moi qui suis tombée sur le corps.

— Tu es donc un témoin, pas l'enquêteur principal. Hugh va être fou s'il découvre que tu as parlé à la légiste.

— Alors ne lui dis pas. Comment ça se passe avec lui ?

— Ça va. Il a un peu la tête ailleurs, pour être honnête. Mais on est sur le coup. L'équipe médico-légale examine les tissus des vêtements de Charlie : on devrait avoir les résultats demain. Avec de la chance, Bram O'Dowd aura laissé une trace. Nous, on poursuit du côté des vidéos de surveillance : on a de la chance avec les caméras, il y en a à l'extérieur du supermarché, près du kiosque à journaux et à la station Shell. Il y en a une aussi au niveau du petit parking près du sentier qui conduit vers les Grands Chênes. Avec ça, on essaie de retracer le chemin parcouru par Charlie. Et de découvrir s'il était accompagné.

— Que rapportent les témoignages ?

— Certains festivaliers l'ont vu sur place. Il s'est montré désagréable dans la file d'attente, il a doublé et bousculé les autres spectateurs. D'après un jeune qui se trouvait à côté de lui à l'entrée, Charlie était soûl ; il ne tenait pas sur ses jambes et paraissait nerveux. Il n'arrêtait pas de regarder autour de lui, mais apparemment il n'aurait parlé à personne.

— Qui cherchait-il dans la queue ?

— Eh bien, la quasi-totalité des habitants d'Ebbing était là ! Nous prenons les dépositions et écoutons une centaine de théories différentes. Tout le monde veut aider, Charlie était apprécié de tous. Il a beaucoup contribué à la communauté, apporté son aide. Il emmenait souvent les vieilles dames faire leurs courses. Son épouse n'était d'ailleurs pas ravie de le partager, à ce que j'ai compris.

Elise enregistra cette information pour plus tard.

— Qu'en est-il du témoin qui l'aurait aperçu au village ouvrier ?

— Nous sommes allés interroger les travailleurs mais aucun ne l'a vu. Les journalistes n'ont pas plus d'échos. Il n'apparaît pas non plus sur les images de vidéosurveillance du chantier de construction. Je crois que quelqu'un s'est fichu de nous.

— Dans le but de s'immiscer dans l'enquête, tu penses ?

Chaque affaire connaissait son lot d'individus en mal d'attention et de gloire qui gravitaient autour des policiers en prétendant détenir des informations afin de se sentir importants.

— Ou alors pour détourner l'attention de la police... réfléchit encore Elise à haute voix. Il faut que tu retraces la source de cette information, Caro.

— Bon, si le cours d'initiation au travail d'enquête est terminé...

— Caro... Je veux seulement aider.

— Reviens travailler, dans ce cas ! On a besoin de toi ici. Bref, quel est le verdict de ton oncologue ?

De retour chez elle, enfin seule, Elise s'installa dans le fauteuil à sa fenêtre, la carte de bon rétablissement de Hugh entre les mains. Elle ne la ressortait que lorsque son moral était au plus bas.

Elle aimait regarder son écriture : ses grandes lettres ondulées lui étaient aussi familières que les siennes. Ils avaient l'habitude de se laisser des petits mots sur la table de la cuisine lorsqu'ils travaillaient à des horaires différents. « Il faut du lait », « Je reviens à 22 heures », « On se fait livrer ce soir ? ». Jamais de « Je t'aime », mais Elise croyait que ça allait sans dire…

Hugh lui avait envoyé cette carte quand il avait appris pour sa maladie. Elle était prête à parier que c'était sa camarade de course à pied qui l'avait choisie, car ça ne ressemblait pas à ce que Hugh aurait pris. Un ours en peluche avec un bandage sur la tête. « Rétablis-toi vite. Amitiés, Hugh. »

Elle l'avait glissée sous son oreiller, au début. Et elle la pressait contre sa cicatrice aujourd'hui, tandis qu'elle faisait ses exercices de respiration pour évacuer la terreur de ses poumons.

La carte se trouvait sur sa table de chevet quand son patron téléphona. Elise la fit voltiger en attrapant le portable dans le noir.

— Bonjour, Elise, dit l'inspecteur divisionnaire McBride. Pardon d'appeler si tard. Comment allez-vous ?

— Bien, merci, bafouilla-t-elle en essayant d'allumer la lampe à bout de bras. Et vous ?

— J'ai connu mieux. Je ne sais pas si vous êtes au courant mais nous sommes dans le pétrin avec cette mort inexpliquée. Hugh Ward s'est fait porter pâle, il a des problèmes d'ordre personnel. Pour vous la faire courte, il s'est mis en congé pour un mois et j'ai besoin de quelqu'un pour le remplacer.

— D'accord.

— Il paraît que vous avez mené votre propre enquête sur le décès de M. Perry.

Caro avait vendu la mèche.

— J'ai juste cherché quelques infos sur le Net, rien de poussé. Quand on a ça dans le sang… Vous savez ce que c'est, pas vrai ?

McBride s'esclaffa.

— Interroger l'épouse. Discuter avec Aoife Mortimer. Ce n'est rien de poussé, pour vous ?

Elise ne sut que répondre à ça.

— Écoutez, ce qui m'importe, c'est que vous êtes au courant des détails de l'affaire. J'ai parlé à la médecine du travail et j'ai fait ce qu'il fallait pour que vous puissiez revenir. C'est seulement deux semaines plus tôt que la date prévue et l'enquête se déroule à votre porte. Caro Brennan pourra se charger de toutes les tâches physiques le temps que vous retrouviez vos marques. Vous n'aurez qu'à commander.

Un bourdonnement résonna à ses oreilles.

— Eh bien, oui... Je...

— Elise ?

— Pardon, chef. C'est juste que je ne m'y attendais pas.

Elle l'entendit soupirer à l'autre bout de la ligne.

— Vous m'avez demandé de ne pas vous enterrer, Elise. Et j'ai besoin de vous.

39

Jeudi 29 août 2019
Elise

Elise avait peu dormi après cet appel tardif. D'autant plus que Caro avait complété l'explication de McBride sur les raisons de l'absence de leur enquêteur principal.

— Est-ce que Hugh est malade ? avait demandé Elise.

— Pas vraiment. En fait, son mariage est annulé. La joggeuse a pris ses jambes à son cou…

L'espace d'un instant, Elise était restée muette. Elle se revoyait dans le restaurant, les muscles crispés, tentant de garder son calme.

— Elise ? Ça va ? Je viens de l'apprendre, je te le promets.

— Ne t'en fais pas, je vais bien.

Sa voix était rude et elle avait prié intérieurement pour que ça ne s'entende pas.

Elle avait ensuite discuté de l'affaire avec Caro, lu les dossiers et pris des notes. Puis elle avait tourné et viré dans son lit jusqu'à ce que la sonnerie stridente de son réveil s'enclenche et la fasse sursauter. C'était la première fois depuis des mois qu'elle l'entendait. Allongée, immobile, le regard rivé au plafond, elle compta les secondes le temps que l'alarme s'éteigne.

Elise arriva tôt au commissariat de Southfold et se planta devant le bâtiment en briques rouges pendant dix minutes. Elle tira sur le revers de sa veste et tenta de s'armer de courage. C'est finalement Caro qui la poussa pour lui faire gravir les marches. À son étage, elle s'enferma dans la dernière cabine des toilettes afin de reprendre son souffle. Puis, d'une main peu assurée, elle appliqua un peu de rouge à lèvres qu'elle avait retrouvé au fond de son sac, tout en répétant ce qu'elle allait dire. Elle ne pouvait plus retarder le moment.

Le silence tomba sur la salle des opérations à son entrée.

— La voilà ! s'exclama un membre de son ancienne équipe. Notre sauveuse. Comment allez-vous, chef ?

— Bien, merci, affirma-t-elle en s'appuyant sur un bureau pour masquer le tremblement de ses jambes. Et vous ? Je vous ai manqué ?

Ils se mirent à rire mais tous fixaient ses cheveux bizarres, ses vêtements trop grands qui flottaient sur ses frêles épaules : ils notaient tout, ne rataient aucun détail. Comme on le leur avait enseigné.

— Bon, où en sommes-nous ?

— Commençons par le rapport préliminaire du légiste, proposa Caro en prenant le relais. Charlie Perry est décédé d'une crise cardiaque. Ses artères coronaires étaient rétrécies, ce qui n'est guère surprenant : il avait plus de soixante-dix ans, c'était un gros fumeur avant d'arrêter il y a dix ans et, apparemment, il buvait comme un trou. Sans cette plaie causée par une lourde arme métallique après sa mort, il n'aurait eu droit qu'à un avis de décès dans le journal local. Cependant son corps porte des marques d'attaques brutales et son cadavre a été déplacé.

— Deux questions s'imposent maintenant à nous, intervint Elise en s'efforçant de s'exprimer d'une voix neutre.

D'abord, compte tenu de ce qu'il s'est passé après, Charlie Perry est-il vraiment mort de cause naturelle ? On peut en effet envisager qu'il ait subi une pression intense qui l'aurait littéralement fait mourir de peur. Dans ce cas, par qui ? Comme l'a dit Caro, des événements terribles se sont déroulés dans cette cave.

Le silence lui répondit. S'imposait-elle trop ? Elle était encore une inconnue pour la plupart des policiers d'ici.

— Ensuite, poursuivit-elle, qui frapperait un cadavre ?

— Quelqu'un qui ignore qu'il est déjà refroidi ?

Elle se tourna avec gratitude vers la voix qui s'était élevée sur sa gauche, mais fut incapable de mettre un nom sur le visage. L'avait-elle oublié ou le découvrait-elle pour la première fois ? *Continue.*

— Oui… Ou bien une personne contrariée qu'il le soit, avança Elise, qui perçut le tremblement dans sa voix. Le coup a été d'une telle force que le crâne s'est fissuré. L'auteur voulait peut-être Charlie Perry vivant ? Ou il voulait le tuer lui-même ? Quel serait le mobile ? Le désir, la haine, l'amour, l'argent ?

— Ça pourrait être une histoire d'argent, suggéra une jeune femme aux sourcils épais. Il devait beaucoup de fric. Son découvert à la banque est impressionnant.

Elise tenta de mémoriser ses traits. Elle aurait dû demander la liste des membres présents à Caro.

— Les huissiers des banques n'usent pas de violence physique en général, fit remarquer Caro en roulant des yeux.

— Avait-il des dettes envers des habitants d'Ebbing ? s'enquit Elise.

— Auprès d'artisans, surtout, répondit l'agent Gros-Sourcils en campant sur ses positions. Pour des travaux dans la maison des Grands Chênes. J'ai interrogé deux ou trois sociétés mais les sommes dues sont peu importantes. Personne n'a fait faillite à cause de lui.

— D'accord, on poursuit les recherches. Quoi d'autre ? insista Elise.

— Moi, je parie sur le crime passionnel, déclara Caro. La femme et/ou son amant.

Elle montra les photos au tableau blanc. Un beau portrait de Pauline, provenant sans aucun doute de son portfolio du temps où elle était mannequin, y était affiché.

— Il paraîtrait que Pauline Perry couchait régulièrement avec Bram O'Dowd dans la caravane, à quelques mètres de l'endroit où le cadavre de son mari a été découvert.

— Qui a raconté ça ? Est-ce qu'on a des preuves ?

— Nous examinons les vêtements et le linge de lit de la caravane, précisa Caro. On a retrouvé un T-shirt d'homme coincé derrière le matelas. Qui n'appartenait vraisemblablement pas à Charlie.

— Que disent Pauline et M. O'Dowd de leur relation ?

— Ils nient tous les deux les faits, ce qui était prévisible.

— Pauline Perry et Bram O'Dowd sont aussi en haut de ma liste des suspects, confirma Elise. Il s'en passait de belles dans cette caravane : soupçons de liaison, menace de saisie de la maison de leurs rêves, accumulation de dettes. Ce devait être une vraie poudrière. Je souhaiterais les réinterroger aujourd'hui. Sinon, que dit la légiste pour l'heure de la mort ?

Caro lui décocha un regard.

— Eh bien, Aoife n'aime pas s'avancer à la légère, mais elle est aussi sûre que possible qu'il n'est pas mort vendredi soir. D'après elle, ce serait arrivé dans les vingt-quatre heures précédant la découverte du corps.

— Donc, dimanche. Dans ce cas, pourquoi personne ne l'a vu après le concert ? Où était Charlie Perry pendant le reste du week-end ? A-t-on identifié le témoin qui prétend l'avoir aperçu au village ouvrier ?

— L'officier Susie Atkins est en charge de cette piste : la source du journaliste serait Liam Eastwood.

— Sérieusement ? s'étonna Elise. Est-ce qu'il n'est pas déjà suspect dans l'affaire de drogue ?

— L'enquête se poursuit, confirma Caro. Il a expliqué à Susie qu'il avait entendu quelqu'un le dire. Bref, elle est allée voir M. Eastwood ce matin. Elle voulait également lui parler d'images de vidéosurveillance.

Le téléphone de Caro sonna et elle le porta aussitôt à son oreille. Elise s'approcha du tableau pour consulter les différents éléments en leur possession, consciente des regards qui la suivaient.

— Qui est-ce ?

Elle indiqua la capture d'écran d'un homme maigre d'une cinquantaine d'années, à l'expression tourmentée.

— C'est le type qui a voulu rendre visite à la fille de Charlie Perry dans son centre de soins, intervint l'agent Gros-Sourcils en la rejoignant pour se présenter : l'officier Lucy Chevening, chef. L'établissement dispose d'une caméra de sécurité à l'entrée.

— On sait qui il est ?

— Non, mais on y travaille.

— Avez-vous demandé aux techniciens d'utiliser le logiciel de reconnaissance faciale pour vérifier s'il est fiché ?

Elise expliquait la procédure à suivre quand son sergent l'interrompit.

— Eh bien, commença Caro avec une grimace, interroger les ouvriers n'était pas une totale perte de temps. Nous devrions peut-être remercier M. Eastwood. Un des travailleurs s'est pointé avec un sac qu'il a trouvé sur le chantier de Harbour Row. Il a déclaré à l'agent d'accueil qu'il l'avait repéré parce qu'il dépassait d'une benne quand il y a transporté des gravats en brouette lundi. Il l'a pris et rapporté chez lui. D'après cet homme, les gens jettent toutes sortes de choses dont ils veulent se débarrasser dans les bennes : il y a même déniché une vieille machine à laver l'autre jour. Dans le sac, se trouvaient un ordinateur portable et des vêtements. Il l'aurait sans doute gardé sans rien dire s'il n'avait pas aussi découvert un téléphone et un passeport.

— Nom d'un chien ! À qui appartient-il ?

— Le passeport est au nom de Charles Williams. Apparemment, M. Perry avait prévu de reprendre son ancienne identité.

40

Jeudi 29 août 2019
Dee

Deux autres clients m'ont annoncé par SMS qu'ils n'avaient plus besoin de mes services, dont Liz. Elle a été ma première amie à Ebbing. Nous nous sommes rencontrées quand les garçons sont entrés à la maternelle. Au début, je me sentais seule à la sortie de l'école, certaines des mamans d'ici étaient un peu snobinardes. Liz, elle, m'a parlé, et nous avons organisé des après-midi jeux pour les enfants. Je ne dirais pas que nous étions très proches ni sans cesse fourrées l'une chez l'autre, mais les moments où nous nous retrouvions étaient agréables. Évidemment, quand j'ai commencé à faire le ménage chez elle, les choses ont un peu changé.

Elle prétendait que tout était comme avant : je lui rendais un immense service, elle m'apportait à boire et discutait avec moi. Un peu comme si je venais lui rendre visite. Pourtant, à force, c'est devenu gênant qu'elle soit là pendant que j'aspirais sous les canapés. Je suppose qu'elle a commencé à voir sa maison à travers mes yeux.

Chaque fois que j'y allais, on aurait dit qu'elle venait d'être cambriolée. Malgré ça, elle ne voulait pas m'embaucher plus d'une heure par semaine. Que peut-on accomplir en une heure ? Au début, elle attendait seulement de moi que je « donne un petit coup de chiffon », alors je passais rapidement l'aspirateur dans chaque pièce et cirais les meubles, mais je n'époussetais que ce qui était visible. Je déteste faire les choses à moitié ; c'est comme ne raser que ses tibias et pas toute la jambe. Je ne m'occupais jamais non plus des chambres. Elle disait qu'elle s'en chargeait. J'ai jeté un œil une fois et elles n'étaient pas nettoyées. J'imagine qu'elle devait penser que personne ne le verrait. Sauf moi, et elle le savait. C'est peut-être devenu trop difficile à supporter. Cette histoire avec Liam lui a fourni la bonne excuse.

— Dee ! Est-ce que tu m'écoutes ? s'agace Liam, à mes côtés.

— Quoi ? Oui, oui.

— J'essaie de t'expliquer que d'après mon avocate, la police n'a rien contre moi. Elle vient de me téléphoner. Et elle a raison. Ade affirme qu'il ne se rappelle pas où il a récupéré les cachets et ce n'est pas Spike qui va cafter, n'est-ce pas ? Les flics vont se désintéresser de moi.

— Tu l'as échappé belle, alors.

Il détourne le regard.

— Ils sont trop occupés par la mort de Charlie, de toute façon. Il paraît qu'ils interrogent de nouveau Pauline. On raconte qu'elle aurait embauché quelqu'un pour faire le sale boulot. Tu savais que le corps avait été déplacé ?

— Je l'ai entendu dire. Espérons que ton avocate a raison et que la police nous laisse tranquilles.

Pas de chance, l'officier Susie Atkins arrive trente minutes plus tard. Elle examine notre entrée, observe chaque détail de notre intérieur dès que je lui ouvre la porte. Liam s'attarde près de la cuisine, sur le point de disparaître.

— M. Eastwood est-il ici ? Ah, bonjour, Liam, lance-t-elle. J'aimerais m'entretenir de nouveau avec vous au sujet de vendredi soir. D'autres souvenirs vous sont-ils revenus sur l'homme qui a dit avoir vu Charlie Perry au village ouvrier ?

J'ai envie de hurler mais je dois rester tranquille. *Qu'est-ce qu'il a encore fait ? Pourquoi invente-t-il des trucs comme ça ?*

— Non… Je vous l'ai dit, il y avait du monde au pub. Je ne connais pas tous les clients. Vous devriez interroger directement les ouvriers. La plupart d'entre eux n'ont pas de permis de travail. Il y aurait même parmi eux des tas de sans-papiers.

— D'accord. Mais vous, est-ce que vous avez vu Charlie Perry ce soir-là ?

— Non, répond-il un peu trop fort.

Je ne suis pas sûre que je le croirais à la place de l'enquêtrice, mais je prie pour qu'elle se laisse berner.

— Et vous, madame Eastwood, continue-t-elle en se tournant vers moi. Avez-vous vu M. Perry ?

— Non plus. Il y avait foule et j'étais trop occupée à danser. En plus, nous sommes partis de bonne heure pour libérer la baby-sitter. N'est-ce pas, Liam ?

Liam acquiesce.

— C'est que j'ai visionné une nouvelle fois les bandes de vidéosurveillance de la grand-rue et j'y ai vu votre camionnette avec deux personnes à l'avant.

Liam hoche la tête mais n'arrive pas à parler.

— C'est normal, dis-je. Nous sommes rentrés du festival en voiture.

— Très bien, réplique l'officier Atkins. Mais vingt-cinq minutes plus tard on voit la camionnette à la station Shell sur Portsmouth Road.

— Nous sommes allés chercher de l'essence sur le chemin du retour, je réplique avec un peu trop d'empressement. Nous n'en avions presque plus.

— À quelle distance se trouve la station de l'ancien presbytère ? Trois kilomètres ?

— Oui, à peu près, répond Liam.

— Il vous a donc fallu vingt-cinq minutes pour parcourir trois kilomètres ?

Liam devient tout rouge et je sens qu'il va sortir une ânerie. J'interviens sans réfléchir :

— On s'est arrêtés pour un câlin.

L'officier Atkins me dévisage. Je soutiens son regard.

— Où ça, exactement ?

— Près de la mer, je réponds du tac au tac, avant de tenter un petit gloussement. Nous revivions notre jeunesse, avec le festival de musique et tout ça…

— Je vois. Bon, par chance, il y a des caméras de surveillance sur le front de mer. Ce sera facile à vérifier.

— Sauf que nous n'étions pas sur le front de mer. Nous nous sommes garés dans une rue latérale. Puis nous sommes allés chercher de l'essence et nous sommes rentrés pour que la baby-sitter puisse se rendre au festival.

— Puis-je avoir le nom de votre baby-sitter ?

Elle ne lâche pas le morceau. Je hausse les épaules pour montrer que je m'en fiche mais mon cœur tambourine dans ma poitrine.

— Jenny. Elle habite au numéro treize.

Je regarde la policière remonter l'allée et je me demande ce que Jenny va raconter. Ce qu'elle a vu. Liam se poste à côté de moi à la fenêtre.

— Un câlin ? Pourquoi as-tu dit ça ? Tu ne me laisses pas t'approcher depuis une semaine.

— Je n'en sais rien. C'est la première chose qui m'est venue à l'esprit. Je ne t'ai pas entendu proposer une meilleure idée.

— Pourquoi ne pas simplement expliquer la vérité ? Que je l'ai reconduit chez lui ? siffle-t-il entre ses dents.

— Ça va aller.

— Non, ça ne va pas aller ! Nous ne faisons qu'empirer les choses ! Lorsqu'elle sera de retour, j'avouerai.

— Ne t'avise pas de…

Je ne termine pas ma phrase. Je sens qu'il m'a déjà échappé. Il va le faire. Je branche la bouilloire et attends l'officier Atkins qui, quand nous lui ouvrons de nouveau, semble satisfaite d'elle-même.

— Bon. D'après Jenny, vous êtes arrivés à 22 h 15, soit dix minutes après que la camionnette est passée devant la première caméra. C'était un petit bécotage rapide, dites-moi. Jenny est certaine de l'heure : elle fixait la pendule car elle craignait d'être en retard pour retrouver son amie. Toujours d'après elle, vous êtes descendue du véhicule, madame Eastwood, mais pas M. Eastwood. Il est reparti seul au volant. Sauf que la caméra de la station montre clairement un passager.

Liam s'avance vers elle.

— C'était Charlie. Vous feriez mieux d'entrer.

41

Jeudi 29 août 2019
Elise

Elle était à peine assise à son bureau que son téléphone sonna.

— Je sais comment Charlie Perry est rentré chez lui vendredi, annonça l'officier Atkins dont l'excitation n'échappa pas à Elise. J'amène Liam et Dee Eastwood au poste pour interrogatoire.

— Beau travail, la félicita Elise.

Elle gribouilla une note pour elle-même. Il fallait garder le rythme. Elle venait tout juste de reprendre les commandes et tout allait à cent à l'heure. Son cœur battait à tout rompre tandis qu'elle essayait de démêler l'écheveau de questions dans sa tête. À côté d'elle, Caro se racla la gorge.

— Susie et moi pouvons nous occuper des deux, proposa-t-elle.

— Non, c'est bon. Je me charge de Liam. Je ne voudrais pas que l'on me croie ramollie.

— Chef, lui souffla Caro à l'oreille. Nous devons aussi interroger Pauline et Bram. N'en fais pas trop pour ton premier jour. Tu vas t'épuiser.

— Non. Ne t'inquiète pas.

— Pourquoi ne pas l'avoir admis tout de suite ? attaqua Elise dès que Caro en eut terminé avec les formalités.

Inutile de tourner autour du pot.

— Je ne sais pas.

L'homme assis en face d'elle scruta la pièce comme s'il cherchait une issue de secours. Comme s'il craignait pour sa vie.

— Écoutez, Charlie allait bien. Quand je l'ai laissé, il était un peu soûl… Bon, il était même plein comme une barrique, si vous voyez ce que je veux dire. Mais rien de méchant. Nous pensions qu'il allait refaire surface. Nous ne voulions juste pas être impliqués dans cette histoire.

— Nous ?

— Dee et moi.

— Lequel de vous deux a décidé qu'il fallait vous taire ?

Il interrogea du regard son avocate, qui tapota son calepin avec son stylo. S'agissait-il d'un signal convenu ? Une fois pour « Taisez-vous » et deux fois pour « Sans commentaire » ?

— Personne ne veut avoir affaire à la police s'il peut l'éviter, non ?

— Je vois. J'ai cru comprendre que Charlie Perry vous devait de l'argent ?

— À moi et à tous les ouvriers qui ont travaillé dans sa maison. J'ai refait l'intégralité de la plomberie. Tout avait besoin d'être complètement rénové. Et il ne m'a jamais réglé. Je lui ai couru après, mais il prétextait un problème de liquidités. Ça arrive souvent, dans mon métier.

— Combien vous devait-il ?

— Pas tant que ça.

— C'est-à-dire ?

Liam Eastwood déglutit avec difficulté.

— Quatre mille, à peu près.

Elise se pencha en avant.

— C'est une grosse somme pour un homme qui est à son compte. Ce manque à gagner a dû vous causer quelques ennuis financiers, non ?

Eastwood baissa la tête. Le stylo de l'avocate tapota deux fois. Peut-être ne l'entendit-il pas.

— Oui, répondit-il tout bas. Ce n'est pas juste, n'est-ce pas ? Dans le fond, il me volait. Il me l'a faite à l'envers. Par sa faute, nous avons payé nos factures en retard et nous frôlons l'expulsion. Dee essaie d'arranger la situation avec le proprio.

— Vous deviez être très en colère.

Deux tapotements.

— Sans commentaire, maugréa-t-il d'un air renfrogné.

Son avocate prit des notes dans son calepin.

— Écoutez, ajouta-t-il tout à coup, je lui ai peut-être crié dessus ce soir-là, mais je ne lui ai jamais fait de mal. C'était un vieil homme. Charlie allait bien quand je l'ai laissé.

— Pour quelle raison devrions-nous vous croire ? asséna Elise en s'approchant de lui. Vous nous avez déjà menti au sujet de cette soirée, n'est-ce pas ? Vous avez prétendu que Charlie avait été vu près des préfabriqués des ouvriers, mais c'était faux, parce qu'il était assis à côté de vous dans votre camionnette.

Les pieds d'Eastwood firent un numéro de claquettes sous la table.

— J'ai dit ça quand on l'a retrouvé mort, et seulement parce que je pensais que l'un d'entre eux pouvait être impliqué. Il y a de tout là-bas. Vous avez été y faire un tour ?

— Nous interrogeons tout le monde, monsieur Eastwood. Avez-vous discuté de l'argent que Charlie vous devait pendant votre trajet en voiture ?

Liam leva les yeux vers elle avec méfiance.

— Non. Je ne comprenais rien de ce qu'il racontait. Je l'ai fait sortir de ma camionnette et je lui ai indiqué le chemin de la caravane, puis je suis rentré. Fin de l'histoire. Demandez à Dee.

— Nous le ferons. Y êtes-vous retourné ensuite pour avoir cette discussion ?

— Quoi ? Non !

— Où étiez-vous durant ce week-end ?

— J'ai travaillé à la maison samedi. Et dimanche… j'ai joué au foot avec mon fils et je suis resté chez moi. C'était le soir de l'incendie, non ? Parce que si c'est bien ça, alors je suis allé à l'ancien presbytère. J'aurais vraiment besoin d'utiliser les toilettes, là.

Les enquêteurs vérifiaient les alibis de Liam Eastwood pendant que Caro et Atkins interrogeaient Dee.

Lorsque Elise s'installa sur une chaise de l'autre côté du miroir sans tain, elle vit sa femme de ménage crispée sur son siège, les mains serrées sur les genoux. Elle regardait Caro qui consultait ses notes et l'officier Atkins qui préparait le matériel d'enregistrement. Les deux prenaient leur temps pour faire monter la pression.

— Liam m'a confié qu'il avait reconduit Charlie la semaine dernière, finit par lâcher Dee. Il m'a raconté ça avant que son corps ne soit découvert. Je sais que nous aurions dû en parler mais il m'a juré que Charlie allait bien quand il l'a laissé et nous pensions qu'il réapparaîtrait. Et puis, il n'est mort que plus tard, non ?

— Comment êtes-vous au courant de ça ? s'étonna Caro en arrêtant de feuilleter ses papiers.

— Quoi ? C'est ce qui se dit, c'est tout. En plus, Liam et moi avions d'autres chats à fouetter sur le moment.

— En effet, les cachets d'ecstasy, rétorqua Caro.

Dee baissa les yeux sur ses mains.

— Liam n'a rien à voir avec ça. La famille d'Ade essaie de trouver un bouc-émissaire. Ils ne veulent pas que leur fils soit responsable.

— L'enquête sur cette affaire est toujours ouverte, déclara Caro pour lui clouer le bec. Vous connaissez bien les Perry ?

— Pas vraiment, marmonna Dee. Je fais le ménage chez eux une fois par semaine. Un peu de repassage aussi. Je travaille chez beaucoup de gens.

— Mais vous êtes au fait de leur vie privée. Vous avez rapporté à l'inspecteur King qu'ils discutaient ouvertement de leurs problèmes devant vous et qu'ils se disputaient souvent au sujet de leur vie sexuelle. Et également que Mme Perry avait une liaison avec son jardinier.

— Je m'inquiétais pour Charlie, répondit Dee. Et je trouvais important que la police sache que tout n'était pas rose dans la caravane.

— Pensez-vous que Pauline soit impliquée dans la mort de Charlie ?

Dee releva la tête, les yeux écarquillés.

— Je n'en ai aucune idée. Ce qui est sûr, c'est qu'elle était horrible avec lui. Cruelle. Elle répétait souvent qu'elle aurait voulu se débarrasser de lui.

— Vous paraissez très protectrice envers Charlie. Quelle était la nature de votre relation avec lui ?

Le dos de Dee se contracta et ses pieds s'enroulèrent autour de ceux de la chaise, comme si elle se préparait à l'impact. Elise se demanda si les officiers remarquaient son langage corporel. Avaient-ils touché une corde sensible ?

— Ma relation ? Qu'est-ce que vous insinuez ? Je travaillais pour lui.

— Vous avez dit à l'inspecteur King que c'était un homme charmant et adorable, insista son sergent. Vous sembliez très attachée à lui. S'est-il jamais confié à vous ? Le retrouviez-vous ailleurs qu'à la caravane ?

— Bien sûr que non ! éructa Dee. Nous n'étions pas amis, ni quoi que ce soit d'autre. J'ai répété ce que tout le monde disait de lui.

Elle marqua une pause avant de conclure :

— Dans le fond, je ne le connaissais pas vraiment.

42

Jeudi 29 août 2019
Elise

Bram O'Dowd attendait dans la salle d'interrogatoire depuis plus d'une heure quand enfin les inspecteurs l'y rejoignirent.

L'audition des Eastwood avait duré plus longtemps que prévu. Puis il avait fallu s'entretenir avec l'ouvrier lituanien qui avait rapporté le sac. Ils l'avaient harcelé de questions mais son alibi pour le week-end était en béton : il se trouvait en cellule au commissariat de Bournemouth du samedi matin jusqu'au lundi matin suite à une altercation dans une boîte de nuit. On avait pris contact avec Interpol pour vérifier son casier international et pour l'heure, les enquêteurs se concentraient sur le contenu du sac et les indices que l'équipe médico-légale pourrait y prélever.

— Ce bagage est étrange, fit remarquer Caro. Ce ne sont pas des affaires pour passer quinze jours à la plage. Il y avait un tournevis planqué entre les slips !

— En tout cas, Charlie se préparait visiblement à partir mais il n'aura pas eu le temps d'aller bien loin, répondit Elise.

Qui peut bien avoir caché son sac dans la benne ? La personne qui a déplacé le corps ?

— Laisse les experts faire leur travail. L'amant nous attend, répliqua Caro en lui tendant la liste des témoignages selon lesquels le pick-up d'O'Dowd se trouvait près des Grands Chênes pendant le long week-end.

— Il a été bien occupé, murmura Elise en la consultant.

Bram O'Dowd avait enlevé ses tongs et tendu une jambe sous la table, si bien que son pied sale traînait sous la chaise d'Elise. Elle la tira pour s'asseoir en veillant bien à le cogner.

Il grimaça et se pencha pour frotter sa cheville endolorie. Puis il se redressa, son bronzage de star du porno mis en valeur par son T-shirt blanc moulant. *Au moins, il en porte un.*

— Je crois comprendre que vous ne requerrez pas la présence d'un avocat, c'est bien ça ?

— Oui. Pas d'avocat, ça me va. Vous comptez me garder jusqu'à quelle heure ? J'ai déjà tout raconté à l'inspecteur Ward. Et j'ai du boulot.

— Désolée pour l'attente. Bref... Depuis combien de temps connaissez-vous Pauline Perry ? s'enquit Elise.

Le jardinier se mit à réfléchir à la question avec application.

— Un an ? À peu près. J'ai commencé à travailler aux Grands Chênes à mon arrivée à Ebbing.

— Vous n'êtes pas d'ici, alors ?

— Non, je suis venu bosser à la jardinerie l'été dernier et ça m'a plu, alors je suis resté.

— Comment avez-vous rencontré les Perry ?

— Pauline était cliente à la jardinerie et un jour, nous avons discuté. De plantes. Elle m'a demandé si je pouvais l'aider à aménager ses parterres...

Caro décocha un regard choqué à Elise.

— Très bien. Et quand avez-vous entamé une relation intime avec elle ?

— C'est ridicule ! s'exclama O'Dowd. Je m'occupais de son jardin, c'est tout. Les rumeurs vont bon train dans le coin. Des bonnes femmes qui n'ont rien d'autre à faire que cancaner les unes sur les autres. Je l'ai déjà expliqué à l'inspecteur Ward. Il a compris.

Elise crispa les doigts sur son stylo.

— Sans vouloir être grossière, monsieur O'Dowd, j'ai vu l'état du jardin des Perry et on le croirait à l'abandon depuis des mois. Ce n'est pas la meilleure promotion de vos talents…

— Je n'y vais que de temps en temps, répliqua-t-il d'un ton boudeur. Ils ne pouvaient pas vraiment s'offrir mes services.

— Vous y étiez vendredi soir cependant, n'est-ce pas ? Votre véhicule a été vu à proximité.

— Par qui ?

— Il y a une caméra à l'entrée du parking, juste avant la propriété des Perry. Elle est positionnée de telle manière qu'elle capte tous les véhicules qui ralentissent et tournent dans l'allée des Grands Chênes.

Il fronça les sourcils. *Il l'ignorait*, songea Elise en souriant intérieurement.

— J'aime bien marcher, marmonna-t-il. Pauline me laisse me garer chez elle quand je veux me balader sur le sentier.

— La nuit ?

Il haussa les épaules.

— Je vais observer les étoiles, des fois.

— Vraiment ? Voyez-vous, nous avons retrouvé un T-shirt d'homme coincé derrière le lit de Pauline Perry lorsque nous avons fouillé la caravane.

O'Dowd baissa la tête.

— Il est en cours d'analyse au labo. Tout comme les draps. Nous recherchons des traces d'ADN.

Un long silence s'ensuivit, qu'Elise fut ravie de faire durer.

— Écoutez, finit-il par répondre en levant les yeux vers elles. Ça ne devait arriver qu'une seule fois. Parce que j'ai eu pitié. Mais elle n'a pas voulu lâcher l'affaire.

Pauvre Pauline, compatit Elise malgré elle.

— Personne n'a besoin de le savoir, n'est-ce pas ? implora-t-il. S'il vous plaît, elle a l'âge d'être ma mère.

— Votre grand-mère, plutôt, commenta Caro.

— Si c'était tellement gênant, pourquoi coucher avec elle ? demanda Elise. Est-ce qu'elle vous payait ?

— Non ! s'écria le jardinier d'une voix suraiguë. Enfin, elle m'offrait des cadeaux.

— Du genre ?

— Des vêtements, surtout. Dans le fond, j'avais de la peine pour elle. Elle vivait dans cette horrible caravane avec ce vieux schnoque ennuyeux. Et elle est encore belle. Vous savez qu'elle a été mannequin ?

— Oui. Et Charlie ? Était-il au courant pour vous deux ?

Bram haussa les épaules.

— Ce n'était rien. Nous couchions ensemble de temps en temps. Pas de quoi en faire une histoire.

— Vous n'envisagiez pas de vous installer ensemble tous les deux ? Pauline n'avait pas l'intention de quitter Charlie et de vous accueillir dans la caravane ?

— Certainement pas ! Nous n'avions pas ce genre de relation.

— Pas d'après vous, mais Pauline avait peut-être d'autres projets, avança Elise. Charlie vous a-t-il surpris ce soir-là ? Il avait beaucoup bu et la situation aurait facilement pu déraper. Je dis ça car je note que vous avez des marques au cou et sur les bras.

Le jardinier porta aussitôt la main à sa gorge.

— Pauline peut être un peu… enthousiaste. Il lui est arrivé de se casser un ongle. En tout cas, non, je n'ai pas vu

Charlie vendredi soir. Ni à la caravane ni en chemin quand je suis rentré chez moi.

— À quelle heure était-ce ?

Elise le savait déjà car son départ à 22 h 55 avait été enregistré par la caméra de surveillance : elle voulait voir s'il mentait.

— À 23 heures, je crois. J'ai écouté les infos à la radio dans la voiture.

— Et lorsque vous êtes revenu dimanche à l'heure du déjeuner, vous ne l'avez pas croisé non plus ? demanda-t-elle en faisant courir son doigt sur la liste des immatriculations signalées.

— Heu, je… Je veux un avocat, annonça Bram.

Elise se glissa dans les toilettes des femmes pour s'asperger le visage d'eau froide pendant qu'on appelait l'avocat de permanence. Elle avait dépêché une équipe au domicile d'O'Dowd et fait rapatrier son véhicule pour qu'il soit examiné. Pauline, quant à elle, allait arriver.

Elise considéra alors la femme dans le miroir. C'était bien elle. L'inspecteur Elise King était de retour.

43

Jeudi 29 août 2019
Pauline

Pauline se leva et tira le rideau devant la fenêtre du salon quand un autre véhicule vint se garer. Elle n'ouvrait plus. Marre des journalistes.

On frappa à la porte. Elle compta jusqu'à dix puis observa le visiteur – un jeune homme plutôt mignon – tandis qu'il descendait l'allée à reculons en filmant la caravane et la maison avant de remonter en voiture. Elle maudit le jour de sa rencontre avec Charlie.

Plusieurs fois au cours des derniers mois, elle avait caressé l'idée de proposer à Bram de l'emmener loin de tout ça, lorsqu'elle avait perçu les premiers signes : les courriers de la banque que Charlie fourrait dans sa poche dès leur réception. Elle savait cependant que ce ne serait pas raisonnable. Il avait de belles fesses mais pas d'argent. Et maintenant, c'était bien sûr inenvisageable.

Financièrement, elle s'en sortirait. Une fois le tapage autour de la mort de Charlie retombé. Elle le savait, il y avait une belle assurance-vie à la clé. Elle avait vu les papiers dans le tiroir du bureau de Charlie, quelques années plus tôt, et, juste au cas où, elle avait noté le numéro du contrat. En revanche, elle n'avait pas encore trouvé le testament, ce qui l'inquiétait un peu. Leur vieil avocat à Londres affirmait ne pas le détenir. Où pouvait-il être ? Charlie l'avait-il caché ? Pourquoi ? Le spectre de cette fichue Birdie s'envolant avec tout le pactole la tourmentait quand elle était au plus bas. Pour l'instant, elle devait se concentrer sur son histoire et prétendre ne rien savoir des dettes de son époux.

— L'argent, c'est le domaine de Charlie, répéta-t-elle en appliquant son rouge à lèvres.

C'était l'attitude que Pauline avait adoptée depuis longtemps quand il s'agissait des activités professionnelles de Charlie. Elle ne posait jamais de questions car tant qu'on ne savait pas, on pouvait nier. Son deuxième mari lui avait enseigné cette précieuse leçon. C'était même à peu près tout ce qu'elle avait tiré de sa relation avec Henry.

Celui-ci était décédé au volant de sa tondeuse à gazon trois ans à peine après leur mariage. « Il est mort en selle », avait commenté l'un des voisins. Au début, elle avait trouvé plus agréable d'être veuve que divorcée. Elle appréciait l'attention qu'on lui portait. Sans compter que le noir l'amincissait. Mais les dîners compatissants s'étaient espacés, puis arrêtés après qu'elle avait dragué le mari d'une autre. Les femmes de son club de lecture avaient cessé de venir chez elle avec leurs plats et leurs gâteaux maison. On l'avait laissée dériver. Elle avait alors passé son premier hiver seule dans l'ancienne ferme réaménagée à Morpeth, la plupart du temps installée à trois mètres de la cheminée, le froid s'insinuant dans son corps et dans son cœur.

Même ce maigre confort lui avait été ôté. La richesse de Henry avait en effet disparu avec lui. Il avait tout cédé à ses enfants et ces sales gosses avaient vendu la ferme dans son dos. Ils n'avaient jamais aimé Pauline.

— Il n'a pas eu le temps de modifier son testament, avait-elle raconté à ses derniers amis. Personne n'imaginait qu'il partirait si jeune. Mais je vais m'en sortir.

Elle en avait la conviction. Elle était une survivante avant tout. Et elle gardait Charlie sous le coude depuis un moment, comme plan de secours. Ils avaient été présentés l'un à l'autre lors d'une réception professionnelle à Londres à laquelle elle avait accompagné Henry. Charlie et lui s'étaient entendus comme larrons en foire, et il s'était montré très attentionné envers elle tandis que Henry flirtait avec les serveuses. Ils s'étaient ensuite revus à l'occasion pour déjeuner, lorsqu'elle venait en ville, et elle le laissait lui tapoter le genou sous la table ou lui planter un baiser sur la joue à la sortie du restaurant, en bon prétendant. Rien d'interdit, mais elle avait nourri son espoir de monter un jour sur le podium.

Charlie avait fait le déplacement jusqu'au Northumberland pour les funérailles de Henry. À la fin, il avait laissé son bras autour de sa taille une seconde de plus que ce que la décence exigeait alors qu'il l'embrassait sur la joue.

— Une femme comme vous ne devrait pas rester seule, Pauline, avait-il soufflé à son oreille. Je veillerai sur vous.

Et il avait veillé sur elle. Bien sûr, tout n'était pas parfait. Il y avait sa fille handicapée. Les premiers temps de leur relation, Pauline avait accompagné Charlie et rendu visite à Birdie. Une fois mariés, elle avait décrété que c'était trop déprimant et n'avait plus voulu y aller. Puis les affaires de Charlie avec certains investisseurs avaient mal tourné. Il avait pu arranger la situation mais il en était sorti sans un sou et avait dû emprunter des fonds à sa société pour régler les travaux de leur maison. Une pratique un peu en dehors du cadre de la légalité, certes, mais Charlie avait l'intention de rembourser. Finalement, ils avaient été contraints de vendre la propriété de Londres, et en avaient tiré un beau profit.

Pauline, qui rêvait depuis toujours d'habiter au bord de la mer, avait alors trouvé les Grands Chênes.

— C'est un nouveau départ, avait-elle assuré à Charlie quand il avait tenté de l'en dissuader.

Sauf que ces derniers temps, elle avait plutôt l'impression de vivre dans le passé. Les anecdotes soignées qu'elle avait relatées au cours d'une centaine de dîners à Hampstead étaient maintenant bafouillées à la femme de ménage : elle faisait défiler les grands moments éculés de sa vie, les désastres, les amours, les chagrins et les victoires. Tous usés jusqu'à la corde.

Aujourd'hui, assise à la table de la cuisine, ses vieilles pantoufles élimées aux pieds, elle pleurait. Elle était une femme à l'orée du troisième âge, toujours désirable, mais cette histoire avec Charlie et la police commençait à peser lourd sur ses épaules. Si le séduisant inspecteur Ward s'était montré très gentil avec elle, elle avait tout de même dû esquiver certaines questions.

Elle ignorait ce que Bram allait raconter. Il ne lui avait pas parlé depuis la découverte du corps de Charlie. Personne ne l'approchait plus, d'ailleurs. Elle se sentait seule et vulnérable. Même lorsqu'elle enfilait des Louboutins, elle ne se trouvait plus aussi fabuleuse. Elle se sentait fausse.

Elle contempla la pellicule qui se formait à la surface de son thé froid et réfléchit à ce qu'elle allait faire. Elle ne pouvait pas rester célibataire à son âge. Elle avait besoin de quelqu'un pour la chérir. Elle aimait ce mot, « chérir » ; elle le fit rouler sur sa langue, le laissa caresser ses lèvres. Il fallait simplement qu'elle mette la main sur le testament de Charlie et règle cette histoire d'assurance-vie.

La sonnette retentit de trois coups brefs. Bram ? Elle se leva, étira son dos et ouvrit davantage son décolleté.

— Madame Perry, annonça l'agent de police sur son seuil. Si vous voulez bien nous accompagner au poste…

44

Jeudi 29 août 2019
Elise

Pauline Perry arriva en se pavanant sur ses talons hauts. Elise n'avait jamais bien compris ce que ce mot signifiait concrètement. Jusqu'à maintenant. La veuve Perry était venue bien préparée. À son bras se trouvait l'avocat de la ville – Me Grimes, un individu au visage rougeaud dans un costume en lin, dont le cabinet se situait au-dessus d'une boutique solidaire. Il paraissait plus anxieux encore que sa cliente et Elise se demanda depuis combien de temps il était assermenté. Il semblait être en totale admiration devant Pauline et le balancement hypnotisant de ses hanches quand elle retira sa veste.

— Bonjour ! lança-t-elle en entrant dans la salle d'interrogatoire, avant de marquer une pause lorsqu'elle vit Elise. Que faites-vous ici, vous ?

— C'est moi qui dirige l'enquête sur le décès de votre mari désormais, expliqua Elise en soutenant son regard.

Pauline renfila son masque de tristesse.

— Qu'est-il arrivé à l'adorable inspecteur Ward ?

— Je crains qu'il ne soit en arrêt maladie.

— Seigneur, c'est une épidémie chez vous ! railla Pauline en tapotant le genou de Me Grimes.

— Concentrons-nous sur l'affaire qui nous occupe, voulez-vous ? poursuivit Elise.

— Eh bien, je ne peux pas vous aider, répliqua Pauline avant de marteler la table de ses ongles. Ça n'arrête pas de changer. D'abord, on me dit que Charlie est allé à un festival de musique, qu'il s'est soûlé et qu'il est tombé par la trappe de la cave. Puis on raconte qu'il a eu une crise cardiaque et que quelqu'un l'a frappé à la tête. Ensuite, que son corps a été déplacé. J'en ai le tournis.

Elise en doutait.

— Reprenons depuis le début, d'accord ? La première fois que nous vous avons interrogée, vous avez déclaré ne pas avoir vu votre mari après le vendredi 18 heures. Vous avez regardé la télévision, toute seule, et êtes allée vous coucher après avoir pris un somnifère.

Pauline baissa les yeux sur ses mains.

— Vous m'avez signalé la disparition de votre mari samedi matin, intervint Caro. À 9 h 59, d'après mes notes.

— Puis lundi, vers 11 h 30, vous m'avez dit qu'il vous avait appelée plus tôt dans la matinée, enchaîna Elise. Et qu'il assurait qu'il allait bien.

Pauline la fusilla d'un regard courroucé, la mâchoire contractée.

— Sauf que cet appel a eu lieu alors qu'il était déjà mort. Dans la cave de votre maison. Il n'allait donc pas bien, n'est-ce pas ?

— Écoutez, j'ai déjà expliqué tout cela à Hugh, marmonna Pauline. J'ai cru que c'était la voix de Charlie, ça lui ressemblait. Mais la ligne était mauvaise…

— D'accord. Puisque l'inspecteur Ward n'est pas ici, j'aimerais entendre votre version moi-même, exigea Elise. Votre mari avait disparu depuis plus de quarante-huit heures à ce moment-là. Vous étiez si inquiète au bout de douze heures que vous avez signalé sa disparition à la police. Lorsqu'il a téléphoné, vous auriez pu lui demander où il était, ce qu'il avait fait. Pourquoi il était parti. Quand il comptait rentrer à la maison. N'importe quelle épouse inquiète aurait posé ces questions.

— Je n'en ai pas eu le temps, rétorqua Pauline. Il a juste dit qu'il allait bien et que je ne devais pas me faire du souci. Puis il a raccroché.

— Et, comme par hasard, vous avez perdu votre téléphone lundi.

— J'ignore où je l'ai laissé.

— Madame Perry, avez-vous réellement reçu un appel ? insista Elise en se penchant en avant. Réfléchissez bien avant de répondre. Nous examinons le relevé de vos communications. Y trouverons-nous le numéro de Charlie ? Ou nous avez-vous menti pour mettre un terme aux recherches de la police ?

— Quelqu'un m'a appelée, affirma Pauline, les épaules crispées, la bretelle de son soutien-gorge glissant sur son bras. C'était peut-être un canular. Les gens se montrent parfois cruels.

— En effet, approuva Elise. Pourquoi votre mari est-il parti, selon vous ?

— Aucune idée.

— Vraiment ? Charlie était confronté à de sérieuses difficultés financières, pourtant, non ?

— Comment le saurais-je ? C'était son…

— Domaine ? Oui, vous me l'avez déjà dit. Lorsque nous avons discuté des courriers de l'agence de recouvrement qui menaçait de saisir votre maison.

Pauline considéra Elise dans le silence qui s'installait.

Elle essaie de se rappeler ses paroles exactes ce jour-là dans la caravane.

— Ce n'était qu'un problème de liquidités. Charlie était en train de le régler.

— Je vois. Votre mari avait-il contracté une assurance-vie ?

— Comme tout le monde, non ?

— Non, pas comme tout le monde. Mais c'est une bonne nouvelle pour vous.

— Qu'entendez-vous par là ?

— Que vos soucis d'argent seront bientôt résolus, j'imagine.

Me Grimes se racla la gorge. Elise laissa planer son sous-entendu.

— Où étiez-vous vendredi soir ?

— Pas encore ! Ce doit être la centième fois que je le répète, rétorqua Pauline son aplomb retrouvé. J'étais au lit.

— Avec votre amant.

— Comment ?

Elle joua les offusquées et se tourna vers son avocat avant d'ajouter :

— Quelle ânerie monumentale !

— Nous avons interrogé Bram O'Dowd ce matin, annonça Elise en la fixant. Il s'est montré d'une grande franchise.

— Eh bien, sachez qu'une *lady* ne se vante pas.

Elle se mit à glousser de nervosité et glissa un regard à son avoué, qui devenait de plus en plus rouge.

— Une *lady*, comme vous dites, le fait si la police le lui demande, intervint Caro. Sinon, elle pourrait être accusée d'obstruction à une enquête judiciaire.

— Oh, bon sang ! Charlie et moi avons un arrangement. Mon mari ne peut plus avoir de relations sexuelles alors il ferme les yeux sur mes aventures.

— Il fermait.

— Oui, oui, soupira-t-elle.

— Il se satisfaisait donc de cet accord ? Il faut être sacrément conciliant pour autoriser une liaison adultère régulière qui se déroule juste sous son nez. Est-ce que vous vous disputiez à ce sujet ?

Pauline pinça les lèvres.

— Non, nos échanges restaient très courtois. Nous n'en parlions pas. Charlie avait l'habitude de sortir lorsque je me divertissais.

— C'est ce qu'il a fait vendredi ? Et il serait rentré trop tôt chez vous ?

Pauline battit des paupières.

— Je vous le redemande, madame Perry : quand avez-vous vu votre mari pour la dernière fois ?

Elle tressaillit d'un geste théâtral.

— Lundi, quand j'ai dû identifier son corps.

— Où était Charlie avant sa mort ?

— Je l'ignore.

Elle croisa les jambes, se cogna le genou sous la table.

— Aurait-il pu se trouver dans votre maison tout ce temps ?

Les traits de Pauline se durcirent.

— Eh bien, si c'était le cas, je n'étais pas au courant. C'est une très grande demeure, avec neuf chambres ! Et je ne vais jamais à l'étage. C'est trop dangereux.

— À l'étage ? Il était à l'étage ?

Elle rougit.

— Je n'en sais rien. Vous cherchez à me piéger.

— Vous n'avez donc rien vu ni entendu qui sorte de l'ordinaire ? Ce n'est qu'à quelques mètres de votre caravane, pourtant.

— Bungalow de luxe. Et non !

— Vous étiez peut-être trop occupée avec M. O'Dowd. Il est revenu dimanche, n'est-ce pas ? Quand avez-vous organisé ce rendez-vous ?

— Lorsqu'il est parti vendredi soir. Charlie avait dit qu'il irait voir sa fille, répondit Pauline en fuyant le regard d'Elise.

— Qu'avez-vous fait, ce jour-là, M. O'Dowd et vous ?

— Nous sommes restés au lit, marmonna-t-elle en toussotant de gêne.

— Et ensuite ?

— Rien. Nous n'avons rien fait.

Une rougeur s'épanouit sur le décolleté de Pauline et remonta jusqu'à sa gorge. Elle porta la main à son cou pour la dissimuler.

— Je ne suis pas du tout impliquée dans la mort de Charlie. J'ai presque soixante-dix ans…

— J'ai lu que vous en aviez soixante-quatorze.

Pauline écarta cette vérité dérangeante d'un geste de la main.

— Regardez-moi : comment pouvez-vous imaginer une seconde que je puisse faire preuve de violence ? Que je puisse déplacer son corps ?

— Vous avez à disposition un petit ami jeune et athlétique, avança Elise. Et vous ne supportiez plus Charlie. Inutile de secouer la tête ainsi : vous l'avez dit à vos voisins et à votre femme de ménage. Les dettes s'accumulaient, n'est-ce pas ? Peut-être n'a-t-il plus voulu fermer les yeux sur votre liaison avec M. O'Dowd ?

Pauline la considéra bouche bée.

— Inspecteur ! intervint Me Grimes. Tout cela n'est que ouï-dire et suppositions. Avez-vous des preuves concrètes d'une implication quelconque de ma cliente dans la mort de son mari ? Dans le cas contraire, je crois qu'elle a répondu à toutes vos questions.

Elise l'ignora. Elle était lancée.

— Nous allons devoir faire analyser l'intégralité de vos vêtements ainsi que vos chaussures, Pauline.

Son esprit combatif sembla abandonner cette dernière. Elle s'affaissa sur sa chaise, se prit le visage entre les mains.

— Vous devriez regarder ce qu'il trafiquait, dit-elle tout bas. C'est sur son ordinateur portable. Il avait recommencé ses vieilles manigances.

45

Jeudi 29 août 2019
Elise

Pauline avait affirmé ne rien savoir de plus des activités professionnelles de Charlie sinon que des gens venaient frapper à leur porte la nuit.

« Charlie m'ordonnait de ne pas leur ouvrir. Il prétendait que c'étaient des enfants. Je savais que ce n'était pas vrai. Nous avions déjà vécu ça, à Londres, et je croyais que nous avions laissé toutes ces histoires derrière nous », avait-elle conclu, en larmes, avant de tacher de mascara la chemise blanche de Me Grimes.

Ils l'avaient alors laissée repartir en attendant la suite de l'enquête. Elle s'en était allée, le menton haut, mais sans se pavaner.

Elise la regarda s'éloigner, accrochée au bras de son avocat. L'enquêtrice était secrètement soulagée. Et aussi épuisée.

— Que donne l'ordinateur portable ? demanda-t-elle à Caro. A-t-on accès à ses e-mails ?

— Je vais me renseigner. Maintenant, c'est repos pour toi, chef. Tu ne dis plus un mot pendant vingt minutes et tu baisses les stores pour pouvoir fermer les yeux.

— Je ne savais pas qu'on était à la crèche… tenta de plaisanter Elise.

Pourtant, malgré elle, elle sentit ses paupières s'alourdir dès qu'elle commença à relire le rapport du médecin légiste. Lorsque les caractères se mirent à danser sur le papier, elle téléphona à Aoife Mortimer.

— Salut ! lança celle-ci. Quel est l'exercice intellectuel du jour ?

— Figure-toi que j'ai repris le travail, expliqua Elise, amusée. On me l'a annoncé quand je suis rentrée de l'hôpital.

— Bravo ! Et comment te sens-tu ?

— Bien. Je me sens bien, prétendit Elise. Mais je n'ai pas une seconde à perdre. Pourrais-tu m'éclairer sur une ou deux choses ? Je pense que Charlie Perry se trouvait peut-être dans sa maison pendant le week-end. Nous savons désormais qu'il a été déposé chez lui vendredi soir et que personne ne l'a revu jusqu'à la découverte de son corps. Je dois comprendre ce qu'il s'est passé chez lui. Est-ce qu'il se cachait ? Ou était-il retenu prisonnier ?

— Il n'y a pas de marques sur les poignets ni sur les chevilles. Aucun hématome et aucune écorchure.

— A-t-il été drogué ?

— Les tests n'ont rien révélé de concluant mais nous procédons à d'autres analyses. Sang, fluides corporels, cheveux et ongles, tout y passe, répondit Aoife. L'estomac était vide. Je n'ai trouvé que du maïs et de minuscules fragments de plastique dans ses intestins.

— Maïs et plastique ? D'accord…

Elise s'efforçait de donner le change.

— Il y avait un reste de sandwich thon-maïs dans la poubelle de la cuisine de Pauline, et de la salive de Charlie dessus, l'aida la légiste. Il se peut qu'il ait ingéré un peu de plastique d'emballage en le mangeant.

— Vraiment ?

— Le plastique s'attarde dans les intestins. Si tu voyais le contenu des estomacs des mules qui transportent la drogue…

— Je m'en passerai, merci. Donc, topo habituel : on attend les résultats. Pourtant, celui qui l'a agressé ou qui a déplacé le corps a forcément laissé une trace derrière lui, non ? Il a dû y avoir transfert de sueur ou de fibres pendant la manœuvre, à moins d'avoir revêtu une combinaison de protection. Pour l'instant, aucune correspondance avec des suspects n'est apparue mais le labo continue de chercher. Quand crois-tu que tu auras des nouvelles ?

— C'est comme si tu n'étais jamais partie ! Et tu connais déjà la réponse : je n'en sais pas plus que toi.

— Encore là, Elise ?

L'inspecteur divisionnaire McBride passa la tête par la porte alors qu'elle relisait ses notes prises pendant l'interrogatoire de Pauline.

— Oui, monsieur. Je rattrape le retard, c'est tout.

— Vous devez quitter les locaux après le déjeuner, ordre de la médecine du travail. N'en faites pas trop dès votre premier jour ou ils vont me crucifier.

— Promis.

— Je te ramène chez toi, annonça Caro qui se matérialisa à côté de McBride. Je m'en occupe, monsieur.

Elise attendit que son patron ait disparu dans le couloir pour ramasser les dossiers et son sac à main.

— OK. Allons sur la scène de crime. J'ai besoin de visualiser les lieux.

— Attends une minute ! Tu n'as pas entendu ce qu'a dit McBride ?

— Si, que je devais quitter les locaux. C'est ce que je fais.

On avait mis une cale pour garder la porte des Grands Chênes ouverte et permettre le défilé des techniciens en combinaison blanche. Elise en enfila une à son tour, remonta la capuche sur sa tête et la fermeture Éclair jusqu'à sa gorge avant de regarder autour d'elle. Pour la première fois depuis des mois, elle se fondait dans la masse. Cette idée la fit sourire.

Il faisait une chaleur insoutenable sous cette couche supplémentaire et la tête lui tourna légèrement. À l'inverse, à l'intérieur de la maison, des années d'humidité lui glacèrent les os et elle frissonna. Caro arriva derrière elle dans un bruissement.

— C'est parti, chef, allons-y tant qu'il y a de la lumière.

Caro la conduisit dans la cave.

Là, Elise jeta un œil en direction de la trappe où elle s'était tenue trois jours auparavant en se bouchant le nez avec son chemisier. Des marqueurs d'indices numérotés étaient disposés au sol à l'endroit où avait été étendu le corps de Charlie. Une tache brune assombrissait la terre.

— Il était étendu sur le flanc gauche, les genoux remontés et les bras le long du corps. La plaie se situe sur le côté droit de son crâne, cinq centimètres derrière l'oreille. L'oreille et le cuir chevelu ont été profondément meurtris par le coup. On cherche un outil lourd.

— Il est mort ici ? demanda Elise en contemplant les ombres que créaient les projecteurs de la police.

— C'est encore à confirmer. En revanche, il est presque certain que c'est bien ici qu'il a été frappé : on a retrouvé des fragments d'os crânien et un peu de sang. On a également relevé des traces de sa présence dans une autre pièce. Viens avec moi.

Caro la guida le long du couloir vers une salle éclairée par des néons.

— C'était une arrière-cuisine. Et quelqu'un y a fait le ménage : on a remarqué des résidus de javel et de poudre à récurer par endroits mais le travail n'est pas très soigneux.

Pas de sang, d'autres fluides corporels – vraisemblablement de l'urine – dans les joints du carrelage dans ce coin. Je parie qu'on va tomber sur l'ADN de Charlie.

— Des empreintes ?

— Seulement les siennes. La personne qui était avec lui devait porter des gants.

Je n'imagine pas Pauline Perry, équipée de gants en caoutchouc, en train de passer la Javel, songea Elise.

Soudain, le souvenir de la bassine d'eau putride qu'elle avait vidée lui revint. Avait-elle nettoyé les lieux ?

— Pauline était dans la maison, avec une bassine en plastique bleu, lundi quand je suis venue, déclara-t-elle.

— Une de celles-ci ? demanda Caro en consultant les photos sur l'écran de son téléphone.

Elise regarda le portable. Une cuvette bleue était alignée à côté de plusieurs seaux devant la caravane.

— Ça se pourrait.

Pendant que Caro allait la récupérer pour l'emballer avec le reste des pièces à conviction, Elise balaya l'arrière-cuisine du regard. Son cœur se serra à l'idée qu'on puisse vivre ses derniers instants dans un tel endroit, près d'un trou puant dans le sol.

— Qu'est-ce que Charlie pouvait bien fabriquer ici ? demanda-t-elle à Caro lorsqu'elle revint. Depuis vendredi ? Il fait froid et humide, il n'y a pas de réseau téléphonique et pas de meubles. Impossible qu'il ait dormi ici de son plein gré. Il avait plusieurs chambres à disposition. Si je devais me cacher, c'est le dernier endroit où je viendrais.

— Oui, ça ressemble plus à une cellule, approuva Caro.

— Exactement.

Elle tournait et retournait cette idée dans sa tête depuis son arrivée ici. Pourtant, d'après Aoife, il n'avait pas été ligoté.

— En plus, cette porte n'a pas de verrou. Nous avons fouillé la maison le premier jour et nous n'avons rien remarqué de significatif. L'inspecteur Ward pensait que Charlie s'était caché sur la propriété, avait couru jusqu'à la cave, avait eu une crise cardiaque, et que son poursuivant l'avait frappé, de frustration.

Elise contempla une nouvelle fois la pièce.

— Possible. Tu te rappelles pendant l'interrogatoire quand Pauline a dit qu'elle ne montait jamais à l'étage et qu'ensuite elle s'est montrée sur la défensive ? Je crois que nous devrions inspecter une nouvelle fois la maison. Du sol au plafond.

— OK.

Elise nota la pointe d'agacement dans la voix de son sergent tandis qu'elle organisait les nouvelles recherches. Comment elle-même accueillerait-elle un changement de direction en pleine course ?

— Chef, par ici !

La voix de Caro résonna dans les étages du dessus. Elise haletait comme un bœuf quand elle la rejoignit en haut.

— Nous venons de découvrir une porte qui nous avait échappé la première fois, annonça Caro, en l'interceptant sur le palier. Au bout du grenier. Il n'y a pas de poignée, ce qui pourrait expliquer le tournevis. En outre, la porte est recouverte de la même tapisserie que sur le mur et une étagère était poussée devant. Je ne nous cherche pas d'excuses, j'expose les faits. Je m'occuperai personnellement de celui qui a raté ça.

Deux jeunes agents se turent quand ils virent Elise entrer. La seule fenêtre des combles était cassée et étouffait sous la végétation qui s'infiltrait depuis le toit. Malgré la pénombre, Elise parvint à discerner un transat taché, un sac de couchage, un seau et une table recouverte de lettres et de factures.

— Inutile de réprimander qui que ce soit, ça peut attendre. Avançons. C'est donc ici que Charlie se cachait. Mais de qui ? Et pourquoi en est-il parti ? Il ne semble pas qu'il allait revenir, si ?

— Non. Il avait son passeport et son ordinateur dans son sac.

— Il allait s'enfuir. Mais il n'a pas réussi à quitter la maison.

— Il y a encore fort à faire ici, chef. Je te ramène chez toi. Nous en saurons plus demain matin.

Tout à coup, Elise n'eut plus la force de protester. Elle redescendit d'un pas lourd les marches abîmées, agrippée à la rampe, tandis que les différents visages de Charlie Perry tournoyaient dans sa tête : père dévoué, habitant vertueux et apprécié de tous, victime effrayée, imposteur…

AVANT

46

Samedi 24 août 2019
Charlie

La chaise longue émit un grincement quand il se redressa. Les aiguilles de sa montre indiquaient 2 h 25 et il faisait jour. On était donc samedi après-midi. Charlie porta la main à sa tête pour vérifier qu'il ne l'avait pas perdue. Il empestait la mort. Il avait un goût putride dans la bouche. Cela faisait un bail qu'il n'avait pas bu autant et une envie pressante lui tordait le ventre. Il voulut balancer ses jambes par-dessus son lit de fortune mais c'était trop tard. Il sentit l'humidité coller son pantalon à sa peau. Voilà à quoi il en était réduit ? Il fallait qu'il se reprenne. Qu'il se prépare pour la suite. Il trouva la bouteille de brandy et avala la toute dernière goutte. Ensuite, il se rallongea et se rendormit.

Lorsqu'il ouvrit de nouveau les yeux, le soleil chauffait son visage. 8 h 10 à sa montre. Il mit un moment à comprendre que c'était dimanche. *Seigneur !*

Malgré ses efforts, il lui fallut cinq grosses minutes pour s'extirper tant bien que mal du transat et réussir à se lever. D'un pas traînant, il s'avança jusqu'au seau qu'il avait installé sous une fuite du toit. Il urina dedans, lentement et par intermittence, puis il se frictionna les joues pour se réveiller.

— Allez, Charlie, s'encouragea-t-il d'une voix cassée. Réfléchis !

Il attrapa une bouteille d'eau déjà ouverte et but ce qu'il restait, tâchant de se concentrer pour se remémorer les heures perdues depuis vendredi soir. Elles lui revenaient par flashs, confus et nombreux. Il y avait des lumières éblouissantes. Du brandy. Beaucoup de brandy. Et des gens. Des centaines de personnes qui l'écrasaient. De l'herbe. L'odeur de la pelouse était si agréable quand il s'était allongé dessus. Puis une camionnette. Quelqu'un qui le faisait monter dans une camionnette. Une chute dans l'allée. Les escaliers. Toutes ces foutues marches jusqu'au grenier. Pas étonnant qu'il ait mal aux jambes.

Et Stuart Bennett.

Bon sang, il était là !

Charlie avait retrouvé sa place sur le transat. Il vérifia les quatre coins de la pièce tandis que la terreur gagnait tout son corps. Machinalement, il tendit la main vers la bouteille de brandy. Une gorgée lui suffirait. Elle était vide. Il ferma les yeux et tenta de prendre une profonde inspiration.

Il le revoyait qui scrutait la foule. Charlie ne l'avait pas reconnu tout de suite, mais quand Bennett s'était tourné vers lui, il avait remarqué le serpent tatoué dans son cou et il avait eu envie de vomir. Bennett n'avait pas suivi le plan. Le plan de Charlie. Il l'avait traqué jusqu'à Ebbing.

Ni une ni deux, Charlie, courbé sur lui-même, s'était éclipsé entre les arbres en bordure de la fosse. Là, il avait patienté. Il ignorait combien de temps il était resté dans sa cachette, tétanisé par la peur, dans l'attente du châtiment qui surgirait de l'ombre. Ce cauchemar tournait en boucle dans sa tête, pourtant, il avait réussi à échapper à Bennett.

À rentrer chez lui. C'était le principal. Maintenant, Charlie devait reprendre les commandes.

Il contempla le trou à rats qui lui servait d'annexe. Il avait failli passer à côté, avec sa porte tapissée, lorsqu'il était venu chercher un espace où travailler quelques jours plus tôt. La curiosité l'avait poussé à redescendre récupérer un tournevis pour l'ouvrir. S'il avait espéré un refuge confortable, il avait été déçu. L'endroit était aussi vide et défraîchi que lui se sentait au fond de ses entrailles.

Des lambeaux de vieux papier peint pendaient lamentablement des murs et des lianes de lierre jaillissaient de la fenêtre sans vitre. Il n'y avait pas d'électricité, le compteur était coupé depuis des lustres. Malgré tout, c'était la planque idéale : loin de Pauline et hors de portée de sa voix : à l'abri de quiconque le chercherait. Il n'en avait parlé à personne et il avait raconté à sa femme qu'il travaillait dans la remise alors qu'il trimballait discrètement du mobilier de jardin jusqu'ici : une table pliante en guise de bureau, une chaise, et un transat d'un orange délavé pour faire la sieste. Elle ne s'intéressait pas assez à lui pour venir le débusquer ici. Loin des yeux, loin du cœur.

Il poussa un soupir. Pauline l'avait déçu, comme toutes les femmes de sa vie. À part Birdie.

Il repoussa les tiges et les feuilles pour regarder par la fenêtre. Depuis son perchoir, il pouvait cracher sur le toit de la caravane. Et il ne se gêna pas. Juste pour voir. Tout était calme en bas. Son estomac gargouilla mais il l'ignora : il ne descendrait pas avant d'être sûr que la voie était libre. Son esprit vagabonda et revint sur la soirée du festival, qu'il s'empressa de chasser de ses pensées. Il devait se concentrer et réfléchir au moyen de résoudre son problème.

Un grognement lui échappa quand il se pencha pour récupérer son téléphone par terre.

Pas de chance, il était éteint.

Il traversa alors la pièce d'un pas lourd jusqu'à son bureau pour y récupérer l'autre, celui tout cabossé et éraflé qu'il avait trouvé dans sa voiture. Plus de batterie non plus.

Le crissement du gravier le ramena à la fenêtre. Bram O'Dowd était en train de se garer devant la caravane, sans aucune vergogne. *On vient remettre le couvert, hein ?* Au moins, Pauline serait occupée pour un petit moment.

Il s'aventura dans l'escalier sur la pointe des pieds et traversa l'allée d'un pas rapide. O'Dowd avait laissé la clé de son pick-up sur le contact.

Mauvaise idée, songea Charlie en retirant une vis d'une vieille planche d'échafaudage qu'il planta ensuite dans le pneu avant.

Le temps qu'il entre dans la caravane, celle-ci bougeait déjà en rythme. Il s'efforça d'ignorer les gémissements qui s'échappaient de sa chambre tandis qu'il branchait le portable abîmé derrière le grille-pain. L'autre chargeur se trouvait au salon, il y brancha son téléphone qu'il planqua derrière un coussin du canapé.

En silence, il se prépara un café avec de l'eau chaude du robinet : la bouilloire était si vieille qu'elle ronflait comme un avion au décollage. Il était affamé mais dans le frigo, il n'y avait qu'une demi-bouteille de prosecco dont la vue lui donna la nausée et une boisson probiotique qui, dans l'imaginaire de Pauline, ralentissait le passage du temps.

Il essaya de se rappeler la dernière chose qu'il avait mangée. Ses souvenirs étaient flous : c'était sans doute ce sandwich infect que Pauline avait laissé vendredi. Il avait tout de suite su qu'il n'était pas pour lui – cela faisait bien longtemps qu'elle n'avait plus ce genre d'attention. Il n'était pas non plus pour elle : elle ne touchait pas au pain blanc. C'était pour Bram, forcément. Par représailles, il en avait croqué une grosse bouchée avant de fantasmer sur les tortures qu'il infligerait un jour aux parties génitales plus performantes de son usurpateur. Ensuite, il avait cherché de quoi faire couler sa rage. Rien. Il était donc parti en quête d'alcool chez un marchand de spiritueux auprès de qui il n'avait pas de dettes et sa nuit de débauche avait débuté.

Charlie ouvrit le sèche-linge et en sortit des vêtements propres qu'il fourra dans un sac. Il allait se préparer un autre café à emporter quand il entendit le grincement des ressorts. *C'était rapide !*

Il fila aussitôt dehors et s'accroupit derrière la barrière de sécurité avant que Pauline ne sorte à son tour en enfilant son affreux peignoir. Bram suivit en caleçon, sans même prendre la peine d'enfiler son pantalon. Il le jeta nonchalamment sur son épaule tout en embrassant Pauline. Puis il sauta dans sa voiture.

Charlie enfonça son poing dans sa bouche quand Bram s'éloigna au volant. Il faudrait attendre quelques mètres avant que son pneu ne soit à plat et que le pick-up ne donne de la bande. Il aurait aimé voir son rival bondir et jurer mais il n'avait pas le temps de s'attarder. Il souriait toujours à cette idée quand, arrivé à l'arrière de la grande maison, il se rappela qu'il avait oublié les téléphones dans la caravane.

Agenouillé dans le couloir sombre, derrière la porte d'entrée, il scruta l'extérieur par la fente de la boîte aux lettres, en espérant que Pauline s'en aille avant de remarquer les portables. Ses prières furent entendues : il la vit s'éloigner au volant de la Jaguar quelques minutes plus tard. Manque de chance, lorsqu'il voulut aller les récupérer, Dee arriva en voiture, et il dut battre en retraite.

Charlie l'observa depuis la fenêtre du rez-de-chaussée tandis qu'elle entrait dans la caravane. Sa chevelure brune se balançait à chacun de ses mouvements.

Comme celle de Birdie. Il repensa au vendredi soir. Au visage qui sortait de l'obscurité et aux doigts glacés qui enserraient son cœur. Tous ses souvenirs de cette soirée étaient imprégnés de terreur. Il s'assit par terre et tenta de respirer profondément.

Reprends-toi, bon sang !

La main glacée de l'angoisse le saisit de nouveau quand il entendit le battant de la boîte aux lettres se soulever. Dee était sur le seuil de la grande maison. Il s'efforça de retenir sa respiration mais le sifflement de panique qui enflait dans ses poumons menaçait d'exploser en quinte de toux. Le battant retomba enfin, et il entendit Dee retourner à la caravane.

Dix minutes plus tard, la porte claqua. Sa femme de ménage démarrait en trombe sans avoir refermé à clé. Que se passait-il ? Il remonta l'allée et passa discrètement une tête chez lui. Rien. *Elle doit être en retard pour son client suivant*, songea-t-il. Cette situation le rendait paranoïaque. Il fallait qu'il se calme.

Les battements de son cœur s'apaisèrent une fois qu'il eut récupéré son portable derrière le coussin et l'autre dans la cuisine. Quand il l'alluma, un vieux message apparut à l'écran. « Salut, mon pote. Pourquoi tu ne réponds pas ? »

Il éteignit l'appareil, le fourra dans le sac et chercha son passeport dans un tiroir. Il devait envisager toutes les options. Au début, Charlie avait prévu de rencontrer Bennett à Londres pour ne pas dévoiler sa nouvelle vie à Ebbing mais la précaution était inutile désormais. Bennett était déjà ici. Et si les choses ne se déroulaient pas comme il l'espérait, il lui faudrait disparaître quelque temps. Il cacherait le sac dans la remise, en bas, au cas où il devrait filer en vitesse. Il fallait seulement qu'il garde son sang-froid.

Charlie regagna son bureau et s'assit devant son ordinateur. Il commença par envoyer un e-mail à addison1999 :

> Retrouve-moi à 18 h 15 ce soir, sur le parking du sentier côtier, à un kilomètre et demi de la sortie d'Ebbing, sur la route de Portsmouth. J'attendrai trente minutes.

Son second e-mail fut pour Birdie, au cas où les choses tourneraient mal. Il lui demandait de lui pardonner de l'avoir abandonnée. Il enregistra le message dans les brouillons en espérant ne pas avoir à l'envoyer puis il glissa l'ordinateur dans son unique bagage.

À 18 heures, alors que les foules de touristes venus pour la journée ou le week-end reprenaient la route de Londres, il attrapa son sac à dos et descendit lentement l'escalier. Il était attendu.

47

Dimanche 25 août 2019
Kevin

Accroupi derrière un arbre, Kevin espionnait les environs depuis ce qui lui semblait une éternité. Il était en train de remettre en question le bien-fondé de sa présence quand il entendit un claquement, comme une porte qui se fermait. Il attendit, tâcha de maîtriser sa respiration, un battement furieux à la tempe. Il ne perçut que des sons infimes provenant des buissons. Un rat surgit soudain au soleil. Foutues bestioles ! Il donna un coup de poing rageur dans le tronc. Pourtant, à la suite du rat, une silhouette avança d'un pas traînant, le dos voûté, en jetant des regards de tous les côtés.

Poussé par l'adrénaline, Kevin se redressa tel un diable sortant de sa boîte.

— Il faut qu'on parle, Charlie, siffla-t-il entre ses dents en s'approchant.

Charlie se pétrifia, comme sur le point d'avoir une crise cardiaque. Il retrouva cependant vite une contenance.

— Mon cher ami…

Il tentait le tour de passe-passe qu'il devait utiliser avec succès depuis des années. Kevin laissa échapper un gros rire. Charlie parut près de succomber.

— Inutile de vous fatiguer. Vous êtes aussi bidon que vos manières. Vous n'avez jamais étudié à Harrow, n'est-ce pas ? Vous n'êtes qu'un arnaqueur. Alors, où est l'argent ?

— Je rencontre un léger contretemps à ce sujet, répondit Charlie, le regard balayant de droite à gauche.

Allait-il essayer de s'enfuir ? Il avait dû le faire, à l'époque, quand il était jeune et en forme. Aujourd'hui, il n'atteindrait même pas la caravane.

— Je m'en suis douté, répliqua Kevin en le guidant de force vers la remise toute proche. Qu'avez-vous fait de cet argent, Charlie ?

Il se tenait dans l'embrasure de la porte, dos à la lumière, si bien que le vieil homme ne voyait pas son visage.

— Combien y a-t-il sur le compte de la société ?

— Eh bien, je ne sais pas trop. J'attends le virement imminent d'un client. Si vous pouviez patienter un jour ou deux de plus…

— Non, ce n'est pas possible. Vous allez me montrer ce compte tout de suite.

— Mon cher… Kevin, se reprit-il. Comment le pourrais-je ? Nous sommes dans une remise, plongés dans l'obscurité.

— Donnez-moi votre téléphone ! Et où est votre ordinateur ?

— Mon ordinateur ?

Kevin le gifla. Le geste les choqua tous les deux. Si l'un ou l'autre nourrissait encore un dernier espoir que leur échange se conclue par une poignée de main, c'en était fini.

— Inutile d'en arriver là, protesta Charlie en lui tendant son portable avant de se frotter la joue.

— Je fais ce que je veux. Il faut que vous compreniez que nous n'allons pas nous laisser escroquer. Nous savons qui vous êtes en réalité.

— Nous ?

— Toby Greene et moi nous sommes découvert un intérêt commun cet après-midi.

Plus tôt dans la journée, Kevin se promenait le long de la jetée, l'esprit tourmenté. Une heure avant encore, il était prêt à baisser les bras : Charlie et son argent étaient partis depuis longtemps. À l'étranger, sans doute. Et Kevin allait perdre tout ce qu'il possédait. Il était au fond du trou jusqu'à ce que sa femme de ménage – cette petite fouineuse qui se déplaçait à pas de loup comme une voleuse – crache le morceau. Cette bonne vieille Dee avait vu le passeport de Charlie dans sa caravane. Il n'avait pas quitté le pays. Il restait une chance qu'il revienne le chercher…

Comment l'attraper ? Kevin réfléchissait aux différentes manières d'agir quand Toby l'avait accosté, et ce malgré sa mâchoire crispée qui signifiait que Kevin n'avait envie de parler à personne. Toby n'avait visiblement pas saisi le message.

« Salut ! avait-il lancé. Comment allez-vous ? »

Kevin savait que la question n'était que pure politesse : Toby était coincé dans sa bonne éducation comme un poisson dans un filet. Il avait tout de même ralenti le pas.

« Bien, bien. Et vous ? Comment vont les affaires ? »

Le travail, voilà ce dont les hommes d'un certain âge et d'un certain milieu social discutaient quand ils ne partageaient rien. D'autres plus jeunes échangeaient des commentaires sur le foot ou leurs conquêtes, les plus vieux sur leurs problèmes d'articulations ou sur la recrudescence de déjections canines sur les trottoirs.

« Très bien, merci. Et pour vous ? »

Tout à coup, l'effort que ces civilités aussi fausses qu'inutiles exigeaient épuisa Kevin. Il se laissa tomber sur un banc.

« En réalité, je me trouve dans une situation catastrophique », avait-il avoué en enfouissant son visage dans ses mains à la manucure soignée.

Toby s'était assis à côté de lui.

« Pareil pour moi.

— Les finances ? avait marmonné Kevin.

— Oui. Je suis dans la merde. Et vous ?

— Idem. Jusqu'au cou, pour tout dire.

— Je sais ce que c'est. Saul et moi devons partir à Los Angeles samedi pour lancer une procédure de PMA avec une mère porteuse mais je n'ai plus l'argent nécessaire. Et je ne peux pas le lui dire.

— Seigneur ! compatit Kevin. Pour moi aussi, tout part à vau-l'eau. Mon projet était pourtant censé être solide, le financement assuré. L'argent m'avait été promis.

— À moi aussi. »

Kevin l'avait considéré un instant puis avait demandé :

« Auprès de qui avez-vous investi ?

— C'est sans importance, avait marmonné Toby. Il s'est envolé, et mon argent avec lui.

— Charlie », avait lâché Kevin dans un souffle, comme pour lui-même.

Toby s'était tourné vers lui et les deux hommes s'étaient dévisagés de longues secondes. Alors Kevin lui avait appris pour le passeport.

À présent, Charlie se tenait devant Kevin. Il scrutait dans toutes les directions, en quête d'une échappatoire.

— Écoutez, je suis un vieil homme à la santé fragile. Je suis mourant, gémit-il d'une voix rauque.

— Nous allons tous mourir.

Kevin referma la porte de la remise et téléphona à Toby.

48

Dimanche 25 août 2019
Toby

Kevin avait pressé Toby de le rejoindre sur-le-champ aux Grands Chênes.

— Pourquoi ? Que se passe-t-il ? Qu'avez-vous découvert ?

— Le gros lot. Dépêchez-vous. Et laissez votre voiture sur le parking en bas de l'allée. Il y a un passage dans la haie tout au bout. Vous déboucherez sur la porte arrière.

Pendant tout le trajet, le visage de Toby était resté figé en un rictus, et ses mains serrées sur le volant. *Tout va peut-être bientôt s'arranger*, se répétait-il. Kevin prétendait avoir décroché le gros lot. Il était incapable de réfléchir au-delà.

Il regretta d'avoir chaussé ses belles chaussures de ville lorsqu'il avança le long du chemin terreux. Les cailloux et les touffes d'herbe le faisaient trébucher et des nuages de poussière venaient se déposer sur son pantalon couleur crème. Il le frotta mais le résultat fut pire : la saleté s'incrustait maintenant dans le tissu. Saul le remarquerait forcément. Que lui dirait-il pour se justifier ?

Kevin apparut soudain derrière une fenêtre du rez-de-chaussée de la grande bâtisse. Il lui indiqua d'un geste la porte latérale.

Toby la rejoignit et l'ouvrit dans un grincement sonore. Il s'empressa de balayer les alentours du regard pour s'assurer qu'il n'y avait personne. Au loin, il entendit de la musique, une radio peut-être. Pauline devait se trouver juste de l'autre côté de la propriété. Il retint son souffle et pénétra dans un corridor plongé dans la pénombre. Là, il appela doucement :

— Kevin ?

— Par ici, au bout du couloir. Nous sommes au sous-sol, en bas des escaliers.

Nous. Avait-il mis la main sur Charlie ? Toby brandit un poing victorieux et avança d'un pas décidé, prêt à en découdre avec lui. S'il ignorait à quoi s'attendre, il s'était tout imaginé sauf ça.

Il venait d'intégrer une scène du film *Reservoir Dogs*. La pièce était une sorte de cuisine, pourvue de deux éviers en pierre et d'une bouche d'évacuation au milieu du sol. La puanteur y était infecte.

Charlie était bien là : assis sur une chaise, un vieux torchon enfoncé dans la bouche. Il avait les yeux fermés. Le sentiment de peur ambiant était palpable, Toby en sentit le goût quand il passa la langue sur ses lèvres pour les humidifier.

— Qu'est-ce qu'il se passe ? bafouilla-t-il. Pourquoi est-il bâillonné ?

Il se pencha vers Charlie pour retirer le tissu mais Kevin lui saisit le bras pour l'en empêcher.

— Attendez. Il refuse de coopérer. Il faut qu'il comprenne qu'on est sérieux.

Charlie implora Toby du regard.

— Sérieux ? Mais qu'est-ce que vous racontez ? s'écria Toby. Nous ne sommes pas de la pègre.

— Taisez-vous, Toby.

— Enlevez-lui ce truc ou je m'en vais.

Kevin capitula et tira sur un coin du torchon qui se déroula et tomba sur les genoux de Charlie.

Libéré, celui-ci se mit à tousser, le visage virant au cramoisi. Lorsqu'il retrouva son calme, il s'adressa à Toby.

— Merci, mon ami. Les choses ont un peu dérapé, n'est-ce pas ?

— Pas autant qu'elles le pourraient si vous ne nous rendez pas notre argent ! lança Kevin, à l'autre bout de la pièce.

— Écoutez, Charlie, commença doucement Toby. C'est simple. Vous avez pris notre argent et nous voulons le récupérer. Vous n'avez qu'à le transférer sur nos comptes et nous partirons. Personne ne souhaite que la situation empire…

Lui ne le souhaitait pas en tout cas. Il ne connaissait pas très bien Kevin Scott-Pennington, qu'il considérait comme un homme sans histoire, doté d'une bonne éducation et de gros moyens, mais la testostérone qui suintait par tous ses pores ne le rassurait pas. Toby avait l'impression d'être revenu à l'époque du lycée, quand les gros durs à la récré baissaient le pantalon de son copain de classe en pleurs, impuissant, en colère, effrayé.

— Allons, Charlie. Trouvons une solution.

Charlie secoua la tête.

— Mon cher, j'ai essayé d'expliquer à notre ami ici présent que ce n'est pas aussi simple. À moi aussi, on m'a fait faux bond. Nous sommes dans le même bateau. Je vais perdre ma maison.

Toby se tourna vers Kevin.

— Foutaises ! s'exclama ce dernier. Parlez-nous plutôt des autres pigeons que vous avez plumés. Vos anciens associés à Londres…

— C'est faux ! protesta le vieil homme. Il y a eu un malentendu. Une erreur certes regrettable mais innocente. Tout a été arrangé.

— Un malentendu ? cria Kevin en postillonnant. J'ai passé quelques coups de fil et ce n'est pas ce qu'on raconte. La seule erreur a été de nous embarquer dans votre sale escroquerie.

— Est-ce qu'il vous reste de l'argent ? s'enquit Toby d'une voix rauque.

— Quelques centaines de livres, répondit Charlie tout bas. J'ai fait un investissement délicat qui n'a pas payé. Vous saviez tous les deux que cette opération comportait des risques.

Kevin se précipita vers Charlie.

— Vous nous avez volés, pas vrai ? Toute cette histoire de société d'investissement est une invention. Il ne fait que nous mentir, Toby, et ce depuis que nous l'avons rencontré. Nous nous sommes fait entuber.

— J'appelle la police.

— Non. Pas tout de suite, s'opposa Kevin. Il a planqué l'argent quelque part ; je parie qu'il s'apprêtait à filer avec. Il avait un sac avec lui. Je crois que nous devrions accorder à M. Perry le temps de réfléchir un peu. Lui laisser une chance de recouvrer la raison.

Toby dévisagea Charlie. Cet homme l'avait privé de son avenir.

« C'est un beau petit projet que vous avez là », avait affirmé Charlie avant de lui proposer de l'aider à réunir l'argent pour le bébé.

Toby se revoyait, tout excité, tandis que Charlie lui expliquait le plan.

« C'est sur invitation exclusivement, avait-il murmuré avec un clin d'œil. Mais je pense pouvoir convaincre mes associés d'accepter un membre de plus. »

Saul le quitterait quand il l'apprendrait. Il n'aurait plus rien.

— Il faut veiller à ce qu'il ne s'échappe pas, s'entendit-il dire.

À ces mots, Charlie laissa tomber sa tête sur sa poitrine.

Toby, lui, retourna à pas de loup à sa Volvo pour y récupérer la sangle avec laquelle il fixait les bagages. Il revint finalement avec un énorme rouleau de film cellophane qu'il avait acheté dans un magasin de vente en gros pour le restaurant.

49

Dimanche 25 août 2019
Charlie

Il faisait sombre dans le sous-sol. Et froid. Charlie avait essayé de se libérer de ses entraves dès qu'ils étaient partis, convaincu de réussir et de pouvoir s'enfuir. *Des amateurs*, avait-il songé lorsqu'ils l'avaient ligoté avec la cellophane avant de l'abandonner là en lui répétant de bien réfléchir. Il ne les avait pas écoutés.

Malheureusement, à mesure qu'il s'échinait, le film plastique s'était resserré sur lui. Ils avaient fait plusieurs tours et les couches étaient trop nombreuses. La fatigue l'avait soudain emporté, Charlie avait déclaré forfait. La confrontation l'avait épuisé – un effet secondaire de la peur. Et il avait éprouvé une réelle terreur lorsque Kevin avait remis le torchon dans sa bouche. Il s'était débattu, avait repoussé le tissu crasseux avec sa langue et s'était presque étouffé. Il avait dû maîtriser sa respiration, compter lentement dans sa tête jusqu'à ce que la brûlure dans ses poumons s'apaise. Comme sa petite fille avant lui.

Il s'affaissa sur son siège. Il allait se reposer quelques instants avant de faire une nouvelle tentative. La lumière déclinait mais il ferma les yeux. Pour faire abstraction du monde extérieur. Pour refouler l'effroi, le même qui avait dû tenailler sa fille. Pour étouffer sa propre culpabilité.

Malgré ses efforts, la graine du cauchemar avait germé. Des vrilles d'horreur s'enroulaient autour de lui comme des couches supplémentaires de cellophane. Les images abominables de cette nuit-là tournaient en boucle dans sa tête.

Il l'avait vue dans l'ambulance et l'avait crue morte.

Ce n'était pas lui qui lui avait fait ça. C'était Stuart Bennett. Un toxicomane lunatique qui s'était introduit dans la maison où Birdie attendait comme l'agneau sacrificiel.

Elle n'aurait pas dû s'y trouver. Elle n'aurait pas dû y être ! hurlait-il intérieurement. Et pourtant. Elle était venue chez lui, avec la clé qu'il lui avait donnée, qu'il l'avait forcée à accepter quand ils avaient recommencé à se voir. Leur petit secret.

Il avait fomenté un stratagème risqué : il avait attendu à la sortie de l'école un après-midi, l'avait suivie jusqu'à l'arrêt de bus et s'était glissé sur le siège à côté d'elle.

« Bonjour, Birdie. Tu m'as tellement manqué. »

Elle voulait éviter un esclandre dans le bus bondé et elle avait feint de regarder par la vitre pendant qu'il plaidait sa cause à voix basse.

« Ta maman et moi ne nous aimions plus mais je n'ai jamais cessé de t'aimer. Tu es ma petite fille.

— J'ai dix-huit ans, maintenant. Et tu nous as menti.

— Je ne t'ai jamais menti sur mes sentiments pour toi. »

Il avait apporté un cadeau avec lui, pour lui faire plaisir – et aussi pour l'amadouer. Un joli pendentif au bout d'une chaîne en argent. Les traits de Birdie s'étaient adoucis.

« C'est une branche de gui, avait-il expliqué tandis qu'elle ouvrait le petit écrin. Parce que tu as toujours aimé Noël et les baisers sous le gui. »

Grâce à cette attention, il gagna ses faveurs. Ils discutèrent et planifièrent une nouvelle rencontre avant qu'elle ne descende du bus.

« Tu vas dire à ta mère que tu m'as vu ?

— Je ne crois pas, avait répondu Birdie avec un sourire. Elle ne comprendrait pas. Ce sera notre petit secret pour l'instant. »

Après quelques semaines, Charlie en avait eu marre des trajets en bus, et il lui avait donné la clé de chez lui, à Addison Gardens.

« Appelle-moi quand tu veux venir, je m'arrangerai pour être là. »

Plus tard, il lui avait communiqué le code de l'alarme de la maison.

« Juste au cas où je serais sorti. »

Il s'était félicité d'avoir réussi à la ramener auprès de lui. Puis, un jour, il s'était rendu compte qu'un petit lapin en argent massif – un des premiers articles de sa collection – avait disparu. Il avait cru l'avoir déplacé ou égaré, mais un bracelet à breloques qu'il adorait avait ensuite été introuvable. Il avait renvoyé la femme de ménage et prévoyait de prévenir la police, lorsque le pilulier en argent s'était à son tour volatilisé. Un soir où il était rentré plus tôt que prévu, il avait découvert Birdie chez lui.

« J'ai essayé d'appeler, avait-elle affirmé avec des yeux innocents. Je pensais que ça ne te dérangerait pas. Je regardais un peu la télé en attendant ton retour. »

Elle s'était pelotonnée à côté de lui sur le canapé et lui avait parlé d'un cours à l'université qu'elle envisageait. Ce soir-là, elle l'avait appelé « papa ».

Il avait voulu savourer le moment : une complicité qu'il espérait depuis si longtemps. Mais il n'avait pu s'empêcher de la soupçonner d'être déjà venue chez lui à son insu.

Finalement, Charlie avait rejeté la faute sur Lila : il s'était convaincu que c'était elle qui avait incité Birdie à le voler. Pour le punir. Sa rancœur passée avait ressurgi avec cette relation qui renaissait, plus forte que jamais. Il avait envisagé d'en toucher deux mots à son ex-femme, liste des objets dérobés à l'appui, de la menacer de dénoncer leur fille à la police. Il imaginait parfaitement la scène dans son esprit. Lila en larmes, l'implorant de les pardonner.

Il prévoyait alors de se montrer magnanime ; il arrangerait tout, évidemment. Elle lui en serait reconnaissante et saurait qu'il était impossible à berner.

Mais d'abord, il avait une affaire à régler. Un plan aussi simple que brillant, imaginé pour se tirer de ses difficultés financières.

Et soudain, tout s'était effondré autour de lui : le monde avait cessé de tourner sur son axe et avait éclaté en mille morceaux.

Le cambriolage avait tout gâché. Bennett avait tout gâché. *Et toi aussi, Charlie*, lui soufflait une petite voix dans sa tête. *Que dirait Birdie si elle savait ?* demandait la voix, plus fort. *Si elle savait ce que tu as fait ?*

Aujourd'hui, seul Bennett connaissait la vérité sur cette nuit-là. Il était l'ultime témoin. Combien de temps patienterait-il à leur point de rendez-vous ?

Un frisson le traversa et le ramena dans le présent. Il ignorait depuis quand il était assis là. Une mouche bourdonnait quelque part dans la pièce. Elle se posa sur son visage. Le tortura.

Il devait partir. C'était urgent. Il essaya d'avancer vers la porte en faisant des petits bonds sur la chaise. Les pieds raclaient le carrelage et il progressait, centimètre par centimètre. Un excès de confiance le poussa à accélérer. La chaise tangua sur deux pieds avant de tomber sur le côté. Il se retrouva par terre et décida de passer au plan B. Il allait attendre le retour de ses bourreaux et tâcher de leur faire entendre raison, leur promettre un peu d'argent. Il répétait mentalement son texte lorsqu'il remarqua que la mouche ne bourdonnait plus.

Elle avait dû sortir. Pendant qu'il luttait pour se libérer. Quelqu'un avait ouvert la porte, derrière lui. Il essaya de tourner la tête pour regarder.

Le faisceau d'une lampe-torche l'aveugla.

— Toby, mon ami ? Kevin ? bafouilla-t-il dans un gargouillis à travers son bâillon.

Silence.

— Toby ? Kevin ?

Le tremblement guttural qui enflait dans sa voix ne lui échappa pas. C'était forcément eux, non ?

— Stuart ? murmura-t-il avec crainte.

50

Dimanche 25 août 2019
Toby

Toby s'était habillé tout en noir pour la confrontation. Cela lui avait paru de circonstances, lorsqu'il avait enfilé dans l'obscurité un jean de couleur sombre un peu trop chaud pour la saison et un col roulé, tandis que Saul dormait dans la chambre à côté. À l'évidence, Kevin avait eu la même idée sauf que sa tenue le seyait. Il avait la tête de l'emploi. Toby, lui, avait juste l'air ridicule – et était nauséeux – quand il le retrouva à l'arrière des Grands Chênes.

— Allons-y, murmura Kevin dans l'obscurité.

Toby distingua le démonte-pneu qu'il tenait à la main.

— À quoi ça va servir ?

— Peu importe. Vous êtes prêt ?

Toby voulut lui demander « Prêt à quoi ? » mais il n'osa pas. Il ne voulait pas savoir. Il avait complètement déliré sous l'effet de la testostérone, quelques heures plus tôt, s'exprimant comme un gangster tandis qu'il avait aidé à attacher leur prisonnier. Or il n'en était pas un : il était un chef d'entreprise, un restaurateur prospère à la tête d'une révolution culinaire à Ebbing.

— Kevin…

Sans se préoccuper de lui, son acolyte descendait déjà l'escalier, il ouvrit la porte.

Tous deux restèrent figés devant la scène éclairée par la lampe-torche de Kevin.

— Seigneur ! lâcha Toby dans un souffle.

Kevin ne prononça pas un mot. Il s'avança et se pencha sur la silhouette allongée au sol. Il lui donna une claque sur la tête.

— Arrêtez votre comédie ! cria-t-il au visage éteint. Où est mon argent ?

Le corps à terre ne bougea pas.

— Oh, mon Dieu, est-ce qu'il respire ? gémit Toby.

— La ferme ! gronda Kevin. Aidez-moi à le remettre droit.

Toby ne bougea pas.

— Hors de question que je le touche.

— Venez ici ! rugit Kevin.

Toby sursauta. Il n'avait aucune envie de poser les mains sur cet homme qui recroquevillé sur le côté ressemblait désormais à une chrysalide. Le faisceau de la lampe se réfléchissait sur le film plastique qui le ligotait encore à la chaise.

— C'est un escroc, affirma Kevin. Il a plus d'un tour dans son sac.

— Ce n'est pas un tour. Vous voyez bien qu'il est mort.

— Impossible. Il ne peut pas être mort. Je refuse. Je vais le réveiller.

Kevin s'empara du démonte-pneu et caressa le visage de Charlie avec la barre de métal froid avant de la lever au-dessus de sa tête.

Toby crut que sa poitrine allait exploser.

— Stop ! Arrêtez ! hurla-t-il. Il faut que nous partions. On va croire que nous l'avons tué. Mon Dieu, est-ce que nous l'avons tué ?

Kevin abaissa son arme et s'accroupit.

— Bouclez-la ! Il faut enlever la cellophane. Nos empreintes doivent être dessus.

Toby entreprit d'arracher les différentes couches à l'aide d'un petit canif accroché à son porte-clés. Puis il rassembla le plastique en une boule compacte pendant que Kevin arpentait la pièce.

Aucun des deux ne prononça un mot pendant plusieurs secondes. Il lui semblait qu'ils étaient là depuis des heures ; pourtant, en consultant sa montre, Toby découvrit que ça ne faisait que quinze minutes. Au bout d'un moment, Kevin prit la parole.

— Nous devons le mettre ailleurs. Pour faire comme s'il était mort en tombant. Il y a un abri à charbon au fond du couloir. Je voulais y retenir Charlie au début, mais la trappe ne ferme plus et j'ai eu peur que ce ne soit pas assez discret. Où est le bâillon ? Il a dû le recracher. Et son sac ? La priorité, c'est de se débarrasser de tout.

Toby fouilla la pièce et mit le torchon sale avec la boule de film plastique. En revanche, il ne trouva pas le sac et ne se rappelait même pas l'avoir vu avant. Il avait seulement entendu Kevin en parler.

— Tant pis, déclara ce dernier. Il doit être dans la remise. Occupons-nous de Charlie.

Les deux hommes se précipitèrent vers les jambes du cadavre. Toby fut le plus rapide. Il était hors de question qu'il tienne le buste. Tout cela était complètement insensé mais il n'avait pas le choix. Il voulait fiche le camp d'ici et savait que Kevin ne le laisserait pas s'en tirer à bon compte.

Les mains moites de peur, il fit tomber les jambes de Charlie par deux fois. Ils réussirent tant bien que mal à le transporter dans la cave. Une odeur de terre et de gazole emplit les narines de Toby lorsqu'ils traînèrent Charlie sous la trappe ouverte. Il chercha de l'air, les effets de l'adrénaline commençant à se dissiper.

Kevin voulut disposer le corps en étoile – s'inspirant sans doute des chutes fatales représentées dans les bandes dessinées –, mais les membres raides refusèrent de bouger.

— Il faut une blessure, marmonna Kevin comme pour lui-même tandis que Toby se demandait s'il se souvenait encore de sa présence. Il lui faut une blessure mortelle à la tête due à la chute.

Toby serra fermement les paupières au moment où Kevin frappa Charlie avec le démonte-pneu. Il entendit le coup, le craquement sourd du crâne défoncé par le métal. Jamais il n'oublierait ce son. Aucun des deux hommes ne prononça un mot. Il n'y avait plus rien à dire.

MAINTENANT

51

Vendredi 30 août 2019
Elise

Elise était assise à sa fenêtre avec son unique tasse de décaféiné de la journée. Elle ruminait sur les nombreuses facettes de Charlie Perry. Et elle se demandait si elle était près de découvrir qui il était vraiment. Comme tous ses voisins, elle n'avait vu de lui que ce qu'il voulait bien montrer : la version charmante et scintillante. Qui était-il derrière la porte close de sa caravane ?

Elle consulta le dossier de l'affaire, et s'arrêta sur le portrait noir et blanc de Birdie. Charlie ne s'était confié à personne à Ebbing au sujet de l'agression qui avait handicapé sa fille. Il avait laissé croire qu'il s'agissait d'un accident. Pourquoi un tel secret sur cette tragédie due à la malchance ? Il n'imaginait tout de même pas qu'on lui reprocherait ce drame ? Ou bien si, justement ?

Elle téléphona à Caro.

— Tu n'es pas censée travailler aujourd'hui, tu te rappelles ? Tu as déjà cumulé trop d'heures. Raccroche ou je préviens McBride.

— Taisez-vous, sergent ! J'aimerais m'entretenir avec les anciens voisins de Charlie à Londres.

Caro poussa un lourd soupir.

— Notre affaire ne concerne qu'Ebbing, non ? Nous avons déjà une épouse infidèle et son amant. Et Pauline qui affirme également que Charlie avait renoué avec ses vieux travers. Ne devrions-nous pas retrouver ceux qu'il a escroqués, plutôt que de déterrer une ancienne affaire résolue il y a vingt ans ?

— Oui, mais le fond du problème, c'est que la victime n'est pas l'homme que tout le monde pensait. Il avait des secrets et quelque chose nous échappe. Je le sens dans mes tripes.

— Merci pour cette charmante image, s'esclaffa Caro. D'accord, mais on va devoir se dépêcher : la procédure judiciaire s'ouvre cet après-midi et le coroner va révéler la véritable identité de Charlie. Les journalistes seront aussitôt sur la piste. Je passe te chercher dans une heure.

— Parfait.

— Il y a des colonnes, fit remarquer Caro devant la grille en fer forgé du 16, Addison Gardens.

Elle tendit le cou pour contempler la demeure. Elle comportait trois étages avec une cuisine au sous-sol et deux lucarnes. Elise lui trouvait une ressemblance avec la maison des Darling dans *Peter Pan*. Pourtant, ça n'avait rien d'un décor de conte de fées, ici.

Elles frappèrent, sans succès. Caro remarqua du mouvement à la fenêtre du numéro 18. Puis la porte s'ouvrit et une femme franchit le seuil, un arrosoir à la main. Elise était prête à parier qu'il était vide.

— Bonjour, madame. Pardon de vous déranger mais je m'intéresse à l'un des anciens occupants de cette propriété.

— Laissez-moi deviner... Charles Williams ?

— En effet ! Comment avez-vous deviné ?

— On ne vient jamais se renseigner sur quelqu'un d'autre. C'est toujours pour Charles, et je suis ici depuis des siècles.

— Qui vient se renseigner ?

La femme leva les yeux au ciel.

— Ceux à qui il doit de l'argent, en général. Il y en a eu pas mal au début. Ils se font plus rares, mais il y a encore des gens qui passent. Certains sont plus bizarres que d'autres. C'était un homme charmant dans les soirées, notre Charles, quoiqu'un peu marginal, certes. Il a déménagé depuis plusieurs années. Qu'est-ce que vous lui voulez ?

— Nous sommes inspecteurs de police, expliqua Elise en montrant sa carte.

— Ah. Qu'est-ce qu'il a fait ?

— Je crains qu'il ne soit décédé. Dans des circonstances suspectes.

— Mon Dieu ! s'exclama la voisine en posant son arrosoir. Voulez-vous entrer, pour vous abriter de la chaleur ?

Les rideaux étaient tirés et il faisait frais à l'intérieur de la maison. Mme Simpson, ainsi qu'elle se présenta, leur servit de l'eau gazeuse si froide que des perles de condensation se formèrent sur les verres. Elise but malgré elle à grandes lampées.

— C'est une magnifique maison que vous avez là, commenta Caro. L'agencement est identique, à côté ?

— Pas vraiment. Les nouveaux ont tout refait, les travaux ont duré des mois. Quelle poussière ! Maintenant, c'est espace ouvert, sans porte, très moderne. C'est beau, quand on aime ce genre de choses.

— Comment était-ce à l'époque de M. Williams ?

— Magnifique. Décoré avec de très beaux objets : des antiquités, de l'argenterie, des œuvres d'art. C'était un collectionneur, vous savez.

— Vous étiez chez vous le soir où sa fille et son petit ami ont été agressés ? demanda Elise en posant le verre frais contre sa joue.

La voisine se redressa sur sa chaise.

— Oui. Les pauvres petits. Il a été battu à mort et elle a été étouffée, pendant que je regardais une idiotie de Noël à la télévision. Si nous avions éteint le poste, nous aurions peut-être entendu quelque chose. Nous aurions pu empêcher ce drame. Nous n'avons su ce qu'il se passait qu'à l'arrivée de la police. Un autre voisin avait signalé la porte d'entrée grande ouverte.

Elise lui offrit un hochement de tête compatissant.

— C'était affreux, poursuivit avec hésitation Mme Simpson.

Les deux policières attendirent la suite.

— Nous nous sommes toujours interrogés. Sofia avait une clé et le code de l'alarme principale, mais pas celui des autres. Celles des pièces avec les collections. Charles se vantait d'avoir installé un système de haute technologie, relié directement à une société de protection privée. Pourtant, rien ne s'est déclenché le soir de l'agression.

— L'avez-vous mentionné à quelqu'un, à l'époque ?

— Nous ne préférions pas. Le garçon était mort et Sofia se trouvait dans le coma. Charles était très préoccupé. Puis il a vendu et déménagé.

Les trois femmes gardèrent le silence quelques instants.

— Vous avez dit qu'on venait encore de temps en temps s'enquérir de Charles, reprit Elise. Quelqu'un est passé, récemment ?

— Un homme, aux alentours de Noël. Il n'était pas comme ceux de d'habitude : il n'a pas tambouriné à la porte en réclamant de l'argent. Il s'est contenté de rôder dans la rue. Il m'a fait mauvaise impression. Il faut être prudent dans le quartier, avec le parc juste en face. Bref, j'ai envoyé mon mari lui parler et le type a dit qu'il cherchait juste quelqu'un. Mon mari lui a appris que Charles n'habitait plus ici, et qu'il avait apparemment quitté Londres. Et l'homme est parti.

52

Vendredi 30 août 2019
Kevin

Kevin Scott-Pennington se cramponnait à son ordinateur portable afin d'affronter l'ouragan qui frappait l'intérieur de sa maison. Les jumeaux s'agitaient dans tous les sens pour enfiler leurs combinaisons de plongée et pestaient bruyamment à cause des grains de sable oubliés de la dernière fois et qui les grattaient.

— Il y en a partout par terre ! s'écria Janine. Allez vous habiller dehors.

Kevin se fit tout petit, la tête dans les épaules, pour parer la rafale et se plongea dans la lecture de son écran.

Il aurait dû être au bureau. Planqué, à l'abri, où il aurait défié Frank Tenpenny de Los Santos sur sa Xbox tout en esquivant les e-mails furieux de ses investisseurs.

Sauf que Janine avait refusé de repartir à Londres mardi, à son retour du magasin avec du raisin, des gressins et des informations de première main. Elle avait usé de cette tactique passive-agressive que Kevin ne connaissait que trop bien.

— L'air marin me convient mieux et les enfants voulaient prendre un cours de kitesurf, mais je comprends, si tu dois y retourner. Ne t'inquiète pas pour nous. Nous survivrons.

Lorsqu'il avait feint de ne pas saisir le message et continué à charger la voiture, elle avait réattaqué.

— Mais bon, tu pourrais aussi travailler d'ici. Si nous rentrons à Londres maintenant, ce ne sera que pour deux ou trois jours avant de revenir. Pourquoi aller s'entasser dans une ville polluée ? Nous ferions mieux de rester.

Ce qu'elle n'avait pas dit, c'était qu'elle voulait être aux premières loges pour assister au spectacle sordide qui se jouait à Ebbing. La police s'en tenait à une « mort inexpliquée » mais tout le monde ne parlait que de meurtre. Janine, elle, avait intégré une nouvelle tribu, celle des femmes qui savaient depuis toujours que la dépravation guettait la ville. Celle-ci comptait déjà plusieurs membres : Liz, l'agente immobilière qui leur avait vendu la maison, Karen, qui la coiffait à l'occasion, et même cette dragueuse de Millie Diamond.

« Les filles de Sodome et Gomorrhe », les avait appelées Kevin en secret tandis que Janine lui relatait leurs dernières inepties.

— D'après Liz, Charlie avait toujours l'air terrifié. Tu avais remarqué ?

— Non. Et toi non plus. Avant cette semaine, tu n'aurais même pas su qui c'était, si tu l'avais croisé dans la rue.

— N'importe quoi. Je l'avais bien identifié, avait insisté Janine. Il paraîtrait que l'épouse est impliquée.

— Oh, arrête tes conneries ! avait-il éructé. Tout le monde se prend pour Sherlock Holmes ici.

— Kevin ! Inutile d'employer un tel langage.

Les jumeaux étaient enfin partis. Janine s'assit en face de lui. *Voilà, on y est.*

— Écoute, je sais que quelque chose ne va pas, dit-elle. C'est à cause du travail ? Y a-t-il quoi que ce soit que je devrais savoir ?

— Non, rien, répondit Kevin en refermant son ordinateur. Tout est sous contrôle. Je sors fumer.

Sur le front de mer, il huma l'air chargé d'embruns. L'automne approchait. Depuis son entrée à l'école, enfant, il avait le sentiment que l'année débutait en septembre. Toute cette effervescence autour des uniformes et des fournitures scolaires créait un sentiment de renouveau et d'avenir. Contrairement au poids que les résolutions du Nouvel An apportaient.

Son objectif du jour était de tirer un trait sur le passé et de tourner la page. L'argent avait disparu. Dès la semaine prochaine, il mettrait leur maison Les Goélands en vente. Et il quitterait définitivement Ebbing. Janine allait s'emporter mais il surmonterait la crise. Le pire serait à venir. La faillite. L'obligation douloureuse de solliciter ses beaux-parents pour régler les frais de scolarité des enfants qu'il ne pourrait plus assumer. La perspective de cette humiliation imminente lui brûlait la gorge. Il devait y avoir un autre moyen.

Il sortit son téléphone prépayé et composa un numéro.

— Salut, dit-il d'une voix éraillée avant de se racler la gorge.

— Vous avez du nouveau ? croassa lui aussi Toby à l'autre bout de la ligne.

— Non. Et vous ?

— Rien. Comment vous sentez-vous ?

— Ça sous-entend quoi, cette question ? Toby, tout ce que vous devez faire, c'est garder votre calme. Demain, vous serez dans l'avion.

— J'essaie.

Le tremblement dans sa voix contredisait ses propos.

— Essayez un peu plus.

Kevin raccrocha. Toby Greene était en train de craquer. Hors de question de rester dans les parages pour assister à ça.

53

Vendredi 30 août 2019
Elise

— J'ai l'impression qu'on tâtonne là, déclara Caro en bouclant sa ceinture. Où est-ce que ça nous mène ?

— À Charlie. Il trempait clairement dans de sales affaires. Ceux qu'il avait arnaqués l'ont recherché pendant des années. Pauline a parlé de « vieilles manigances », et il s'y adonnait avant même de la rencontrer. Cependant, quel est le rapport avec le cambriolage ? Tu as entendu la voisine : il y avait quelque chose de bizarre dans cette histoire. Se pourrait-il qu'il soit impliqué ? Si c'était le cas, qui pourrait le savoir ? Il n'y a plus de témoins. Birdie a perdu la mémoire à cause de l'agression et le petit copain est mort.

— Il reste le meurtrier, marmonna Caro en s'engageant dans la circulation.

Elise abattit brusquement la paume de sa main sur le tableau de bord, et Caro freina de surprise, envoyant valser tout ce qui était entreposé sur la banquette arrière ainsi qu'un vieux gobelet de café.

— Qu'est-ce qu'il se passe ? s'écria-t-elle.

— Pardon, s'excusa Elise, un peu honteuse. Je viens d'avoir une idée, c'est tout.

— Une idée ? Mes nouvelles chaussures sont imbibées de café froid ! Bon, à quoi tu penses ?

— Ça fait dix-neuf ans que Stuart Bennett a été condamné. Si ça se trouve, il est sorti de prison. C'est peut-être lui l'homme qui rôdait à Addison Gardens.

Caro se gara et lança une recherche sur sa tablette.

— Bien vu. Il a été relâché en conditionnelle le 14 décembre 2018, déclara-t-elle. Son adresse actuelle est un foyer d'accueil, à Paddington.

— Venez me voir à la réception, leur lança le gérant lorsqu'elles sonnèrent pour se présenter.

— Il y a un problème ? s'enquit Elise.

— Nous n'avons pas vu Stuart Bennett depuis une semaine. Il est parti vendredi dernier et n'a plus donné signe de vie. Il a même raté son rendez-vous avec son agent de probation.

Elise sentit son cœur s'emballer. Vendredi dernier, le soir du festival. Le soir où Charlie avait décidé de se planquer.

— Vous avez l'adresse d'un de ses proches ? L'un des résidents sait peut-être où il est ?

— On ne lui connaît aucune famille ni ami. C'est un solitaire. Il n'a d'ailleurs reçu qu'une seule visite depuis son arrivée ici.

— Un homme âgé ? s'empressa de demander Elise en pensant à Charlie.

Elle croisa les doigts.

— Non. Une jeune femme. C'était il y a deux semaines. Elle n'est pas restée longtemps.

— Où pourrait-il aller ? réfléchit Elise à voix haute lorsqu'elles repartirent. Il faut qu'on discute avec un enquêteur de l'époque.

L'un des policiers affectés à l'affaire d'Addison Gardens était encore en service, même si ce n'était plus pour très longtemps.

— Je pars à la retraite dans trois mois. J'ai hâte. Ce boulot a beaucoup changé, se plaignit-il quand Elise le contacta.

— Je n'ai que quelques questions. Je vous offre un café, si vous voulez. Je suis dans le quartier.

L'inspecteur Wicks avait déjà un petit déjeuner anglais complet devant lui, quand elles le rejoignirent. Caro se laissa tenter par la même chose et Elise murmura sa commande à la serveuse : toast d'avocat sur du pain complet et œuf poché. Lorsque son plat arriva, Wicks le regarda d'un air dégoûté.

— C'est quoi cette saleté ? demanda-t-il en gobant un œuf au plat.

— C'est bon pour la santé. C'est parce que je mange cette saleté que je vivrai plus longtemps que vous, plaisanta-t-elle.

Elle n'en était plus si sûre, pourtant.

— Bref… Comme je vous l'ai dit au téléphone, nous enquêtons sur le décès de Charlie Perry, que vous avez connu sous le nom de Charles Williams. J'aimerais en apprendre un peu plus sur l'agression dont ont été victimes sa fille et le petit ami de celle-ci.

— Une affaire horrible, affirma le policier en s'essuyant la bouche avec une minuscule serviette. Bennett était un monstre.

— Il est sorti de prison, précisa Caro.

— Ah bon ?

— Oui, et il a disparu. Personne à son foyer ne l'a revu depuis vendredi dernier.

— Eh bien, il retournera directement à sa place quand ils le choperont.

— Pensez-vous qu'il soit parti à la recherche de Charles Williams ? Y avait-il un lien entre eux ?

— Il a cambriolé sa maison, c'est le seul lien qui est apparu. Pourquoi ?

— Un homme s'est présenté à Addison Gardens aux environs de la date anniversaire du cambriolage, quelques jours après la libération de Bennett.

— Eh bien, non, nous n'avons jamais établi de relation quelconque entre eux.

Wicks se concentra sur son assiette.

— Mais vous avez étudié cette piste ?

Il leva la tête et acquiesça lentement.

— Ouais. Certains éléments de l'affaire me chiffonnaient. Les alarmes, pour commencer. Il y en avait plusieurs, et aucune ne s'est déclenchée. Sans les codes, Bennett aurait mis des heures à les désactiver. M. Williams a déclaré que sa fille savait où il les cachait : elle l'avait vu ranger la liste des codes dans le tiroir de son bureau et l'avait même grondé de ne pas les mettre sous clé. Il se peut qu'elle l'ait révélé à Bennett sous la torture. Mais impossible de lui poser la question. Elle est restée des semaines dans le coma. Et quand elle s'est réveillée, elle ne se rappelait plus rien à cause des séquelles.

— Oui, nous l'avons rencontrée. Pauvre fille.

— Ensuite, il manquait des objets de valeur et des bijoux ; or, nous n'avons retrouvé que l'ordinateur de M. Williams dans la planque de Bennett. Pour mon chef, Bennett s'était débarrassé du produit de son cambriolage dans des poubelles pendant sa fuite. C'était un toxico qui voulait se payer sa dose, pas un cambrioleur expérimenté, et il avait dérobé des biens difficiles à revendre pour lui. Nous avons fouillé les alentours, en vain. Il n'a rien lâché quand nous l'avons interrogé. D'après l'expertise psychologique requise par ses avocats, il était gravement traumatisé.

— Lui, traumatisé ? Et les victimes ? s'exclama Caro, scandalisée.

— Exactement. Le père s'est effondré quand je lui ai appris ce qu'il s'était passé, continua l'inspecteur Wicks. Il a vomi dans ma voiture.

Elise posa sa serviette en papier sur les restes de son repas.

— Où sont passés les objets volés, selon vous ?

— Aucune idée. Nous étions trop occupés avec le meurtre et la tentative de meurtre et, si mes souvenirs sont bons, c'est la compagnie d'assurances qui se chargeait de les rechercher. Je crois qu'ils ont trouvé un accord avec M. Williams au final. Je pourrais vérifier.

— Ça nous aiderait beaucoup, merci. Stuart Bennett a-t-il agi seul ? poursuivit Elise. Avait-il des complices ? Un receleur ? Des personnes avec qui il pourrait être encore en contact ?

— Rien n'indiquait l'implication d'un complice, affirma Wicks en sauçant son jaune d'œuf avec du pain. Mais les junkies et les marginaux ne manquaient pas dans le squat où il créchait. Il y avait même des enfants qui vivaient dans ce trou à rats. Nous les avons interrogés eux aussi, mais ça n'a rien donné. Je peux me replonger dans les dossiers si vous voulez.

Elise prit le volant pour le trajet de retour. Dans la circulation ralentie où les voitures avançaient pare-chocs contre pare-chocs, Caro consulta ses e-mails.

— J'ai des nouvelles du labo. Les résultats des analyses sur le contenu du sac de Charlie. Ils ont isolé ses empreintes et celles de l'ouvrier qui l'a rapporté. Et sur le téléphone, celle d'un pouce qui correspond à un certain Philip Golding. Il est fiché. Né en juin 1983. Il a un casier pour possession et distribution de cocaïne, et il a été arrêté plusieurs fois pour ivresse sur la voie publique.

— Qui est ce type ? Ça n'est pas le genre de fréquentations de Charlie Perry. Posons la question à Wicks.

Celui-ci ne mit pas longtemps à les rappeler avec les informations.

— Je l'ai trouvé, aboya-t-il dans le téléphone. Golding vivait aussi dans le squat. Il a été interrogé à l'époque mais ça n'a rien donné. Je vous transfère sa photo. Il doit sûrement être en train de se défoncer dans un parc en ce moment-même.

Malheureusement, non. Une rapide recherche sur la tablette de Caro leur apprit qu'une enquête venait d'être ouverte sur la mort de Phil Golding. Une déveine à bien des égards. Car c'était lui qui apparaissait sur les caméras de surveillance du centre de soins de Birdie.

54

Vendredi 30 août 2019
Elise

Ronnie se tenait devant sa porte, le regard tourné vers le haut de la grand-rue, lorsque Elise rentra enfin chez elle.

— Salut !

Sa voisine pivota et leva la main pour la saluer en retour, sans un mot.

— Tu attends quelqu'un ?

— Non. Je prends l'air, c'est tout, répondit-elle d'une petite voix.

— Ronnie ? Qu'est-ce qu'il se passe ?

— Rien, assura-t-elle en plaquant un sourire sur ses lèvres. La chaleur et Ted me fatiguent, c'est tout. Comment te sens-tu ?

— Bien, merci. Je reviens de Londres. Entre et prenons un thé.

Elise n'en avait aucune envie mais elle s'inquiétait pour sa voisine.

— Je branche la bouilloire, annonça-t-elle avant de se débarrasser de ses affaires sur le canapé. Sauf si tu préfères un verre de vin ?

Ronnie la suivit dans la cuisine et l'observa, appuyée sur le plan de travail, pendant qu'Elise sortait les verres, ouvrait une bouteille de Gavi et une autre d'eau pétillante. Elle fouilla dans le réfrigérateur à la recherche d'un bocal d'olives.

— Viens. Installons-nous dehors.

La table de jardin était recouverte de sel, de fientes de mouettes et de graines tombées d'une mangeoire à oiseaux. Les deux amies prétendirent ne rien remarquer.

— Alors, comment se passe le retour au bureau ? demanda Ronnie.

— Épuisant, répondit Elise en retirant ses chaussures et en remuant les orteils pour les détendre.

C'était la première fois qu'elle l'admettait devant quiconque. Les longues périodes de concentration l'avaient vidée de son énergie et son esprit avait dérivé durant d'importantes conversations. Caro avait bien vu sa fatigue, mais elle n'avait rien dit et s'était contentée d'envoyer ensuite par SMS les points principaux à Elise.

— Tu as peut-être repris trop tôt, avança Ronnie.

— J'espère que non. En tout cas, c'est un peu plus intense que nos recherches d'investigatrices en herbe.

— Ça me manque.

Ronnie siffla son verre de vin blanc.

— Je sais.

Elise avait conscience de l'avoir abandonnée comme une vieille chaussette et la culpabilité lui serra la gorge. Elle se demanda si elle avait conservé son tableau d'enquête dans sa cuisine.

— Tu dois être éreintée. Je ferais mieux d'y aller.

— Non, Ronnie, reste. Écoute, je ne serais pas contre discuter avec toi de certains éléments.

— Du genre ? s'enquit Ronnie en reniflant. En rapport avec l'affaire ?

— Oui.

Sa voisine écarquilla les yeux et s'empara de la bouteille de vin.

— Je sais qui a cherché à voir Birdie, la fille de Charlie, commença Elise. Un homme qui logeait dans le même squat que Stuart Bennett en 1999. Et dont l'empreinte a été prélevée sur un téléphone découvert dans le sac de Charlie.

Ronnie reposa son verre avec brusquerie. Elise reboucha discrètement la bouteille.

— Qui est-ce ? s'enquit Ronnie. Pourquoi est-ce que tu ne l'interroges pas ?

— Philip Golding… Et il est mort il y a trois semaines.

— Oh non ! s'écria-t-elle avant de gober une olive. Cause du décès ?

— J'attends le rapport de l'autopsie. Mais il était alcoolique et on l'a retrouvé mort sur un banc dans un parc. Donc, maintenant, je m'intéresse à Stuart Bennett.

— Qui est en prison.

— Non. Il est sorti. Et personne ne l'a vu depuis le week-end du festival.

— Tu penses qu'il pourrait être impliqué dans la mort de Charlie ? Quel fantastique retournement de situation ce serait !

— Tu sais que la plupart des enquêtes de police n'ont rien à voir avec les thrillers, n'est-ce pas ? On les résout en général grâce à un solide travail de terrain.

— Oui, oui. Alors, il pourrait être impliqué ?

— Nous l'ignorons. La police métropolitaine a émis un mandat d'arrêt à son encontre pour non-respect des termes de sa conditionnelle. Nous verrons bien ce que ça donne.

— Je parie que le numéro de Stuart Bennett est enregistré dans le portable de Phil Golding, marmonna Ronnie avant de s'adosser à son siège, les yeux fermés sous le soleil couchant.

55

Samedi 31 août 2019
Elise

Les élèves du cours de yoga du samedi matin se livraient à leur lutte habituelle d'installation de tapis, chacun désirant la place de choix devant la déesse d'une souplesse extrême qui s'apprêtait à les torturer. Elise aurait préféré transpirer au biking, mais ses cuisses n'étaient pas encore prêtes à cet effort. Elle patientait donc au bout du couloir, où les grandes asperges rôdaient toujours, sans la bonne tenue ni la bonne attitude. Elle ne possédait pas de legging avec brassière assortie, ni, à l'instar de Millie Diamond, les chaussettes antidérapantes. Elle remarqua cependant que malgré sa panoplie complète, Mme Diamond affichait un air maussade. Elle ne discutait pas avec la prof et ne s'adonnait pas non plus à des étirements ostentatoires, contrairement à ce qu'elle faisait d'ordinaire.

Elise s'assit sur un tapis qui sentait les pieds tandis qu'autour d'elle, on discutait de la mort de Charlie. La semaine précédente, il n'avait même pas eu droit à un aparté. Il n'y en avait eu que pour ce « festival de drogués » et la responsabilité de Pete Diamond – les commentaires s'échangeant suffisamment fort pour que Millie les entende. Cette dernière s'était contentée de serrer ses genoux dans ses bras et s'était balancée d'avant en arrière, comme en transe.

— Ils interrogent encore Pauline, déclara une femme en retirant son sweatshirt.

— Est-ce qu'ils vont l'inculper ? rebondit une autre, installée à côté d'Elise. Au pub, ils l'appellent « la Veuve noire ».

Elise concentra son attention sur les poils qu'elle avait ratés en se rasant les jambes. Pas sûr que ces femmes sachent qu'elle dirigeait l'enquête et hors de question d'intervenir dans la conversation.

Le tintement de la musique s'éleva, chacune fut priée de fermer les yeux et de se recentrer.

Elise s'y efforça mais son esprit bouillonnait. Le lien entre Charlie et Stuart Bennett lui embrouillait les idées. Dans quoi est-ce que saint Charlie d'Ebbing trempait ?

Elle tenait en tremblant la posture de l'arbre quand le reste de la classe s'allongea sous des couvertures pour la méditation. Quelqu'un se mit même à ronfler.

— Elise… c'est bien ça ? chuchota la déesse en s'approchant. Vous pourriez faire Savasana, maintenant, qu'en dites-vous ?

Elise acquiesça, se mit en position de relaxation et fit mine de se détendre avant de s'éclipser du cours aussi vite que la décence le lui permettait. Sitôt changée, elle prit la direction du bureau.

Dans la pièce sombre où elle les visionnait, les images granuleuses qui tressautaient lui alourdirent les paupières. Elise s'agrippa d'une main au dossier de la chaise de l'officier qui regardait les véhicules circulant à proximité de la propriété des Perry.

— Comment ça avance ? demanda-t-elle au sergent à la mine lasse, connu au poste pour sa consommation de thé et sa vessie en béton.

— Lentement, soupira-t-il avant de repousser sa tasse tachée par la théine. Il y avait des centaines de voitures sur la route ce week-end-là. C'était férié et il faisait beau. Tout le monde s'est précipité sur la côte et au festival de musique.

— Un cauchemar. Où se trouvent les caméras sur cette portion ?

— Il y en a trois. Une à la station Shell à la sortie d'Ebbing, une à l'entrée du parking en bas de l'allée qui mène aux Grands Chênes – c'est le propriétaire du terrain agricole du coin qui l'a installée parce que sa clôture avait été vandalisée. Et la dernière est à la ferme située à un kilomètre et demi de là. Je note les véhicules qui s'arrêtent avant.

— Et alors ?

— Rien en dehors du pick-up de M. O'Dowd.

Le policier changea d'écran pour montrer les images qu'il avait répertoriées de la camionnette du jardinier.

— Je travaille à rebours depuis dimanche.

— Qu'en est-il du parking ? On peut rejoindre la propriété à pied depuis là-bas ?

— Oui.

Il le fit apparaître à l'écran. Un bout de terrain poussiéreux avec une haie d'un côté et une clôture de l'autre.

— C'est plus petit que dans mon souvenir, commenta Elise. Il peut contenir quoi, une vingtaine de voitures ?

— À peu près. Mais cent soixante-trois véhicules y ont transité le dimanche. C'était une journée très chaude, il y avait beaucoup de familles et de promeneurs de chien. La caméra est positionnée trop haut pour filmer toute la zone, pas comme celles qui sont dirigées sur les plaques dans les parkings municipaux. Nous avons lancé une recherche sur toutes les immatriculations que nous avons pu lister.

— Très bien. Qu'en est-il des voitures arrivées après 20 heures ? Quand la nuit a commencé à tomber. Il n'y a pas de randonneurs à cette heure-là, si ?

— Ceux qui courent et ceux qui viennent se bécoter, répondit-il avec un sourire. Je viens juste de les passer en revue.

Elise tira une chaise pour s'asseoir.

— Montrez-moi.

— Celui-ci est arrivé à 23 h 41 le dimanche 25, expliqua le sergent en faisant un arrêt sur image sur un 4 × 4 noir. Il est reparti trente-six minutes plus tard. On ne voit pas la plaque à cause de l'angle de la caméra.

— Est-ce qu'on distingue le conducteur ou les passagers ?

— Regardez vous-même, dit-il en revenant sur l'autre écran.

Elise se pencha par-dessus son épaule et scruta la vidéo. Le parking n'était pas éclairé. La seule source lumineuse provenait des phares du véhicule qui se garait et ils éblouissaient la caméra. Puis la lumière de l'intérieur de la voiture s'alluma à l'ouverture de la portière.

— Qu'en pensez-vous ? On dirait qu'il n'y a que le conducteur.

Elise plissa les yeux et se concentra sur les ombres dans l'habitacle avant de voir une silhouette en sortir et refermer la portière.

— Homme ou femme ? demanda-t-elle. Je pencherais pour un homme. Il paraît peu probable qu'une femme seule se gare sur un parking obscur en pleine nuit.

— Oui, je penche aussi pour un homme. Il avait peut-être une envie pressante… Et pendant ce temps, une autre voiture débarque.

Un second véhicule apparut sur l'image, un break de couleur claire qui pénétra sur le parking cinq minutes après le 4 × 4.

— C'est peut-être une Volvo, on vérifie encore. En tout cas, il se gare dans le même coin, le plus loin possible de la route, et le conducteur sort à son tour. Ça ressemble à un rendez-vous nocturne, selon moi.

— Est-ce qu'on les voit regagner leurs véhicules ?

La vidéo granuleuse se poursuivit en silence.

— Là, c'est le conducteur du SUV, annonça le sergent en mettant sur pause. Il monte rapidement à bord et n'allume ses phares qu'une fois à la sortie du parking.

La voiture rejoignit la route, tourna en direction d'Ebbing, suivie quelques secondes plus tard par le break.

— A-t-on repéré ces véhicules en amont du parking ? Viennent-ils d'Ebbing ou de l'extérieur ?

— Le truc, c'est que ces SUV sont légion, c'est le genre de véhicule de riches qu'affectionnent les citadins, soupira de nouveau le sergent en ouvrant les vidéos des autres caméras.

— Je sais, mes voisins en ont un.

Elle avait d'ailleurs eu l'intention de leur faire remarquer qu'il obstruait la lumière chez elle quand ils se garaient devant sa fenêtre.

— Mais il y en a un de la même couleur qui passe devant la station Shell trois minutes avant celui qui pénètre dans le parking. Vous voyez ?

Une voiture noire roula à toute vitesse devant l'aire de stationnement à l'éclairage presque aveuglant. L'agent approchait son doigt de la touche d'avance rapide quand Elise l'interrompit.

— Revenez en arrière.

La voiture noire recula et s'arrêta.

— Regardez, dit-elle. Dans l'autre sens, c'est la camionnette blanche de Liam Eastwood. Il y a le logo de son entreprise dessus : un robinet qui fuit. Il a affirmé s'être rendu sur les lieux de l'incendie à l'ancien presbytère cette nuit-là. Rebasculez sur la vidéo du parking. Y avait-il une camionnette blanche ? Est-ce que lui aussi y était ?

Elise sentit son visage chauffer. Liam avait ramené Charlie chez lui deux soirs auparavant. Il savait où il se trouvait. Était-il revenu récupérer son argent ?

— Pas de camionnette blanche, chef. Mais il a dû voir ce SUV. Il a pu le reconnaître. Ça vaut le coup de lui poser la question. Je m'en occupe.

— Laissez-moi faire. Retracez le trajet de la Volvo et tenez-moi au courant, ordonna-t-elle en ramassant son sac sur la table.

Le téléphone sonna à l'instant où elle regagnait son bureau.

— Bonjour ! Je n'étais pas sûr que vous travailliez aujourd'hui.

L'inspecteur Wicks, de Londres, paraissait plus guilleret chaque fois qu'elle lui parlait.

— Difficile de me tenir à l'écart. Comme pour vous, apparemment.

— Corvée de paperasse, répondit Wicks. Bref, je revoyais les dossiers pour les mettre à jour. Je crois avoir mis la main sur un objet volé lors du cambriolage sur un site spécialisé. Un pilulier en argent. On avait programmé une alerte pour les biens dérobés, à l'époque, au cas où certains arriveraient sur le marché.

— Quand a-t-il été mis sur le site ?

— Il y a trois mois.

— Bennett était sorti depuis quelque temps à ce moment-là. Il pourrait être en train de vendre ce qu'il avait planqué avant son arrestation.

— C'est ce que j'ai pensé au début, mais c'est un peu compliqué. Il a été vendu par un antiquaire à Hambourg.

— Et lui, comment l'a-t-il obtenu ?

— Par un de ses concitoyens qui l'aurait hérité de son paternel. Il cherche les documents, mais il croit se rappeler que son père l'a acheté en novembre 1999. Quelques semaines avant le cambriolage.

— Avant ? Vous en êtes sûr ?

L'esprit d'Elise s'emballa.

56

Samedi 31 août 2019
Elise

Elise informa son sergent des derniers indices repérés sur les caméras de surveillance et de la découverte de l'inspecteur Wicks.

— Tu n'as pas chômé, dis donc, pour quelqu'un qui était censé faire du yoga, commenta Caro.

— J'en ai fait ! Mais ça me tracassait. Où es-tu ? Je veux interroger Liam Eastwood à propos du SUV noir et de ce qu'il fichait là-bas cette nuit-là.

— Chez moi. Je dois conduire ma fille à la danse.

— Ah.

Du point de vue d'Elise, c'était le pire des châtiments. Caro et elle avaient suivi des voies différentes après la grossesse de Caro. Lorsque Elise lui avait rendu visite à la naissance de son bébé, munie d'un cadeau et d'un ballon de félicitations déjà dégonflé, elle avait su aussitôt que le changement qui venait de s'opérer chez sa coéquipière était radical. Pour commencer, Caro avait serré Elise dans ses bras. Une première. Ensuite, elle s'exprimait et se mouvait avec une douceur inédite chez elle. Au travail, Caro était une boule de nerfs. « En acier trempé », ajoutait-elle en plaisantant. Ce jour-là, elle avait été incapable de se concentrer sur ce qu'Elise lui racontait à propos des enquêtes ou de l'équipe. Elise avait fait de son mieux pour ne pas porter de jugement.

« Est-ce que tu vas bien ? » avait-elle demandé à Caro, de retour de son congé maternité.

Elles étaient dans le vestiaire où elles s'étaient réfugiées après que Caro avait quitté précipitamment une réunion d'équipe suite à une remarque idiote sur l'allaitement.

« Qu'est-ce que tu crois ? Ce type a dépassé les bornes.

— Je confirme. Mais de là à t'enfuir ? Ce n'est pas ton genre. »

Enfin, ça ne l'était pas avant, songea-t-elle avant d'insister : « Que se passe-t-il ? »

Caro avait lâché un rire jaune.

« Tu n'en as pas la moindre idée, pas vrai ?

— Explique-moi. »

Et elle s'y était efforcée mais l'émotion étranglait sa voix. Jamais encore Elise ne l'avait vue pleurer, pas même lors de l'épisode du tampon-encreur. Elle avait tenté de la réconforter en lui tapotant le dos d'une main compatissante et maladroite.

« Pardon de pleurer sur ton épaule, s'était excusée Caro. Mais toi aussi tu serais au bout du rouleau si tu avais dû t'occuper d'une couche puante juste avant de sortir de chez toi. Jessie était en grenouillère. Quand je l'ai déshabillée, il y en avait partout. Sur elle, sur moi, sous mes ongles, dans mon sac. J'ai dû me changer de la tête aux pieds. Et après, je ne retrouvais plus mes clés.

— Quel cauchemar ! Tu es sûre de pouvoir assurer sur tous les fronts ? »

Ce n'était pas la chose à dire…

« Ne commence pas. C'est déjà bien assez difficile avec les collègues masculins. Ils m'appellent "maman" maintenant, tu as entendu ? Je ne suis pas leur foutue mère ! Je suis leur collègue, leur supérieure, même, pour certains. Je peux tenir le coup. Je dois juste m'organiser. Suivre ton exemple.

— Ça va se calmer, avait promis Elise. »

Et ça avait été le cas. Enfin, Caro s'était adaptée.

— Oh, puis tant pis ! s'exclama-t-elle soudain, ramenant Elise au présent. Mon homme peut s'en occuper pour une fois. Baz… Tu es de corvée de tutu ! Je pars.

À son arrivée chez Elise, elle était affamée mais celle-ci n'avait rien à lui proposer qui lui plaisait.

— Du halloumi ? De l'avocat ? Des noix ? Bon sang ! On dirait un lapin ! On s'arrêtera pendre un sandwich au jambon en ville pour faire le point. Voir ce que les gens d'ici racontent.

Doll Harman, derrière le comptoir, salua Elise d'un hochement de tête quand celle-ci s'installa sur un tabouret du Neptune. Elle laissa à Caro le soin de passer commande.

— Deux cocas et la carte, s'il vous plaît.

— Il n'y a rien à manger, signala Doll, d'un ton brusque. La cuisine est fermée. Je la fais nettoyer de fond en comble.

— Dommage, railla Caro. Deux sachets de chips alors. Saveur bacon.

— On ne vous voit pas souvent ici, lança Doll à Elise lorsqu'elle servit les boissons en ignorant ostensiblement Caro.

— Non, je n'étais pas très en forme.

— J'ai appris ça. J'en suis désolée, répondit-elle en lui offrant un sourire compatissant. Comment allez-vous, maintenant ?

Doll appuya sa poitrine sur le bar et la couva d'un œil bienveillant tandis qu'elles évoquaient les cancers du sein des femmes de leur connaissance, les prothèses mammaires, les essayages de soutiens-gorges et autres moments hilarants dans les vestiaires.

— Quand reprenez-vous le travail ? demanda Doll en balayant d'un air absent des miettes de chips sur le comptoir.

— J'ai repris cette semaine. Difficile de rester en retrait alors qu'il y a eu un décès dans ma ville.

— Ah, Charlie, marmonna Doll. Pour être honnête, j'ai toujours cru que l'alcool le tuerait. Il buvait des brandys au déjeuner ! C'est de la folie. Dave devait le sortir quand il commençait à être désagréable.

— Il était toujours si adorable quand je le croisais, pourtant…

— C'est ce que nous pensions tous, mais nous avons vu une autre facette de lui, un jour. Il s'en est pris à Dave. Il a juré comme un charretier. Et il s'est montré très grossier avec moi.

— Vraiment ?

— Il a dit que j'étais casse-bonbons parce que je ne voulais pas laisser Dave investir son épargne-retraite dans je ne sais quel projet. C'était une idée complètement insensée. J'y ai tout de suite mis le holà. J'ai rappelé à Dave que c'était l'argent de nos vieux jours. Nous envisageons d'acheter une maison en Espagne, où nous pourrons boire des gin-tonics toute la journée, allongés sur des transats.

— Ça fait rêver.

— N'est-ce pas ? Je crois en tout cas qu'on l'a échappé belle. Pas comme d'autres.

Bingo !

— C'est sûr. Bien, nous devons y aller, lança Elise en se laissant glisser au sol pour descendre du tabouret. C'était sympa de discuter avec vous.

— Oui, répondit Doll avec un sourire. Revenez quand vous voulez.

— Il était bien retombé dans ses vieux travers ! Je me demande si c'était son premier essai à Ebbing, médita Elise lorsqu'elles sortirent du pub. Bon sang, Doll Harman te déteste vraiment.

— Elle me détestera encore plus quand je repasserai les menottes à son fils, répliqua Caro. Mais peu importe. Puisque Dave n'a pas confié son argent à Charlie, qui d'autre à Ebbing est suffisamment riche pour se faire escroquer ?

— Pete Diamond ? Les commerçants de la ville, par exemple ceux qui tiennent le Lobster Shack, les Greene ? Nous pourrions aller leur rendre une petite visite après avoir vu les Eastwood.

— Il va falloir se dépêcher. Baz va me tuer si je ne suis pas rentrée pour la balade au zoo. J'ai promis de ne m'absenter que deux heures.

Elles s'installaient dans la voiture de Caro quand Ronnie surgit de chez elle et leur fit signe.

— Elise, tu es au courant ? La police était chez tes voisins tout à l'heure. Une noyade. Il paraît que c'est le mari. Val a entendu dire que le garde-côte avait reçu un appel ce matin aux aurores au sujet d'un nageur qui aurait disparu et d'une pile de vêtements abandonnés sur la plage.

— Sérieusement ? s'étonna Caro en vérifiant sur son téléphone. Merde ! Oui, à 7 heures ce matin. Qui va nager aussi tôt ? Est-ce que c'est lui ?

Caro montra à Elise et à Ronnie sur son écran la photo d'un bel homme en caleçon de bain ridicule.

— C'est bien Kevin Scott-Pennington, confirma Elise. Sa famille et lui viennent presque tous les week-ends.

— Il ignorait peut-être qu'il y avait des contre-courants, avança Ronnie.

57

Samedi 31 août 2019
Dee

Elise et l'inspecteur Brennan sont venues interroger Liam. Je devine que la situation est un peu gênante pour Elise, mais c'est ce que je fais tous les jours : agir comme si je ne connaissais pas les gens quand je les rencontre dans un contexte inhabituel.

— Monsieur Eastwood, commence-t-elle.

Elle s'exprime différemment quand elle tient son rôle d'enquêtrice. Sa voix est plus profonde.

— Votre camionnette a été repérée sur des images de vidéosurveillance et nous souhaiterions vous poser quelques questions sur vos déplacements.

— Je croyais que nous avions déjà éclairci tout cela, rétorque Liam. Je vous ai expliqué que j'avais reconduit Charlie chez lui, le vendredi soir.

— Oui, en effet. Toutefois, nous aimerions maintenant vous entendre sur le dimanche.

— J'étais à l'entraînement de foot de Cal. Je vous l'ai déjà raconté, ça aussi.

— Oui, et nous avons vérifié auprès des autres parents qui ont confirmé votre présence. Mais plus tard dans la journée ?

J'essaie de ne pas retenir mon souffle.

— Vous avez déclaré être resté à l'ancien presbytère pendant toute la durée de l'incendie, et ce jusqu'à l'aube du lundi.

— Et c'était le cas !

— Pourtant, votre camionnette a été filmée devant la station Shell le dimanche soir, un peu avant minuit.

Liam la dévisage, l'air ébahi. Je déteste quand il fait cette tête d'empoté.

— Vers minuit ? répète-t-il. C'est impossible. Je suis allé à pied au presbytère. J'avais bu quelques bières, alors je n'ai pas voulu prendre le volant. Et je suis rentré à 1 h 30. Je t'ai réveillée, pas vrai, Dee ?

— Pouvez-vous confirmer, madame Eastwood ? demande Elise en me regardant droit dans les yeux.

Son « madame Eastwood » me prend au dépourvu. J'ai l'impression qu'elle s'adresse à ma belle-mère.

— Oui…

— Il doit y avoir une erreur, renchérit Liam. Ma camionnette était garée devant la maison quand je suis parti et quand je suis revenu.

Après le départ d'Elise et de sa collègue pour « poursuivre leurs investigations », je me tourne vers Liam et l'agrippe par le bras.

— Pourquoi m'as-tu mêlée à cette histoire ? Je dormais quand tu es rentré. Tu m'as tout raconté le lendemain matin.

— Pour qu'ils arrêtent de poser des questions idiotes. J'ai eu peur de ne pas avoir dit ce qu'il fallait. Comment peuvent-ils avoir vu ma camionnette ? Ils doivent se tromper de jour. Ces caméras ne sont pas fiables.

J'acquiesce.

— En tout cas, quelqu'un se trompe.

Elise et l'inspecteur Brennan reviennent une demi-heure plus tard. Liam et Cal sont en train de jouer au foot au parc.

— Il n'est pas là, dis-je en ouvrant la porte.

— Ce n'est pas grave, rétorque Elise. C'est à vous que nous voulions parler. Nous avons vérifié la vidéo, madame Eastwood, et il s'agit bien de la camionnette de votre mari. Nous avons cependant des difficultés à obtenir une image claire du conducteur. Vous êtes la seule autre personne à avoir accès à ses clés. Est-ce qu'il pourrait s'agir de vous ?

— J'en doute. J'étais au lit. Êtes-vous sûre de de la date ?

— Absolument.

— Eh bien… Il m'arrive d'aller jusqu'à la station ou au grand supermarché pour acheter des biscuits pour le déjeuner de Cal, quand j'ai oublié d'en prendre, c'est vrai. Les deux sont ouverts toute la nuit.

— Pourquoi ne pas l'avoir dit plus tôt ?

— C'est à Liam que vous avez posé la question. Et puis je ne me souviens pas de chaque fois où je vais au supermarché. Pourquoi voulez-vous le savoir, d'ailleurs ?

— Nous examinons tous les véhicules qui sont passés devant les Grands Chênes dimanche soir. Et nous interrogeons tous les conducteurs qui auraient pu y voir quelque chose ou quelqu'un de suspect dans les alentours.

— Je vous en aurais parlé si ça avait été le cas.

— Naturellement. Pourriez-vous tout de même vérifier si vous avez fait des achats à la station ou au supermarché cette nuit-là ? C'est important, vous comprenez ?

— Bien sûr, Elise. Pardon, inspecteur King. Je veux tout faire pour vous aider.

58

Samedi 31 août 2019
Toby

Saul bouclait les valises pendant que Toby se perdait dans la contemplation de son café.

— On dépasse le poids autorisé, alors j'enlève quelques pulls. Tu as ta veste beige s'il fait plus frais le soir. Tu pourras la porter dans l'avion ?

Toby hocha la tête sans vraiment savoir à quoi il consentait. La situation était moins tendue entre eux depuis leur dispute au sujet de ses promenades en solitaire la semaine dernière. Saul était devenu hystérique, il l'avait accusé d'avoir un amant, même s'il savait pertinemment que ce n'était pas son genre. Ça ne l'avait jamais été. Toby était un homo discret dans la ville d'Essex où il avait grandi. Saul avait été son coup de foudre. Un regard échangé à une soirée avait suffi. Et pas une fois il ne s'était égaré.

Pour le rassurer, Toby avait pris son mari dans ses bras en lui jurant qu'il n'y avait personne d'autre.

— Je t'aime. Je suis un peu stressé, avec tout ce qu'il se passe en ce moment, c'est tout.

— Qu'es-tu allé faire chez les Perry, alors ? avait demandé Saul, sa voix étouffée contre l'épaule de Toby.

Tout son corps s'était crispé.

— Je… Je n'ai pas…

— Si. Arrête les mensonges maintenant. Tu me dois bien ça.

Saul avait plongé ses yeux dans les siens, le visage baigné de larmes. Toby avait resserré son étreinte pour se soustraire à son regard.

— Je suis juste allé me promener là-bas pour m'éclaircir les idées, avait-il murmuré à l'oreille de son mari.

— Mais tu détestes marcher…

— J'ai eu besoin de souffler un peu. Je suis allé en voiture jusqu'au parking près du sentier.

Il n'aurait pas cru qu'il le convaincrait avec cette explication, pourtant Saul avait été soulagé ; il pouvait reprendre les préparatifs du voyage.

Toby voulait tout annuler, mais Kevin lui avait conseillé de ne pas changer ses plans.

— Ne faites rien qui attire l'attention. C'est une bonne chose d'être à l'étranger.

Malgré cela, il songeait encore à avouer. *Nous n'avons pas assez d'argent pour avoir un bébé, Saul. Nous n'avons plus un rond.* Il avait répété son texte devant son cappuccino dont la mousse s'affaissait petit à petit. Il fallait qu'il lui parle maintenant. *Maintenant.*

— Saul, réussit-il à dire avant que les mots ne refusent de sortir.

— Quoi ? Tu n'as toujours pas terminé ton café ? Il est 14 h 30 ! Je ne suis jamais allé dans le salon VIP à Heathrow. Tu imagines tout ce champagne gratuit ! Je vais peut-être même demander un massage. Allez, dépêche-toi !

Extirpé de sa chaise, Toby plongea tête la première dans son pire cauchemar.

— Saul, tenta-t-il de nouveau, dans un murmure.

Son mari ne l'entendit pas. Il était déjà sur le seuil de la porte et tirait les valises toutes neuves dans le couloir en riant.

Toby ne se rappelait pas quand il avait ri pour la dernière fois. Ou dormi. Il avouerait tout sur place. C'était trop tard, là. Oui, il lui parlerait à Los Angeles, dès le premier soir. Il lui dirait que leurs projets devaient être revus. Au fond de lui, Toby savait qu'il n'en ferait rien. Comment le pourrait-il ? Comment expliquerait-il la perte de l'argent ? Ce qu'il en avait fait. Pourquoi il ne pouvait pas le récupérer.

C'était sa faute. Il n'aurait jamais dû réserver les vols. Il avait attiré le mauvais œil sur eux en prenant deux billets en première classe pour Los Angeles. En juin, il avait reçu une offre promotionnelle incroyable. Les fonds nécessaires pour les payer devaient arriver à temps grâce à cet investissement qui allait lui rapporter gros. Non, il n'aurait jamais dû les acheter.

Le problème, c'est qu'il était prêt à faire n'importe quoi pour rendre son mari heureux. Et ce que Saul désirait par-dessus tout, c'était un enfant.

« Ça nous complètera », lui avait-il affirmé le jour de l'anniversaire de Toby, un an auparavant, alors qu'ils étaient allongés dans leur lit.

Au début, Toby avait été enthousiaste.

« Une famille… J'adorerais ça. »

Ça signifiait adopter ou trouver une mère porteuse, et il avait pensé à sa sœur. Ou à une ancienne copine d'école de Saul.

« Nous pourrions demander à Joanie », avait-il proposé.

Saul s'était esclaffé.

« Hors de question que notre bébé ait l'ADN de Joanie. Tu ne connais pas ses parents… De toute façon, on ne va pas faire ça n'importe comment. Si on peut s'offrir de la chirurgie esthétique, on peut se payer les cliniques spécialisées aux États-Unis. C'est là qu'il faut aller. Ce sont les meilleures. »

Lorsque Toby avait commencé à se renseigner, les tarifs l'avaient estomaqué.

« Ça coûte plus de cent mille livres.

— Il s'agit de notre enfant. Ça n'a pas de prix. Tu verras. »

Toby avait donc pris les billets. Sans en souffler mot à Saul. Il voulait lui offrir un moment d'exception : la limousine qui se gare devant chez eux, les bagages préparés discrètement par ses soins, une bouteille de champagne qui les attendait dans la voiture. Il avait passé des heures à peaufiner chaque détail. Il avait hâte de voir l'expression de Saul quand il découvrirait le chauffeur et de partager sa joie quand il apprendrait à son mari où ils se rendaient. Il serait l'homme le plus heureux de la planète. Malheureusement, Saul était seul à la maison lorsque la compagnie aérienne avait téléphoné pour un complément d'informations, et Toby avait dû tout lui révéler. Enfin, presque tout. Saul avait été conquis.

Sauf que l'argent promis n'était jamais arrivé. Puis Charlie Perry était devenu fuyant.

La limousine garée le long du trottoir était un monstre noir et lustré qui aurait pu transporter toute une classe de terminale à son bal de promo.

Toby prit sa veste qui contenait les cartes d'embarquement et sortit sous le soleil. Saul était déjà installé sur la banquette en cuir, une flûte à champagne à la main, l'œil sur les petits biscuits au fromage, quand une voiture s'arrêta à leur hauteur. Deux femmes en descendirent.

— Monsieur Greene ? Nous sommes de la police, déclara l'une d'elles.

Toby se laissa tomber sur le trottoir. Le chauffeur jaillit de son siège et contourna l'avant de son véhicule au moment où les deux femmes le rejoignaient.

— Vous allez bien, monsieur ? demanda-t-il en s'accroupissant à côté de lui pour l'éventer avec sa casquette.

Toby ne parvenait plus à respirer. Il ne le voulait plus. Il ferma les yeux et s'affala.

Saul se mit à crier.

— Oh, mon Dieu ! Que lui arrive-t-il ? Toby ? Parle-moi !

La femme qui l'avait interpellé s'agenouilla à son tour près de lui.

— Il a le teint pâle, annonça-t-elle en vérifiant son pouls. Monsieur Greene. Toby. Je suis l'inspecteur Brennan. Pouvez-vous ouvrir les yeux ? Dites-moi si vous avez mal quelque part.

Toby battit des paupières et porta la main à sa poitrine.

— De l'air, gémit-il dans un sifflement.

— Une ambulance, vite !

L'autre femme était déjà en train de contacter les secours par radio.

— Pouvez-vous nous apporter une couverture ou un coussin ? demanda Brennan à Saul qui s'affolait autour d'eux comme une abeille dans un bocal.

Toby n'avait pas besoin de couverture : le soleil cognait fort sur sa peau, cherchant seulement à se débarrasser de son mari pendant cinq minutes pour qu'il puisse se calmer en attendant l'équipe médicale. Saul courut à l'intérieur en pleurant. Il revint avec un jeté de lit sur lequel était brodé *CÂLINS*.

— C'est tout ce que j'ai trouvé. Nous n'avons que des couettes. Oh, Toby ! Ne m'abandonne pas !

Les secouristes installèrent Toby à l'arrière de l'ambulance et Saul les implora de le laisser l'accompagner. Au moment où les portières se refermaient, Toby entendit le chauffeur expliquer qu'il devait les conduire à l'aéroport pour prendre un vol à destination de Los Angeles.

— Je dois les suivre jusqu'à l'hôpital, à votre avis ? Leurs bagages sont dans le coffre.

— Franchement, je n'en sais rien, répondit une des policières. Mais il me semble peu probable que M. Greene voyage aujourd'hui.

59

Samedi 31 août 2019
Elise

Elles durent sonner deux fois avant qu'on ne leur ouvre la porte. Elise avait convaincu Caro de l'accompagner pour cette visite.

— Un riche homme d'affaires s'est évaporé en laissant ses vêtements sur la plage. Un vrai cliché, non ? Il faut vérifier s'il avait des problèmes financiers.

— Rapido, alors.

L'épouse du disparu était encore en chemise de nuit et ses yeux gonflés donnaient l'impression qu'elle avait pleuré pendant des heures.

— Madame Scott-Pennington ? Pouvons-nous entrer un instant ?

— Vous l'avez retrouvé ? demanda Janine dans un hoquet.

— Pas encore, j'en ai peur, répondit Elise à sa voisine qui s'efforçait visiblement de la remettre.

— Je vous connais, bredouilla Janine.

— En effet, j'habite à côté. Au numéro 5. Je suis l'inspecteur principal King. Je suis navrée pour votre mari.

— Je ne comprends pas. Kevin est un bon nageur. Il va se baigner tous les jours. Comment est-ce que ça a pu arriver ? Je viens de prévenir sa mère, elle est effondrée.

Dans la cuisine, Caro l'aida à s'asseoir.

— Votre mari avait-il des soucis ? poursuivit Elise en prenant un tabouret et son calepin. Un poids sur le cœur qu'il vous aurait confié ?

— Non ! Enfin, il était très occupé par le travail. Il devait gérer le refinancement d'un gros projet en ce moment. Il développe une nouvelle technologie numérique pour le secteur bancaire.

— Je vois. Pardon d'être aussi directe, madame, mais quand vous parlez de « refinancement », vous voulez dire que votre mari avait des problèmes d'argent ?

— Il ne s'est pas suicidé ! s'écria Janine en comprenant où elle voulait en venir. Kevin ne ferait jamais ça. Il avait trouvé une solution.

— Mais il rencontrait bien des difficultés financières… ?

Janine s'affaissa sur sa chaise avant de hocher la tête.

— Kevin connaissait-il Charlie Perry ?

— Charlie Perry ? répéta-t-elle d'une voix aiguë. Pourquoi cette question ?

— Il semblerait que M. Perry ait offert des stratégies de placement à plusieurs habitants de la ville. Il invitait les clients du Neptune à investir dans un projet. Peut-être votre mari en faisait-il partie ?

— Mon mari ne suit pas les conseils de comptoir, s'emporta Janine. C'est un professionnel. Un homme qui excelle dans son domaine.

— Bien entendu. A-t-il pris son téléphone avec lui ?

— Non, il l'a laissé ici en partant. Ce qui est étrange. Il le garde tout le temps à portée de main d'ordinaire.

— Si vous le voulez bien, nous allons en avoir besoin pour savoir avec qui il a été en contact avant sa disparition.

— Cela fait des semaines qu'il s'éclipse sans rien dire, gémit-elle en se tamponnant les yeux avec un mouchoir. Nous avons connu une période un peu tendue, entre nous. Il prétendait aller nager, or son maillot et sa serviette n'étaient pas humides quand il rentrait. J'ai vérifié. J'ai pensé qu'il pouvait y avoir une autre femme, mais qui ? On est à Ebbing, pour l'amour du ciel !

— Vous êtes-vous disputés à ce sujet ? interrogea Elise.

— J'ai essayé de lui parler mais il n'y avait rien à en tirer. Il restait devant son ordinateur pendant des heures.

— Pourrions-nous l'examiner, en même temps que son téléphone ? avança Caro.

Janine alla récupérer le portable et l'ordinateur dans une autre pièce. Elle revint, suivie de deux jeunes ados encore en pyjamas, en larmes eux aussi.

— Voici mes enfants. Ils sont bouleversés. Nous le sommes tous. Mes parents vont venir les chercher.

— On ne va pas te laisser, sanglota sa fille tandis que son fils jetait ses bras autour de sa taille.

— Connaissez-vous son mot de passe ? s'enquit Elise.

— Non, soupira Janine.

— Moi oui, intervint le garçon tout bas. Papa me laisse utiliser son ordi pour jouer à des jeux vidéo de temps en temps.

Caro nota sur son calepin ce que l'adolescent lui dicta.

— Merci beaucoup. Nous reviendrons vers vous dès que nous aurons du nouveau, assura Elise en se levant pour partir. Inutile de nous raccompagner.

Alors qu'elles franchissaient le seuil de la maison, Caro marmonna :

— Du refinancement ?

Ça sent le Charlie Perry à plein nez.

60

Samedi 31 août 2019

Toby

Pour la première fois depuis des semaines, Toby se sentait en sécurité. Des gens bienveillants s'occupaient de lui, lui posaient des questions auxquelles il pouvait répondre sans avoir à surveiller ses paroles. Saul se tenait près du lit, blanc comme un linge. Il lui chuchotait qu'il l'aimait en lui prenant la main chaque fois qu'on les laissait seuls.

Finalement, le médecin vint lui annoncer que, même s'il attendait encore des résultats pour le confirmer, Toby avait probablement fait une crise d'angoisse.

— Ça vous est déjà arrivé ? Êtes-vous soumis à une grosse pression en ce moment ?

Toby voulut s'esclaffer, mais le rire qui s'échappa de sa gorge sortit comme un cri. Le médecin hocha la tête d'un air compatissant.

— Attendons le résultat des derniers examens. D'ici là, reposez-vous.

— Nous sommes censés prendre l'avion pour les États-Unis, intervint Saul, avec un œil interrogateur à Toby qui acquiesça.

— À quelle heure ? demanda le médecin.

— 18 h 30, lança Saul en consultant sa montre. Nous avons procédé à l'enregistrement en ligne mais il faut encore passer les contrôles de sécurité et tout le reste.

Le médecin soupira et se tourna vers Toby.

— Je pense qu'il serait plus avisé de modifier vos projets.

— C'est une bonne idée, croassa Toby. Je me sens encore faible.

Saul déposa un baiser sur son front et alla passer les coups de fil nécessaires dans le couloir.

— Nous avons une assurance-annulation, dit Toby à l'infirmière qui réglait son moniteur cardiaque. Ça devrait aller…

— Ne vous en préoccupez pas et essayez de vous détendre, répondit-elle avec un sourire.

Une heure plus tard, Toby finissait de s'habiller pour rentrer chez lui quand Saul tira le rideau d'intimité d'un geste brusque.

— Je viens d'attendre une plombe au téléphone en écoutant « Fly Me To The Moon » pour avoir la honte de ma vie ! éructa-t-il. Ma carte a été refusée par la compagnie aérienne et la banque affirme que nous sommes à découvert sur tous nos comptes. Comment est-ce possible ?

Toby tenta de se mettre debout et leva une main pour parer l'attaque.

— Je ne me sens pas bien, Saul.

— Je m'en fous, siffla son mari en ses dents. Où est l'argent pour notre bébé ?

On dut lui administrer de nouveaux sédatifs après le départ de Saul, et Toby errait dans une brume moite lorsque les inspecteurs Brennan et King apparurent au pied de son lit, tels deux anges de la mort.

— Monsieur Greene ? l'aborda Brennan en douceur.

— Oui ? murmura-t-il en essayant de se rappeler où il était.

— Comment vous sentez-vous ?

Le moniteur cardiaque à son chevet commença à s'animer. Il se força à respirer lentement.

— Vous avez meilleure mine que la dernière fois où je vous ai vu.

— Merci de vous être occupée de moi, parvint-il à articuler.

— Nous sommes là pour ça, affirma-t-elle avec un sourire. Entre autres choses.

Toby prit de nouveau une profonde inspiration.

L'inspecteur King s'approcha sur le côté.

— Monsieur Greene, nous souhaitons vous interroger dans le cadre de l'enquête sur le décès de Charlie Perry. Je crois comprendre qu'il proposait à certains habitants d'Ebbing d'investir dans un projet. Faisiez-vous partie de ses investisseurs ?

Le moniteur s'emballa soudain et une infirmière accourut.

Elle aida Toby à se rallonger et coupa le son de l'appareil.

— Je suis désolée, M. Greene n'est pas en état de discuter pour le moment. Pourriez-vous revenir plus tard lui poser vos questions ?

Sans un mot, l'inspecteur King observa leur interlocuteur, puis acquiesça. À son expression, elle sut qu'elle détenait déjà toutes les réponses.

61

Dimanche 1er septembre 2019
Elise

Dès le matin, Elise avait appelé l'hôpital pour prendre des nouvelles de Toby Greene et avait appris qu'il venait de sortir, raccompagné par un ami. Elle s'était alors habillée. Après une lutte acharnée avec son soutien-gorge et cette stupide prothèse qui n'arrêtait pas de glisser, elle décida de l'abandonner par terre. Elle n'avait pas de temps à perdre : hors de question de laisser quelqu'un d'autre disparaître dans cette affaire, dont elle portait la responsabilité.

Au Lobster Shack, le remplaçant des Greene indiqua l'arrière du restaurant à Elise tout en lui racontant :

— Je suis allé le chercher ce matin. Il a été autorisé à rentrer chez lui mais il ne va pas bien. Ils ont eu une terrible dispute avec Saul, et ce dernier est parti.

Toby était installé dans la cour du restaurant, les épaules voûtées, croulant sous le poids du monde. Il tenta de se lever quand il vit l'inspecteur mais ses jambes se dérobèrent sous lui.

— Bonjour, commença Elise en notant les cernes bleus sous ses yeux et sa coiffure, si sophistiquée d'ordinaire, tout aplatie. Comment allez-vous, aujourd'hui ?

— Pas bien, souffla-t-il d'une petite voix.

Pareil, eut-elle envie de répliquer. Elle avait passé une mauvaise nuit ; les démons du cancer étaient venus la hanter, l'avaient empêchée de trouver le sommeil et l'avaient abandonnée avec le sentiment de tanguer au bord du précipice, sur le point de chuter. Mais Elise refusait de se laisser abattre.

— Je dois vous interroger au sujet de Charlie Perry. Vous sentez-vous capable de me répondre ?

Il hocha la tête et la conduisit à l'étage.

— Étiez-vous en affaires avec M. Perry ? demanda Elise dès qu'ils furent assis autour de l'îlot central de la cuisine.

Il lâcha un rire muet.

— On peut dire ça, marmonna-t-il. Charlie m'a volé jusqu'au dernier penny. Il a tout pris.

— De quelle manière ?

— Une escroquerie, soupira Toby. On croit que le risque ne vient que des e-mails de faux princes nigérians et des appels téléphoniques bidon de Microsoft, mais il lui a suffi de s'accouder au comptoir de mon restaurant et de m'assurer qu'il pouvait m'aider à réunir les fonds nécessaires pour notre bébé par mère porteuse. J'ai investi mon argent dans un projet qu'il prétendait avoir monté avec des amis de la City. Sa « fine équipe », comme il disait. Le premier coup, ça a payé.

— Et pas le suivant ?

— Non.

— Quand avez-vous vu Charlie Perry pour la dernière fois ?

Il leva les yeux au plafond pour réfléchir.

— C'était il y a des semaines. Je l'appelais tous les jours et il me répétait que l'argent allait arriver, qu'il y avait eu un léger contretemps, que c'était en bonne voie. Ensuite il n'a plus décroché. Je suis allé à plusieurs reprises chez lui pour lui parler mais personne ne m'a ouvert.

— Ce devait être extrêmement frustrant, commenta Elise. Connaissez-vous Kevin Scott-Pennington ?

Toby déglutit avec difficulté.

— Scott-Pennington… Il a une maison sur la grand-rue, non ? Il vient parfois au restaurant.

— Nous pensons qu'il a lui aussi été escroqué par M. Perry.

Toby fuit le regard d'Elise.

Mieux vaut pour lui qu'il ne joue pas au poker, songea-t-elle.

— Je ne sais pas, répondit-il lentement, comme s'il doutait d'être capable d'enchaîner les mots. Vous devriez lui poser la question.

— J'ai bien peur que ce ne soit pas possible. M. Scott-Pennington a disparu lors d'une baignade en mer, hier.

Toby se prit la tête entre les mains.

— J'aimerais poursuivre cette conversation au poste, monsieur Greene. Et aussi examiner votre téléphone.

La salle des opérations bourdonnait d'activité lorsque Elise y entra avant l'interrogatoire. Les plus jeunes agents se hâtèrent de se lever en faisant crisser leurs chaises, Atkins, elle, lui sauta presque dessus.

— Le mari de Toby Greene nous a contactés, annonça-t-elle. Il affirme que Toby a donné tout leur argent à Charlie Perry et qu'il se rendait régulièrement chez les Perry en voiture. Il avait installé un traceur sur son portable car il le soupçonnait d'avoir une liaison. Nous avons récupéré les données et il s'avère que certains jours, il a effectué le trajet quatre fois.

— Quel modèle conduit-il ? l'interrompit Elise. Un SUV noir ?

— Non, c'est un break Volvo, de couleur argentée.

Elise esquissa un sourire. Ils chauffaient.

— Très bien, qu'on procède à l'examen de ce véhicule, et vite. M. Greene corrobore cette partie de l'histoire : il a été escroqué de plusieurs milliers de livres par Charlie Perry et il a tenté à de nombreuses reprises de lui en toucher un mot, sans succès. Saul Greene a-t-il ajouté quelque chose ? Sur le comportement de Toby ?

Le souffle d'excitation de Susie Atkins retomba un instant.

— Heu… qu'il était distrait. Attendez, à propos des données du téléphone : Toby Greene a continué de se rendre chez Charlie Perry après l'annonce de sa disparition. Moins souvent, mais il a fait des allers-retours là-bas du samedi matin jusque dans la nuit de dimanche à lundi. Puis il a arrêté.

— Fantastique, allons lui poser quelques questions à ce sujet. À quelle heure a eu lieu sa dernière visite ?

— 23 h 51.

— Excellent. Venez avec moi Atkins. Et qu'on informe l'équipe en charge des bandes de vidéosurveillance de ce nouvel élément.

Quand elle pénétra dans la salle d'interrogatoire, Elise remarqua que l'omniprésent Me Grimes paraissait bien moins rougeaud assis à côté de son nouveau client. Ni petites tapes sur les genoux ni regards échangés aujourd'hui. Toby Greene avait le teint de la même couleur que les murs : beige terne. Elise espéra qu'il n'allait pas encore défaillir.

— Pourquoi êtes-vous allé quatre fois par jour chez les Perry la semaine précédant le festival de musique, monsieur Greene ?

— Pas… pas autant, bégaya Toby. Comme je vous l'ai dit, je voulais parler à Charlie Perry. Pour savoir ce qu'il avait fait de mon argent.

— Même après sa disparition ? Car vous avez continué à vous rendre chez lui, n'est-ce pas ? Nous savons que votre dernière visite remonte aux alentours de minuit la nuit de dimanche soir, le 25. Quelques heures à peine avant la découverte du corps de M. Perry.

— Non, c'est faux. Je n'y serais pas allé aussi tard..., s'étrangla-t-il, la gorge sèche.

— Nous savons également que vous avez cessé d'appeler sur son portable dès le dimanche après-midi. Pourquoi cela, monsieur Greene ?

Toby tenta un haussement d'épaules innocent mais il était si tendu qu'on aurait cru qu'il avait reçu une décharge électrique.

— J'ai abandonné. Il était évident que ça ne servait à rien, expliqua-t-il d'une voix rauque avant d'attraper le gobelet en plastique posé devant lui.

— D'où vous venait cette certitude ? Était-ce parce que vous l'aviez retrouvé ?

— Non, gémit-il. Je ne sais plus.

Le sergent Atkins sortit une feuille de son dossier.

— Laissez-moi vous rafraîchir la mémoire : voici des données qui indiquent que vos trajets réguliers duraient maximum quinze minutes porte à porte. Cependant, le dimanche, vous avez modifié votre routine. Vous n'êtes pas allé en voiture jusqu'à la caravane. Vous êtes arrivé sur le parking près de la propriété des Perry à 17 h 10, et reparti quarante-deux minutes plus tard pour revenir au Lobster Shack. Vous avez ensuite de nouveau effectué ce trajet à 23 h 51. Cette fois, pour trente-six minutes, selon les enregistrements.

— Des enregistrements ? Des données ? s'exclama Toby, stupéfait par l'abondance de détails. De quoi parlez-vous ?

— Des images de caméras de surveillance. Ainsi que d'une application de traçage sur votre téléphone, expliqua Elise.

— Saul.

Toby se liquéfia devant elles.

— Quel était l'objectif de ces deux dernières visites ? poursuivit Elise en poussant une boîte de mouchoirs vers Toby. Qui conduisait le SUV noir qui est arrivé en même temps que vous ? Qu'avez-vous fait à Charlie ?

Tout le corps de Toby Greene se mit à trembler et Me Grimes posa une main sur son bras.

— J'aimerais m'entretenir un instant seul à seul avec mon client, commença-t-il, mais ce dernier l'interrompit.

— Nous ne l'avons pas tué. Il était mort quand nous l'avons trouvé.

— Nous ? répéta Elise.

Pourtant elle connaissait déjà la réponse. La vue à sa fenêtre sur la grand-rue avait plusieurs fois été gâchée par l'énorme véhicule.

— Kevin et moi.

— Kevin ?

— Scott-Pennington. Nous avons tous deux été arnaqués par Charlie.

— Charlie Perry était-il blessé à la tête, à votre retour ? continua Elise.

Toby serra les paupières.

62

Lundi 2 septembre 2019
Elise

— Alors ? demanda Elise à Caro qui venait d'apparaître sur le seuil de son bureau. Comment va Toby Greene ?

Après ses aveux, le restaurateur s'était effondré sur la table, en larmes, et Me Grimes avait insisté pour que son client reçoive une attention médicale.

« Il n'est pas en capacité de répondre à d'autres questions pour le moment, avait-il affirmé. Il souffre de douleurs à la poitrine, il doit retourner aux urgences. »

— On aura des nouvelles dans une heure, répondit Caro. Sinon, toujours aucun signe du corps de Kevin Scott-Pennington, mais les techniciens de l'équipe médico-légale ont découvert des images très intéressantes dans son portable. Il aime la violence, le Kevin. Il passe des heures, et ce n'est pas une exagération, à jouer à des jeux vidéo d'une brutalité extrême.

— Dommage qu'il n'y ait pas de loi contre ça… Qu'en est-il du journal d'appels et des messages ?

— Il téléphonait régulièrement à Charlie, mais il n'a commencé à échanger avec Toby Greene que le dimanche.

Les e-mails à destination de Charlie sont de plus en plus menaçants et tous sont restés sans réponse. Ils correspondent à ceux auxquels nous avons eu accès sur l'ordinateur de Charlie. Nous avons craqué son compte principal et les techniciens travaillent encore sur les mots de passe des comptes plus anciens. Les derniers e-mails dans la boîte de réception de Kevin proviennent d'un cabinet juridique l'informant qu'il est sur le point d'être poursuivi pour un demi-million de livres de dettes. Ce qui ne l'a pas empêché de continuer à dépenser. Il faisait flamber sa carte de crédit.

— Il était donc sous pression. Les gens font des choses stupides quand ils sont très stressés. Et parfois, ils commettent des actes abominables.

— Si j'ai bien compris, Toby Greene assure que Charlie était déjà mort quand ils l'ont trouvé, répliqua Caro.

Elise devina à son ton un peu sec qu'elle était encore vexée de ne pas avoir assisté à cet interrogatoire de la veille.

— Écoute, si je ne t'ai pas prévenue, c'est parce que je ne voulais pas empiéter davantage sur ta vie de famille, s'excusa Elise. Nous allons en revanche approfondir toutes les deux ces questions avec Toby Greene quand il reviendra au poste. Les données de l'appli de traçage et les images des caméras de surveillance montrent qu'ils sont allés aux Grands Chênes plus tôt dans la journée. D'après Greene, ils cherchaient Charlie mais ils ne l'ont pas vu. Et s'ils étaient en fait tombés sur lui et lui avaient réclamé leur argent ? Ce genre de conversation se termine rarement bien. Ils l'ont peut-être effrayé au point qu'il en a eu une crise cardiaque. Ça tient debout, non ?

— Pourquoi y retourner dans ce cas ? Ils auraient essayé d'effacer leurs traces tout de suite, je pense… Ils n'auraient pas couru le risque de revenir une seconde fois, si ?

— Il faut insister avec Greene…

Elise avait envie de s'arracher les cheveux, les nouveaux, raides et gris.

— Qu'est-ce qu'on fait maintenant ? demanda-t-elle, soudain prise d'un doute, avant de jeter un rapide coup d'œil à sa liste. On en est où sur l'historique des appels du téléphone retrouvé dans le sac de Charlie ? Celui en lien avec Phil Golding ?

— Ça suit son cours, répondit Caro. Mais c'est secondaire. La priorité, c'est de coincer Toby Greene et Kevin Scott-Pennington. Nous sommes à deux doigts de résoudre cette affaire.

— Oui, oui, bien sûr…

Elise savait que sa collègue avait raison, pourtant, dès qu'elle fut partie, elle contacta le labo. *Juste pour boucler les derniers détails.*

— On m'a demandé de me concentrer sur le téléphone de Scott-Pennington, grommela le technicien. Mais je peux vous envoyer ce que j'ai relevé sur l'autre jusqu'à présent.

Les éléments arrivèrent dans sa boîte de réception quelques secondes plus tard. Elise s'installa pour étudier la liste des numéros. Le dernier texto à priori destiné à Golding avait été reçu peu après sa mort : « Salut, mon pote, pourquoi tu ne réponds pas ? »

Elle fouilla les dossiers à la recherche de l'identité du correspondant et poussa un cri lorsqu'elle le découvrit.

— Stuart Bennett ! C'est ce fichu Stuart Bennett !

— Tu m'as appelée ? demanda Caro en passant la tête dans son bureau.

— Non, mais entre. Stuart Bennett a tenté de joindre Phil Golding le 15 août.

Elise frappa son bureau du plat de la main.

— Est-ce qu'ils prévoyaient un coup ensemble ? Essayaient-ils de remonter la trace de Charlie ?

— Si c'est le cas, ils n'y sont pas parvenus. Phil Golding était mort le 15 août. Et il semblerait que notre duo de choc s'en soit occupé avant eux.

Elise attendit que Caro reparte pour téléphoner à l'inspecteur Wicks : peut-être avait-il trouvé autre chose ? Elle tenait en tout cas à tout border. Elle patienta pendant ce qui lui parut une éternité avant qu'il prenne enfin l'appel.

— Elise ? Pardon de l'attente mais j'essayais de mettre la main sur le rapport d'autopsie, brailla-t-il dans le combiné. Il était coincé dans ce qu'on appelle pompeusement le « système ». Bref, je suis content que vous appeliez. On a du nouveau : Phil Golding est mort d'un empoisonnement à l'éthylène glycol.

Les doigts d'Elise se resserrèrent sur le combiné.

— Un empoisonnement ?

— Oui. Il a bu de la vodka assaisonnée à l'antigel.

— Nom d'un chien ! C'était un suicide ? Ou un meurtre ?

— Nous l'ignorons pour l'instant. Nous ouvrons une enquête judiciaire et procédons à des analyses sur la bouteille retrouvée près de son corps. Je vous recontacte dès que j'en sais plus.

— Très bien. Et pour le pilulier volé de Charlie ? Avez-vous avancé avec le propriétaire en Allemagne ?

— Dites, je suis le seul à travailler sur cette affaire, ou quoi ? Vous avez toute une équipe de jeunes policiers à votre disposition, il me semble !

— OK. On se détend. Envoyez-moi les coordonnées et je m'en charge.

Elise gagna d'un pas pressé la salle des opérations.

— Il faut prendre en considération un autre décès dans notre enquête. Il s'agit de Phil Golding, annonça-t-elle à Caro.

Elle était à bout de souffle et se comportait comme une bleue débordante d'enthousiasme.

— Il est mort suite à une ingestion de vodka mélangée à de l'antigel, une semaine après avoir tenté de rencontrer la fille de Charlie.

— Eh bien, quel retournement de situation, commenta Caro.

— En effet. La réceptionniste du centre de soins de Birdie affirme que Golding n'est jamais revenu, poursuivit Elise. Vérifions quand même les enregistrements des caméras de sécurité les jours qui ont précédé sa mort. Charlie est peut-être impliqué dans un crime pire que des magouilles financières.

Elise se rendit compte qu'elle se sentait bien pour la première fois depuis des lustres. Elle faisait ce qui la rendait heureuse. Elle traquait sa proie, l'adrénaline courait dans ses veines, elle approchait de la ligne d'arrivée.

Le téléphone fixe sonna. Puisque tous les autres étaient occupés, ce fut elle qui décrocha.

— Nous avons réussi à déverrouiller une autre adresse électronique de Charlie Perry. Un ancien compte professionnel, semble-t-il, au nom des « Biens locatifs Williams », l'informa la voix à l'autre bout de la ligne. Vous pouvez dire au chef qu'il y a un truc intéressant ?

— C'est moi, le chef, répondit Elise en réprimant son sourire. Racontez-moi tout.

— Mes excuses, madame. Pendant des années, il n'a reçu que des spams, et le mercredi 21 août, on lui a envoyé un e-mail dans lequel on le sollicitait pour un rendez-vous.

— Qui est l'expéditeur ?

— Addison1999@hotmail.co.uk.

— C'est une blague ? Est-ce que le message est signé ?

— Non. L'auteur est resté anonyme mais Perry a convenu de le retrouver le dimanche 25. À Ebbing. Je vous transfère l'échange.

Elise invita Caro à la rejoindre.

— Apparemment, Charlie était sur le point de renouer avec quelqu'un de son passé quand Toby et Kevin l'ont intercepté, lui apprit-elle en s'efforçant d'étouffer un peu son sentiment de fierté.

— Oui, mais ce sont quand même eux qui l'ont attrapé, non ? Tu penses que c'est Stuart Bennett qui l'a contacté ? demanda Caro en lisant les e-mails. Pour quelle raison Charlie l'aurait-il invité à Ebbing ?

Elise avait besoin de s'éclaircir les idées. Elle se rendit au coffee shop voisin pour prendre l'air et s'offrir du thé sans théine impossible à dénicher à la cantine. À son retour, elle fut interpellée par l'officier Gros-Sourcils.

— Je crois que je tiens quelque chose, madame. J'ai passé en revue les antécédents de Phil Golding : il a été inscrit sur le registre des services sociaux en 1996. Quand il habitait ici.

— Ici ?

— En ville.

Caro avait raison. Tout tournait autour d'Ebbing.

63

Lundi 2 septembre 2019
Elise

Son adjointe non-officielle décrocha à la première sonnerie lorsque Elise l'appela.

— Quoi de neuf ? s'enquit Ronnie.

— Quel âge a ta fille ?

— Trente-six ans… Pourquoi ?

— Génial. Peux-tu lui demander si elle connaissait un certain Philip Golding quand elle en avait treize ?

— Phil Golding ? Le Phil Golding qui est mort ? Pour quelle raison le connaîtrait-elle ?

— Il était ici en 1996. Il apparaît sur le registre des services sociaux, pour cause de négligence parentale. Je veux savoir pourquoi sa famille est venue s'installer dans le coin et pourquoi ils en sont repartis. Le lien avec l'enquête est peut-être tiré par les cheveux, mais ça vaut le coup d'essayer.

— On est dimanche soir et il est tard à Sydney, mais je ne pense pas que Meggie dorme déjà.

Une demi-heure plus tard, Ronnie était de nouveau en ligne.

— Il était dans sa classe ! Une année, seulement. Elle se souvient de lui car il est né le même jour qu'une de ses amies et ils avaient dû partager leur gâteau d'anniversaire car lui n'en avait pas apporté. Sa mère ne savait pas que c'était la coutume. Ou alors elle s'en fichait. Tout le monde a eu de la peine pour lui. Meggie ignore pour quelle raison ils étaient à Ebbing. Il ne parlait pas de sa vie chez lui. Elle pense se rappeler qu'il a simplement disparu pendant les vacances d'été.

— Et s'il était revenu ? commenta Elise en notant tout sur son calepin.

Caro se tenait sur le seuil de son bureau, tête penchée sur le côté, quand Elise reposa le combiné.

— Ronnie m'aide juste à me faire une idée du contexte, s'empressa de déclarer Elise. Sa fille a le même âge que Phil Golding, ils étaient en classe ensemble.

— Quand ? Pouvait-il connaître Charlie à cette époque ?

— Non, les Perry n'ont emménagé ici qu'en 2013. Mais le lien de Phil avec Ebbing est forcément significatif. Il y a quelque chose à creuser.

— Tout cela est fascinant mais je pense que tu poursuis des fantômes. Nous allons découvrir que la vérité est beaucoup plus simple. Je viens de recevoir un appel de Douvres. L'alerte que nous avons lancée à la suite de la disparition inquiétante de Scott-Pennington a été efficace : il a été repéré au port. Il essayait d'embarquer sur un ferry. Ils nous le renvoient.

— Super ! Sa femme va être soulagée. Les cinq premières minutes en tout cas. Jusqu'à ce qu'elle apprenne ce qu'il a trafiqué dans le sous-sol de Charlie Perry…

— Je vais lui téléphoner pour la prévenir qu'il est en vie. Puis je contacterai les techniciens du service médico-légal.

Quelques minutes plus tard, Caro raccrocha et annonça :

— Nous avons retrouvé l'ADN de Toby Greene et celui de Kevin Scott-Pennington dans la cave ainsi que sur les vêtements de Charlie. Mais pas celui de Bennett. S'il y était, il n'a laissé aucune trace.

Elle s'était doutée que c'était peu probable, pourtant Elise dut repousser de toutes ses forces le sentiment de déception qui assombrit aussitôt son humeur. Elle était convaincue que les racines de ce crime remontaient au cambriolage.

— Viens, nous tenons nos coupables, poursuivit Caro. Et Greene est en chemin pour un nouvel interrogatoire.

— Bien, monsieur Greene, comment vous sentez-vous maintenant ? s'enquit Elise, lorsqu'ils furent installés dans la salle au miroir sans tain.

— Très mal, murmura Toby.

— Vous avez reçu le consentement des médecins pour quitter l'hôpital, alors je suppose que nous pouvons reprendre où nous en étions restés : la blessure à la tête de Charlie Perry.

— Mon client souhaiterait faire une déclaration pour vous aider dans votre enquête, intervint Me Grimes.

Toby jeta un regard à son avocat puis il prit une grande inspiration.

— C'est Kevin qui l'a frappé avec un démonte-pneu, débita-t-il d'une seule traite. Pour qu'on croie que Charlie était tombé.

— Un démonte-pneu ? L'arme se trouvait-elle dans la cave ?

— Non, il l'a apportée avec lui.

— Vous l'avez vue ? Vous saviez qu'il avait l'intention d'user de violence envers M. Perry ?

— Je lui ai dit de ne pas le faire.

Greene détourna le regard.

— Quand ? Quand lui avez-vous dit cela ? Quand il est arrivé armé pour blesser M. Perry ?

— Kevin m'a affirmé que c'était juste pour l'effrayer. Il voulait lui montrer qu'il ne plaisantait pas. Mais Charlie était déjà mort. Et quand j'ai compris ce qu'il allait faire, je lui ai demandé d'arrêter.

— Et il ne vous a pas écouté.

— Non. C'était horrible… bafouilla-t-il.

— J'imagine. Kevin avait-il l'arme avec lui quand vous êtes allés chez les Perry la première fois, ce jour-là ?

— Je suis arrivé après lui. Je ne me souviens pas de l'avoir vue.

— Réfléchissez, insista Elise. Les événements de cette journée devraient être gravés dans votre mémoire. Vous avez vu un cadavre. Vous avez vu le crâne défoncé de Charlie. Ce genre de traumatisme est marquant.

Les lèvres de Toby se mirent à trembler.

— Inspecteur, intervint Me Grimes en guise d'avertissement.

— Bien, essayons autre chose. Pourquoi vous êtes-vous rendu aux Grands Chênes le dimanche après-midi ?

— Kevin m'a téléphoné et demandé de venir. Quand je suis arrivé, j'ai vu qu'il était avec Charlie. Je voulais qu'il me dise où était mon argent. Je voulais que toute cette histoire se termine.

— Où Kevin a-t-il retrouvé Charlie ?

— Chez lui. Kevin m'a raconté que quelqu'un avait vu le passeport de Charlie dans la caravane le matin-même, alors, nous nous sommes relayés pour surveiller l'endroit au cas où il reviendrait le chercher. Kevin l'a surpris alors qu'il tentait de partir et il l'a emmené dans le sous-sol. Dans une sorte d'arrière-cuisine. Il le gardait là quand je suis arrivé.

— Comment allait Charlie à ce moment-là ?

— Il était très inquiet, chuchota Toby.

— Inquiet ou terrifié ?

— Il était paniqué. Il n'arrêtait pas de répéter que tout l'argent avait disparu. Qu'on lui avait fait faux bond, comme à nous. Kevin ne le croyait pas. Il a exigé qu'on l'abandonne là-bas quelques heures pour qu'il réfléchisse au pétrin dans lequel il s'était mis.

— Pourquoi Charlie n'en a-t-il pas profité pour s'enfuir ?

Un silence passa avant que Toby ne murmure :

— Nous l'avons ligoté à une chaise.

— Avec quoi ?

— Du film étirable. C'est tout ce que j'avais dans le coffre de ma voiture. Un gros rouleau spécial restauration.

Voilà pourquoi le corps ne comportait aucune marque de liens ! Elise avait hâte d'en informer Aoife.

— L'avez-vous bâillonné ?

— Nous avons mis un torchon dans sa bouche. Quand nous sommes revenus, il était mort. Il était toujours attaché à la chaise mais elle s'était renversée. C'était impensable…

Kevin Scott-Pennington relata sa propre version à son arrivée à Southfold, menotté et recroquevillé sur lui-même, en T-shirt fin et pantalon de jogging.

— C'est Toby qui menait la danse, déclara-t-il une fois que le magnétophone fut enclenché. Il dirigeait toute l'opération et il a apporté le démonte-pneu pour effrayer Charlie. Il l'a frappé avec. J'étais sous le choc.

— Intéressant, répliqua Caro, car nous savons grâce à votre historique téléphonique que vous avez appelé Toby Greene le dimanche après-midi alors que votre voiture était garée près de la propriété des Perry. C'est vous qui lui avez demandé de vous rejoindre, n'est-ce pas ? En outre, un démonte-pneu a été acheté avec la carte de crédit de votre femme entre vos deux visites chez les Perry. Sacrée coïncidence, dites-moi.

Son avocate, une jeune femme à l'expression grave issue d'un gros cabinet de Brighton, gribouilla quelques mots sur son carnet à feuilles jaunes et chuchota à l'oreille de son client.

La mâchoire tombante, Kevin enchaîna ensuite les « sans commentaire » à mesure que les questions affluaient.

Lorsqu'ils en arrivèrent au coup porté sur Charlie, il laissa échapper malgré lui :

— Je ne lui ai fait aucun mal, il était déjà mort. Maltraiter un cadavre n'est pas un crime.

Il y en a un qui a effectué quelques recherches sur Internet.

— Qu'en est-il de l'enlèvement et de la séquestration ? releva Elise. Ça, ce sont des crimes reconnus.

— Il avait volé notre argent, grommela Kevin avant que son avocate ne lui intime l'ordre de se taire.

— Compte tenu de vos actes ce soir-là, nous envisageons une inculpation pour homicide involontaire.

Cette annonce le réduisit au silence.

— Pourquoi avez-vous jeté le sac de Charlie dans la benne ?

La question le prit clairement de court, si bien qu'il en oublia de s'en tenir à nouveau à son « pas de commentaire ».

— Quelle benne ? Je ne l'ai pas jeté. Il avait le sac avec lui quand je l'ai emmené dans la maison : il était sur le point de s'enfuir. Mais nous ne l'avons pas retrouvé à notre retour et je ne voulais pas perdre de temps à le chercher.

— Admettons. Avez-vous ensuite téléphoné à la veuve de Charlie avec son portable, en vous faisant passer pour lui ? Pour dissimuler vos actes ? Vous accorder le temps de disparaître ?

— Sans commentaire.

— Bien. Je pense que nous en avons terminé pour l'instant. Conduisez-le en cellule, je vous prie, ordonna Elise à l'agent en faction devant la porte de la salle.

Kevin resta immobile, les paupières closes, tandis que son avocate rassemblait ses affaires.

64

Lundi 2 septembre 2019
Dee

Ils m'ont installée dans la salle d'interrogatoire avec un jeune policier et une tasse de thé insipide, avant d'aller chercher Elise. Je leur ai dit que j'avais une déclaration à faire. Au sujet de Liam.

Ça ne devrait pas prendre longtemps. Il va avouer. Il a atteint un point de non-retour. Ensuite, ils l'inculperont.

Je n'ai pas le choix. On pourrait croire que je le jette sous le bus mais il faut que je pense à Cal et à moi. Liam nous tire vers le fond. Il ne peut pas rester à proximité de notre enfant, à inviter la drogue et la police chez nous comme ça. Je peux m'éloigner de lui, maintenant. Personne ne me reprochera de souhaiter un nouveau départ. Je tenterai peut-être le Devon ou les Cornouailles. C'est joli par là-bas. Je nous trouverai un nouvel endroit pour recommencer, encore une fois.

Je me demande juste s'ils vont arrêter Dave. Je donnerai tout pour voir la tête de Doll à ce moment-là.

Quand elle entre en compagnie de l'inspecteur Brennan, Elise affiche une mine épuisée, ses yeux sont enfoncés dans leur orbite. Elle se surmène.

— Madame Eastwood, commence-t-elle, comme si elle ne me connaissait pas – ce qui est le cas, en réalité : elle ne sait pas vraiment qui je suis. Je crois comprendre que vous avez des informations concernant la circulation de drogues lors du festival, c'est bien ça ?

Je transpire et je sens mes cheveux coller à mon crâne. Est-ce qu'Elise le remarque ? Je prends une profonde inspiration. Elle se penche en avant.

— Liam a aidé Dave Harman à se procurer l'ecstasy.

Je murmure, pour donner l'impression que je rechigne à l'admettre.

— Auprès d'un vieil ami à Brighton. Pour faire du tort à Pete Diamond. Et cette pauvre fille a failli mourir.

Elise se tourne vers l'inspecteur Brennan.

— Madame Eastwood, comment savez-vous que votre mari est impliqué ? demande celle-ci.

— Je l'ai appris par hasard. J'ai découvert qu'il avait revu cette ordure de Spike Jefferies à Brighton. Spike a toujours eu une mauvaise influence sur lui. Ils se connaissaient de l'époque où Liam se droguait. Quand on s'est rencontrés. Mais…

Je ferme les yeux et m'oblige à ralentir. *Un fait après l'autre.*

— Mais Liam m'a raconté qu'il avait rendu service à Dave en le mettant en contact avec Spike et en lui permettant d'acheter une centaine de pilules d'ecstasy. Dave était censé donner du travail à Liam s'il l'aidait à faire annuler le festival de Diamond. Il a forcé Liam et Ade à introduire la drogue en douce au concert. Ils devaient la dissimuler sur Pete et prévenir la police. Tout est allé de travers quand Ade et sa copine en ont pris.

Brennan note tout sur son carnet.

— Savez-vous où se trouve le reste des cachets ?

— Sous la niche du chien, dans notre jardin. J'ai entendu Liam le dire à quelqu'un au téléphone. Je n'ai touché à rien.

C'était presque vrai. J'ai vérifié qu'ils y étaient bien, hier soir, après que Liam a révélé à Dave où il les avait planqués.

Mais je devais être sûre avant de me rendre à la police. Je portais mes gants de ménage, par précaution.

— Je ne serai pas longue, chef, lance Caro Brennan en quittant précipitamment la pièce.

J'imagine qu'elle se charge d'aller arrêter Liam et de récupérer la drogue. Je suis prête. J'ai veillé à ce que Cal soit chez Jenny, sa baby-sitter, avant de venir ici. Je me suis accroupie à côté de lui et je lui ai expliqué :

« Je vais juste régler un truc avec la police. Pas de quoi s'inquiéter. Je dois les aider, et quand je reviendrai, nous irons à la plage manger une glace. D'accord ? »

Cal n'a pas eu l'air convaincu, alors Jenny lui a proposé de jouer sur son ordinateur.

« Vingt minutes d'écran, Cal, c'est tout », ai-je insisté.

Je ne veux pas qu'il joue à ces horribles jeux vidéo.

Elise me toise d'un regard dur.

— Nous allons avoir besoin d'une déposition officielle concernant les activités de votre mari, et que vous nous fournissiez toutes les informations en votre possession au sujet de Spike Jefferies.

J'hésite, enfonce mes ongles dans mes paumes et laisse échapper :

— Je ne peux pas. Liam et Spike sauront que c'est moi qui les ai dénoncés, n'est-ce pas ? Ils s'en prendront à moi. J'ai peur de ce que Liam fera.

Je porte la main sur le vestige de mon ecchymose.

— Votre mari vous a-t-il fait du mal ? demande Elise avec douceur. Madame Eastwood… Vous pouvez m'en parler.

J'acquiesce.

— Écoutez, il est primordial que nous ayons votre déposition. Il s'agit d'un crime très grave. Vous comprenez, Dee ?

Je suis Dee, maintenant. Je hoche de nouveau la tête.

— Vous devriez peut-être rester chez quelqu'un pour les jours à venir. Avez-vous de la famille qui puisse vous loger ?

— Non, ils sont tous morts.

— Je suis désolée. Des amis ?

Je ne réponds pas. J'ai besoin de réfléchir.

— Je pourrais avoir un verre d'eau, s'il vous plaît ?

Après avoir avalé une gorgée du liquide tiédasse que m'a apporté un jeune agent, je reprends :

— Il y a autre chose.

— Quoi donc ? s'enquit Elise.

J'hésite encore, assez longtemps pour qu'elle s'incline vers moi afin de m'inciter à parler. Je la laisse croire qu'elle a le pouvoir.

— À propos du dimanche qui a suivi la disparition de Charlie. Le soir où il est mort, selon vous. J'ignore où était Liam cette nuit-là. Ni à quelle heure il est rentré. C'était peut-être lui, dans la camionnette. Nous faisons chambre à part, voyez-vous. C'est un peu tendu entre nous. Il est nerveux à cause de tout cet argent que Charlie lui devait, et puis de l'enquête sur la drogue. Alors je dors dans la chambre d'amis.

Elise boit mes paroles. J'espère que ça signifie que Liam va rester en garde à vue, le temps que je puisse m'éloigner. Elle reprend un à un les éléments que je lui ai confiés, puis me sourit.

— Merci, Dee. Je sais combien ça a dû être difficile pour vous.

— Oui. Je dois rentrer chez moi pour récupérer Cal et nos affaires. Pendant que vous interrogez Liam. Il faut que je prenne mes dispositions.

— Bien sûr. Je vous reconduis, si vous voulez.

J'essaie de sourire à mon tour pour la remercier mais c'est la dernière chose dont j'ai envie. J'ai besoin d'être seule, pour planifier la suite.

65

Lundi 2 septembre 2019
Elise

À la fin de la journée, Caro avait obtenu les aveux complets de Liam.

— Il s'est effondré et a pleuré comme un bébé. Il raconte qu'il ne s'agissait que d'une mauvaise blague qui aurait mal tourné. Personne n'était censé prendre d'ecstasy, rapporta-t-elle à Elise. Ade Harman a planqué les cachets dans un sac que Pete Diamond trimballait avec lui ce soir-là. Quand les gamins ont perdu connaissance, Liam est allé récupérer les pilules pour que personne d'autre n'en prenne et il les a mises dans sa camionnette. Une fois chez lui, il les a cachées sous la niche du chien. Il espérait que l'agitation retombe pour pouvoir s'en débarrasser.

— Pourquoi a-t-il menti sur ses déplacements du dimanche ?

— Il aurait paniqué en prétendant que Dee pouvait confirmer ses propos, mais il assure que tout le reste est vrai. D'ailleurs, nous n'avons pour l'heure aucune preuve médico-légale de sa présence dans le sous-sol.

— Pas encore. Mais les analyses sont toujours en cours.

— Oui. En attendant, je crois que Dave Harman est prêt à passer à table.

— Génial.

Le propriétaire du pub et son conseiller juridique étaient assis côte à côte, en conciliabule, quand les inspecteurs King et Brennan entrèrent, d'une démarche lente et victorieuse.

— Monsieur Harman, commença Caro. Nous savons que vous avez acheté cent cachets de MDMA à un dealer de Brighton connu des services de police et que vous avez distribué ces drogues lors du festival organisé par Pete Diamond.

— Sans commentaire, répondit Dave blanc comme un linge.

— C'est Liam Eastwood qui vous a présenté ce dealer, Spike… n'est-ce pas ?

— Sans commentaire.

— Avec l'aide de M. Eastwood et de votre fils, Adrian, vous avez introduit en douce les cachets dans l'enceinte du festival.

— Je ne suis pas un trafiquant de drogues !

Dave Harman tapa du poing sur la table. La vibration fit jaillir de l'eau du gobelet en plastique.

— Votre objectif était de faire fermer le festival, n'est-ce pas ?

— Sans commentaire.

La salive s'amoncelait à la commissure de ses lèvres.

— En dissimulant la drogue sur Pete Diamond.

Bref silence.

— Sans commentaire.

— Quelle preuve avez-vous contre mon client ? intervint l'avocat. Je vous rappelle que vous avez déjà dû abandonner une accusation précédente à l'encontre de son fils car la police avait procédé à un interrogatoire abusif alors qu'il était vulnérable...

— Nous avons retrouvé les cachets de MDMA, répondit Elise en s'adressant à Dave. Et un témoin s'est présenté.

Dave Harman poussa un grognement et posa ses larges mains à plat devant lui.

— Liam ?

Elise acquiesça.

— M. Eastwood a fait des aveux complets sur son implication dans cette affaire.

L'avocat murmura quelques mots pressants à l'oreille de Harman mais celui-ci secoua la tête.

— C'est terminé. Nous devons en finir.

Elise et Caro sortirent pour laisser l'avocat s'entretenir avec son client sur la nouvelle stratégie à adopter. Elles regagnèrent la salle des opérations. En chemin, Caro fut interpellée par un agent en uniforme. Elle tentait de contenir un sourire quand elle rejoignit Elise.

— Je ne devrais pas en rire, mais on a été appelés pour une bagarre au terrain de préfabriqués. Pete Diamond aurait découvert que sa fille continuait de s'y rendre. Il y est allé et a attaqué le type avec qui elle couche. Un voisin a prévenu la police. Ils arrivent au poste.

— Eh bien, une chance que je n'aie pas d'enfant, laissa échapper Elise avant de se mordre les lèvres.

Caro lui décocha un regard noir mais ne rebondit pas.

— Je vais me chercher un bon café de snobinarde, reprit Elise. Je t'en apporte un ? Tu l'as mérité.

Elle traversait le parking quand Pete Diamond descendit en trébuchant du fourgon de police, un mouchoir pressé contre son nez en sang. En voyant Elise, il parut sur le point de lui adresser la parole. Elle accéléra aussitôt l'allure.

L'amant de sa fille suivait de près, tête baissée. Un faux pas le fit se redresser. Elise fut stoppée net dans son élan par le visage qu'elle découvrit alors. Elle le reconnut immédiatement. Il était affiché au tableau, à l'étage.

— Bonjour, Stuart, dit-elle. Nous vous cherchions.

66

Lundi 2 septembre 2019
Elise

Stuart Bennett fixait ses poings contusionnés, sans un regard pour les inspecteurs.

— Stuart, pourquoi avez-vous envoyé un SMS à Phil Golding après sa mort ? demanda Elise.

Il leva les yeux, surpris par la question.

— Je ne savais pas encore qu'il était mort. Nous devions nous retrouver pour un café. Mais il a replongé dans l'alcool. C'est triste. Il essayait de reprendre sa vie en main.

— Il faut que vous sachiez que la police enquête sur les circonstances suspectes de son décès.

Bennett la dévisagea d'un air ahuri.

— Pourquoi ? On l'aurait tué ?

— Une procédure judiciaire est ouverte. Quand avez-vous été en contact avec lui pour la dernière fois ?

— On s'est vus deux ou trois fois après ma sortie de prison.

— D'où vous connaissiez-vous ?

— Ça remonte à loin. On a logé un moment dans le même squat. On était des gosses et on s'entraidait.

— C'était quand ?

— 1999, marmonna Bennett.

— Pourquoi avez-vous renoué avec lui ?

— Phil m'a rendu visite en prison l'année dernière. Je ne m'y attendais pas. Il voulait s'excuser.

— S'excuser de quoi ?

— De m'avoir rencardé sur le cambriolage d'Addison Gardens.

— Était-ce l'idée de Phil ? s'enquit Elise.

— Non. C'était celle de l'homme pour qui il travaillait. Il l'a menacé de planquer de la drogue au squat et de le dénoncer s'il ne le faisait pas. Phil a eu peur d'aller en prison et que sa petite sœur soit placée en foyer. Il m'a demandé de l'aider.

— Pour qui travaillait-il ?

— Charles Williams. Le propriétaire de la maison.

Un tressaillement parcourut Elise qui baissa la tête et fit mine de noter quelque chose. Lorsqu'elle releva le menton, Bennett semblait n'avoir rien remarqué.

— C'était un riche qui possédait des tas de vieilles demeures dans Paddington. Phil récupérait les loyers pour son compte. Il m'a expliqué comment entrer dans la maison : les alarmes devaient être désactivées. Un jeu d'enfant. Je n'avais qu'à prendre les trucs dans les vitrines, les rapporter au squat et toucher ma part. Je me dopais à l'époque, j'aurais fait n'importe quoi pour avoir ma dose.

— Mais le plan ne s'est pas déroulé comme prévu, n'est-ce pas ? l'invita à poursuivre Elise qui le sentait prêt à déballer toute l'histoire.

Il se frotta les yeux comme pour effacer des événements passés trop pénibles.

— C'était n'importe quoi. J'ai cru que je m'étais trompé de maison, il n'y avait rien à voler là-bas. Toutes les vitrines étaient vides. Et la fille et son copain étaient là. J'avais l'impression d'être dans un mauvais rêve.

— Pourquoi n'êtes-vous pas reparti ?

— Ils nous avaient vus.

— Nous ?

Bennett baissa la tête.

— La petite sœur de Phil, avoua-t-il. Je devais la surveiller pour lui sauf qu'il n'est pas rentré à temps. Je ne voulais pas l'emmener mais elle m'a obligé. Elle n'arrêtait pas de pleurer et de geindre. Elle avait peur de rester toute seule. Une fois à l'intérieur de la maison, j'ai oublié sa présence. Ensuite…

— Quoi ? Que s'est-il passé ?

— La fille du proprio est tombée sur elle. Je l'ai entendue crier. Je me suis précipité et c'est là que tout a dérapé.

— Elle était là ? Quand vous avez tué le jeune homme ? Et mis le sac sur la tête de Sofia Nightingale ?

— J'étais en pleine montée. Je ne savais pas ce que je faisais, répliqua-t-il avant de sangloter. Je ne me rappelle pas tout.

— La pauvre petite, souffla Caro. Espérons qu'elle aussi ait oublié. Comment se remettre d'une telle tragédie ?

— Que faites-vous à Ebbing ? Vous vouliez vous expliquer avec Charles Williams ? reprit Elise quand Bennett eut fini de se moucher.

— Williams ? Non, j'ignorais qu'il était dans le coin. Je suis allé à son ancien domicile à Kensington et on m'a appris qu'il était parti depuis longtemps. Personne ne savait où il se trouvait.

— C'est faux. Vous aviez convenu d'un rendez-vous ici, dimanche soir. Charlie et vous avez échangé des e-mails.

— De quoi parlez-vous ? Je n'ai convenu de rien.

— Vous avez utilisé l'adresse addison1999@hotmail.co.uk, insista Elise.

Elle était convaincue que c'était lui. Qui d'autre aurait choisi une adresse aussi lourde de sens ?

— Ce n'est pas moi. Vous pouvez vérifier mon téléphone.

— Nous n'y manquerons pas. Pourquoi êtes-vous en ville, alors ?

— Pour la sœur de Phil Golding.

— Celle qui vous a accompagné lors du cambriolage ?

— Oui. Elle habite là. Elle me l'a dit quand elle est venue me voir à Londres.

Londres. La jeune femme du foyer.

— Après sa visite, j'ai beaucoup repensé à elle. Je voulais m'excuser de l'avoir emmenée ce soir-là, de l'avoir entraînée là-dedans. Elle est repartie bouleversée de chez moi, et je voulais juste lui dire qu'il fallait qu'on tourne la page. Qu'on reprenne le cours de nos vies. Je ne l'ai pas trouvée. Et puis j'ai aperçu Williams dans la rue. Il se dirigeait vers le festival. Il était plus vieux que sur les photos disponibles sur Internet. Je n'y croyais pas. C'était ma chance de le confronter à ce qu'il m'avait fait, ce qu'il avait fait à sa fille, à Phil, et à tous ceux impliqués à cause de lui. J'ai pénétré dans le site du festival en sautant par-dessus une barrière et je l'ai repéré. Il était là, à quelques mètres de moi, au milieu de la foule. Je crois qu'il m'a vu aussi. Mais je n'ai pas pu lui parler. Il a disparu.

— L'avez-vous cherché ? Pour vous expliquer au calme ?

Bennett secoua la tête.

— Non. Ça m'a vraiment perturbé. Tout est remonté à la surface. Je n'arrivais même plus à bouger. Je suis allé me soûler. Et j'ai rencontré une fille qui avait de la coke piquée dans la penderie de son vieux.

— Celeste Diamond ?

— Celeste, oui, c'est ça. Elle est adorable. Au final, ça a été une nuit de dingue. Comme je risquais de finir au trou en retournant au foyer – ils nous font passer des tests de dépistage, vous savez –, je suis resté ici. Un type m'a laissé crécher dans son mobile-home contre un peu de fric. Je voulais prendre le temps de réfléchir à ce que je devais faire. Et Celeste est revenue tous les jours avec de la bouffe et des trucs.

— Vous avez revu la sœur de Phil ?

— Non. J'aurais bien aimé.

67

Lundi 2 septembre 2019
Elise

Elise ramassa ses affaires d'un geste lent. L'examen du téléphone de Bennett n'avait révélé aucun lien avec addison1999. Ils n'avaient donc aucun motif valable pour le garder à vue dans cette enquête.

C'était secondaire, comme avait dit Caro. Le passé criminel de Charlie l'avait rattrapé mais c'était son activité actuelle d'escroc qui avait entraîné sa mort dans le sous-sol. Bennett était innocent, même s'il allait retourner derrière les barreaux pour consommation de stupéfiants. Quant à Phil Golding, il était décédé.

Tous les coupables étaient en cellule. Un bourdonnement grisant régnait dans le bureau : l'ambiance caractéristique du travail bien fait. Ils avaient arrêté les hommes qui avaient séquestré et ligoté Charlie comme un gigot avant de l'abandonner dans cette cave infecte.

— Pas étonnant qu'il ait eu une attaque, avait confié Elise à Caro. À sa place, j'en aurais eu une aussi.

Les aspirants *Breaking Bad*, eux, avaient été inculpés de conspiration en bande organisée pour distribution de substances illicites.

Tout le monde se félicitait de ces résultats. Aoife, la légiste, avait réprimé un sourire à l'explication du film étirable.

« Malin, avait-elle commenté. Ça ne laisse pas de marques et c'est un matériau très efficace pour attacher. Essaie, tu verras que c'est impossible de s'en défaire. »

McBride, pour sa part, avait chaudement congratulé Elise.

« Bien joué. À peine revenue et déjà deux affaires résolues. C'est du grand art. »

Elle l'avait remercié en assurant que c'était un travail d'équipe. Elle aussi aurait dû être ravie : tout était bien carré, comme elle aimait. Pourtant, elle savait, sentait dans ses tripes, que des zones d'ombres persistaient. Ebbing. La petite sœur. *Une personne qui a vécu une tragédie et n'en a parlé à personne.*

Elise avait passé en revue toutes les femmes de sa connaissance, celles de son cours de yoga et les autres, pour tenter de découvrir qui était cette fameuse petite sœur.

Au bout du compte, elle avait téléphoné à Ronnie.

— Pourrais-tu demander à ta fille si Phil avait une sœur ?

Quinze minutes plus tard, elle avait sa réponse.

— Elle était beaucoup plus jeune d'après Meggie, et n'allait pas au lycée, beugla-t-elle dans le combiné. Pardon si je crie : Ted écoute l'album de Bill Haley à plein volume à l'étage.

— On sait comment elle se prénommait ?

— Attends… Ted, éteins-moi ce raffut ! Donc… oui. Diana. Comme la princesse.

Elise avait acquiescé.

Dee. Bien sûr.

Elise se gara devant la petite maison des Eastwood : Cal s'entraînait aux tirs au but avec un copain dans le jardin.

Dee sortit et se planta sur le seuil. Elle la fixa sans un mot.

— On peut discuter ? lança Elise en descendant de sa voiture.

— Bien sûr. Entrez. Soyez sages, les garçons.

Elles s'assirent à la table de la cuisine, l'une en face de l'autre. Dee toucha machinalement son collier pendant qu'Elise se débarrassait de sa veste.

— Je crois savoir que vous vous appeliez Diana Golding avant ?

Dee hocha la tête avec lenteur.

— On ne m'a pas appelée comme ça depuis des années. Ma mère adorait Lady Di. Elle possédait même un enregistrement du mariage, expliqua-t-elle sans quitter Elise des yeux. Il était dans le carton qu'on m'a donné après sa mort. Il n'y avait pas de magnétoscope, que la cassette. Bref, j'ai cessé d'être cette fille il y a bien longtemps. Quand j'avais huit ans.

Et elle est revenue, n'est-ce pas ? Avec tous ses bagages émotionnels et ses traumatismes.

— Dans le fond, Charlie Perry a fait pareil, répliqua Elise en observant les réactions de sa femme de ménage. Il a cessé d'être Charles Williams, l'homme d'affaires véreux, pour prendre un nouveau départ ici. Quand avez-vous compris qui il était en réalité ?

— En lisant le journal, répondit Dee. Lorsque l'enquête a révélé sa véritable identité.

Elise chercha à déceler le mensonge mais ne remarqua rien dans le regard fragile qui lui faisait face.

— Stuart Bennett ne l'a pas mentionné, lors de votre entrevue à Londres ?

La bouche de Dee s'entrouvrit de surprise.

— Nous savons que vous lui avez rendu visite une semaine avant le festival. Pour quelle raison ? De quoi vouliez-vous lui parler ?

— Je… J'avais appris qu'il avait été en contact avec mon frère avant sa mort et qu'il avait assisté à la veillée funèbre. Je voulais juste parler de Phil. J'aimais mon frère plus que tout, petite : il était mon héros. Mais j'ai été placée en foyer d'accueil et quand j'ai eu l'âge de le chercher, je ne l'ai pas retrouvé. Voilà de quoi nous avons discuté.

— Étiez-vous au courant que Stuart était à Ebbing le week-end où Charlie a disparu ? Pour vous voir.

Ses yeux s'écarquillèrent.

— Non. Je lui avais dit où je vivais mais nous n'avions pas prévu de nous revoir. Est-ce qu'ils se sont croisés avec Charlie ? Dans la camionnette, Charlie a dit à Liam qu'il avait aperçu quelqu'un. Ça pourrait être lui.

— Stuart Bennett pense en effet que Charlie l'a vu au festival.

— Est-ce qu'il est impliqué dans sa mort ?

— Rien n'indique qu'il était présent au moment où Charlie est décédé. À en croire Stuart, ils ne se sont même pas parlé en fin de compte.

— En tout cas, Charlie a dû avoir sacrément peur, poursuivit Dee. Et c'est tant mieux. Pardon, mais Charles Williams était un homme méprisable. Personne ici ne le savait. Tout le monde adorait Charlie Perry. Moi la première, jusqu'à ce que je comprenne qui il était vraiment. Il se montrait si gentil. Certains clients ne prennent jamais la peine de me remercier, lui il trouvait toujours le temps de discuter avec moi, comme si j'étais quelqu'un qui comptait, pas juste la bonne.

Dee porta le regard sur ses mains rougies et calleuses.

— Sauf qu'il n'était qu'un imposteur. Il prétendait être un homme qu'il n'était pas. C'est ce que font les escrocs, non ? Ils enfilent leur masque, vous piègent, vous volent et détruisent votre existence sans scrupules. D'ailleurs, j'ai appris qu'il avait recommencé. Avec Toby et Kevin. Il a gâché la vie de tant de gens. Y compris celle de mon frère. Phil s'est noyé dans l'alcool, il en est mort. Il était rongé par ce qu'il avait fait des années plus tôt.

— Charlie s'est servi de lui pour organiser le cambriolage, c'est bien cela ?

— Apparemment. Pauvre Phil… Ce n'était qu'un enfant. Un enfant effrayé et perdu.

— Il n'a jamais su que vous étiez là-bas cette nuit-là, n'est-ce pas ? Que Stuart vous avait emmenée avec lui ?

Dee observa Elise, des larmes au coin des yeux.

Un lourd silence tomba dans la cuisine, seulement rompu par le bruit sourd d'un ballon frappant le mur, à l'extérieur.

— Il l'ignorait jusqu'à ce que Stuart le lui apprenne quand il est allé le voir en prison. Ça l'a démoli.

— Et vous ? Étiez-vous démolie ?

— Je n'avais que huit ans. Je me suis persuadée que c'était comme dans les films d'horreur que je regardais avec Phil. Je pouvais prétendre que ce n'était pas vrai. J'étais si jeune. J'ai enfoui cet épisode au fond de moi et je n'y ai plus pensé. Tout m'est revenu ensuite. Ici, où je me croyais à l'abri de mon passé.

— C'est fini maintenant, Dee, assura Elise d'un ton doux. Nous savons comment est mort Charlie.

Le menton de Dee se mit à trembler, elle croisa les doigts en un nœud complexe.

— Les deux hommes à qui il devait de l'argent l'ont ligoté et menacé. Il a succombé à une crise cardiaque en leur absence. À leur retour, ils ont déplacé le corps et essayé de simuler un accident.

Dee ferma les yeux et se tut un long moment.

— Je sais que je ne devrais pas dire ça, mais je suis contente qu'il soit mort. Il ne peut plus faire de mal.

— Que lui auriez-vous dit si vous en aviez eu l'occasion ?

— Que son avidité et ses mensonges ont coûté la vie à trop de personnes.

Elise hésita un instant avant de poursuivre.

— J'ignore si on vous a prévenue, Dee, mais la vodka qu'a bu votre frère avait été empoisonnée avec de l'antigel.

Dee accusa le coup.

— Qui aurait pu faire ça ? murmura-t-elle.

— Nous n'avons pas encore fait la lumière sur ça. Nous pensons en revanche que Phil a tenté de rencontrer la fille de Charlie. Pour s'excuser de son rôle dans le cambriolage, sans doute. Charlie l'aurait découvert. C'est la police métropolitaine qui mène l'enquête.

— Tout le monde va le savoir, alors ? demanda Dee d'une voix lente. Découvrir enfin le monstre qu'il était ?

Après un instant de silence, elle ajouta :

— Allez-vous révéler aux gens qui je suis ?

Elise secoua la tête. À quoi bon ? La petite fille terrifiée méritait de trouver la paix. Et de savoir que, dorénavant, tout était terminé.

Ronnie devait guetter son retour car elle se présenta à sa porte quelques secondes après qu'Elise fut rentrée chez elle, une bouteille de prosecco à la main.

— Nous devons célébrer ta victoire : tu as coincé les méchants !

— Merci, Watson.

AVANT

68

Vendredi 23 août 2019
Dix jours plus tôt
Charlie

La musique qui emplit l'espace d'un coup frappa Charlie de plein fouet, comme une vague. La tête lui tourna, son pouls s'emballa. Il plaqua ses mains sur ses oreilles et ferma les yeux. Il était en plein cauchemar.

Tout était la faute de Phil Golding. Il avait allumé la mèche d'une véritable bombe avec ses envies pathétiques de confesser ses péchés. Pas une seconde, Charlie ne l'avait envisagé en songeant à l'identité de l'homme qui s'était présenté au centre de soins de Birdie. Il avait cru que c'était Bennett qui le cherchait. Pas ce triste individu. Phil Golding n'avait jamais eu l'air bien vivace mais il avait une tête à faire peur ce jour-là, planté sous la glycine délicate du jardin de Wadham Manor qui faisait ressortir son teint jaune. Son estomac distendu et sa peau lâche n'avaient pas échappé à Charlie. Il avait déjà vu ça. L'alcoolisme avancé n'avait rien de joli.

« Qu'est-ce que tu fiches ici ? » avait-il demandé.

Phil s'était alors lancé dans une plaidoirie sur son désir de faire ce qui était juste. Une idiotie des alcooliques anonymes.

Il pensait que s'excuser suffirait à effacer son ardoise. Il croyait sincèrement pouvoir obtenir le pardon de Birdie s'il plaidait sa cause.

« C'est pour ça que je dois lui parler. Je me suis déjà excusé auprès de Stuart. Je lui ai expliqué toute l'histoire. Que vous vouliez toucher l'argent de l'assurance. Que ce n'était pas sa faute si votre fille se trouvait sur place. Il s'est montré très compréhensif. »

Charlie avait feint d'écouter la logique de ses arguments. En réalité, il ne faisait qu'imaginer la souffrance et l'horreur qu'éprouverait sa fille en apprenant que son père était un criminel de pacotille qui avait gâché sa vie par appât du gain. Elle oublierait peut-être très vite les détails mais elle connaîtrait son vrai visage.

Il la perdrait une nouvelle fois. Ainsi que tout ce qu'il avait péniblement réussi à construire.

Phil avait été désemparé. Charlie l'avait fait monter à bord de sa voiture pour le reconduire chez lui. Il avait promis qu'ils rencontreraient Birdie ensemble la semaine suivante. En chemin, il avait fait une pause pour se soulager et en avait profité pour prendre dans le coffre la vodka que la femme flic lui avait offerte pour la tombola. Il n'avait eu qu'à ajouter un peu d'antigel pour conclure l'affaire. Puis Charlie avait déposé Phil dans le parc près de son foyer et laissé la nature suivre son cours. L'homme se tuait déjà à petit feu, il accélérait seulement le processus. Il agissait par pure bonté d'âme.

Bien entendu, ça ne s'arrêtait pas là. Ce n'était que la première étape. Car Phil Golding avait tout raconté à Bennett.

Charlie avait alors cru trouver la solution au problème : il allait récupérer l'argent et faire taire Bennett à jamais.

Et tout se déroulait selon ses plans jusqu'à ce que Bennett se pointe en avance au rendez-vous, le soir du festival. Alors, il avait dû s'éclipser.

Charlie se cachait entre les arbres, quand la fille apparut dans son champ de vision. Une fille avec des tresses. Il eut l'impression d'avoir replongé dans son cauchemar. D'être de retour à Addison Gardens.

Il y avait une petite fille cette nuit-là. Il l'avait aperçue, en passant rapidement en voiture avant que le dessert ne soit servi. Son dîner dans Mayfair se tenait à dix minutes de son domicile et il voulait s'assurer que tout se déroulait comme prévu. L'espace d'une seconde, Charlie avait cru la voir sortir de chez lui – après coup, il s'était persuadé avoir rêvé. Elle était sur son perron, mais la porte d'entrée était fermée. Il l'avait observée pendant qu'elle s'enfuyait. Elle ressemblait à une écolière, pourtant elle était bien trop jeune pour se promener seule à cette heure tardive. Elle avait déserté ses pensées lorsque, à son tour, Stuart Bennett s'était rué hors de la maison comme si elle était en feu.

La rue était illuminée par le bleu des gyrophares quand il était revenu de sa soirée quelques heures plus tard. Il avait le numéro de la compagnie d'assurances dans sa poche et, dans sa tête, la liste de ses biens les plus précieux : les piluliers en argent de l'époque georgienne, les bijoux art déco. Phil devait les récupérer chez son complice plus tard dans la nuit. Tout était prévu pour qu'il touche les indemnités et revende discrètement les pièces à des collectionneurs peu regardants. Il gagnait sur tous les tableaux. En prime, il pouvait garder sa maison.

Le nombre de véhicules de patrouille qui stationnaient devant chez lui l'avait surpris. Il avait envisagé la présence de deux policiers, compatissants, un récit factuel du cambriolage et une invitation à constater ce qu'il manquait. Il était prêt. Sauf pour ça.

Charlie avait ouvert sa portière d'un coup et failli s'étaler de tout son long dans sa précipitation.

« Que s'est-il passé ? »

Il s'était adressé à la petite foule de riverains qui se pressaient derrière le ruban de police jaune et noir. Aucun ne le regardait dans les yeux, pas même ses voisins, les Simpson.

Un officier s'était approché de lui, l'avait pris par le bras et conduit à une voiture de police.

« Monsieur Williams ? Vous voulez bien vous asseoir un moment ? Je suis l'inspecteur Wicks. Pouvez-vous me dire où vous étiez ce soir ?

— À une réception du Rotary Club à l'hôtel Park Lane… »

Pour preuve, il avait sorti le carton d'invitation de la poche intérieure de sa veste de smoking.

« Je fais partie du comité. Que s'est-il passé ? Est-ce que j'ai été cambriolé ?

— Qui habite ici, monsieur Williams ?

— Moi.

— Vous vivez seul ?

— Oui. De quoi s'agit-il ?

— Je suis navré de vous informer que deux personnes ont été agressées à votre domicile. L'une d'elles est décédée, l'autre se trouve dans un état critique. »

Le monde s'était arrêté de tourner. Il avait dévisagé l'inspecteur sans rien dire pendant une éternité.

« Une personne décédée ? Un état critique ? avait-il réussi à répéter d'une voix cassée. Qui ?

— Nous sommes toujours en train de procéder à l'identification du défunt mais d'après un témoin, la survivante serait votre fille. »

Son estomac s'était soulevé et il avait vomi la dernière partie de son repas, remplissant la voiture de police de l'odeur douce-amère d'un tiramisu à moitié digéré.

« Sergent ! avait crié l'inspecteur Wicks par la vitre. Apportez-moi des lingettes, et vite ! »

Plus tard, au commissariat, ils avaient pris ses vêtements souillés et lui avaient donné une combinaison en papier. Mais l'odeur l'imprégnait toujours.

Il avait pleuré en leur parlant de Birdie. De la manière dont sa mère et elle étaient parties.

« Elle n'est revenue que récemment dans ma vie. Je lui avais confié une clé de la maison et le code de l'alarme, au cas où je serais absent à son arrivée.

— Saviez-vous qu'elle se trouvait chez vous ce soir ?

— Non, non. Pourquoi y était-elle ?

— Nous l'ignorons. Un voisin qui promenait son chien a remarqué la porte ouverte. À notre arrivée, nous avons découvert les victimes dans le salon. »

Charlie refusait d'entendre les détails affreux de ce que les jeunes avaient enduré mais l'inspecteur avait poursuivi, ponctuant chaque élément d'horreur d'un raclement de gorge contrit.

« Un sac en plastique ? Quel monstre ferait ça ? » avait-il sangloté.

Enfant, Birdie était asthmatique. Certains soirs, elle peinait à respirer. Lila et lui s'asseyaient avec elle, lui tenaient la main pendant qu'elle cherchait son souffle, tentant de déterminer s'il fallait ou non la conduire à l'hôpital. Il entendait encore le chuintement sifflant de ses poumons.

« Avez-vous attrapé l'enfoiré qui a fait ça ? » avait-il hurlé pour couvrir le son dans ses oreilles.

Le policier avait secoué la tête.

« Nous coincerons le responsable, je vous le promets. »

Et ils avaient cru le tenir.

Ce soir-là, au festival, il pensa devenir fou et cria « Birdie ! » par-dessus la musique. La fille se retourna.

Il hurla de nouveau. La stupeur le faisait claquer des dents.

« Est-ce que ça va ? »

La fille était accroupie à côté de lui et lui prit la main.

« Qu-qu'est-ce que tu fais là ? » bafouilla-t-il tandis que le visage devant lui se brouillait.

Il devait être en train d'halluciner.

Lorsqu'il vit la branche de gui autour de son cou, Charlie tenta de l'attraper.

« Birdie… » répéta-t-il dans un hoquet.

Alors elle le repoussa et s'enfuit en courant. Il se redressa tant bien que mal sur ses jambes flageolantes et s'élança à sa poursuite dans la foule, percutant les danseurs.

MAINTENANT

69

Lundi 2 septembre 2019
Dee

En fin d'après-midi, nous raccompagnons à pied le copain de Cal, Mikey, chez lui. Liz est d'humeur à bavarder mais je prétexte avoir laissé un plat à cuire dans le four. Elle ne sait pas encore que Liam a été inculpé, ça ne saurait tarder. Elle ne voudra plus nous approcher après.

Sur le chemin pour rentrer, nous faisons un détour par la plage pour lancer des galets dans la mer. Cal adore ça. J'en profite pour jeter mon collier dans les vagues. Jamais je n'aurais dû le garder. J'aurais dû m'en débarrasser des années plus tôt. Je le savais bien. Petite, je ne possédais rien. Alors je voulais juste avoir quelque chose à moi, à protéger. J'avais déchiré un petit trou dans mon anorak et je l'avais glissé dans le rembourrage. Je n'ai commencé à le porter qu'à mon retour à Ebbing. Quand je me suis sentie en sécurité.

À présent, je ne le suis plus. Elise prétend qu'elle n'en parlera pas, mais elle est flic. Elle le racontera forcément un jour. Nous devons déménager. Je l'annoncerai à Cal demain. Il se passe trop de choses.

Je vais boucler nos valises et partir, c'est tout. Je le peux, maintenant que je sais qu'ils ont arrêté Toby et Kevin pour ce qu'ils ont fait à Charlie. Je l'ai dit à Elise. Elle ne viendra pas me chercher. Elle a sa version. Celle de Dee la victime. J'avais peur, mais en fin de compte, c'était facile. Je lui ai raconté ce que je voulais, et elle a entendu ce qu'elle voulait. Le gros de mes propos était vrai. Quand j'ai expliqué que Phil et Stuart étaient paumés.

Je lui en ai révélé assez pour qu'elle ne ressente pas le besoin de me presser davantage sur les événements de cette nuit-là.

Je n'aurais jamais dû aller là-bas, à l'époque. Phil m'avait confiée au garçon de la chambre voisine, Stuart, celui chez qui nous pouvions faire bouillir de l'eau.

« Tu peux la surveiller une petite heure, mon pote ? avait demandé Phil. Je serai revenu à temps pour ce soir. »

Je me revois assise dans le noir en train d'observer Stuart qui tripote son téléphone.

Il se faisait tard et j'ai commencé à fixer la porte. J'avais faim mais Stuart sniffait de la poudre. Tout à coup, il s'est figé, puis s'est levé. Il a vacillé, comme secoué par un vent invisible.

« Je dois aller bosser. Où est ton frère ?

— J'en sais rien.

— Tu vas devoir l'attendre ici.

— Non, ai-je supplié avant de me mettre à pleurer. Ne me laisse pas toute seule. S'il te plaît.

— Oh, bordel. D'accord. Enfile ton manteau. »

J'ai couru derrière lui qui descendait l'escalier avec fracas et j'ai marché dans ses pas. Il ne me parlait pas. Je crois qu'il avait oublié ma présence.

Il a enjambé une fenêtre à l'arrière de la maison et je l'ai imité. À l'intérieur, la lumière était tamisée, il faisait chaud. Je me rappelle le moelleux de la moquette sous mes pieds.

Stuart s'est rendu dans une pièce au bout du couloir en m'ordonnant de rester tranquille jusqu'à ce qu'il ait terminé. À un moment, comme je m'ennuyais, j'ai longé le grand couloir. Je voulais voir. Puis j'ai entendu une voix, une voix de fille. Je l'ai suivie.

Elle était allongée sur le canapé quand je suis entrée. Je n'avais jamais vu un aussi beau salon : un chandelier en verre pendait du plafond et tous les objets brillaient. La fille a poussé un cri quand ses yeux sont tombés sur moi.

« T'es qui ? Qu'est-ce que tu fiches ici ? »

Stuart a accouru. Il a essayé de m'empoigner pour qu'on parte mais elle s'est mise à hurler alors il l'a attrapée.

Elle appelait à l'aide. Nous avons entendu une porte claquer et des pas de course. Et quelqu'un a hurlé : « Sofia ! » Stuart s'est emparé du tisonnier près de la cheminée et il a frappé l'homme lorsque ce dernier a déboulé dans le salon. Je me tenais dans un coin et j'ai tout vu comme dans un jeu vidéo – le sang qui giclait en couleurs vives, les cris retravaillés numériquement. L'homme n'a plus rien dit après ça. Stuart a ligoté la fille avec sa ceinture et l'a assise sur une chaise. Il n'arrêtait pas de demander : « Où est le pilulier en argent ? Et les bijoux ? » Des postillons jaillissaient de sa bouche. Mais elle se taisait. Il a mis un sac en plastique transparent sur sa tête en la prévenant qu'il ne l'enlèverait pas tant qu'elle ne lui répondrait pas. Il m'a obligée à maintenir le plastique serré autour du cou de la fille pendant qu'il fourrait un ordinateur portable dans son sac à dos. J'étais censée rester derrière elle, mais la fille a tourné la tête. J'ai pu voir son visage à travers le plastique. Elle portait un très joli collier et j'ai tendu la main pour le toucher. Ses yeux sortaient de leur orbite, sa bouche aspirait le sac. « Dis-lui », ai-je murmuré. Elle n'en a rien fait. Elle a juste cessé d'aspirer le sac.

« Stuart », ai-je appelé.

Il s'est approché et a vu qu'elle ne bougeait plus.

« Merde !
— On peut rentrer à la maison, maintenant ?
— Va-t'en ! Tire-toi d'ici ! »

Je suis passée par la porte de devant et me suis arrêtée en haut des marches. Je ne savais plus où j'étais. Puis j'ai reconnu le parc en face de l'autre côté de la rue et je me suis mise à courir.

Phil n'était pas là quand je suis arrivée au squat. Il s'est glissé à côté de moi, quelques heures plus tard. Il empestait l'alcool et racontait n'importe quoi. Je me suis agrippée à lui, j'ai tenté de trouver le sommeil en me laissant bercer par ses ronflements.

À mon réveil, la police avait envahi le squat. Stuart avait été repéré grâce à des caméras de surveillance du quartier. Phil ne parvenait pas à me regarder dans les yeux. Il a expliqué qu'il s'était soûlé avec des copains et qu'il n'avait pas vu le temps passer. Qu'il était ivre mort à son retour et qu'il s'était endormi tout de suite.

« Ne dis pas que c'est Stuart qui t'a gardée hier soir sinon ils t'emmèneront, Diana. »

« Être emmenée », c'était ce dont maman me menaçait quand je me montrais insolente ou que je rentrais tard après avoir joué dehors. Alors je n'ai rien dit. Ils m'ont emmenée quand même.

Une gentille dame a voulu savoir quel âge j'avais et où je vivais. J'ai répondu « avec maman », comme Phil me l'avait expliqué. Mais elle est allée voir maman et elle est revenue très fâchée.

« Nous allons te conduire dans un bel endroit », a-t-elle annoncé dans la voiture.

Elle m'a tenu la main pendant le long trajet pour le pays de Galles, jusqu'à ce que ma paume devienne toute moite et que je la retire.

J'ai rangé cet épisode dans une boîte, et je l'ai enfouie dans un recoin de ma tête. *Ce n'est qu'une nuit de toute ma vie*, me suis-je répété quand j'ai été assez mûre pour réfléchir ainsi. Je devais l'oublier et continuer à vivre. Je me suis renommée Dee et je suis devenue quelqu'un d'autre.

Plus tard, j'ai fait des recherches sur Internet. Évidemment. La presse évoquait le cambriolage exécuté par un adolescent défoncé, entré par effraction dans une maison à un million de livres. Il était tombé sur Sofia Nightingale et son petit ami qu'il avait battu à mort avant de l'attacher, elle. Il avait mis un sac en plastique sur sa tête. « Juste pour lui faire peur », avait déclaré Stuart en pleurant lors de son interrogatoire. « Elle aurait dû me révéler où se trouvaient les objets de valeur. »

Elle aurait dû, en effet, ai-je pensé. La fille était encore en vie à notre départ. Elle était à l'hôpital dans le coma. Je n'ai rien trouvé d'autre à son sujet ensuite. J'ai cru qu'elle était morte. Lire tout cela était très bizarre. Bizarre mais excitant. Comme si c'était arrivé à quelqu'un d'autre. Pas à moi. Une histoire qu'on m'aurait racontée.

Jusqu'à la mort de Phil. Et ma visite chez Stuart. Et la découverte du passeport de Charlie.

Au début, je n'ai pas voulu y croire. Était-ce bien lui ? Ici, à Ebbing ? Un de mes clients ? Que j'appréciais, qui plus est.

Je me suis assise et j'ai écrit tout ce que je savais. Son véritable nom était Williams, le même que celui que j'avais lu sur la quittance de loyer dans le carnet de Phil. Mais beaucoup de gens s'appellent Williams.

Sa fille, atteinte de lésions cérébrales, qui séjournait dans un centre de soins. Jamais il ne s'était confié à son sujet.

Pourquoi changer d'identité ? Que dissimulait-il ?

Je devais en être sûre. J'ai créé une adresse électronique sous le nom « addison1999 », et je l'ai contacté anonymement.

Il a répondu quelques jours plus tard, m'a proposé une rencontre. Alors j'ai su.

Le dimanche, j'ai reçu son message qui me demandait de le retrouver sur le parking. J'ai hésité, puis je me suis rassurée : c'était un endroit public où je serais en sécurité. Je voulais qu'il sache qu'il avait été percé à jour. C'est tout.

Il n'est jamais venu.

AVANT

70

Samedi 18 décembre 1999
Vingt ans plus tôt
Birdie

Birdie se félicitait d'être si futée quand elle remarqua l'enfant dans l'embrasure de la porte. Cette apparition lui arracha un cri. La gamine la dévisageait, immobile. Elle était effrayante.

— Qu'est-ce que tu fiches ici ? s'écria Birdie.

Un jeune homme surgit à son tour dans la pièce. Birdie sentit que la situation allait dégénérer.

Elle volait son père depuis des mois. Au début, un billet de dix par-ci par-là, un paquet de cigarettes, une bouteille de scotch. C'était plus un jeu qu'un besoin, en réalité. Elle adorait pouvoir le berner aussi facilement. Il ne la connaissait pas, même s'il prétendait le contraire, avec ses « Birdie chérie ». Il leur avait menti, à sa mère et à elle. Il fallait qu'il comprenne qu'il ne pouvait pas revenir comme ça dans sa vie. Et les jolis objets dans les vitrines lui faisaient envie. Comme le beau collier avec la branche de gui qu'il lui avait offert. Elle avait tenté sa chance. Un petit lapin en argent, d'abord. Il ne lui manquerait pas. Puis d'autres. Un à la fois.

Un jour, tandis qu'elle attendait qu'il l'emmène dîner, elle avait surpris une conversation téléphonique.

« C'est bon pour le samedi avant Noël ? Je m'occuperai des alarmes et je partirai à ma soirée. Il aura le temps. Dis-lui de laisser les tableaux. C'est trop difficile à écouler sans attirer l'attention. Ne foire pas tout ! »

Elle avait compris qu'il prévoyait un cambriolage dans sa propre maison. Une fraude à l'assurance. Il continuait d'arnaquer les gens.

Elle avait alors décidé d'organiser son propre coup. Grâce à quelques recherches, elle avait découvert combien il était facile de revendre les petits objets de valeur. Elle s'était déjà délestée d'un pilulier en argent. Vingt-quatre heures avaient suffi pour trouver un acheteur, en Allemagne. Elle avait fait livrer le colis avec un reçu signé d'un C. Williams gribouillé.

Adam, son nouveau petit copain, était un peu réticent, mais elle lui avait raconté que ce serait un bon tour à faire à son père. Elle rapporterait les objets le lendemain matin. Elle avait déniché dans le tiroir du bureau les codes des vitrines – dont elle n'avait finalement pas eu besoin, les alarmes étant déjà désactivées le soir du cambriolage –, et ils avaient dérobé tout ce qu'ils pouvaient fourrer dans leurs poches. Elle avait déjà loué un casier dans l'épicerie d'un quartier populaire pour stocker leur butin.

Adam et elle en riaient encore de leur coup sur le chemin de l'épicerie. C'était lui qui avait suggéré d'y retourner pour prendre le reste.

La dernière chose dont Birdie se souvenait était le visage de la fillette. Cette fillette à l'allure sinistre qui la regardait à travers le sac en plastique. Cette fillette qui tendait la main vers son collier.

MAINTENANT

71

Mardi 3 septembre 2019
Dee

Nous avons pris un car de bonne heure pour Truro. Cal pense que nous partons en vacances. Il était tout excité quand je le lui ai annoncé, puis il s'est calmé.

— Et papa ? a-t-il demandé tout bas.

— Papa va essayer de nous rejoindre plus tard.

Un mensonge inoffensif parmi tant d'autres. Nous devons absolument nous éloigner de cet endroit.

Il s'assoupit après Stonehenge, et j'essaie de me vider la tête. Mais les images défilent en boucle.

Je me revois me glisser en douce hors de la maison une fois Liam parti. Il était venu me proposer en chuchotant d'aller observer l'incendie à l'ancien presbytère.

J'ai fait semblant de dormir. Je ne pouvais même pas lui parler, j'étais furieuse. Il voulait traverser la ville pour aller constater la misère des autres alors que nos vies tombaient en morceaux sous nos yeux. Le propriétaire allait nous expulser, nous jeter à la rue, à cause de Charlie qui ne payait pas ce qu'il nous devait. Après toutes ces années, cet homme continuait de me pourrir la vie. Et je n'avais pas eu l'occasion de le lui dire. Pourquoi n'était-il pas venu au rendez-vous ? Il avait dû avoir la trouille.

Je ne sais pas combien de temps je suis restée allongée dans le noir. D'un coup, je suis sortie du lit et je me suis habillée. S'il m'évitait, j'irais à lui. Je pouvais effectuer l'aller-retour avant que Liam ne s'aperçoive de mon absence.

Je sais qui tu es, Charlie. Et je sais où tu te terres.

C'était une respiration que j'avais perçue plus tôt dans la journée, quand j'avais regardé par la fente de la boîte aux lettres. Les Grands Chênes n'étaient pas hantés. C'était seulement lui, qui se cachait.

J'ai roulé jusqu'à mi-chemin, garé la camionnette chez des clients absents et marché le reste du trajet. Je ne voulais pas attirer l'attention de Pauline. Elle n'avait peut-être pas pris ses somnifères. J'avais une clé de la porte arrière de la grande maison, sur le trousseau que m'avait confié Pauline. Elle ne s'en était même pas rendu compte, je parie. J'avais mis un moment à savoir quelle serrure elle ouvrait, mais j'avais fini par trouver. Je n'en ai même pas eu l'utilité : le battant n'était pas verrouillé. Je l'ai poussé et j'ai allumé la lampe-torche de mon téléphone pour éclairer le couloir. J'entends encore les grattements que j'ai distingués ce soir-là, croyant à des souris. *Je peux supporter quelques rongeurs.*

J'ai décidé de commencer par le haut de la maison – c'est là que je me serais planquée, à sa place –, et j'ai gravi les marches en bois cassées, le son de ma respiration brisant le silence.

Le grattement s'est amplifié, et un grand coup a résonné quelque part sous mes pas. J'ai dévalé l'escalier, suivant le faible écho du bruit. Encore plus bas. Et j'y étais. Le rayon de ma lampe a caressé le sol carrelé. Charlie a levé les yeux sur moi.

J'ai eu l'impression de rester figée près d'une heure mais quand j'ai consulté ma montre, seules quelques minutes s'étaient écoulées. Je peinais à comprendre ce que je voyais. Charlie était par terre. Il avait quelque chose dans la bouche et il était attaché à une chaise avec ce qui ressemblait à de la cellophane. Un énorme rouleau de film plastique se trouvait à côté de lui. Je n'arrivais pas à bouger. Lui essayait de se traîner vers moi en rampant.

« Stop ! » l'ai-je intimé.

Il m'a obéi.

Je me suis penchée pour lui retirer son bâillon – un vieux torchon dégoûtant – et j'ai tenté de le remettre droit, mais il était trop lourd. Il me fallait des ciseaux pour le libérer. Il n'y avait rien dans la pièce.

« Une chance que ce soit vous, a-t-il croassé. J'ai soif, s'il vous plaît… »

Je lui ai apporté de l'eau depuis l'évier dans mes mains en coupe. Il était si vulnérable.

« Qui vous a fait ça ? ai-je demandé.

— Peu importe. »

Occupé à laper l'eau en reprenant son souffle, il ne s'est pas étonné de ma présence. *Mais il finira par s'interroger.*

« Qu'est-ce qui vous a valu d'être ligoté ainsi ?

— C'est un affreux malentendu à propos d'argent. Pouvez-vous me libérer ? Je ne sens plus mes jambes.

— Je n'y arrive pas, c'est trop serré. »

J'ai essayé de déchirer le plastique avec les clés, en vain.

« Allez chercher un couteau dans la caravane.

— Et si je réveille Pauline ? Qu'est-ce que je lui dirai ?

— Je m'en fiche. Je dois sortir d'ici. »

Un silence est tombé et il m'a enfin posé la question que j'attendais.

« Et vous, qu'est-ce que vous faites chez moi ?

— C'est une longue histoire. »

Son expression s'est voilée et il m'a fixée d'un regard intense qui m'a troublée, alors je me suis empressée de répliquer :

« Vous nous devez quatre mille livres. Nous allons être expulsés si vous ne payez pas.

— Je n'ai pas d'argent. Pourquoi j'en suis là, à votre avis ?

— Je sais qui vous êtes vraiment. »

Il m'a dévisagée et a grogné :

« Qui donc ?

— Charles Williams. Vous avez planifié le cambriolage de votre propre maison. Et gâché la vie de plusieurs personnes. »

Il a serré les paupières avant de marmonner :

« S'il vous plaît, vous pouvez me redonner à boire ? Je ne me sens pas bien. »

Je suis retournée à l'évier. L'eau gouttait entre mes doigts. Au moment où je me suis penchée vers lui, il a enfoncé ses dents dans ma joue et m'a mordue. Comme un chien. J'ai poussé un cri et je me suis reculée.

« Moi aussi, je sais qui tu es, petite, a-t-il vociféré sans me quitter des yeux. Tu étais là, pas vrai ? Tu étais là cette nuit-là. Quand ma fille a été étouffée. C'était toi sur le perron.

— Je ne sais pas de quoi vous parlez. »

Je me tenais la joue. Elle était humide. Il m'avait mordue jusqu'au sang.

« Oh que si ! a-t-il insisté en pointant du nez mon collier. C'est le sien. J'ai vu que tu le portais vendredi soir. »

Ma main a saisi la chaîne autour de mon cou.

« C'est un cadeau qu'on m'a fait, ai-je rétorqué en reculant encore d'un pas.

— Non, tu l'as volé à Birdie. Elle le portait tout le temps...

— C'est faux ! »

Mais ma voix s'est éteinte.

« Tu n'es pas très douée à ce jeu-là, n'est-ce pas ? Écoute, petite, sors-moi d'ici et je ne raconterai pas à la police ce que tu as fait. »

Je suis restée immobile. C'était insensé qu'il ait réussi à prendre l'avantage, allongé par terre, attaché à une chaise. J'avais l'impression de rêver. J'ai enfoncé mes ongles dans mes paumes pour me réveiller.

« La ferme ! lui ai-je crié. Je n'ai rien fait. J'avais huit ans. J'étais juste dans la pièce avec Stuart.

— Je ne te crois pas. »

Je me suis baissée pour me mettre à hauteur de son visage, mais loin de sa mâchoire.

« Je m'en fiche, ai-je répondu calmement. Phil le savait. Et Stuart le sait aussi. Nous savons tous que c'est vous qui avez monté le coup.

— Qu'est-ce que tu vas inventer, encore ? a sifflé Charlie entre ses dents. C'est ton frère le responsable. Il a utilisé un junkie qui a commis un crime pour se payer sa dope. »

— Non, c'est vous. C'est vous qui avez forcé Phil à tout organiser. Vous l'avez menacé de le dénoncer pour trafic de drogue alors il a eu peur de finir en prison et de me laisser toute seule. Vous lui aviez assuré que vous désactiveriez les alarmes. »

Les yeux de Charlie sortaient de leur orbite. Il a craché plus qu'il n'a hurlé :

« Foutaises ! Je n'ai rien à voir là-dedans. De toute façon, il n'est plus là pour se défendre, si ?

— Comment êtes-vous au courant ?

— Je ne sais plus qui me l'a dit, a-t-il prétendu sans me regarder. C'était un ivrogne qui a bu le verre de trop. Écoute, je lui ai donné du boulot, je l'ai bien payé. Je m'occupais de lui.

— Bien sûr. Ce bon vieux Charlie, toujours prêt à rendre service. Les gens pensent que vous êtes un ange, n'est-ce pas ?

Mais vous êtes un imposteur cupide et sans-cœur. Vous avez détruit nos vies à tous : moi, Phil, Stuart, et même votre fille.

— Personne ne te croira, sale garce. Moi, si. Ils me font confiance. »

Je lui ai éclaté de rire au nez. Avant de comprendre qu'il avait raison. Je n'avais aucune preuve. Phil était mort. Stuart n'était pas crédible. Charlie me décrirait comme un monstre. Il n'hésiterait pas. Il avait vu le collier. Dans ma tête, une petite voix m'enjoignait d'agir.

J'ai attrapé le film étirable et j'ai commencé à l'enrouler sur sa bouche.

Trente minutes ont suffi pour effacer mes traces. Dix livres de salaire. J'ai ramassé le sac de Charlie, vérifié que le passeport s'y trouvait toujours. J'aurais dû le jeter à la mer mais l'heure tournait, il fallait que je sois rentrée avant Liam, alors je l'ai balancé dans une benne. C'est sans importance maintenant, de toute façon.

Nous nous arrêtons à Exmouth pour une pause pipi et j'attends Cal, accroupie près d'un mur pour me protéger du vent. Je vais faire profil bas le temps de décider qui je serai quand nous arriverons en Cornouailles. Le masque que je porterai avant de disparaître. Et de me remettre à nettoyer.

72

Mardi 3 septembre 2019
Elise

Tout le monde s'activait à rassembler et à comparer les pièces à conviction ou à vérifier les dépositions quand Elise se faufila hors de la salle des opérations. Elle baissa les stores de son bureau et ôta ses chaussures pour se mettre à l'aise.

L'officier Chevening-Gros-Sourcils apparut à sa porte.

— Pardon, madame. Je peux vous déranger un instant ?

— Oui, entrez. Qu'y a-t-il ?

— Je suis en train de répertorier les éléments du labo ; nous venons juste de recevoir le rapport complet. Je suis tombée sur quelque chose que je ne comprends pas.

— Dites-moi.

Elise s'efforça de ne pas laisser transparaître son irritation. Elle aussi avait été jeune recrue, autrefois.

— L'ADN de Phil Golding a été retrouvé sur le téléphone et sur le fermoir à glissière.

— Quel fermoir à glissière ? Montrez-moi.

L'officier lui indiqua la section concernant les résultats d'analyses sur l'extérieur du sac de Charlie. Il était question d'une empreinte incomplète que les laborantins n'avaient pas pu prélever dans son intégralité. En revanche, une correspondance partielle avec l'ADN de Phil Golding avait pu être établie grâce aux microgouttes de sueur déposées par le pouce à l'origine de cette empreinte. « À 25 % », avait écrit le laborantin en dessous.

— Sauf qu'il était mort, fit remarquer Elise.

— C'est bien ce qui m'interpelle, répliqua la policière.

L'explication fournie par le scientifique à l'autre bout de la ligne fut longue et détaillée à l'excès, mais lorsque Elise raccrocha, elle avait compris.

— La meilleure hypothèse, c'est qu'il s'agit de l'ADN d'un demi-frère ou d'une demi-sœur, murmura-t-elle.

Dee.

— Vous pouvez conduire ? demanda-t-elle à l'officier Chevening, après une seconde de silence.

— Oui. Où allons-nous ?

— La chercher.

Tout en marchant, Elise téléphona à Caro et lui relata, à bout de souffle, les derniers éléments.

— La sœur de Phil était sur place. Dee Eastwood. Ma femme de ménage. Dans le sous-sol. D'après Kevin, le sac s'y trouvait quand ils sont partis et il avait disparu quand ils sont revenus.

— Dee est la sœur de Phil ? Quand l'as-tu découvert ?

— Hier… Stuart Bennett m'a mise sur la voie.

— Et tu penses que voir Dee a effrayé Charlie au point de le faire succomber à une crise cardiaque ?

— Je pense surtout qu'elle lui a dit ce qu'elle avait sur le cœur, qu'elle lui a reproché d'avoir contraint son frère à mal agir. Elle m'a confié hier qu'elle était contente que Charlie soit mort.

— Tu es allée lui parler ?

— Je voulais l'informer qu'il y avait une enquête en cours sur le décès de son frère.

— Bien sûr… Bref, je suppose qu'il est possible que Charlie soit mort de frayeur. Il était ligoté, complètement vulnérable, enveloppé dans du film étirable.

Ces derniers mots stoppèrent Elise dans son élan. L'officier Chevening lui rentra dedans.

— Pardon, madame.

— Caro, je te laisse t'en occuper. Va la chercher. Emmène l'officier Chevening avec toi. Je dois poser une question à Aoife et m'entretenir avec Toby Greene. À propos du plastique retrouvé dans l'estomac de Charlie.

— D'accord. On se met en route.

À l'autre bout du fil, Aoife Mortimer garda le silence pendant de longues minutes après avoir écouté Elise. Celle-ci crut que la ligne avait été coupée et qu'elle allait devoir rappeler mais Aoife se racla la gorge.

— Les fragments retrouvés dans l'estomac pourraient en effet provenir d'un bâillon en film étirable, répondit-elle d'un ton prudent. S'il était assez lâche. Charlie a pu se débattre pour essayer de s'en débarrasser. Et s'étouffer avec un sac plastique ou de la cellophane entraînerait très certainement un arrêt cardiaque, surtout chez un individu avec ses antécédents médicaux. Sans compter que ça ne laisserait aucune trace.

Un instant plus tard, Elise s'entretenait avec Toby Greene :

— Avez-vous bâillonné Charlie avec le film étirable ?

L'homme secoua la tête.

— Non. Je vous l'ai dit : Kevin a utilisé un vieux torchon. Charlie avait réussi à s'en défaire durant notre absence. Je n'ai pas compris comment. Je l'ai roulé en boule avec le film et j'ai tout jeté.

— Vous êtes certain de n'avoir à aucun moment mis de cellophane sur son visage ?

— Bien sûr que non. Quel monstre ferait ça ? Il n'aurait pas pu respirer.

— Dee Eastwood a quitté son domicile ce matin avec son fils, l'informa Caro quand elle la rappela. Elle a demandé à la baby-sitter de s'occuper du chien et a assuré qu'elle téléphonerait. Elle n'a pas pris sa voiture. Elle a dû se douter qu'elle serait trop facile à traquer avec. Je sollicite un mandat pour surveiller les mouvements de son compte bancaire. Ça ne devrait pas être long.

En effet, la réponse ne tarda pas.

— Elle a acheté deux billets de bus pour Truro. Aller simple. Elle a une bonne heure d'avance sur nous mais le car fait plusieurs arrêts sur le trajet. J'ai contacté la police locale pour qu'ils l'interceptent à l'arrivée au cas où nous ne pourrions pas la rattraper.

Dans la voiture, Caro mit le pied au plancher. Elise ferma les yeux pour se rejouer mentalement la conversation avec sa femme de ménage. En quête des signes qu'elle avait ratés. Dee avait été maligne. *La femme de ménage invisible qui voit tout. Qui nettoie tout. La saleté, la crasse. Charlie.*

Elise se demanda ce que Dee avait ressenti lorsqu'elle l'avait eu à sa merci. Lorsqu'elle l'avait regardé mourir. Elle était enfant quand Birdie avait lutté en cherchant son souffle à Addison Gardens. Elle était adulte aujourd'hui. Elle savait exactement ce qu'elle faisait en posant ce film étirable sur le visage de Charlie.

— J'aurais dû insister davantage sur l'histoire de la camionnette, le soir où Charlie est mort, marmonna-t-elle comme pour elle-même.

— Arrête de te flageller, chef. Ça y est, nous arrivons à l'embranchement. Nous allons l'attraper.

Elles patientaient au niveau de la gare routière, quand le car arriva à destination. Les mouettes criaient dans le ciel et fondaient en piqué sur des restes de burgers dans les poubelles.

Elise sortit du véhicule et passa en revue les visages derrière les vitres du bus. Tous ces voyageurs excités, heureux d'être en vacances, rassemblant leurs affaires.

Dee était au fond. Elle parlait à son fils, lui souriait tout en boutonnant sa veste. Soudain, elle repéra Elise.

Elle porta la main à sa bouche et le garçon se retourna. Dee le serra contre elle puis gratifia Elise d'un hochement de tête. Ensuite, elle se rassit, attendant qu'on vienne la chercher.

Elle prononça à peine un mot lorsqu'elles les firent tout deux grimper dans la voiture de patrouille. Mais elle laissa couler ses larmes quand son fils lui demanda :

— On peut rentrer à la maison, maintenant ?

REMERCIEMENTS

Toute ma reconnaissance et ma gratitude vont aux nombreuses personnes qui m'ont soutenue, poussée, encouragée, et rassurée durant l'écriture de ce roman.

À commencer par mes fabuleuses éditrices, Frankie Gray et Danielle Perez, dont le soutien n'a jamais failli malgré les faux départs. Et les équipes chez Transworld et Berkley qui ont permis de mettre ce livre sur la bonne voie.

Mes remerciements les plus chaleureux à ma merveilleuse agente, Madeleine Milburn, la meilleure personne qui soit pour défendre mes intérêts ; ainsi qu'à Liane-Louise Smith et à l'équipe des cessions de droits.

Comme toujours, des experts dans leur domaine m'ont préservée du ridicule : le Dr Debbie Cook, médecin légiste du ministère de l'Intérieur à la patience infinie qui m'a initiée aux propriétés du maïs dans les intestins, mais pas seulement. La commissaire de police Tara McGovern et l'agent Polly Gallacher, qui ont accepté d'évoquer avec moi en toute franchise l'impact du cancer du sein sur le personnel féminin des forces de l'ordre, et qui m'ont permis de découvrir le travail exaltant des associations de lutte contre le cancer du sein Breast Mates (breastmates.org) et Future Dreams (futuredreams.org.uk). Merci également à mon amie chanteuse Helen Turner de m'avoir expliqué le traitement, et Colin

Sutton, inspecteur de la brigade criminelle à la retraite, qui a pris du temps sur sa propre carrière d'auteur à succès pour me guider à travers différentes affaires policières. Comme toujours, les erreurs qui subsisteraient sont de mon fait.

Merci à la merveilleuse et généreuse Fiona Doyle, qui a remporté les enchères pour donner son nom à un personnage de *L'eau qui dort*. Je suis désolée du délai qu'il a fallu pour que Dave Harman puisse lire son nom dans un livre… Fiona et lui ont permis de récolter plus de 7 500 livres sterling au profit de la lutte contre le cancer des enfants et des jeunes adultes lors des enchères organisées par Young Lives vs Cancer Good Books (younglivesvscancer.org.uk).

Enfin, merci à ma fantastique famille et aux amis qui m'aident à continuer : mon mari, Gary ; mes enfants, Tom et Lucy ; ma mère, Jeanne ; ma sœur, Jo ; mon frère, Jon ; et mes meilleures amies Carole et Rachael. Je n'y serais jamais arrivée sans vous.

Je dédie ce livre à mon cher papa, David Thurlow, disparu en janvier 2021. Il était auteur, journaliste, et accordait son soutien inconditionnel à ses enfants, quoi qu'ils décident de faire.

C'est pour toi, Papa.

Composition et mise en pages
Nord Compo à Villeneuve-d'Ascq

#lisez! engagé
Pour plus d'information :
www.lisez.com
Imprimé sur du papier issu de forêts gérées durablement.

CET OUVRAGE
À ÉTÉ ACHEVÉ D'IMPRIMER
SUR ROTO-PAGE
PAR L'IMPRIMERIE FLOCH
À MAYENNE EN MAI 2023

N° d'impression : 102659
R15580/01
Imprimé en France